PATRICIA HIGHSMITH

Ripley subterrâneo

PATRICIA HIGHSMITH

Ripley subterrâneo

TRADUÇÃO DE FERNANDA ABREU

VOLUME 2

intrínseca

TÍTULO ORIGINAL
Ripley Under Ground

PREPARAÇÃO
Isabella Pacheco

REVISÃO
Eduardo Carneiro
Fernanda Machtyngier
Juliana Borel

PROJETO GRÁFICO E DIAGRAMAÇÃO
Henrique Diniz

IMAGEM DE CAPA
Michel Casarramona

CIP-BRASIL. CATALOGAÇÃO NA PUBLICAÇÃO SINDICATO
NACIONAL DOS EDITORES DE LIVROS, RJ

H541r

Highsmith, Patricia, 1921-1995
Ripley subterrâneo / Patricia Highsmith ; tradução Fernanda Abreu. - [2. ed.]. - Rio de Janeiro : Intrínseca, 2025.
336 p. ; 21 cm. (Ripley ; 2)

Tradução de: Ripley under ground
Sequência de: O talentoso Ripley
ISBN 978-85-510-1359-5

1. Ficção americana. I. Abreu, Fernanda. II. Título. III. Série.

CDD: 813
24-95614 CDU: 82-3(73)

Meri Gleice Rodrigues de Souza - Bibliotecária - CRB-7/6439

[2025]
Todos os direitos desta edição reservados à
EDITORA INTRÍNSECA LTDA.
Av. das Américas, 500, bloco 12, sala 303
22640-904 – Barra da Tijuca
Rio de Janeiro – RJ
Tel./Fax: (21) 3206-7400
www.intrinseca.com.br

Para meus vizinhos poloneses
Agnès e Georges Barylski,
meus amigos da França, 1977.

“Acho que eu morreria mais facilmente por aquilo em que
não acredito do que por aquilo que considero justo…
Às vezes eu penso que a vida artística é um lindo e longo
suicídio, e não lamento que seja assim.”

— Oscar Wilde, *Cartas pessoais*

1

Tom estava no jardim quando o telefone tocou. Deixou sua empregada, Madame Annette, atender e continuou a raspar o musgo ensopado grudado nas laterais dos degraus de pedra. Era um outubro chuvoso.

— Monsieur Tome! — chamou a voz de soprano de Madame Annette. — É de Londres!

— Já estou indo — respondeu Tom.

Largou a pá de pedreiro e subiu a escada.

O telefone do térreo ficava na sala. Tom não se sentou no sofá de cetim amarelo porque estava de calça jeans.

— Oi, Tom. Sou eu, Jeff Constant. Você... — *Bzz.*

— Pode falar mais alto? A ligação está ruim.

— Melhorou? Eu estou escutando bem.

As pessoas em Londres sempre escutavam bem.

— Um pouco.

— Você recebeu minha carta?

— Não — respondeu Tom.

— Ah. Estamos encrencados. Queria avisá-lo. Tem um...

Chiado, zumbido, um clique abafado, e a ligação caiu.

— Que droga — disse Tom sem ênfase.

Avisar? Seria algum problema com a galeria? Com a Derwatt Ltda.? Avisar? Tom mal tinha envolvimento com a galeria. Havia concebido a ideia da Derwatt Ltda., é verdade, e graças a ela obtinha uma pequena renda, mas... Tom olhou para o telefone, esperando ouvi-lo tocar a qualquer momento. Ou será que deveria ligar para Jeff? Não, não sabia se Jeff estava em seu estúdio ou na galeria. Jeff Constant era fotógrafo.

Tom caminhou em direção às portas de vidro que davam para o jardim de trás. Iria raspar um pouco mais o musgo, pensou. Trabalhava no jardim casualmente e gostava de se dedicar à jardinagem todos os dias durante uma hora, cortando a grama com o cortador manual, varrendo folhas e queimando galhos, arrancando ervas daninhas. Era um exercício, e assim ele também podia devanear. Mal tinha recomeçado com a colher de pedreiro quando o telefone tocou.

Madame Annette estava entrando na sala com um espanador na mão. Era baixa e corpulenta, tinha uns 60 anos e temperamento um tanto jovial. Não sabia uma palavra de inglês e parecia incapaz de aprender até mesmo "bom dia", o que convinha perfeitamente a Tom.

— Deixe que eu atendo, *madame* — disse Tom, e pegou o telefone.

— Alô — disse a voz de Jeff. — Tom, eu estava pensando se você poderia dar um pulo aqui. Em Londres. Eu...

— Você o quê? — A ligação estava ruim outra vez, mas não tanto.

— Eu falei que... expliquei tudo por carta. Não posso explicar por aqui. Mas é importante, Tom.

— Alguém cometeu algum erro? Bernard?

— De certa forma. Um homem vai vir de Nova York, provavelmente amanhã.

— Quem?

— Eu expliquei na carta. Você sabe que a exposição de Derwatt abre na terça. Eu o seguro até lá. Ed e eu não vamos estar disponíveis e pronto. — Jeff soava bem nervoso. — Você está livre, Tom?

— Bom... Estou. — Mas Tom não queria ir a Londres.

— Tente não deixar Heloise saber que você vem a Londres.

— Heloise está na Grécia.

— Ah, que bom. — O primeiro indício de alívio na voz de Jeff.

A carta dele chegou às cinco da tarde, expressa e registrada.

104 Charles Place
N.W.8.

Caro Tom,

A nova exposição de Derwatt vai ser inaugurada na terça dia 15, a primeira dele em dois anos. Bernard tem dezenove telas novas, e outros quadros vão ser emprestados. Agora as más notícias.

Tem um americano chamado Thomas Murchison, ele não é marchand, mas é colecionador... aposentado, com grana para chuchu. Ele comprou um Derwatt conosco faz três anos. Comparou o quadro com um Derwatt anterior que acabou de ver nos Estados Unidos e agora está dizendo que é falso. E é, claro, já que foi Bernard quem pintou. Ele escreveu para a Galeria Buckmaster (para mim) dizendo que acha que o quadro que tem não é genuíno, porque a técnica e as cores pertencem a um período de cinco ou seis anos antes na obra de Derwatt. Estou com a forte sensação de que Murchison tem a intenção de criar caso. O que fazer em relação a isso? Você sempre tem boas ideias, Tom.

Pode vir aqui conversar? Com tudo pago pela Buckmaster? Mais do que tudo, precisamos de uma injeção de segurança. Não acho que Bernard tenha errado a mão em nenhuma das telas novas. Mas ele está uma pilha, e nem queremos que ele vá ao vernissage, principalmente ao vernissage.

Por favor, venha agora mesmo se puder!

Um abraço,
Jeff

P.S.: A carta de Murchison foi educada, mas imagine se ele for do tipo que vai insistir para encontrar Derwatt no México para verificar etc.?

Essa última questão era um problema, pensou Tom, porque Derwatt não existia. A história (inventada por ele), aquela vendida pela Galeria Buckmaster e pelo pequeno e leal grupo de amigos de Derwatt, era que ele havia se mudado para um povoado minúsculo no México e não queria se encontrar com ninguém, não tinha telefone e proibia a galeria de dar seu endereço a alguém. Bom, se Murchison fosse ao México, faria uma busca exaustiva, suficiente para ocupar uma pessoa até o fim da sua vida.

O que Tom podia ver acontecendo era Murchison — que provavelmente levaria consigo seu quadro de Derwatt — conversando com outros negociantes de arte e depois com a imprensa. Isso poderia levantar suspeitas, e Derwatt talvez virasse fumaça. Será que a gangue iria arrastá-lo para essa confusão? (Tom sempre pensava no grupo da galeria, os antigos amigos de Derwatt, como "a gangue", embora detestasse esse termo toda vez que ele lhe vinha à mente.) E Bernard poderia mencionar Tom Ripley, pensou Tom, não por maldade, mas devido à sua insana honestidade, quase digna de Jesus Cristo.

Tom mantivera seu nome e sua reputação limpos, incrivelmente limpos, levando em conta tudo o que tinha feito. Seria quase constrangedor se saísse nos jornais franceses que Thomas Ripley, de Villeperce-sur-Seine, marido de Heloise Plisson, filha de Jacques Plisson, milionário dono da Plisson Pharmaceutiques, tinha inventado a lucrativa farsa da Derwatt Ltda., da qual vinha recebendo, havia anos, uma porcentagem, ainda que fosse apenas dez por cento. Soaria extremamente mesquinho. Até mesmo Heloise, cuja moral

Tom considerava quase inexistente, talvez reagisse a isso, e certamente seu pai iria pressioná-la (cortando sua mesada) a pedir o divórcio.

A Derwatt Ltda. agora era grande, e um colapso teria consequências. A lucrativa linha de produtos de arte da marca "Derwatt", pelos quais a gangue e Tom também recebiam royalties, iria por água abaixo. E havia também a Escola de Arte Derwatt em Perúgia, sobretudo para velhas senhoras simpáticas e moças americanas de férias, mas ainda assim mais uma fonte de renda. A escola de arte recebia seu dinheiro nem tanto do ensino e da venda de materiais "Derwatt", mas da atividade de agência de locação, encontrando casas e apartamentos mobiliados, os mais caros possíveis, para turistas estudantes ricas e recebendo uma porcentagem de tudo. A escola era administrada por um casal de bichas inglesas que não estava a par da farsa Derwatt.

Tom não conseguia decidir se deveria ir a Londres ou não. O que poderia dizer a eles? E não entendia o problema: um artista não podia voltar a uma técnica anterior num quadro específico?

— Monsieur prefere costeletas de cordeiro ou presunto para hoje à noite? — perguntou Madame Annette a Tom.

— Costeletas, eu acho. Obrigado. E como vai seu dente? — Naquela manhã, Madame Annette fora ao dentista do vilarejo, em quem tinha grande confiança, por causa de um dente que não a deixava dormir à noite.

— Estou sem dor agora. Como o Dr. Grenier é gentil! Ele falou que era um abscesso, mas abriu o dente e disse que o nervo ia cair.

Tom assentiu, mas se perguntou como um nervo poderia cair; pela gravidade, decerto. Eles tinham cavado fundo para encontrar um de seus nervos certa vez, e num dente de cima, para completar.

— Boas notícias de Londres?

— Não, bem... Só o telefonema de um amigo.

— Alguma notícia de Madame Heloise?

— Hoje, não.

— Ah, imagine só o sol! A Grécia! — Madame Annette estava passando um pano na superfície já reluzente de um grande baú de carvalho ao lado da lareira. — Olhe! Em Villeperce não tem sol. O inverno chegou.

— Sim. — Ultimamente Madame Annette dizia a mesma coisa todos os dias.

Tom não esperava ver Heloise até por volta do Natal. No entanto, ela poderia aparecer de forma inesperada, após uma briga sem importância porém irreparável com as amigas, ou simplesmente após ter mudado de ideia sobre passar tanto tempo num barco. Heloise era impulsiva.

Tom pôs um disco dos Beatles para se animar e ficou andando pela sala espaçosa com as mãos no bolso. Adorava aquela casa. Era uma casa de pedra cinza de dois andares, meio quadrada, com quatro torres acima de quatro cômodos redondos nos cantos do andar de cima, que a deixavam parecida com um pequeno castelo. O jardim era imenso, e, mesmo para os padrões americanos, o lugar tinha custado uma fortuna. O pai de Heloise lhes dera a casa três anos antes, como presente de casamento. Antes de se casar, Tom precisava de um dinheiro extra, pois o de Greenleaf não bastava para ele ter o tipo de vida que passara a preferir, e ficou interessado na sua porcentagem da operação Derwatt. Hoje se arrependia. Havia aceitado dez por cento, quando dez por cento era muito pouco. Nem mesmo ele previu que Derwatt fosse ter esse sucesso todo.

Passou a noite como passava a maior parte de suas noites, tranquilo e sozinho, mas seus pensamentos estavam inquietos. Ficou escutando música baixinho no aparelho de som e lendo Servan-Schreiber em francês enquanto comia. Havia duas palavras que ele não conhecia. Iria consultá-las naquela noite no *Harrap's* ao lado de sua cama. Era bom em guardar palavras de cabeça para procurar no dicionário.

Depois do jantar, vestiu uma capa de chuva, embora não estivesse chovendo, e foi até um pequeno misto de bar e café, a cerca de meio quilômetro dali. Lá, em algumas noites, costumava tomar café em pé no balcão. Invariavelmente o dono, Georges, perguntava sobre Madame Heloise e dizia lamentar que Tom precisasse passar tanto tempo sozinho. Tom respondeu alegremente:

— Ah, não tenho certeza se ela vai passar mais dois meses a bordo daquele iate. Vai ficar entediada.

— *Quel luxe* — murmurou Georges, sonhador. Era um homem pançudo de rosto redondo.

Tom não confiava no seu bom humor bonachão e infalível. Sua esposa, Marie, uma morena grande e enérgica que usava batom vermelho-vivo, era uma mulher difícil, sinceramente falando, mas tinha um jeito exagerado e feliz de rir que a redimia. Aquele era um bar de gente trabalhadora e Tom não tinha objeção alguma a esse fato, mas não era o seu bar preferido. Só por acaso era o mais próximo. Pelo menos Georges e Marie nunca tinham feito nenhuma referência a Dickie Greenleaf. Algumas pessoas em Paris, conhecidos dele ou de Heloise, tinham feito isso, assim como o proprietário do Hôtel Saint-Pierre, a única hospedaria de Villeperce. Ele perguntou:

— O senhor por acaso é o Monsieur Ripley que era amigo do americano Greenleaf?

Tom reconheceu que sim. Mas isso já fazia três anos e a pergunta — contanto que nunca se estendesse — não o deixava nervoso, mas ele preferia evitar o assunto. Os jornais tinham dito que ele havia recebido uma quantia considerável no testamento de Dickie, uma renda regular, segundo alguns, o que era verdade. Pelo menos nenhum jornal jamais havia sugerido que o próprio Tom tivesse escrito o testamento, o que também era verdade. Os franceses sempre se lembravam de detalhes financeiros.

Depois de tomar seu café, Tom voltou para casa a pé, desejando "*Bonsoir*" para um ou dois moradores do vilarejo no caminho, escorregando vez ou outra nas folhas encharcadas amontoadas no meio-fio. Não havia calçada digna. Ele havia levado uma lanterna, pois os postes de rua eram espaçados demais. Viu de relance famílias aconchegadas em cozinhas, assistindo à televisão, sentadas ao redor de mesas cobertas por toalhas revestidas de plástico. Cachorros acorrentados latiam em alguns quintais. Ele então abriu os portões de ferro — três metros de altura — da própria casa, e seus sapatos trituraram o cascalho. Viu pela claridade que a luz de Madame Annette estava acesa em seu cômodo lateral. A empregada tinha seu próprio aparelho de televisão. Tom com frequência pintava à noite, somente por diversão. Sabia que era um pintor ruim, pior do que Dickie. Mas nessa noite não estava com vontade. Em vez disso, escreveu para um amigo em Hamburgo, Reeves Minot, um americano, perguntando quando ele achava que precisaria dele. Reeves ia plantar um microfilme — ou algo assim — num certo italiano chamado conde Bertolozzi. O conde visitaria Tom por um ou dois dias em Villeperce, e ele retiraria o objeto de dentro da mala, ou de onde quer que Reeves lhe informasse, e mandaria pelo correio para um homem que não conhecia em Paris. Tom executava com frequência esses serviços de atravessador, às vezes para roubos de joias. Era mais fácil ele remover os objetos de seus convidados do que alguém tentar fazer a mesma coisa num quarto de hotel em Paris, quando o portador estivesse fora. Tom conhecera vagamente o conde Bertolozzi em uma viagem recente a Milão, quando Reeves, que morava em Hamburgo, também estava na cidade italiana. Havia conversado com o conde sobre quadros. Em geral era fácil para ele convencer pessoas com um pouco de tempo livre a ir passar um ou dois dias em sua casa de Villeperce e ver seus quadros — além dos Derwatts, ele tinha um Soutine, cujo trabalho apreciava particularmente, um Van Gogh, dois Magrittes e desenhos de Cocteau e Picasso, além de muitas pinturas de artistas menos famosos que considerava igualmente bons ou melhores. Villeperce ficava perto de Paris e era agradável para os seus convidados aproveitarem um pouco da zona rural antes de rumar para a capital. Na realidade, Tom muitas vezes ia buscá-los de carro em Orly, já que Villeperce ficava uns sessenta quilômetros ao sul do aeroporto. Somente uma vez não havia conseguido, quando um convidado americano começou a passar mal assim que chegou a sua casa, por algo que devia ter comido antes, e Tom não conseguiu mexer na mala porque o convidado passou o tempo inteiro na cama e acordado em seu quarto. Aquele objeto — outro microfilme de algum tipo — fora recuperado com dificuldade por um homem de Reeves em Paris. Tom não conseguia entender o valor de algumas dessas coisas, mas tampouco entendia toda vez que lia romances de espionagem, e o próprio Reeves era apenas um atravessador e recebia uma porcentagem. Tom sempre ia de carro até outra cidade postar essas coisas, e sempre as despachava com nome e endereço de remetente falsos.

Naquela noite Tom não conseguiu dormir, então saiu da cama, vestiu o roupão de lã roxo — novo e grosso, repleto de fechos de tecido e borlas, um presente de aniversário de Heloise — e desceu até a cozinha. Tinha pensado em pegar uma garrafa de cerveja Super Valsar, mas resolveu fazer um chá. Quase nunca tomava chá, então de certa forma aquilo era adequado, já que ele sentia que era uma noite estranha. Pisou de mansinho na cozinha para não acordar Madame Annette. O chá que Tom preparou ficou vermelho-escuro. Ele tinha posto erva demais no bule. Levou uma bandeja até a sala, serviu uma xícara e pôs-se a andar de um lado para o outro, silencioso com seus chinelos de feltro. Por que não se passar por Derwatt?, pensou. *Meu Deus, sim!* Era essa a solução, a solução perfeita, a única solução.

Derwatt tinha mais ou menos a sua idade. Tom estava com 31 anos, e Derwatt devia ter uns 35. Olhos azul-acinzentados, Tom se lembrava de Cynthia (namorada de Bernard) ou talvez de Bernard ter comentado numa das suas elogiosas descrições de Derwatt, o Imaculado. Derwatt tinha uma barba curta, o que era, ou seria, uma tremenda ajuda para Tom.

Jeff Constant certamente ficaria contente com a ideia. Uma entrevista à imprensa. Tom precisava estudar as perguntas que talvez tivesse que responder e as histórias que teria de contar. Será que Derwatt era tão alto quanto ele? Bem, quem na imprensa saberia? Os cabelos de Derwatt eram mais escuros, pensou Tom. Mas isso poderia ser resolvido. Ele tomou mais chá. Continuou andando pela sala. Sua aparição deveria ser de surpresa, até mesmo para Jeff e Ed — e para Bernard, claro. Ou era isso que eles diriam à imprensa.

Tom tentou se imaginar confrontando o Sr. Thomas Murchison. Fique calmo, demonstre segurança, era essa a essência. Se Derwatt dissesse que um quadro era dele, que ele o havia pintado, quem era Murchison para dizer que não?

Carregado por uma onda de entusiasmo, Tom foi até o telefone. Muitas vezes as telefonistas estavam dormindo àquela hora — duas da manhã, um pouco mais até — e demoravam dez minutos para atender. Tom esperou sentado pacientemente na borda do sofá amarelo. Pensou que Jeff ou alguém precisaria ter alguns apetrechos de maquiagem muito bons à disposição. Tom desejou poder confiar numa garota, Cynthia, por exemplo, para supervisionar isso, mas Cynthia e Bernard haviam rompido uns dois ou três anos antes. Cynthia sabia tudo sobre Derwatt e as falsificações de Bernard e não queria nem ouvir falar nisso, nem nenhum centavo dos lucros, lembrava Tom.

— *Allô, j'écoute* — disse a telefonista num tom irritado, como se Tom a tivesse tirado da cama para pedir um favor.

Tom lhe deu o número do estúdio de Jeff, que tinha num caderninho de endereços junto ao telefone. Teve bastante sorte e a ligação foi completada em cinco minutos. Puxou mais para perto do telefone sua terceira xícara de chá intragável.

— Oi, Jeff. Sou eu, Tom. Como estão as coisas?

— Não melhoraram. Ed está aqui. Estávamos justamente pensando em ligar para você. Está vindo para cá?

— Sim, e tenho uma ideia melhor. E se eu desempenhasse o papel do nosso amigo desaparecido, por algumas horas pelo menos?

Jeff levou um instante para entender.

— Ah, Tom, ótimo! Consegue estar aqui na terça?

— Sim, claro.

— Pode chegar na segunda? Depois de amanhã?

— Acho que não. Mas na terça, sim. Agora escute, Jeff, a maquiagem... Ela precisa ser boa.

— Não se preocupe! Só um segundo! — Ele saiu da ligação para falar com Ed e voltou. — Ed disse que tem uma fonte... Um fornecedor.

— Não anuncie para o público — continuou Tom, calmo, porque pela voz Jeff parecia estar pulando de alegria. — E mais uma coisa: se não der certo, se eu fracassar... precisamos dizer que é uma brincadeira que um amigo seu inventou... Eu. Que não tem nada a ver com... você sabe. — Tom queria dizer com validar a falsificação de Murchison, mas Jeff entendeu na hora.

— Ed quer dar uma palavrinha.

— Alô, Tom — disse a voz mais grave de Ed. — Estamos felicíssimos com a sua vinda. É uma ideia maravilhosa. E você sabe... Bernard tem algumas roupas e coisas dele.

— Isso eu deixo a seu encargo. — Tom sentiu-se subitamente alarmado. — As roupas são o de menos. O problema é o rosto. Providenciem, pode ser?

— Claro. Deus abençoe.

Eles desligaram. Tom se recostou no sofá e relaxou, quase na horizontal. Não, não iria chegar em Londres com muita antecedência. Subir ao palco no último instante, com ímpeto e energia. Informação e ensaios demais podiam ser algo ruim.

Tom se levantou com a xícara de chá fria. Seria divertido e engraçado se conseguisse obter sucesso, pensou enquanto encarava o Derwatt acima da sua lareira. Era um quadro meio rosado de um homem numa cadeira, um homem com vários contornos, de modo que a impressão era que se estava olhando para o quadro através dos óculos distorcidos de outra pessoa. Alguns diziam que Derwatts feriam os olhos. Mas de uma distância de três ou quatro metros isso não acontecia. Aquele não era um Derwatt genuíno, mas sim uma das primeiras falsificações de Bernard Tufts. Do outro lado da sala havia um Derwatt de verdade, *As cadeiras vermelhas*. Duas meninas sentadas lado a lado exibiam um ar de pavor, como se aquele fosse o primeiro dia na escola ou elas estivessem ouvindo algo assustador na igreja. *As cadeiras vermelhas* tinha uns oito ou nove anos. Atrás das meninas, onde quer que estivessem sentadas, tudo estava em chamas. Labaredas amarelas e vermelhas saltavam, esfumaçadas por toques de branco, fazendo com que o fogo não chamasse imediatamente a atenção do espectador. Quando chamava, porém, o efeito emocional era avassalador. Tom adorava os dois quadros. Mas agora tinha quase esquecido de lembrar, ao olhar para eles, que um era falso e o outro, verdadeiro.

Tom rememorou os primeiros e amorfos dias do que era agora a Derwatt Ltda. Tinha conhecido Jeffrey Constant e Bernard Tufts em Londres logo após Derwatt se afogar — provavelmente de modo intencional — na Grécia. O próprio Tom tinha acabado de chegar da Grécia, pouco depois da morte de Dickie Greenleaf. O corpo de Derwatt nunca tinha sido encontrado, mas alguns pescadores da aldeia afirmavam que o tinham visto sair para nadar um dia de manhã e não o viram voltar. Os amigos de Derwatt — e Tom conheceu Cynthia Gradnor durante a mesma visita — tinham ficado profundamente perturbados, afetados de uma forma que Tom jamais vira após uma morte, nem mesmo numa família. Jeff, Ed, Cynthia e Bernard ficaram atordoados. Tinham falado sobre Derwatt de modo sonhador, arrebatador, não apenas como artista, mas como amigo e ser humano. Ele levava uma vida simples em Islington, às vezes se alimentando mal, mas sempre tinha sido generoso com os outros.

As crianças do seu bairro o adoravam e posavam para ele sem esperar qualquer pagamento, mas Derwatt sempre revirava os bolsos para lhes dar o que devia ser seus últimos centavos. E, logo antes de ir para a Grécia, Derwatt tivera uma decepção. Como encomenda do governo, ele havia pintado um mural para uma agência dos correios numa cidade no Norte da Inglaterra. O trabalho fora aprovado na forma de esboço, mas rejeitado na conclusão: nele havia alguém nu, ou excessivamente nu, e Derwatt se recusara a modificá-lo. ("E ele tinha razão, claro!", tinham garantido a Tom os amigos leais de Derwatt.) Mas isso o havia privado de mil libras, com as quais ele estava contando. Tal fato parecia ter sido a gota d'água numa série de decepções — cuja profundidade os amigos de Derwatt não tinham percebido, e por isso se recriminavam. Havia também uma mulher na história, lembrava-se vagamente Tom, motivo de outra decepção para Derwatt, mas que pelo visto não era tão importante para ele quanto as decepções profissionais. Todos os amigos de Derwatt também eram profissionais, a maioria independentes, e trabalhavam bastante, e nos últimos dias em que Derwatt os havia procurado — não para pedir dinheiro, mas querendo companhia em várias noites — tinham dito não estar com tempo para vê-lo. Sem que os amigos soubessem, Derwatt vendeu os poucos móveis que tinha em seu estúdio e viajou para a Grécia, de onde escreveu para Bernard uma carta longa e deprimida. (Tom nunca vira essa carta.) Então veio a notícia do seu desaparecimento ou morte.

A primeira coisa que os amigos de Derwatt fizeram, inclusive Cynthia, foi juntar todos os seus quadros e desenhos para tentar vendê-los. Queriam manter seu nome vivo, queriam que o mundo conhecesse e valorizasse o que ele tinha feito. Derwatt não tinha parentes e, segundo Tom se lembrava, era órfão e não tinha pais adotivos. A lenda de sua morte trágica havia ajudado em vez de atrapalhar; as galerias em geral não se interessavam por quadros de um artista jovem e desconhecido já morto — mas Edmund Banbury, um jornalista independente, havia usado seus contatos e seu talento para publicar matérias sobre Derwatt em jornais, artigos especiais e revistas de arte, e Jeffrey Constant havia tirado fotos dos quadros de Derwatt para ilustrá-las. Poucos meses depois da morte de Derwatt, eles encontraram uma galeria, a Buckmaster, e ainda por cima em Bond Street, disposta a negociar suas obras, e em pouco tempo as telas de Derwatt estavam sendo vendidas por 600 ou 800 libras.

Então aconteceu o inevitável. Os quadros tinham sido todos ou quase todos vendidos, e isso ocorreu quando Tom estava morando em Londres (ele passara dois anos num apartamento em SW1 perto de Eaton Square) e havia esbarrado com Jeff, Ed e Bernard certa noite num pub de Salisbury. Eles estavam novamente tristes, porque os quadros de Derwatt estavam acabando, e foi Tom quem disse:

— Vocês estão indo tão bem, seria uma pena terminar assim. Será que Bernard não consegue produzir alguns quadros no estilo de Derwatt?

Tinha dito isso de brincadeira, ou quase. Mal conhecia o trio, sabia apenas que Bernard era pintor. Mas Jeff, um homem prático como Ed Banbury (e nem um pouco parecido com Bernard), virou-se para Bernard e disse:

— Também pensei nisso. O que você acha, Bernard?

Tom já esquecera a resposta exata de Bernard, mas lembrava-se de que ele havia baixado a cabeça como se estivesse com vergonha ou simplesmente apavorado diante da ideia de falsificar seu ídolo Derwatt. Meses depois, Tom encontrou Ed Banbury numa rua de Londres, e Ed lhe contou todo contente que Bernard conseguira produzir dois excelentes "Derwatts", e que eles tinham vendido um deles na Buckmaster como verdadeiro.

Então, bem mais adiante, logo depois de Tom se casar com Heloise, quando já não morava mais em Londres, Tom, Heloise e Jeff estavam na mesma festa, uma festa grande do tipo em que nunca se encontra nem se vê o anfitrião, e Jeff chamou Tom num canto com um aceno.

— Podemos nos encontrar em algum lugar depois? — perguntou Jeff. — Este aqui é o meu endereço. — E entregou um cartão para Tom. — Pode passar lá por volta das onze horas hoje?

Tom foi à casa de Jeff sozinho, o que fora simples, pois Heloise — que na época não falava muito bem inglês — tinha ficado cansada depois da festa e quis voltar para o hotel. Heloise adorava Londres — suéteres ingleses e Carnaby Street, e as lojas que vendiam cestos de lixo pintados com a Union Jack e placas que diziam coisas como "*Piss off*", coisas que Tom muitas vezes precisava traduzir para ela —, mas dizia ficar com dor de cabeça após passar uma hora tentando falar inglês.

— O nosso problema — tinha dito Jeff nessa noite — é que não podemos continuar fingindo ter encontrado outro Derwatt em algum lugar. Bernard está se saindo bem, mas... Você acha que poderíamos ousar e desencavar um grande tesouro de Derwatt em algum lugar, como na Irlanda, onde ele pintou durante algum tempo, e depois vendê-lo e acabar com o assunto? Bernard não está muito a fim de continuar. Ele tem a sensação de estar traindo Derwatt... de certa forma.

Tom pensou alguns instantes e disse:

— Qual é o problema de Derwatt ainda estar vivo em algum lugar? De estar recluso em algum canto mandando seus quadros para Londres? Isto é, se Bernard puder continuar.

— Aham. Bom... Sim. Talvez na Grécia. Que ótima ideia, Tom! A coisa pode durar para sempre!

— Que tal o México? Acho mais seguro do que a Grécia. Vamos dizer que Derwatt está morando em algum pequeno vilarejo. Não vamos revelar a ninguém o nome do vilarejo... exceto talvez a você, Ed e Cynthia...

— Cynthia, não. Ela está... bem, Bernard não anda se encontrando muito com ela. Consequentemente, nem nós. É até melhor ela não saber muito dessa história.

Jeff tinha ligado para Ed nessa noite para lhe falar sobre a ideia, lembrava-se Tom.

— É só uma ideia — disse Tom. — Não sei se vai dar certo.

Mas deu. Os quadros de Derwatt tinham começado a vir do México, diziam, e a história dramática da sua "ressurreição" fora bastante explorada por Ed Banbury e Jeff Constant em novas matérias de revista, com fotos de Derwatt e de seus (de Bernard) últimos quadros, embora não do próprio Derwatt de fato *no* México, porque Derwatt não permitia jornalistas nem fotógrafos. Os quadros eram mandados de Vera Cruz, e nem mesmo Jeff ou Ed sabiam o nome do vilarejo em que morava. Derwatt talvez estivesse doente da cabeça para viver recluso a esse ponto. Na opinião de alguns críticos, seus quadros eram doentios e deprimidos. Mas eles estavam agora entre as obras mais caras de qualquer artista vivo na Inglaterra, em toda a Europa ou nos Estados Unidos. Ed Banbury tinha escrito para Tom na França lhe oferecendo dez por cento dos lucros, já que o pequeno e leal grupo (que agora contava com apenas três membros, Bernard, Jeff e Ed) era o único beneficiário das vendas de Derwatt. Tom tinha aceitado, principalmente por considerar isso, esse sim, uma espécie de garantia do seu silêncio em relação à farsa. Mas Bernard Tufts estava pintando loucamente.

Jeff e Ed compraram a Galeria Buckmaster. Tom não sabia ao certo se Bernard tinha alguma participação. Vários Derwatts faziam parte de uma coleção permanente da galeria, e o lugar também exibia obras de outros artistas, claro. Esse era mais o trabalho de Jeff do que de Ed, e Jeff havia contratado um assistente, uma espécie de gerente, para a galeria. Mas esse passo adiante, a compra da Buckmaster, tinha ocorrido depois de Jeff e Ed serem abordados por um fabricante de materiais de arte chamado George Janopolos, ou algo assim, que queria criar uma linha de materiais com a etiqueta "Derwatt", que incluiria todo tipo de coisa, desde borrachas até conjuntos de tintas a óleo, e pela qual oferecia a Derwatt um *royalty* de um por cento. Ed e Jeff tinham decidido aceitar em nome de Derwatt (provavelmente com o seu consentimento). Uma empresa fora então criada, chamada Derwatt Ltda.

Tudo isso Tom recordou às quatro da manhã, tremendo um pouco, apesar do roupão digno de um príncipe. Madame Annette sempre diminuía a calefação central durante a noite para economizar. Ele segurou a xícara de chá doce e frio com as duas mãos, ficou encarando sem ver uma fotografia de Heloise — cabelos louros compridos dos dois lados de um rosto esbelto, de formato agradável, e nesse exato instante sem qualquer significado para Tom além de um rosto — e pensou em Bernard trabalhando secretamente em seus falsos Derwatts num quarto fechado, ou mesmo trancado em seu apartamento conjugado. O apartamento de Bernard era bem mixuruca, como sempre fora. Tom nunca tinha visto o *sanctum sanctorum* onde ele pintava suas obras-primas, os Derwatts que rendiam milhares de libras. Se alguém pintava mais falsificações do que os próprios quadros, as falsificações não se tornavam mais naturais, mais reais, mais genuínas para essa pessoa, mais até do que as suas próprias obras? O esforço não acabaria desaparecendo, e o trabalho se transformaria numa coisa natural?

Por fim, Tom se encolheu no sofá amarelo, ainda de chinelos e com os pés cobertos pelo roupão, e dormiu. Não por muito tempo antes de Madame Annette chegar e acordá-lo com um gritinho, ou um arquejo esganiçado, de surpresa.

— Eu devo ter caído no sono lendo — disse Tom, sorrindo e se sentando.

Madame Annette se afastou apressada para fazer o café.

2

Tom reservou lugar num voo para Londres ao meio-dia de terça-feira. Isso lhe daria apenas umas duas horas para ser maquiado e informado de tudo. Não o suficiente para ficar nervoso. Ele foi de carro até Melun sacar dinheiro no banco, em francos.

Eram onze e quarenta, e o banco fechava ao meio-dia. Tom era o terceiro da fila no guichê em que as pessoas recebiam dinheiro vivo, mas infelizmente uma mulher estava entregando dinheiro para o pagamento de salários ou algo do tipo no seu guichê, suspendendo sacos de moedas até o balcão ao mesmo tempo que mantinha os pés colados nos sacos que ainda estavam no chão. Atrás da grade, um caixa com o polegar umedecido contava pilhas de notas de dinheiro o mais depressa possível e anotava o resultado da soma em duas folhas de papel separadas. Quanto tempo aquilo iria durar?, perguntou-se Tom enquanto o relógio avançava em direção ao meio-dia. Achando graça, ele observou a fila se desfazer. Três homens e duas mulheres agora se imprensavam perto da grade e encaravam todo aquele dinheiro com os olhos vidrados, feito cobras fascinadas, como se fosse uma herança deixada por algum parente que tivesse trabalhado a vida inteira por ela. Tom desistiu e saiu do banco. Poderia se virar sem o dinheiro, pensou, e na verdade estava apenas pensando em dá-lo ou vendê-lo a amigos ingleses que pudessem viajar para a França.

Na terça-feira de manhã, quando ele estava fazendo a mala, Madame Annette bateu na porta do seu quarto.

— Estou indo para Munique — disse Tom alegremente. — Vai ter um concerto.

— Ah, Munique! *Bavière*! O senhor precisa levar roupas quentes. — Madame Annette estava acostumada com as suas viagens imprevistas. — Por quanto tempo, Monsieur Tome?

— Dois dias, talvez três. Não se preocupe com recados. Talvez eu ligue para ver se alguém deixou algum.

E então Tom pensou em algo possivelmente útil, um anel mexicano que estava — achava ele — na sua caixa de abotoaduras. Sim, ali estava ele, entre abotoaduras e botões, um anel de prata pesado com duas cobras enrodilhadas. Tom não gostava dele e tinha esquecido como o adquirira, mas pelo menos ele era mexicano. Soprou-o, esfregou-o numa das pernas da calça e o guardou no bolso.

O correio das dez e meia trouxe três itens: uma conta telefônica, polpuda dentro do envelope por causa de folhas distintas para cada ligação para fora de Villeperce; uma carta de Heloise; e uma carta via aérea dos Estados Unidos endereçada numa caligrafia que Tom não conhecia. Ele virou o envelope e se espantou ao ver o nome Christopher Greenleaf no verso, com um endereço de remetente de São Francisco. Quem era Christopher? Abriu primeiro a carta de Heloise.

11 de outubro de 19**

Chéri,

Estou feliz e muito tranquila agora. Comida muito boa. Pescamos peixes no barco. Zeppo manda um beijo. [Zeppo era o seu anfitrião grego moreno, e Tom podia lhe dizer o que fazer com seu beijo.]

Aprendi a andar melhor de bicicleta. Fizemos muitas viagens para o interior, que é seco. Zeppo tira fotos. Como estão as coisas em Belle Ombre? Estou com saudades. Você está feliz? Muitos convites? [Será que isso queria dizer convidados, ou convites mesmo?] Está pintando? Não tive notícias de Papa.

Beijo para Madame A. Um beijo para você.

O resto estava em francês. Ela queria que ele lhe enviasse um maiô vermelho que estava na pequena *commode* do seu banheiro. Ele mandaria por correio aéreo. O iate tinha uma piscina aquecida. Tom subiu na mesma hora até o andar de cima, onde Madame Annette ainda estava arrumando seu quarto, e lhe confiou essa última tarefa, dando-lhe uma nota de 100 francos porque pensou que ela pudesse ficar escandalizada com o preço da encomenda por via aérea e tentada a despachá-la por correio comum.

Então desceu e abriu apressado a carta de Greenleaf, pois precisava sair para Orly dali a poucos minutos.

12 de outubro de 19**

Prezado Sr. Ripley,

Sou primo de Dickie e chegarei à Europa na semana que vem, provavelmente primeiro em Londres, embora não consiga me decidir se vou a Paris antes. De toda forma, achei que seria agradável se pudéssemos nos encontrar. Meu tio Herbert me deu seu endereço e disse que o senhor não mora longe de Paris. Não tenho seu número de telefone, mas posso procurá-lo.

Para contar um pouco sobre mim mesmo, tenho 20 anos e estudo na Universidade de Stanford. Prestei um ano de serviço militar, durante o qual interrompi meus estudos. Vou voltar para Stanford e me formar em engenharia, mas antes disso vou tirar um ano para conhecer a Europa e relaxar. Vários rapazes fazem isso agora. A pressão por toda parte é tremenda. Nos Estados Unidos, quero dizer, mas talvez o senhor esteja há tanto tempo na Europa que não saiba do que estou falando.

Meu tio me falou muito sobre o senhor. Disse que o senhor era muito amigo de Dickie. Conheci Dickie quando tinha 11 anos e ele, 21. Lembro-me de um cara alto e louro. Ele foi visitar minha família na Califórnia.

Por favor, diga-me se estará em Villeperce no final de outubro, começo de novembro. Enquanto isso, torço para nos encontrarmos.

Atenciosamente,
Chris Greenleaf

Daquilo ali ele iria se desvencilhar com educação, pensou Tom. De nada adiantava fazer um contato mais próximo com a família Greenleaf. Muito esporadicamente Herbert Greenleaf lhe escrevia, e Tom sempre respondia, cartas educadas e agradáveis.

— Madame Annette, cuide de tudo por aqui — disse Tom ao sair.

— Como disse?

Ele traduziu para o francês da melhor maneira que conseguiu.

— *Au revoir*, Monsieur Tome! *Bon voyage*! — Madame Annette lhe acenou da porta da frente.

Tom pegou o Alfa Romeo vermelho, um dos dois carros que estavam na garagem. Em Orly, estacionou na garagem interna dizendo que seria por dois ou três dias. Comprou uma garrafa de uísque no terminal a fim de levar para a gangue. Já tinha uma garrafa grande de Pernod na mala (já que só podia entrar em Londres com uma única garrafa), pois tinha descoberto que se passasse na fila verde e mostrasse a garrafa, o fiscal não lhe pediria para abrir a mala. No avião, comprou Gauloises sem filtro, que sempre faziam sucesso em Londres.

Estava garoando na Inglaterra. O ônibus se arrastou pelo lado esquerdo da estrada, passando pelas casas de família cujos nomes sempre faziam Tom sorrir, embora ele quase não conseguisse lê-los por causa da chuva. BIDE-A-WEE. Inacreditável. MILFORD HAVEN. DUN WANDERING. Os nomes ficavam pendurados em plaquinhas. INGLEENOOK. SIT-YE-DOON. Meu Deus. Então veio o trecho de casas vitorianas imprensadas que tinham sido transformadas em pequenos hotéis, com nomes grandiosos em luzes de néon entre colunas dóricas nas portas de entrada: MANCHESTER ARMS, KING ALFRED, CHESHIRE HOUSE. Tom sabia que por trás da refinada respeitabilidade daqueles saguões estreitos alguns dos melhores assassinos da atualidade se refugiavam por uma ou duas noites, parecendo eles próprios igualmente respeitáveis. A Inglaterra era a Inglaterra, graças a Deus!

O que chamou sua atenção em seguida foi um cartaz colado num poste do lado esquerdo da rua. Estava escrito DERWATT em letras pretas graúdas inclinadas para baixo — a assinatura do pintor —, e a imagem reproduzida em cores sob a luz fraca parecia roxo-escura ou preta e se assemelhava um pouco à tampa erguida de um piano de cauda. Uma nova falsificação de Bernard Tufts, sem dúvida. Havia outro cartaz igual alguns metros mais adiante. Foi estranho se sentir tão "anunciado" por toda Londres, e no entanto chegar de modo tão discreto, pensou Tom ao saltar do ônibus no Terminal de West Kensington, sem ninguém reparar nele.

Do terminal, ligou para Jeff Constant em seu estúdio. Ed Banbury atendeu.

— Entre num táxi e venha direto para cá! — disse Ed, soando extremamente feliz.

O estúdio de Jeff ficava em Saint John's Wood. No segundo andar — primeiro para os ingleses — à esquerda. Era um prediozinho bem respeitável, nem esnobe nem acabado.

Ed escancarou a porta.

— Tom, meu Deus, que prazer em vê-lo!

Eles apertaram as mãos com firmeza. Ed era mais alto do que Tom, com cabelos louros escorridos que tinham tendência a cair por cima das orelhas, obrigando-o a viver o tempo inteiro jogando-os para o lado. Tinha cerca de 35 anos.

— E onde está Jeff? — Tom pescou os Gauloises e o uísque dentro da bolsa de rede vermelha, em seguida o Pernod contrabandeado dentro da mala. — Para a casa.

— Ah, bacana! Jeff está na galeria. Escute, Tom, você vai *mesmo* fazer isso? Porque estou com tudo aqui e não temos muito tempo.

— Eu vou tentar — disse Tom.

— Bernard já devia ter chegado. Ele vai nos ajudar. Dar informações. — Ed olhou ansioso para seu relógio de pulso.

Tom havia tirado o sobretudo e o paletó.

— Derwatt não pode chegar um pouco atrasado? O *vernissage* não é às cinco?

— Ah, claro. Só precisamos estar lá às seis, mas eu quero testar a maquiagem. Jeff disse para lembrar que você não é muito mais baixo do que Derwatt era. E quem se lembra desses dados? Imaginando que eu algum dia os tenha escrito em algum lugar? E Derwatt tinha olhos cinza-azulados. Mas os seus vão servir. — Ed riu. — Quer um chá?

— Não, obrigado. — Tom estava encarando o paletó azul-escuro no sofá de Jeff. A roupa parecia larga demais e não estava passada a ferro. Um par de sapatos pretos feios estava no chão junto ao sofá. — Por que não toma um drinque? — sugeriu Tom, pois Ed parecia nervoso feito um gato.

Como sempre, o nervosismo alheio estava fazendo Tom se sentir calmo.

A campainha tocou.

Ed foi receber Bernard Tufts.

Tom estendeu a mão.

— Bernard, como vai?

— Tudo bem, obrigado — respondeu Bernard com uma voz infeliz.

Ele era magro e tinha a pele amarronzada, cabelos pretos lisos e olhos escuros delicados.

Tom achou melhor não tentar conversar com Bernard naquele momento, mas simplesmente se mostrar eficiente.

Ed encheu uma bacia com água no minúsculo, porém moderno, banheiro de Jeff, e Tom se submeteu a tingir os cabelos para deixá-los mais escuros. Bernard começou a falar, mas apenas após uma pressão hesitante e em seguida mais firme de Ed.

— Ele andava levemente curvado — disse Bernard. — A voz... Ele era um pouco tímido em público. A voz era meio monótona, eu acho. Assim, se é que consigo imitar — disse Bernard num tom tedioso. — De vez em quando ele ria.

— E todos nós não rimos? — perguntou Tom, dando ele próprio uma risada nervosa. Tom agora estava sentado numa cadeira reta, com os cabelos sendo penteados por Ed. À sua direita havia uma bandeja com o que pareciam ser aparas do chão de um barbeiro, mas Ed as sacudiu e tratava-se de uma barba presa a um fino tecido bege. — Meu Deus, tomara que as luzes sejam fracas — murmurou Tom.

— Nós vamos cuidar disso — disse Ed.

Enquanto Ed trabalhava no bigode, Tom tirou seus dois anéis, um deles uma aliança de casamento, o outro o anel de Dickie Greenleaf, e os guardou no bolso. Pediu a Bernard que lhe trouxesse o anel do bolso esquerdo da sua calça, que assim o fez. Os dedos magros de Bernard estavam frios e trêmulos. Tom quis lhe perguntar como estava Cynthia e lembrou que Bernard e ela não namoravam mais. Os dois iam se casar, recordou. Ed manuseava uma tesoura nos cabelos de Tom para criar um tufo na frente.

— E Derwatt... — Bernard não completou a frase, pois sua voz tinha falhado.

— Ah, Bernard, cale a boca! — disse Ed, com um riso histérico.

Bernard também riu.

— Me desculpe. Me desculpe mesmo. — Ele soou arrependido, como se estivesse sendo sincero.

A barba estava sendo posta com cola.

— Eu quero que você ande um pouco aqui, Tom — disse Ed. — Para se acostumar. Na galeria... Você não vai precisar entrar com todo mundo, decidimos que é melhor não. Tem uma porta nos fundos, e Jeff vai abri-la para nós. Vamos convidar alguns jornalistas para entrar na sala, entendeu, e no recinto vai haver só uma luminária de pé. Nós tiramos uma luminária pequena e a lâmpada do teto para ela *não* acender.

Tom sentiu a barba cheia de cola fria no rosto. No espelho do banheiro de Jeff, pensou que estava um pouco parecido com D. H. Lawrence. Tinha a boca rodeada de pelos. A sensação lhe desagradava. Abaixo do espelho, numa pequena prateleira, havia três retratos de Derwatt apoiados em pé: Derwatt lendo um livro numa espreguiçadeira com a manga da camisa dobrada, Derwatt em pé com um homem que Tom não conhecia, de frente para a câmera. Em todas as fotos Derwatt usava óculos.

— Os óculos — disse Ed, como se tivesse lido o pensamento de Tom.

Tom pegou os óculos de armação redonda que Ed lhe entregou e os colocou no rosto. Assim estava melhor. Tom sorriu, de leve para não estragar a barba que ainda não havia secado. As lentes dos óculos pareciam ser de vidro. Tom voltou para o estúdio andando meio curvado e disse, no que torceu para ser a voz de Derwatt:

— Agora me contem sobre esse tal de Murchison...

— Mais grave! — disse Bernard, agitando com fúria as mãos magras.

— Esse tal de Murchison — repetiu Tom.

— M-Murchison, segundo Jeff, acha que... Derwatt voltou para uma técnica antiga — disse Bernard. — No quadro dele chamado *O relógio*, entendeu? Para dizer a verdade, não sei o que ele quer dizer com isso... especificamente. — Bernard balançou a cabeça depressa, tirou um lenço de algum lugar e assoou o nariz. — Acabei de olhar uma das fotos que Jeff tirou de *O relógio*. Há três anos não o vejo, entendeu? Não o quadro em si. — Bernard falava bem baixinho, como se as paredes pudessem escutar.

— Murchison é um especialista? — perguntou Tom, pensando sobre o que seria um especialista.

— Não, ele é só um empresário americano — disse Ed. — Um colecionador. Está obcecado pela questão.

Era mais do que isso, pensou Tom, caso contrário, eles não estariam tão abalados.

— Eu preciso estar preparado para alguma coisa específica?

— Não — respondeu Ed. — Precisa, Bernard?

Bernard quase arquejou, em seguida tentou rir, e por um segundo ficou com o mesmo aspecto que costumava ter anos antes, mais jovem, ingênuo. Tom se deu conta de que Bernard estava mais magro do que na última vez que o vira, três ou quatro anos antes.

— Quem dera eu soubesse — respondeu Bernard. — Você só precisa... defender o fato de que o quadro *O relógio* é de Derwatt.

— Confie em mim — disse Tom. Ele estava andando para lá e para cá, treinando a corcunda, adotando um ritmo mais lento que torceu para estar correto.

— Mas — continuou Bernard — se Murchison quiser continuar o que quer que esteja dizendo, o que quer que seja... aquele seu quadro *Homem na cadeira*, Tom...

Uma falsificação.

— Ele nunca precisa ver esse quadro — disse Tom. — Eu mesmo o adoro.

— *A banheira* — acrescentou Bernard. — Esse está na exposição.

— Você está preocupado com isso? — perguntou Tom.

— É a mesma técnica — respondeu Bernard. — Talvez.

— Então você sabe a que técnica Murchison está se referindo? Por que não tira *A banheira* da exposição se está preocupado com esse quadro?

— Ele foi anunciado no programa — disse Ed. — Ficamos com medo de que, se tirássemos, Murchison pudesse querer ver, saber quem comprou e tal.

A conversa não estava indo a lugar algum, porque Tom não conseguia obter uma explicação clara do que eles, ou Murchison, queriam dizer quando se referiam à técnica utilizada nesses quadros específicos.

— Você não vai encontrar Murchison, então pare de se preocupar — disse Ed para Bernard.

— Você o encontrou? — perguntou Tom a Ed.

— Não, só Jeff. Hoje de manhã.

— E como ele é?

— Segundo Jeff, cinquenta e poucos anos, um americano grandão. Educado, mas cabeça-dura. Não tinha um cinto nesta calça?

Tom apertou o cinto da calça. Deu uma cheirada na manga do paletó. Sentiu um leve cheiro de naftalina, que provavelmente não seria notado com toda a fumaça de cigarro. E, de toda forma, Derwatt poderia ter passado os últimos anos usando roupas mexicanas, e suas roupas europeias poderiam ter ficado guardadas. Tom se olhou num espelho comprido debaixo de um dos spots de luz muito fortes que Ed havia acendido, e de repente se encolheu de tanto rir. Virou-se e falou:

— Desculpem, eu só estava pensando que, levando em conta a fantástica renda de Derwatt, ele com certeza é apegado às suas coisas antigas!

— Tudo bem, ele é um recluso — disse Ed.

O telefone tocou. Ed atendeu e Tom o ouviu tranquilizar alguém do outro lado da linha, sem dúvida Jeff, de que Tom tinha chegado e estava pronto.

Tom não estava se sentindo inteiramente pronto. Estava suando de nervoso. Tentando soar alegre, perguntou a Bernard:

— Como vai Cynthia? Você a vê de vez em quando?

— Eu não a vejo mais. Não com frequência. — Bernard olhou para Tom e tornou a olhar para o chão.

— O que ela vai dizer quando descobrir que Derwatt voltou para Londres por alguns dias? — perguntou Tom.

— Eu não acho que ela vá dizer nada — respondeu Bernard, desanimado. — Ela não vai... não vai estragar tudo, tenho certeza de que não vai.

Ed terminou sua ligação.

— Cynthia não vai dizer nada, Tom. Ela é assim. Você se lembra dela, não se lembra?

— Sim. Um pouco — respondeu Tom.

— Se ela não disse nada até agora, não vai mais dizer — comentou Ed, e o modo como ele falou fez parecer que estava dizendo: "Ela não é estraga-prazeres nem linguaruda."

— Ela é *mesmo* maravilhosa — disse Bernard num tom sonhador para ninguém em especial. De repente, ele se levantou e saiu correndo para o banheiro, talvez porque precisasse ir, mas pode ser que tenha sido para vomitar.

— Não se preocupe com Cynthia, Tom — tranquilizou Ed baixinho. — Nós moramos com ela, entende? Quero dizer, moramos aqui em Londres. Ela ficou quieta por três anos mais ou menos. Bom, você sabe... desde que terminou com Bernard. Ou que ele terminou com ela.

— Ela está feliz? Conheceu outra pessoa?

— Ah, ela tem um namorado, eu acho.

Bernard estava voltando.

Tom tomou um uísque. Bernard tomou um Pernod e Ed não tomou nada. Estava com medo de beber, falou, porque tinha tomado um sedativo. Às cinco da tarde, Tom já tinha sido informado ou atualizado sobre várias coisas: a cidade na Grécia onde Derwatt fora visto oficialmente pela última vez, quase seis anos antes. Caso lhe perguntassem, deveria dizer que saíra da Grécia com outro nome num navio-tanque grego com destino a Vera Cruz, trabalhando como lubrificador e pintor no navio.

Eles pegaram emprestado o sobretudo de Bernard, que tinha um aspecto de mais desgastado do que o de Tom ou do que qualquer um dos de Jeff que estavam no armário. Tom e Ed então partiram, deixando Bernard no estúdio de Jeff, onde todos se encontrariam mais tarde.

— Meu Deus, ele está mal mesmo — disse Tom na calçada. Estava andando curvado. — Por quanto tempo vai conseguir viver assim?

— Não julgue pelo dia de hoje. Ele vai seguir em frente. Fica sempre assim quando tem uma exposição.

Bernard era o velho burro de carga, pensou Tom. Ed e Jeff vicejavam com o dinheiro extra, a boa comida e a vida boa. Bernard apenas produzia os quadros que tornavam isso possível.

Tom se desviou abruptamente de um táxi, que não esperava ver surgir do lado esquerdo da rua.

Ed sorriu.

— Isso foi ótimo. Continue assim.

Eles chegaram a um ponto de táxi e entraram em um.

— E esse... que cuida ou que administra a galeria — disse Tom. — Qual é o nome dele?

— Leonard Hayward — respondeu Ed. — Tem uns 26 anos. Uma bicha louca, digna de uma daquelas butiques em King's Road, mas é um cara legal. Jeff e eu lhe revelamos o segredo. Fomos obrigados. Na verdade é mais seguro, porque ele não pode nos chantagear tendo assinado um acordo conosco para cuidar da galeria, e ele assinou. Nós lhe pagamos muito bem e ele se diverte. Também traz alguns bons compradores. — Ele olhou para Tom e sorriu. — Não se esqueça, um pouco de sotaque proletário. Se bem me lembro, você sabe imitar muito bem.

3

Ed Banbury tocou uma campainha junto a uma porta vermelho-escura situada nos fundos de um prédio. Tom ouviu uma chave girar, e a porta então se abriu e revelou Jeff, que os encarou radiante.

— Tom! Ficou ótimo! — sussurrou Jeff.

Eles desceram um corredor curto e entraram numa sala aconchegante onde havia uma escrivaninha e uma máquina de escrever, livros e um carpete de cor creme no chão. Telas e portfólios com desenhos estavam apoiados na parede.

— Não sei nem lhe dizer quanto você está parecido... Derwatt! — Jeff deu um tapinha no ombro de Tom. — Espero que isso não faça sua barba cair.

— Nem mesmo um vento forte faria — disse Ed.

Jeff Constant tinha engordado e seu rosto estava corado — ou talvez ele andasse fazendo bronzeamento artificial. Os punhos de sua camisa estavam enfeitados com abotoaduras de ouro quadradas e seu terno listrado de azul e preto parecia novinho em folha. Tom reparou que uma peruca — o que chamavam de aplique — cobria uma parte calva no alto da cabeça de Jeff, que Tom sabia que àquela altura devia estar bem pelada. Da porta fechada que conduzia à galeria vinha um burburinho de vozes, muitas vozes, em meio às quais uma risada de mulher saltava como uma toninha na superfície de um mar agitado, pensou Tom, embora não estivesse com cabeça para poemas naquele momento.

— Seis horas — anunciou Jeff, exibindo mais o punho para olhar o relógio de pulso. — Agora vou avisar discretamente alguns jornalistas que Derwatt chegou. Como estamos na Inglaterra, não vai haver nenhum...

— Ha-ha! Não vai haver nenhum o quê? — interrompeu Ed.

— ... nenhum *estouro de boiada* — disse Jeff com firmeza. — Vou cuidar para que não haja.

— Você fica sentado aqui. Ou em pé, como preferir — disse Ed, apontando para a escrivaninha posicionada na diagonal com uma cadeira atrás.

— O tal do Murchison está aqui? — perguntou Tom com a voz de Derwatt.

O sorriso fixo de Jeff se alargou, mas um pouco ansioso.

— Ah, sim. Você deveria vê-lo, é claro. Mas depois da imprensa. — Jeff estava nervoso, ansioso para sair, embora pela sua cara pudesse ter dito mais coisa, e se retirou.

A chave girou na fechadura.

— Tem água aqui? — perguntou Tom.

Ed lhe mostrou um pequeno banheiro, que tinha sido escondido por uma estante falsa. Tom deu um gole apressado e, quando estava saindo do banheiro, dois jornalistas estavam entrando acompanhados por Jeff, com expressões perplexas de surpresa e curiosidade. Um deles tinha 50 e poucos anos, o outro estava na casa dos 20, mas suas expressões eram bem semelhantes.

— Permita-me apresentar o Sr. Gardiner, do *Telegraph* — disse Jeff. — Derwatt. E o Sr...

— Perkins — disse o mais novo. — *Sunday*...

Outra batida na porta antes de eles poderem se cumprimentar. Tom caminhou curvado em direção à escrivaninha, num passo quase reumático. A única lâmpada do recinto estava perto da porta que dava para a galeria, a uns bons três metros dele. Mas Tom havia reparado que o Sr. Perkins carregava uma câmera com flash.

Quatro outros homens e uma mulher tiveram sua entrada permitida. Naquelas circunstâncias, a coisa que Tom mais temia eram os olhos de uma mulher. Ela lhe foi apresentada como Srta. Eleanor Não sei das Quantas, do *Manchester* sei lá o quê.

As perguntas então começaram a chover, embora Jeff tenha sugerido que cada jornalista fizesse as suas perguntas, um de cada vez. Foi uma sugestão inútil, já que cada jornalista estava ansioso demais para ter as próprias perguntas respondidas.

— O senhor pretende morar no México indefinidamente, Sr. Derwatt?

— Sr. Derwatt, estamos muito surpresos por vê-lo aqui. O que o fez decidir vir a Londres?

— Não me chame de *Senhor* Derwatt — disse Tom, mal-humorado. — Apenas Derwatt.

— O senhor gosta do último... conjunto de telas que pintou? Acha que são as suas melhores?

— Derwatt... o senhor está vivendo sozinho no México? — perguntou Eleanor não sei do quê.

— Sim.

— Pode nos dizer o nome do vilarejo em que o senhor mora?

Três outros homens entraram, e Tom percebeu Jeff pedindo que um deles esperasse do lado de fora.

— A única coisa que eu não vou lhes dizer é o nome do vilarejo em que moro — disse Tom, devagar. — Não seria justo com os moradores.

— Derwatt, ahn...

— Derwatt, alguns críticos disseram...

Alguém estava esmurrando a porta.

Jeff a esmurrou de volta e berrou:

— Mais ninguém por enquanto, por favor!

— Alguns críticos disseram...

A porta então emitiu um som de madeira rachando, e Jeff a escorou com o ombro. Tom viu que a porta não iria ceder e tirou seus olhos calmos dela para encarar o jornalista que estava lhe fazendo a pergunta.

— ... disseram que a sua obra parece um período de Picasso relacionado ao cubismo, quando ele começou a dividir rostos e formas.

— Eu não tenho períodos — disse Tom. — Picasso tem períodos. É por isso que não se pode mexer com Picasso... isso se alguém quiser fazer isso. É impossível dizer "Eu gosto de Picasso", porque nenhum período isolado vem à mente. Picasso brinca. Tudo bem. Mas, ao fazer isso, ele destrói o que poderia ser uma... uma personalidade genuína e integrada. Qual é a personalidade de Picasso?

Os jornalistas escreviam com atenção.

— Qual é o seu quadro preferido desta exposição? De qual o senhor acha que gosta mais?

— Eu não tenho... Não, não posso dizer que eu tenha um quadro preferido nesta exposição. Obrigado. — Derwatt fumava? Que se dane. Tom estendeu a mão para os Craven A de Jeff e acendeu um com um isqueiro antes de dois jornalistas poderem se lançar em cima do seu cigarro. Tom se recostou para proteger a barba do fogo. — Meus preferidos são talvez os antigos... *As cadeiras vermelhas*, *Mulher caindo*, talvez. Vendido, infelizmente. — Do nada, Tom havia se lembrado desse último título. Ele de fato existia.

— Onde ele está? Eu nunca o vi, mas conheço o quadro de nome — disse alguém.

Timidamente, recluso, Tom manteve os olhos fixos no mata-borrão de couro sobre a escrivaninha de Jeff.

— Esqueci. *Mulher caindo*. Vendido para um americano, eu acho.

Os jornalistas voltaram à enxurrada.

— O senhor está satisfeito com suas vendas, Derwatt?

(Quem não estaria?)

— O México o inspira? Reparei que não há nenhuma tela na exposição ambientada no México.

(Um leve obstáculo, mas Tom conseguiu superá-lo. Ele sempre havia pintado a partir da imaginação.)

— O senhor pode pelo menos descrever a casa onde mora no México, Derwatt? — perguntou Eleanor.

(Isso Tom podia fazer. Uma casa de um andar só com quatro cômodos. Uma bananeira na frente. Uma moça vinha fazer a faxina todas as manhãs às dez e fazia umas comprinhas para ele ao meio-dia, trazendo tortilhas recém-saídas do forno que ele comia no almoço com feijão-vermelho — *frijoles.* Sim, havia pouca carne de boi, mas havia carne de bode. O nome da moça? Juana.)

— As pessoas o chamam de Derwatt no vilarejo?

— Antes chamavam, e posso dizer a vocês que eles tinham um jeito bem diferente de pronunciar meu nome. Agora é Filipo. Não é preciso nenhum outro nome a não ser dom Filipo.

— Eles não fazem ideia de que o senhor seja *Derwatt*?

Tom tornou a rir um pouco.

— Eu não acho que eles estejam muito interessados no *The Times* ou na *Arts Review* ou em sei lá o quê.

— O senhor sentiu falta de Londres? Como lhe parece a cidade?

— Foi só um capricho que o fez voltar agora? — perguntou o jovem Perkins.

— Sim. Só um capricho. — Tom sorriu o sorriso gasto e filosófico de um homem que havia passado anos admirando sozinho as montanhas mexicanas.

— O senhor às vezes visita a Europa... no anonimato? Sabemos que gosta de reclusão...

— Derwatt, eu ficaria muito agradecido se o senhor tivesse dez minutos amanhã. Posso perguntar onde o senhor...

— Desculpe, eu ainda não decidi onde vou me hospedar — disse Tom.

Jeff incentivou delicadamente os jornalistas a irem embora, e as câmeras começaram a disparar. Tom olhou para baixo e, a pedidos, ergueu o rosto para uma ou duas fotos. Jeff deixou entrar um garçom de paletó branco com uma bandeja de bebidas. A bandeja foi esvaziada num piscar de olhos.

Tom levantou uma das mãos num gesto de despedida tímido e gracioso.

— Obrigado a todos.

— Mais ninguém, por favor — disse Jeff à porta.

— Mas eu...

— Ah, Sr. Murchison. Entre, por favor — disse Jeff. Ele se virou para Tom. — Derwatt, este é o Sr. Murchison. Dos Estados Unidos.

O Sr. Murchison era grandalhão e tinha um rosto agradável.

— Como vai, Sr. Derwatt? — disse ele sorrindo. — Que presente inesperado encontrá-lo aqui em Londres!

Eles trocaram um aperto de mãos.

— Como vai? — cumprimentou Tom.

— E este é Edmund Banbury — apresentou Jeff. — Sr. Murchison.

Ed e o Sr. Murchison trocaram cumprimentos.

— Eu tenho um dos seus quadros... *O relógio*. Na verdade, eu o trouxe comigo. — O Sr. Murchison agora exibia um largo sorriso enquanto encarava Tom com fascínio e respeito, e Tom torceu para seu olhar ser ofuscado pela surpresa de estar vendo-o de fato.

— Ah, sim — disse Tom.

Jeff trancou a porta mais uma vez sem fazer barulho.

— Não quer se sentar, Sr. Murchison?

— Sim, obrigado. — Murchison sentou-se numa cadeira de encosto reto.

Sem dizer nada, Jeff começou a recolher os copos vazios das bordas de prateleiras e da escrivaninha.

— Bem, para ir direto ao ponto, Sr. Derwatt, eu... eu estou interessado em uma determinada mudança de técnica que o senhor demonstra em *O relógio*. Sabe a que quadro estou me referindo, claro. — disse Murchison.

Seria aquela uma pergunta casual ou capciosa?, perguntou-se Tom.

— Claro — disse.

— Pode descrevê-lo?

Tom continuava em pé. Um leve calafrio o percorreu. Ele sorriu.

— Eu nunca consigo descrever meus quadros. Não me espantaria se não tivesse relógio algum nele. O senhor sabia, Sr. Murchison, que eu nem sempre escolho os títulos? E como alguém conseguiu extrair *Meio-dia de domingo* dessa tela específica está além da minha compreensão. (Tom tinha dado uma olhada no programa da mostra e nos vinte e oito Derwatts agora em exibição, programa que Jeff ou alguém previdentemente abrira e posicionara sobre o mata-borrão da escrivaninha.) — Foi você, Jeff?

Jeff riu.

— Não, eu acho que foi Ed. Aceita uma bebida, Sr. Murchison? Posso ir buscar no bar.

— Não, obrigado. Estou bem. — O Sr. Murchison então se dirigiu a Tom. — É um relógio preto-azulado que está sendo segurado por... o senhor se lembra? — Ele sorriu como se estivesse apresentando um enigma inocente.

— Uma menininha, acho eu... que está de frente para o observador, digamos?

— Humm. Certo — disse Murchison. — Mas o senhor, afinal, não pinta muitos menininhos, não é?

Tom deu uma risadinha, aliviado por ter adivinhado certo.

— Eu acho que prefiro menininhas.

Murchison acendeu um Chesterfield. Tinha olhos castanhos, cabelos castanho-claros ondulados e um maxilar quadrado coberto por apenas um tiquinho de carne em excesso, assim como o restante dele.

— Eu gostaria que o senhor visse o meu quadro. Tenho um motivo. Me dê licença um instante. Deixei-o junto com os casacos.

Jeff o deixou sair, então tornou a trancar a porta.

Jeff e Tom se entreolharam. Ed estava em pé diante de uma parede de livros, em silêncio. Num sussurro, Tom falou:

— Sério, rapazes, se a maldita tela estava na chapelaria esse tempo todo, um de vocês não podia ter ido lá e tocado fogo nela?

— Ha-ha! — riu Ed, nervoso.

O sorriso carnudo de Jeff parecia um tique nervoso, mas ele manteve a pose como se Murchison ainda estivesse na sala.

— Bem, vamos ouvir o que ele tem a dizer — disse Tom com uma voz lenta e confiante de Derwatt.

Tentou fazer os punhos da camisa se projetarem para fora do paletó com um gesto dos ombros, mas não conseguiu.

Murchison voltou trazendo um quadro embrulhado em papel pardo debaixo de um dos braços. Era um Derwatt de tamanho médio, talvez uns sessenta centímetros por noventa.

— Paguei 10 mil dólares por ele — disse o americano, sorrindo. — O senhor talvez ache um descuido da minha parte deixá-lo na chapelaria, mas eu tenho tendência a confiar nas pessoas. — Ele estava abrindo o embrulho com o auxílio de um canivete. — Conhece este quadro? — perguntou ele.

Tom sorriu para o quadro.

— É claro que sim.

— Lembra-se de tê-lo pintado?

— O quadro é meu — disse Tom.

— São os roxos nele que me interessam. O roxo. Isto aqui é um violeta-cobalto convencional... como o senhor provavelmente pode ver melhor do que eu. — O Sr. Murchison sorriu por alguns instantes, quase como quem pede desculpas. — O quadro tem no mínimo três anos, porque eu o comprei três anos atrás. Mas, se não me engano, o senhor abandonou o violeta-cobalto em troca de uma mistura de vermelho de cádmio e azul-ultramarino uns cinco ou seis anos atrás. Não sei precisar a data.

Tom ficou em silêncio. No quadro de Murchison, o relógio era preto e roxo. As pinceladas e a cor se pareciam com as de *Homem na cadeira* (pintado por Bernard) que ele tinha em casa. Tom não sabia exatamente em quê, no departamento dos roxos, Murchison estava insistindo. Uma menininha de vestido rosa e verde-maçã segurava o relógio, ou melhor, tinha a mão pousada nele, uma vez que o relógio era grande e estava em cima de uma mesa.

— Para dizer a verdade, eu esqueci — disse Tom. — Pode ser que eu tenha usado violeta-cobalto puro nesse.

— E também no quadro chamado *A banheira* que está aí — disse Murchison, apontando a cabeça em direção à galeria. — Mas em nenhum dos outros. Eu acho isso curioso. Um pintor em geral não volta para uma cor que ele já descartou. A combinação de vermelho de cádmio e azul-ultramarino é bem mais interessante... na minha opinião. Sua nova escolha.

Tom não estava preocupado. Será que deveria estar mais preocupado? Deu de ombros levemente.

Jeff tinha entrado no pequeno banheiro e estava lidando com copos e cinzeiros.

— Há quantos anos o senhor pintou *O relógio*? — perguntou Murchison.

— Isso infelizmente eu não posso lhe dizer — disse Tom com franqueza. Ele havia entendido a que Murchison estava se referindo, pelo menos no que dizia respeito ao tempo, e ainda arrematou. — Poderia ter sido uns quatro ou cinco anos atrás. É um quadro antigo.

— Ele não me foi vendido como antigo. E *A banheira*. Esse foi pintado no ano passado, e tem o mesmo violeta-cobalto puro.

O cobalto para produzir sombras, por assim dizer, não era dominante em *O relógio*. Murchison tinha um olho de águia. Tom achava que *As cadeiras vermelhas* — o Derwatt anterior e legítimo — tinha o mesmo cobalto puro e se perguntou se o quadro teria uma data gravada. Se ele pudesse dizer que *As cadeiras vermelhas* tinha apenas três anos, provar isso de algum modo, Murchison poderia simplesmente ir para o inferno. *Preciso verificar isso mais tarde com Jeff e Ed*, pensou Tom.

— O senhor com certeza se lembra de ter pintado *O relógio*? — perguntou Murchison.

— Eu sei que o quadro é meu — respondeu Tom. — Talvez eu estivesse na Grécia ou na Irlanda quando o pintei, porque não me lembro de datas, e as datas que a galeria pode ter nem sempre são as datas em que pintei.

— Eu não acho que *O relógio* seja um trabalho seu — disse Murchison com uma convicção norte-americana simpática.

— Meu Deus do céu, por quê? — A simpatia de Tom foi equivalente à de Murchison.

— Eu sei que sou muito atrevido em sugerir uma coisa dessas. Mas já vi alguns dos seus trabalhos anteriores num museu na Filadélfia. Se me permite dizer isso, Sr. Derwatt, o senhor é...

— Me chame apenas de Derwatt. Eu prefiro.

— Derwatt. O senhor é tão prolífico que eu acho que poderia esquecer... melhor dizendo, não se lembrar de um quadro. É bem verdade que *O relógio* tem o seu estilo e o tema é típico do seu...

Jeff, assim como Ed, estava escutando atentamente, e nessa pausa Jeff falou:

— Mas esse quadro, afinal de contas, veio do México junto com outros de Derwatt. Ele sempre manda dois ou três de cada vez.

— Sim. *O relógio* tem uma data atrás. Ele tem três anos, está escrito com a habitual tinta preta da assinatura de Derwatt — disse Murchison, virando seu quadro para que todos pudessem ver. — Mandei analisar a assinatura e a data nos Estados Unidos. Vejam o cuidado que dediquei a esse assunto — disse Murchison, sorrindo.

— Eu não sei exatamente qual é o problema — disse Tom. — Se a data é de três anos atrás, na minha caligrafia, eu pintei o quadro no México.

Murchison olhou para Jeff.

— Sr. Constant, o senhor diz que recebeu *O relógio* junto com dois outros trabalhos, talvez num determinado carregamento?

— Sim. Agora lembrando bem… acho que os outros dois estão aqui hoje, emprestados por donos aqui de Londres… *O celeiro laranja* e… Ed, você se lembra do outro?

— Acho que provavelmente deve ser *Espectro de pássaro*. Não?

Pelo movimento de cabeça de Jeff, Tom pôde ver que era verdade, caso contrário, Jeff estava conseguindo fingir muito bem.

— É isso — disse Jeff.

— Eles não foram pintados com a mesma técnica. Ambos têm a cor roxa, mas feita com uma mistura de cores. Os dois a que os senhores estão se referindo são quadros legítimos… pelo menos legitimamente tardios.

Murchison estava ligeiramente enganado: eles eram falsos também. Tom coçou a barba, mas muito de leve. Manteve um ar tranquilo, de quem está achando certa graça.

Murchison olhou primeiro para Jeff, depois para Tom.

— O senhor talvez ache que eu estou sendo presunçoso, mas, se me permite dizer isso, Derwatt, eu acho que o senhor foi falsificado. Vou me arriscar mais ainda: eu aposto a minha vida que *O relógio* não é seu.

— Mas, Sr. Murchison, isso é uma simples questão de… — disse Jeff.

— De me mostrar o recibo de uma determinada quantidade de quadros num determinado ano? Quadros recebidos do México que podem não ter tido nem título? E se Derwatt não lhes der um título?

— A Galeria Buckmaster é a única autorizada a negociar o trabalho de Derwatt. O senhor comprou esse quadro conosco.

— Eu sei disso — retrucou Murchison. — E não estou acusando os senhores… nem Derwatt. Estou só dizendo que não acho que este quadro seja um Derwatt. Não posso lhes dizer o que *aconteceu*. — Murchison olhou para todos eles, um de cada vez, um pouco constrangido com o próprio arroubo, mas mesmo assim impulsionado pela convicção que sentia. — Minha teoria é que um pintor nunca volta a uma cor única que costumava usar nem a qualquer combinação de cores depois de ter mudado para outra cor tão sutil e ao mesmo tempo tão importante quanto é o roxo nos quadros de Derwatt. O senhor concorda, Derwatt?

Tom suspirou e tocou o bigode com um dedo indicador.

— Não sei dizer. Pelo visto eu não sou um teórico tão bom quanto o senhor.

Pausa.

— Bem, Sr. Murchison, o que o senhor gostaria que nós fizéssemos em relação a *O relógio*? Devolvêssemos o seu dinheiro? — perguntou Jeff. — Nós ficaríamos felizes em fazer isso, porque... Derwatt acabou de verificar o quadro, e, para ser bem franco, ele agora vale mais do que 10 mil dólares.

Tom torceu para Murchison aceitar, mas ele não era esse tipo de homem.

Murchison não se apressou, afundou as mãos nos bolsos da calça e olhou para Jeff.

— Obrigado, mas estou mais interessado na minha teoria... na minha opinião do que no dinheiro. E já que estou em Londres, onde existem peritos em avaliação de quadros tão bons quanto em qualquer outro lugar do mundo, talvez os melhores, pretendo pedir que um especialista examine *O relógio* e o compare a... alguns Derwatts incontestáveis.

— Muito bem — disse Tom, afável.

— Muito obrigado por ter me recebido, Derwatt. Foi um prazer conhecê-lo. — Murchison estendeu a mão.

Tom a sacudiu com firmeza.

— Um prazer, Sr. Murchison.

Ed ajudou Murchison a embalar seu quadro e foi buscar mais barbante, já que o de Murchison não amarrava mais.

— Posso entrar em contato com o senhor por intermédio da galeria? — Murchison perguntou para Tom. — Amanhã, digamos?

— Ah, sim — respondeu Tom. — Eles saberão onde estou.

Depois que Murchison saiu da sala, Jeff e Ed suspiraram fundo.

— Bom... Quão sério é o problema? — perguntou Tom.

Jeff sabia mais sobre quadros. Ele foi o primeiro a falar, com dificuldade.

— É sério se ele puser um perito na jogada, acho eu. E ele vai pôr. Ele talvez tenha razão em relação aos roxos. Poderia ser uma pista com potencial para o pior.

— Por que não voltamos para o seu estúdio, Jeff? — disse Tom. — Pode me fazer sair pela porta dos fundos outra vez... como Cinderela?

— Sim, mas quero falar com Leonard. — Jeff sorriu. — Vou arrastá-lo até aqui para encontrar você. — Ele saiu.

O zunzum da galeria agora estava menor. Tom olhou para Ed, que estava com o rosto um pouco pálido. *Eu posso desaparecer, mas você não*, pensou Tom. Endireitou os ombros e ergueu os dedos formando um V.

— Ânimo, Banbury. Nós vamos passar por essa.

— Ou eles vão nos fazer *isso* — respondeu Ed com um gesto mais vulgar.

Jeff voltou junto com Leonard, um rapaz mais para baixo e bem-arrumado, vestido com um terno em estilo eduardiano com muitos botões e forros de veludo. Leonard soltou uma gargalhada ao ver Derwatt, e Jeff o mandou se calar.

— Que maravilha, que maravilha! — disse Leonard, olhando Tom de cima a baixo com uma admiração genuína. — Eu já vi tantas fotos, sabe? Nunca vi nada tão bom desde que fingi ser Toulouse-Lautrec com os pés amarrados nas costas! Isso foi no ano passado. — Leonard encarou Tom. — *Quem é* você?

— Isso você não vai saber — disse Jeff. — Basta dizer que...

— Basta dizer — emendou Ed — que Derwatt acaba de dar uma entrevista brilhante para a imprensa.

— E amanhã Derwatt deixará de existir. Ele vai voltar para o México — disse Jeff em um sussurro. — Agora de volta às suas obrigações, Leonard.

— *Ciao* — disse Tom, erguendo uma das mãos.

— *Hommage* — disse Leonard, fazendo uma reverência. Ele andou de costas em direção à porta e arrematou. — Já não tem quase mais ninguém. Nem bebida. — Ele saiu.

Tom não estava tão animado. Queria muito tirar aquele disfarce. A situação era um problema ainda não resolvido.

De volta ao estúdio de Jeff, eles descobriram que Bernard Tufts tinha ido embora. Ed e Jeff pareceram surpresos. E Tom ficou um pouco preocupado, porque Bernard deveria saber o que estava acontecendo.

— Vocês podem entrar em contato com Bernard, certo? — perguntou.

— Ah, claro — disse Ed. Estava preparando um chá para ele mesmo na cozinha de Jeff. — Bernard está sempre *chez lui*. Ele tem telefone.

Passou pela cabeça de Tom que talvez não fosse seguro usar nem mesmo o telefone por muito tempo.

— O Sr. Murchison provavelmente vai querer rever você — disse Jeff. — Com o perito. Então você precisa sumir. Vai embora para o México amanhã... oficialmente. Talvez até hoje à noite. — Jeff estava bebericando um Pernod.

Parecia mais confiante, talvez porque a entrevista para a imprensa e até mesmo o encontro com Murchison tivessem corrido razoavelmente bem, pensou Tom.

— Que México, que nada! — exclamou Ed, entrando com sua xícara de chá. — Derwatt vai estar em algum lugar da Inglaterra hospedado com amigos, e nem mesmo nós saberemos onde. Vamos deixar passar uns dias. E depois ele vai para o México. Como? Quem poderia saber?

Tom tirou o paletó folgado.

— *As cadeiras vermelhas* tem data?

— Sim — respondeu Jeff. — O quadro tem seis anos.

— Impressa em alguns lugares, imagino? — indagou Tom. — Estava pensando em atualizar a data... para resolver essa história do roxo.

Ed e Jeff se entreolharam, e Ed disse depressa:

— Não, ele está em vários catálogos.

— Só tem uma saída: mandar Bernard fazer várias telas... Duas pelo menos, com o violeta-cobalto puro. Meio que provar que ele usa os dois tipos de roxo.

Mas Tom sentiu-se desencorajado ao dizer isso, e soube por quê. Sentia que talvez fosse com Bernard que eles não poderiam mais contar. Tirou os olhos de Jeff e de Ed. Ambos exibiam um ar de dúvida. Tom tentou se levantar, endireitar as costas, sentindo-se seguro do seu disfarce de Derwatt.

— Eu já contei a vocês sobre a minha lua de mel? — perguntou Tom na voz monótona de Derwatt.

— Não, conte-nos sobre a sua lua de mel! — disse Jeff, pronto para dar risadas e já abrindo um sorriso.

Tom adotou a postura curvada de Derwatt.

— Foi... foi muito inibidor, o ambiente. Na Espanha. Tínhamos alugado um quarto num hotel, entendem, e lá estava eu com Heloise, e no terraço do andar de baixo um papagaio cantava *Carmen*... cantava mal. E toda vez que nós... bem, lá vinha ele: "Ah-ha-ha-ha-ha-ha-ha-haaaaa! Ah-ha-ha-ha-ha-ha-ha-ha-ha-ha-ha-haaaaa!" Pessoas se debruçavam nas janelas gritando em espanhol: "Cale esse bico imundo! Quem ensinou essa... criatura indizível a cantar *Carmen*? Matem-na! Fervam-na numa sopa!" É impossível fazer amor rindo. Vocês já tentaram? Bem... Dizem que o riso distingue o humano do animal.

E... a outra coisa com certeza não distingue. Ed, você consegue me desvencilhar dessa folhagem?

Ed estava rindo e Jeff rolava no sofá, tamanho seu alívio da tensão recente, que seria temporário, Tom sabia.

— Venha até o banheiro. — Ed abriu a água quente na pia.

Tom tornou a vestir a própria calça e a camisa. Se conseguisse dar um jeito de atrair Murchison até sua casa antes de o americano falar com o especialista que havia mencionado, talvez algo pudesse ser feito sobre a situação. Tom só não sabia o quê.

— Onde Murchison está hospedado em Londres?

— Em algum hotel — respondeu Jeff. — Ele não disse qual.

— Você pode ligar para alguns e ver se consegue encontrá-lo?

Antes de Jeff chegar ao telefone, o aparelho tocou. Tom ouviu Jeff dizer a alguém que Derwatt tinha pegado um trem para o norte e que não sabia para onde ele estava indo.

— Ele é bem solitário — disse Jeff. — Outro jornalista tentando conseguir uma entrevista exclusiva — explicou Jeff após desligar. Ele abriu uma lista telefônica. — Vou tentar primeiro o Dorchester. Ele tem cara de quem se hospeda no Dorchester.

— Ou no Westbury — sugeriu Ed.

Foi preciso bastante água aplicada com delicadeza para remover a cola da barba. Em seguida foi usado um xampu para tirar a tinta do cabelo. Tom finalmente ouviu Jeff dizer num tom animado:

— Não, obrigado, eu torno a ligar mais tarde.

Então Jeff falou:

— É o Mandeville. Perto de Wigmore Street.

Tom vestiu sua camisa rosa de Veneza. Foi até o telefone e reservou um quarto no Mandeville com o nome Thomas Ripley. Disse que chegaria por volta das oito.

— O que você vai fazer? — perguntou Ed.

Tom sorriu de leve.

— Ainda não sei — respondeu, o que era verdade.

4

O hotel Mandeville era bastante luxuoso, mas nem de longe tão caro quanto o Dorchester. Tom chegou às oito e quinze da noite e fez o check-in, dando seu endereço de Villeperce-sur-Seine. Pensou em dar um nome falso e algum endereço na zona rural da Inglaterra, pois ele poderia encontrar dificuldades consideráveis com o Sr. Murchison e precisar desaparecer depressa, mas havia também a possibilidade de convidar Murchison para ir à França, e nesse caso precisaria do seu nome verdadeiro. Pediu a um carregador para subir com sua mala até o quarto e foi dar uma olhada no bar, na esperança de que o Sr. Murchison estivesse lá. Ele não estava, mas Tom decidiu tomar uma cerveja e esperar alguns minutos.

Uma espera de dez minutos com uma *lager* e um exemplar do *The Evening Standard* não fizeram aparecer nenhum Sr. Murchison. Tom sabia que o bairro era cheio de restaurantes, mas não podia simplesmente chegar à mesa de Murchison e puxar conversa dizendo apenas que o tinha visto na exposição de Derwatt naquele dia. Ou será que podia, dizendo que também tinha visto Murchison entrar na sala dos fundos para encontrar Derwatt? Sim. Tom estava a ponto de sair para explorar os restaurantes dos arredores quando viu o Sr. Murchison entrar no bar, gesticulando para que alguém o seguisse.

E para surpresa de Tom, para seu horror até, ele viu que a outra pessoa era Bernard Tufts. Saiu depressa pela porta do outro lado do bar, que dava direto na calçada. Bernard não o vira, ele tinha quase certeza. Olhou em volta para achar uma cabine telefônica, ou outro hotel de onde telefonar, e, quando não encontrou nenhum dos dois, tornou a entrar no Mandeville pela porta principal e pegou a chave do seu quarto, número 411.

Do quarto, Tom ligou para o estúdio de Jeff. Três toques, quatro, cinco, e então, para seu alívio, Jeff atendeu.

— Olá, Tom! Eu já estava descendo a escada com Ed quando ouvi o telefone. O que houve?

— Vocês por acaso sabem onde Bernard está agora?

— Ah, vamos deixar ele em paz hoje. Ele está chateado.

— Está tomando um drinque com Murchison no bar do Mandeville.

— *O quê?*

— Estou ligando do meu quarto. Agora, faça o que fizer, Jeff... Está me ouvindo?

— S-sim.

— Não diga a Bernard que eu o vi. Não diga a Bernard que estou no Mandeville. E não entrem em pânico com nada. Isso se Bernard não estiver entregando o jogo agora, eu não sei.

— Ai, meu Deus — resmungou Jeff. — Não, não. Bernard não iria *entregar* o jogo. Eu *acho* que ele não faria isso.

— Você vai estar em casa hoje mais tarde?

— Vou, às... ah, antes da meia-noite estarei em casa, seja como for.

— Eu tento ligar para você. Mas não se preocupe se eu não ligar. Não tente me ligar porque... é possível que eu esteja com alguém no quarto — disse Tom com uma risada súbita.

Jeff riu, mas um pouco tenso.

— Está bem, Tom.

Tom desligou.

Com certeza queria encontrar Murchison naquela noite. Será que Murchison e Bernard iriam jantar? Seria bem chato esperar isso acabar. Tom pendurou um terno e guardou duas camisas numa gaveta. Passou mais um pouco de água no rosto e se olhou no espelho para se certificar de que toda a cola tinha saído.

Estava agitado e saiu do quarto com o sobretudo pendurado no braço. Iria dar uma volta, talvez até o Soho, e encontrar um lugar para jantar. No saguão, olhou pelas portas de vidro do bar do Mandeville.

Estava com sorte. Murchison estava sentado sozinho assinando a nota, e a porta da rua do bar estava justamente se fechando, talvez, quem sabe, após a partida de Bernard. Mesmo assim, Tom correu os olhos pelo saguão para o caso de Bernard ter ido ao banheiro e poder estar voltando. Não o viu, e esperou até Murchison já estar de pé para ir embora antes de entrar no bar. Adotou um ar deprimido e ensimesmado, e de fato estava se sentindo assim. Olhou duas vezes para Murchison, cujo olhar cruzou com o seu uma vez, como se o estivesse reconhecendo de algum lugar.

Então Tom o abordou.

— Com licença. Acho que vi o senhor na exposição de Derwatt hoje. — Tom tinha adotado um sotaque americano do Meio-Oeste, com o *r* carregado em Derwatt.

— Ora, sim, eu estava lá — disse Murchison.

— Achei que o senhor parecia americano. Eu também sou. Gosta de Derwatt? — Tom estava sendo o mais ingênuo e direto possível, sem parecer idiota.

— Sim, certamente.

— Eu tenho duas telas dele — disse Tom com orgulho. — Pode ser que compre uma das que estavam na exposição hoje... se estiver disponível. Ainda não decidi. *A banheira.*

— Ah, é? Eu também tenho um — disse Murchison com igual franqueza.

— Tem mesmo? Qual é o nome?

— Por que não se senta? — Murchison estava de pé, mas apontou para a cadeira à sua frente. — Quer beber alguma coisa?

— Obrigado, vou aceitar, sim.

Murchison sentou-se.

— O meu quadro se chama *O relógio*. Que bom topar com alguém que também tem um Derwatt... ou mais de um!

Um garçom apareceu.

— Uísque para mim, por favor. E o senhor? — perguntou ele a Tom.

— Gim-tônica — respondeu Tom. — Estou hospedado aqui no Mandeville, então os drinques são por minha conta — acrescentou ele.

— Depois discutimos isso. Me diga, que quadros o senhor tem?

— *As cadeiras vermelhas* — disse Tom. — E...

— Sério?! Esse é uma preciosidade! *As cadeiras vermelhas*. O senhor mora em Londres?

— Não, na França.

— Ah — num tom decepcionado. — E qual é o outro?

— *Homem na cadeira.*

— Esse eu não conheço — disse Murchison.

Os dois passaram alguns minutos debatendo a estranha personalidade de Derwatt, e Tom disse que tinha visto Murchison entrar numa sala dos fundos da galeria, onde ouvira dizer que Derwatt estava.

— Só estavam deixando entrar os jornalistas, mas eu forcei a barra — contou Murchison a Tom. — Eu tenho um motivo bastante especial para estar aqui agora, sabe, e quando ouvi dizer que Derwatt estava *aqui* hoje à tarde na galeria, não pude deixar passar a oportunidade.

— Ah, é? Que motivo? — perguntou Tom.

Murchison explicou. Explicou os motivos que tinha para pensar que Derwatt talvez estivesse sendo falsificado, e Tom escutou com uma atenção fascinada. Era uma questão sobre Derwatt usar uma mistura de azul-ultramarino e vermelho de cádmio agora, nos últimos cinco anos ou algo assim (desde antes de morrer, percebeu Tom, de modo que fora Derwatt quem começara isso, não Bernard), e de em *O relógio* e *A banheira* ter voltado ao simples violeta-cobalto que costumava usar antes. O próprio Murchison pintava, contou ele a Tom; era um hobby seu.

— Não sou nenhum especialista, acredite, mas já li quase todos os livros sobre pintores e pintura que existem. Não é preciso um especialista nem um microscópio para saber a diferença entre uma cor única e uma mistura, mas o que estou querendo dizer é que nunca se viu um pintor voltar a uma cor que ele já descartou, seja consciente ou inconscientemente. Digo inconscientemente porque quando um pintor escolhe uma nova cor ou novas cores, isso em geral é uma decisão tomada pelo seu inconsciente. Não que Derwatt use roxo em todos os quadros, de fato não. Mas minha conclusão é que o meu *O relógio* e possivelmente alguns outros quadros, entre eles *A banheira*, no qual o senhor está interessado, aliás, não são Derwatts.

— Que interessante. Muito. Porque por acaso o meu *Homem na cadeira* meio que corresponde ao que o senhor está dizendo. Eu acho. E *Homem na cadeira* tem agora uns quatro anos. Eu adoraria que o senhor o visse. Bom, o que vai fazer em relação ao seu *O relógio*?

Murchison acendeu um de seus Chesterfields.

— Ainda não terminei minha história. Acabo de tomar um drinque com um inglês chamado Bernard Tufts, também pintor, e ele parece desconfiar da mesma coisa sobre Derwatt.

Tom franziu o cenho com força.

— É mesmo? É importante saber se alguém está falsificando Derwatts. O que ele falou?

— Tenho a sensação de que ele sabe mais do que está dizendo. Duvido que esteja metido nisso. Ele não faz o tipo trapaceiro, e também não parece ter muito dinheiro. Mas parece conhecer a cena artística de Londres. Ele apenas me alertou: "Não compre mais nenhum Derwatt, Sr. Murchison." O que acha *disso*?

— Humm. Mas que tipo de prova ele tem?

— Como estou dizendo, eu não sei. Não consegui arrancar nada dele. Mas ele se deu ao trabalho de me procurar aqui e disse que ligou para oito hotéis de Londres antes de me encontrar. Perguntei como ele sabia meu nome, e ele falou: "Ah, as notícias se espalham." Muito estranho, já que os donos da Buckmaster foram os únicos com quem falei. O senhor não acha? Eu tenho hora marcada com um sujeito da Tate Gallery amanhã, mas nem ele sabe que é sobre um Derwatt. — Murchison bebeu um pouco do seu uísque e continuou. — Quando os quadros começam a vir do México... Sabe o que eu vou fazer amanhã, além de mostrar *O relógio* para o Sr. Riemer, da Tate Gallery? Vou perguntar se eu ou ele temos o direito de ver os recibos ou os registros do pessoal da Galeria Buckmaster relacionados aos quadros de Derwatt que vieram do México. Não é tanto nos títulos que estou interessado, e Derwatt me disse que nem sempre dá títulos aos seus trabalhos, mas sim no número de quadros. Eles com certeza são liberados pela alfândega ou algo assim, e se alguns não estiverem registrados, há um motivo. Não seria incrível se o próprio Derwatt estivesse sendo trapaceado e alguns quadros seus... bom, alguns dos que supostamente têm quatro ou cinco anos, por exemplo... estivessem sendo pintados bem aqui, em Londres?

Sim, pensou Tom. *Incrível.*

— Mas o senhor disse que falou com Derwatt. Falou com ele sobre o seu quadro?

— Eu mostrei o quadro para ele! Ele disse que era dele, mas na minha opinião não tinha certeza absoluta. Ele não disse: "Por Deus, esse quadro é meu!" Olhou durante alguns minutos e disse: "É meu, claro." Talvez tenha sido pretensão da minha parte, mas eu disse para Derwatt que achava possível que ele pudesse ter se esquecido de uma ou outra tela, uma tela sem título que ele pintou anos atrás.

Tom franziu o cenho como se duvidasse disso, e de fato duvidava. Mesmo um pintor que não põe títulos nos seus quadros se lembraria deles, pensou, talvez menos no caso de um desenho. Mas deixou Murchison continuar.

— E outra coisa: eu não gostei muito dos caras da Galeria Buckmaster. Jeffrey Constant. E o jornalista Edmund Banbury, obviamente amigo próximo de Constant. Pelo que entendi, eles são velhos amigos de Derwatt. Lá onde moro eu recebo a *The Listener* e a *Arts Review*, e também o *Sunday Times*, em Long Island. Leio matérias de Banbury com bastante frequência, em geral com uma referência a Derwatt quando a matéria não é sobre Derwatt. E sabe o que me ocorreu?

— O quê? — indagou Tom.

— Que... que talvez Constant e Banbury estejam tolerando algumas falsificações para conseguir vender mais Derwatts do que Derwatt consegue produzir. Eu não iria tão longe a ponto de dizer que Derwatt faz parte do esquema. Mas não seria uma história engraçada se Derwatt fosse tão distraído que não conseguisse nem se lembrar de quantos quadros pintou? — Murchison riu.

Era engraçado, pensou Tom, mas não era hilário. *Não é tão engraçado quanto a verdade, Sr. Murchison.* Tom sorriu.

— Quer dizer que o senhor vai mostrar seu quadro para o perito amanhã?

— Suba agora e dê uma olhada nele!

Tom tentou pagar, mas Murchison insistiu para assinar a conta.

Tom foi com ele até o elevador. Murchison havia guardado seu quadro num canto do armário, embrulhado da mesma forma que Ed o embrulhara naquela tarde. Tom o examinou com interesse.

— Um belo quadro — comentou.

— Ah, isso ninguém pode negar!

— Sabe de uma coisa... — Tom apoiou o quadro na escrivaninha e passou a examiná-lo do outro lado do quarto, com todas as luzes acesas. — Ele tem certa semelhança com o meu *Homem na cadeira*.

Por que não vem dar uma olhada no meu quadro? Eu moro bem perto de Paris. Se achar que o meu também pode ser falso, eu o deixo levá-lo para mostrar em Londres.

— Humm — fez Murchison, pensativo. — Eu poderia.

— Se o senhor foi enganado, eu também fui, acho. — Seria ofensivo sugerir pagar o voo de Murchison, pensou Tom, de modo que não o fez. — Eu tenho uma casa bem grande e estou sozinho no momento, com exceção da minha empregada.

— Está bem, eu vou — disse Murchison, que não tinha se sentado.

— Pretendo ir amanhã à tarde.

— Certo, vou adiar o encontro na Tate.

— Eu tenho vários outros quadros. Não que seja um colecionador. — Tom se sentou na maior das cadeiras. — Gostaria que o senhor desse uma olhada neles. Um Soutine. Dois Magrittes.

— É mesmo? — Os olhos de Murchison começaram a adquirir um ar sonhador. — A que distância de Paris o senhor mora?

Dez minutos depois, Tom estava no próprio quarto, um andar abaixo. Murchison havia sugerido que os dois jantassem juntos, mas ele achara melhor alegar um compromisso às dez da noite em Belgravia, de modo que não daria tempo. Murchison encarregara Tom de reservar as passagens de avião até Paris para a tarde seguinte, ida e volta no caso de Murchison. Tom pegou o telefone e reservou dois lugares num voo que saía às duas da tarde do dia seguinte, quarta-feira, com destino a Orly. Já tinha a própria passagem de volta. Deixou um recado para Murchison no saguão sobre o voo. Então pediu um sanduíche e meia garrafa de Médoc. Depois disso, cochilou até as onze e deu um telefonema para Reeves Minot, em Hamburgo. Levou quase meia hora.

Reeves não estava, disse uma voz de homem com sotaque alemão. Tom decidiu arriscar, porque já estava farto de Reeves, e falou:

— Aqui é Tom Ripley. Reeves deixou algum recado para mim?

— Sim. O recado é quarta-feira. O conde chega a Milão amanhã. O senhor pode estar em Milão amanhã?

— Não, eu não posso estar em Milão amanhã. *Es tut mir leid.* — Tom não queria, ainda, dizer àquele homem, fosse ele quem fosse, que o conde já tinha um convite para visitá-lo na próxima vez que fosse à França. Reeves não podia esperar que ele fosse largar tudo o tempo todo, algo que Tom já fizera em duas outras ocasiões, para pegar um avião até Hamburgo ou Roma (por mais que ele gostasse de pequenas viagens), fingir estar nessas cidades por acidente e convidar o "anfitrião", como Tom sempre pensava no intermediário, para ir à sua casa em Villeperce. — Acho que não há nenhuma grande complicação — disse Tom. — Pode me dar o endereço do conde em Milão?

— Grand Hotel — disse a voz, abrupta.

— Poderia dizer a Reeves que entrarei em contato, amanhã provavelmente? Onde posso encontrá-lo?

— Amanhã de manhã no Grand Hotel em Milão. Ele vai pegar um trem para Milão hoje à noite. Ele não gosta de aviões, o senhor sabe.

Tom não sabia. Estranho, um homem como Reeves não gostar de aviões.

— Eu ligo para ele. E não estou em Munique agora. Estou em Paris.

— Paris? — Num tom de surpresa. — Sei que Reeves tentou ligar para o senhor em Munique, no Vier Jahreszeiten.

Era uma pena. Tom desligou educadamente.

Os ponteiros do seu relógio de pulso se moveram em direção à meia-noite. Tom ficou pensando no que dizer a Jeff Constant. E no que fazer em relação a Bernard. Um discurso tranquilizador lhe veio à mente já pronto, e havia tempo para encontrar Bernard antes de ir embora no dia seguinte à tarde, mas Tom estava com medo de Bernard ficar ainda mais nervoso e negativo caso alguém fizesse um esforço óbvio para tranquilizá-lo. Se Bernard tinha dito a Murchison "Não compre mais nenhum Derwatt", parecia que não iria pintar mais nenhum

Derwatt, e isso, é claro, seria muito ruim para os negócios. Uma possibilidade ainda pior, à beira da qual Bernard talvez estivesse, era uma confissão para a polícia ou para algum dos vários compradores de Derwatts falsificados.

Qual seria o verdadeiro estado de espírito de Bernard e o que ele estaria tramando?

Tom decidiu que não deveria dizer nada a Bernard. Bernard sabia que ele, Tom, era quem tinha sugerido as falsificações. Tom tomou um banho e começou a cantar:

Babbo non vuole
Mamma nemmeno
Come faremo
A far all'amor...

As paredes do Mandeville davam a sensação — talvez ilusória — de serem à prova de som. Fazia muito tempo que Tom não cantava essa música. Ficou contente por ela ter lhe vindo à cabeça do nada, pois era uma música feliz, e Tom a associava com sorte.

Ele vestiu o pijama e ligou para o estúdio de Jeff.

Jeff atendeu na mesma hora.

— Oi. E aí?

— Falei com o Sr. M. hoje mais cedo e nós nos entendemos bastante bem. Ele vai comigo para a França amanhã. Então isso vai atrasar as coisas, entende?

— E... você quer dizer que vai tentar convencê-lo ou algo assim?

— É. Algo assim.

— Tom, quer que eu vá até o hotel? Você deve estar cansado demais para passar aqui. Ou não?

— Não, mas não precisa. E se você viesse aqui poderia esbarrar com o Sr. M., e nós não queremos isso.

— Não.

— Notícias de Bernard? — perguntou Tom.

— Não.

— Por favor, diga a ele... — Tom tentou encontrar as palavras certas. — Diga a ele que você, não eu, por acaso soube que o Sr. M. vai esperar alguns dias antes de tomar qualquer atitude em relação ao quadro. Minha principal preocupação é Bernard não entornar o caldo. Você tenta cuidar disso?

— Por que *você* não fala com Bernard?

— Porque seria errado — respondeu Tom, um pouco irritado. Algumas pessoas não tinham a menor noção de psicologia!

— Tom, você foi maravilhoso hoje — disse Jeff. — Obrigado.

Tom sorriu, satisfeito com o tom extasiado de Jeff.

— Cuide de Bernard. Eu ligo para você antes de partir.

— Devo estar no estúdio amanhã durante a manhã inteira.

Eles se desejaram uma boa noite.

Se ele tivesse contado a Jeff sobre a intenção de Murchison de pedir os recibos, os registros dos quadros enviados do México, Jeff teria ficado histérico, pensou Tom. Ele precisava alertar Jeff em relação a isso no dia seguinte de manhã, ligar para ele de uma cabine telefônica na rua ou então de uma agência dos correios. Desconfiava que alguma telefonista do hotel pudesse ouvi-los. Naturalmente tinha esperança de dissuadir Murchison da sua teoria, mas, caso não conseguisse, seria bom a Buckmaster forjar alguns registros que parecessem autênticos.

5

Na manhã seguinte, enquanto tomava café na cama — privilégio que na Inglaterra custava alguns puritanos xelins a mais —, Tom ligou para Madame Annette. Ainda eram oito horas, mas Tom sabia que ela já estaria de pé há pelo menos uma hora, cantando enquanto executava suas tarefas de ligar a calefação (um pequeno medidor na cozinha), preparar sua delicada *infusion* (chá), pois café de manhã fazia seu coração acelerar, e ajustar suas plantas em diversos peitoris de modo que pegassem o máximo de sol possível. E ela ficaria imensamente satisfeita com um *coup de fil* seu de Londres.

— *Allô! Allô! Allô!* — Telefonista furiosa.

— *Allô?* — Intrigada.

— *Allô!*

Havia três telefonistas francesas na linha ao mesmo tempo, além da mulher da central do Mandeville.

Madame Annette finalmente atendeu.

— Está muito lindo aqui hoje de manhã. Sol! — disse Madame Annette.

Tom sorriu. Estava precisando muito de uma voz alegre.

— Madame Annette... Sim, estou muito bem, obrigado. Como vai o dente? Que bom! Liguei para dizer que chego hoje à tarde por volta das quatro com um cavalheiro americano.

— Ah! — fez Madame Annette, satisfeita.

— Ele vai passar a noite como nosso hóspede hoje, talvez duas noites, quem sabe? Pode preparar direitinho o quarto de hóspedes? Com algumas flores? E, para o jantar, quem sabe *tournedos* com aquele *béarnaise* delicioso que a senhora mesma faz?

Madame Annette pareceu delirar de tão contente com o fato de Tom ter um convidado e ela, algo preciso para fazer.

Tom então ligou para o Sr. Murchison, e os dois combinaram de se encontrar no saguão do hotel e pegar um táxi juntos para Heathrow.

Tom saiu com a intenção de caminhar até Berkeley Square, perto de onde havia uma loja de roupas masculinas onde ele comprava pijama de seda, um ritual seu todas as vezes que ia a Londres. Talvez fosse também sua última chance de andar de metrô. O Underground londrino fazia parte da atmosfera da vida da cidade, e além disso Tom admirava os *graffiti* do metrô. O sol lutava de modo um tanto inútil para penetrar uma névoa úmida, embora não estivesse propriamente chovendo. Tom mergulhou na estação de Bond Street junto com alguns últimos retardatários do horário do rush matinal. O que admirava nos grafiteiros londrinos era a capacidade de rabiscar coisas a partir de escadas rolantes em movimento. Havia muitos cartazes anunciando roupas íntimas nas escadas rolantes, moças apenas de cinta-liga e calcinha, e eles estavam adornados por acréscimos anatômicos tanto masculinos quanto femininos e às vezes frases inteiras: EU AMO SER HERMAFRODITA! Como eles conseguiam? Correndo na direção contrária à da escada rolante enquanto escreviam? FORA CRIOULOS! era um hit por toda parte, com a variante CRIOULOS FORA JÁ!. Na plataforma do trem, Tom viu um cartaz do *Romeu e Julieta* de Zeffirelli, com Romeu nu deitado de costas e Julieta sobre ele de quatro, com uma sugestão chocante saindo de sua boca. A resposta de Romeu dentro de um balão era “Tá, por que não faz isso?”.

Às dez e meia Tom estava com seu pijama. Comprou um amarelo. Queria roxo, pois não tinha nenhum roxo, mas já ouvira falar o suficiente em roxo nos últimos tempos. Pegou um táxi até Carnaby Street. Para si mesmo comprou uma calça em tecido acetinado de corte reto, já que não gostava de bocas largas. E para Heloise comprou uma calça de cintura baixa de lã preta, cintura sessenta e seis centímetros. A cabine onde Tom experimentou a calça era tão minúscula que ele não conseguiu se afastar do espelho para ver se o comprimento estava certo, mas Madame Annette adorava ajustar pequenas coisas como essa para ele e Heloise. Além do mais, dois italianos que não paravam de dizer "*Bellissimo!*" ficavam abrindo a cortina de tantos em tantos segundos, querendo entrar para provar as peças. Quando Tom estava pagando, dois gregos chegaram e começaram a debater preços em dracmas em voz alta. A loja tinha aproximadamente dois metros por quatro, e não era de espantar que tivesse apenas um vendedor, pois não havia lugar para dois.

Com as compras dentro de grandes sacolas de papel novinhas, Tom foi até uma cabine telefônica na calçada e ligou para Jeff Constant.

— Falei com Bernard, e ele está absolutamente apavorado com Murchison — afirmou Jeff. — Perguntei o que ele tinha dito para Murchison, pois Bernard me disse que tinha falado com ele, sabe? Bernard respondeu que tinha dito a Murchison para não comprar mais nenhum... quadro. Isso é bem ruim, não?

— Sim — disse Tom. — E o que mais?

— Bem... Tentei dizer a Bernard que ele já tinha dito tudo que podia ou deveria. É difícil explicar, porque você não conhece Bernard, mas ele morre de culpa por causa da genialidade de Derwatt e tudo o mais. Tentei convencê-lo de que ele tinha aliviado a própria consciência dizendo aquilo a Murchison, e por que não deixar essa história em paz agora?

— E o que Bernard falou em relação a isso?

— Ele está tão arrasado que é difícil saber o que falou. A exposição vendeu tudo, sabe, com exceção de um quadro. Imagine só!

E Bernard se sente culpado por causa disso! — Jeff riu. — *A banheira*. É um dos quadros com que Murchison está implicando.

— Se ele não quiser pintar mais nenhum por enquanto, não o force.

— É exatamente o que estou fazendo. Você tem toda a razão, Tom. Mas eu acho que daqui a uns quinze dias ele já vai estar recuperado. Pintando. É a tensão da exposição e de ver você disfarçado de Derwatt. Ele tem mais consideração por Derwatt do que a maioria das pessoas tem por Jesus Cristo.

Tom não precisava que ninguém lhe dissesse isso.

— Só uma coisinha, Jeff. Murchison talvez queira ver os registros da galeria dos quadros de Derwatt. Do México. Você mantém algum tipo de controle?

— N-não do México.

— Pode forjar alguma coisa? Só para o caso de eu não conseguir convencê-lo a desistir da história toda?

— Vou tentar, Tom. — Jeff soou um pouco abalado.

Tom estava impaciente.

— Forje alguma coisa. Envelheça os papéis. Independentemente do Sr. Murchison, é uma boa ideia ter alguns registros que corroborem... — Tom não completou a frase. Tinha gente que não sabia administrar um negócio, nem mesmo um negócio de sucesso como a Derwatt Ltda.

— Está bem, Tom.

Tom fez um desvio pela Burlington Arcade, onde parou numa joalheria e comprou um broche de ouro — um macaquinho agachado — para Heloise, pelo qual pagou com *travellers checks* norte-americanos. O aniversário dela era no mês seguinte. Então tomou o caminho do hotel em que estava hospedado passando pela Oxford Street, lotada como sempre de pessoas fazendo compras, mulheres com sacolas e caixas estufadas com crianças a reboque. Um homem-cartaz anunciava um estúdio de fotografias para passaporte, serviço rápido e barato. O sujeito estava usando um sobretudo antiquíssimo, um chapéu murcho e um sórdido cigarro apagado pendia entre seus lábios. *Arrume um passaporte para o seu tour pelas ilhas gregas*, pensou Tom, mas aquele velho nunca iria a lugar nenhum. Tom arrancou a guimba e enfiou um Gauloise entre os lábios do sujeito.

— Fume um cigarro — disse Tom. — Aqui está o fogo. — Tom o acendeu depressa com seus fósforos.

— Obrigado — disse o homem por entre a barba.

Tom enfiou o resto do maço de Gauloises e os fósforos dentro do bolso rasgado do sobretudo e afastou-se depressa, com a cabeça baixa, torcendo para ninguém tê-lo visto.

Ligou para Murchison do seu quarto, e os dois se encontraram no saguão com as respectivas bagagens.

— Fui fazer umas compras para minha mulher hoje de manhã — disse Murchison no táxi, e ele parecia de bom humor.

— Ah, é? Eu também. Comprei uma calça em Carnaby Street.

— Para Harriet são suéteres da Marks and Spencer. E lenços da Liberty. Às vezes novelos de lã. Ela tricota e gosta de pensar que a lã veio da Inglaterra, sabe?

— Cancelou sua reunião de hoje de manhã?

— Sim. Passei para a manhã de sexta. Na casa do sujeito.

No aeroporto, eles almoçaram bem, com uma garrafa de vinho tinto. Murchison insistiu em pagar. Durante o almoço, ele contou a Tom sobre seu filho, que era inventor e trabalhava num laboratório da Califórnia. Seu filho e sua nora tinham acabado de ter o primeiro filho. Murchison mostrou uma foto da menina e riu de si mesmo por ser um avô babão, mas era sua primeira neta, batizada de Karin, em homenagem à avó materna. Em resposta às perguntas de Murchison, Tom contou que tinha decidido ir morar na França porque se casara com uma moça francesa três anos antes. Murchison não foi direto o suficiente a ponto de perguntar como Tom ganhava a vida, mas perguntou como ele gastava seu tempo.

— Leio livros de história — respondeu Tom, casual. — Estudo alemão. Sem falar que o meu francês ainda precisa melhorar. E jardinagem. Tenho um jardim bem grande em Villeperce. E eu também pinto, só por diversão — acrescentou ele.

Eles chegaram a Orly às três da tarde, e Tom pegou o pequeno ônibus do aeroporto para ir buscar seu carro na garagem, em seguida foi buscar Murchison perto do ponto de táxi com as malas. O sol brilhava e não estava tão frio quanto na Inglaterra. Tom foi até Fontainebleau e passou pelo *château*, para Murchison poder vê-lo. Murchison disse que não o via fazia quinze anos. Eles chegaram a Villeperce por volta das quatro e meia da tarde.

— É aqui que fazemos a maior parte das nossas compras — disse Tom, apontando para uma loja à sua esquerda na rua principal do vilarejo.

— Muito bonito. Autêntico — comentou Murchison. Então, quando eles chegaram à casa de Tom: — Ora, mas que incrível! Lindo mesmo!

— O senhor deveria ver no verão — disse Tom com modéstia.

Ao ouvir o carro chegar, Madame Annette saiu para cumprimentá-los e ajudar com as malas, mas Murchison não suportou ver uma mulher carregando peso, apenas as pequenas sacolas de cigarros e bebida.

— Tudo bem por aqui, Madame Annette? — perguntou Tom.

— Tudo. Até o bombeiro veio consertar o vaso.

Um dos vasos estava pingando, lembrou Tom.

Tom e Madame Annette mostraram a Murchison o quarto em que ficaria, que tinha um banheiro anexo. Na verdade era o banheiro de Heloise, cujo quarto ficava do outro lado do banheiro. Tom explicou que a esposa estava na Grécia com amigos. Deixou Murchison à vontade para tomar um banho e tirar suas coisas da mala e disse que estaria no andar de baixo, na sala. Murchison já estava olhando com interesse para alguns desenhos nas paredes.

Tom desceu e pediu a Madame Annette para preparar um chá. Deu-lhe de presente um frasco de *eau de toilette* da Inglaterra chamada "Lake Mist", "névoa do lago", que havia comprado em Heathrow.

— Ah, Monsieur Tome, *comme vous êtes gentil*!

Tom sorriu. Madame Annette sempre o fazia se sentir grato pela sua gratidão.

— Bons *tournedos* para hoje à noite?

— Ah, *oui!* E de sobremesa *mousse au chocolat.*

Tom entrou na sala. Havia flores, e Madame Annette tinha aumentado a calefação. Havia uma lareira e Tom adorava fogo, mas sentia que precisava ficar olhando para ele o tempo todo, ou adorava tanto olhar para ele que não conseguia sair de perto, então decidiu não acender no momento. Ficou encarando *Homem na cadeira* acima da lareira e quicando nos calcanhares de tanta satisfação — satisfação com a familiaridade do quadro, com sua excelência. Bernard era bom. Apenas cometera um ou dois erros em seus períodos. De toda forma, os períodos que se danassem. Logicamente era *As cadeiras vermelhas*, um Derwatt legítimo, que deveria ter ocupado o lugar de honra na sala acima da lareira. Era típico de Tom ter posto o falso no melhor lugar, pensou ele. Heloise não sabia que *Homem na cadeira* era falsificado, e na verdade não sabia nada sobre as falsificações de Derwatts. O interesse dela por pintura era casual. Se Heloise tinha alguma paixão, era por viajar, provar comidas exóticas e comprar roupas. O conteúdo dos dois closets em seu quarto parecia um museu internacional de vestuário sem os manequins. Ela possuía coletes da Tunísia, jaquetas sem mangas franjadas do México, calças gregas folgadas de soldado, que a deixavam bastante encantadora, e casacos bordados da China, que, não se sabia como, tinha comprado em Londres.

Tom se lembrou de repente do conde Bertolozzi e foi até seu telefone. Não queria particularmente que Murchison escutasse o nome do conde, mas por outro lado não iria causar nenhum mal ao italiano, e talvez manter seu comportamento franco fosse uma boa ideia. Pediu o número de informações de Milão, conseguiu o telefone e o deu para a telefonista francesa. Ela disse que poderia demorar meia hora para a conexão estabelecida.

O Sr. Murchison desceu. Havia trocado de roupa e estava usando uma calça de flanela cinza e um paletó de tweed verde e preto.

— A vida no campo! — disse, radiante. — Ah! — Ele viu *As cadeiras vermelhas* a encará-lo do outro lado da sala, e foi até lá para examiná-lo melhor. — Que obra-prima. Este, sim, é de verdade!

Quanto a isso não resta dúvida, pensou Tom, e um arrepio de orgulho o fez se sentir um pouco bobo.

— Sim, eu gosto dele.

— Acho que já ouvi falar nele. Lembro-me do título de algum lugar. Meus parabéns, Tom.

— E ali está o meu *Homem na cadeira* — disse Tom, gesticulando em direção à lareira.

— Ah — fez Murchison, em um outro tom. Ele chegou mais perto, e Tom viu seu corpo alto e robusto se retesar de concentração. — E este, quanto tempo tem?

— Uns quatro anos — respondeu Tom, a verdade.

— Quanto o senhor pagou, se me permite a pergunta grosseira?

— Quatro mil libras. Antes da desvalorização. Uns 11.200 dólares — respondeu Tom, calculando a libra a 2,80.

— Estou muito feliz de ver este quadro — disse Murchison, assentindo. — Está vendo, o mesmo roxo aparece aqui também. Muito pouco neste caso, mas olhe. — Ele apontou para a borda inferior da cadeira. Devido à altura do quadro e à largura da lareira, seu dedo ficou a alguns centímetros da tela, mas Tom conhecia a pincelada roxa à qual ele estava se referindo. — Violeta-cobalto simples. — Murchison tornou a atravessar a sala e olhou mais uma vez para *As cadeiras vermelhas*, estreitando os olhos para o quadro a uma distância de vinte e cinco centímetros. — E este aqui é um dos antigos. Violeta-cobalto simples também.

— O senhor acha mesmo que *Homem na cadeira* é uma falsificação?

— Acho, sim. Assim como o meu *O relógio*. A qualidade é diferente. Inferior à de *As cadeiras vermelhas*. Qualidade é algo que não se pode medir com o auxílio de um microscópio. Mas eu posso vê-la aqui. *E*... também tenho certeza em relação ao violeta-cobalto simples aqui.

— Então — disse Tom, sem demonstrar abalo na voz — talvez isso signifique que Derwatt esteja usando alternadamente violeta-cobalto simples e a mistura que o senhor mencionou.

Murchison franziu o cenho e balançou a cabeça.

— Não é assim que eu vejo.

Madame Annette entrou empurrando o chá num carrinho. Uma das rodas do carrinho chiava de leve.

— *Voilà le thé*, Monsieur Tome.

Madame Annette tinha feito biscoitos com a borda marrom, e eles exalavam um aroma agradável de baunilha quente. Tom serviu o chá.

Murchison sentou-se no sofá. Talvez não tivesse visto Madame Annette entrar e sair. Estava encarando *Homem na cadeira* como se estivesse em transe ou fascinado. Então piscou para Tom, sorriu, e seu rosto se tornou novamente afável.

— Acho que o senhor não acredita em mim. É um direito seu.

— Eu não sei o que dizer. Não vejo a diferença de qualidade, não. Talvez eu seja obtuso. Se, como diz, o senhor for chamar um perito para olhar o seu quadro, eu assino embaixo do que o perito disser. Aliás, *Homem na cadeira* é o quadro que o senhor pode levar para Londres se quiser, quando voltar.

— Eu com certeza gostaria. Faço um recibo para o senhor e até um seguro para o quadro. — Murchison deu uma risadinha.

— Ele já tem seguro. Não se preocupe.

Ao longo de duas xícaras de chá, Murchison perguntou a Tom sobre Heloise e o que ela estava fazendo. Eles tinham filhos? Não.

Heloise tinha 25 anos. Não, Tom não achava que as francesas fossem mais difíceis do que outras mulheres, mas elas tinham uma noção específica do respeito com o qual deveriam ser tratadas. Esse assunto não avançou muito, pois todas as mulheres queriam ser tratadas com um certo respeito, e embora Tom conhecesse o tipo de Heloise, seria absolutamente incapaz de traduzi-lo em palavras.

O telefone tocou e Tom disse:

— Com licença, acho que vou atender lá em cima no meu quarto.

Subiu correndo a escada. Afinal, Murchison poderia supor que fosse Heloise e ele quisesse falar com a esposa sozinho.

— Alô? — disse Tom. — Eduardo! Como vai você? Que sorte tê-lo encontrado… Ouvi falar. Um amigo nosso em comum de Paris ligou hoje e me disse que você estava em Milão… Será que poderia vir me visitar? Afinal de contas, você prometeu.

O conde, um *bon vivant* sempre disposto a se deixar distrair da condução de seus negócios (exportação-importação), demonstrou uma leve hesitação para mudar seus planos de Paris, em seguida aceitou entusiasmado ir visitar Tom.

— Mas hoje à noite, não. Amanhã. Tudo bem?

Isso já era suficientemente próximo para Tom, que não tinha total certeza de quais problemas Murchison iria apresentar.

— Sim, até mesmo na sexta seria…

— *Quinta* — disse o conde com firmeza, sem entender a indireta.

— Está bem. Eu busco você em Orly. A que horas?

— Meu voo chega às… Espere um minuto. — O conde levou bastante tempo para consultar os detalhes, voltou ao telefone e completou. — Chega às cinco e quinze da tarde. Voo 306 da Alitalia.

Tom anotou.

— Estarei lá. Que bom você poder vir, Eduardo.

Tom então tornou a descer para encontrar Thomas Murchison. A essa altura os dois já estavam se chamando de Tom, embora Murchison tenha dito que a esposa o chamava de Tommy. Murchison falou que era engenheiro hidráulico numa empresa de instalação de encanamento cujo escritório principal ficava em Nova York. Ele era um dos diretores.

Os dois foram dar uma volta pelo jardim de Tom atrás da casa, que terminava numa mata virgem. Tom gostou bastante de Murchison. Com certeza conseguiria convencê-lo, convertê-lo, pensou. O que *deveria* fazer?

Durante o jantar, enquanto Murchison falava sobre algo novo em folha na sua fábrica — transporte por tubulações de toda e qualquer coisa dentro de recipientes do tamanho de latas de sopa —, Tom ficou pensando: será que deveria se dar ao trabalho de pedir a Jeff e Ed para conseguirem o documento oficial de alguma empresa de transporte marítimo no qual pudessem listar os quadros de Derwatt? E quão rapidamente isso poderia ser feito? Ed era jornalista, e será que ele não poderia dar conta de uma tarefa burocrática como aquela e pedir que Leonard, o gerente da galeria, e Jeff pisassem em cima dos papéis no chão para deixá-los parecendo ser de cinco ou seis anos atrás? O jantar estava excelente e Murchison fez fartos elogios a Madame Annette, que transmitiu num francês bastante razoável, pela sua *mousse* e até mesmo pelo queijo brie.

— Vamos tomar café na sala — disse Tom a Madame Annette. — E poderia trazer o conhaque?

Madame Annette havia acendido a lareira. Tom e Murchison se acomodaram no grande sofá amarelo.

— Que engraçado — começou Tom. — Eu gosto de *Homem na cadeira* tanto quanto de *As cadeiras vermelhas*. Se ele for falso. Engraçado, não? — Tom continuava a falar com um sotaque do Meio-Oeste. — Você pode ver que ele ocupa o lugar de honra da casa!

— Bom, você não sabia que o quadro era falso! — Murchison riu um pouco. — Seria muito interessante... muito... saber quem está pintando as falsificações.

Tom esticou as pernas diante de si e pitou um charuto.

— Que coisa engraçada seria — começou, lançando mão da sua última e melhor cartada — se um falsificador estivesse pintando todos os Derwatts da Galeria Buckmaster agora, todos os que vimos ontem. Em outras palavras, alguém tão bom quanto Derwatt.

Murchison sorriu.

— Nesse caso, o que Derwatt está fazendo? Está sentado sem dizer nada? Não seja ridículo. Derwatt foi bem parecido com o que eu achava que seria. Introspectivo e meio antiquado.

— Você já pensou em colecionar falsificações? Conheço um sujeito na Itália que coleciona. Primeiro era um hobby, mas agora ele vende os quadros para outros colecionadores por preços bastante altos.

— Ah, já ouvi falar nisso. Sim. Mas eu gosto de saber que estou comprando um quadro falso quando compro um.

Tom sentiu que estava chegando a um lugar desconfortável e desagradável. Tornou a tentar.

— Eu gosto de ficar devaneando... sobre coisas absurdas como essa. Num certo sentido, por que incomodar um falsificador que está fazendo um trabalho tão bom? Eu pretendo continuar com *Homem na cadeira*.

Murchison talvez não tivesse escutado os comentários de Tom.

— Sabe — disse Murchison, ainda encarando o quadro ao qual Tom estava se referindo —, não é só o roxo, é a alma do quadro. Eu não diria isso dessa forma se não estivesse amolecido pela sua boa comida e bebida.

Eles haviam terminado uma deliciosa garrafa de Margaux, a melhor da adega de Tom.

— Você acha que o pessoal da Galeria Buckmaster pode ser trapaceiro? — perguntou Murchison. — Eles *devem* ser. Por que estariam aceitando um falsificador? E empurrando quadros falsos misturados com os verdadeiros?

Murchison pensava que os outros Derwatts novos, todos atualmente expostos na galeria, com exceção de *A banheira*, fossem legítimos, percebeu Tom.

— Isso se esses quadros forem mesmo falsos... o seu *O relógio* e assim por diante. Acho que ainda não estou convencido.

Murchison sorriu, bem-humorado.

— É só porque você gosta do seu *Homem na cadeira*. Se o seu quadro tem quatro anos e o meu no mínimo três, essas falsificações já vêm acontecendo há um bom tempo. Pode ser que haja outros em Londres que não foram emprestados para a mostra. Para ser franco, eu desconfio é do próprio Derwatt. Desconfio que ele esteja mancomunado com o pessoal da Buckmaster para ganhar mais dinheiro. Outra coisa: há anos não há nenhum desenho novo de Derwatt. Isso é estranho.

— É mesmo? — indagou Tom com uma surpresa fingida.

Ele sabia disso, e sabia aonde Murchison estava querendo chegar.

— Os desenhos revelam a personalidade de um artista — disse Murchison. — Eu mesmo percebi isso, depois li em algum lugar... só para corroborar a mim mesmo. — Ele riu. — Só porque eu fabrico canos, as pessoas nunca reconhecem minha sensibilidade! Mas um desenho para um pintor é como uma assinatura, aliás, uma assinatura bem complicada. Digamos assim: é mais fácil falsificar uma assinatura num quadro do que um desenho.

— Nunca pensei nisso — disse Tom, e girou a ponta de seu charuto no cinzeiro. — Você disse que vai falar com o sujeito da Tate Gallery no sábado?

— Sim. Como você deve saber, a Tate tem uns dois Derwatts antigos. Depois vou falar com o pessoal da Buckmaster sem avisar antes... se Riemer confirmar o que eu penso.

O raciocínio de Tom começou a dar saltos dolorosos. Sábado era dali a dois dias. Riemer talvez quisesse comparar *O relógio* e *Homem na cadeira* com os Derwatts da Tate Gallery e os da exposição atual.

Será que os quadros de Bernard Tufts iriam resistir a esse exame? E se não resistissem? Ele serviu mais conhaque para Murchison e um pouco para si mesmo, que não queria beber. Uniu as mãos diante do peito.

— Sabe, acho que não vou abrir um processo, ou sei lá o que se faz, se estiver havendo alguma falsificação.

— Ah! Eu sou um pouco mais ortodoxo. Antiquado, talvez. É o meu jeito. Suponhamos que Derwatt esteja metido na história.

— Pelo que ouvi dizer, Derwatt é quase um santo.

— É essa a lenda. Talvez ele fosse mais santo quando era mais jovem e mais pobre. Ele tem vivido recluso. Seus amigos em Londres o puseram no mapa, isso é evidente. Muita coisa pode acontecer com um homem pobre se ele enriquece de repente.

Tom não avançou além disso nessa noite. Murchison quis se recolher cedo, pois estava cansado.

— Vou providenciar uma passagem aérea para amanhã. Deveria ter feito a reserva em Londres. Foi burrice minha.

— Ah, não de manhã, espero — disse Tom.

— Vou reservar de manhã. E decolar à tarde, se estiver tudo bem para você.

Tom acompanhou seu convidado até o quarto e se certificou de que ele tivesse tudo de que precisava.

Passou-lhe pela cabeça ligar para Jeff ou Ed. Mas que notícia tinha para dar, exceto que não estava chegando a lugar nenhum ao tentar convencer Murchison de não encontrar o sujeito da Tate Gallery? Além do mais, não queria que o telefone de Jeff aparecesse com demasiada frequência em sua conta.

6

Tom começou a manhã com um otimismo decidido. Vestiu roupas velhas e confortáveis — após tomar o delicioso café de Madame Annette na cama, uma xícara pura para acordar — e desceu para ver se Murchison já estava acordado. Eram oito e quarenta e cinco.

— *Le M'sieur* está tomando café no quarto — disse Madame Annette.

Enquanto ela arrumava seu quarto, Tom fez a barba no banheiro.

— O Sr. Murchison vai embora hoje à tarde, eu acho — disse ele em resposta à pergunta de Madame Annette sobre o cardápio do jantar para aquela noite. — Mas hoje é quinta-feira. A senhora acha que conseguiria arrumar um belo par de *soles* com o peixeiro para o almoço? — Tom engoliu em seco diante da semelhança entre linguado em francês e a palavra "sola", e pensou em sapatos e patins. Uma caminhonete de peixe ia ao vilarejo duas vezes por semana. Por Villeperce ser pequena demais, não havia peixaria na cidade.

Madame Annette ficou inspirada com a sugestão.

— As uvas estão lindas na venda de frutas — disse ela. — O senhor não acredita…

— Compre algumas. — Tom mal escutou o que ela disse.

Às onze da manhã, Tom e Murchison estavam andando pela mata atrás do terreno de Tom, que estava com uma estranha disposição, ou estado de espírito. Num impulso de escancarada simpatia, honestidade, ou como se quisesse chamar, havia mostrado a Murchison os próprios esforços artísticos no cômodo do andar de cima, onde pintava. Ele pintava principalmente paisagens e retratos. Vivia tentando simplificar, inspirar-se no exemplo de Matisse, mas na sua opinião com pouco sucesso. Um retrato de Heloise, decerto o décimo segundo de Tom, não era ruim, e Murchison o elogiou. *Meu Deus*, pensou Tom, *eu desnudo minha alma, mostro-lhe os poemas que escrevi para Heloise, tiro a roupa e faço uma dança com espadas se ele ao menos... vir as coisas do meu jeito!* De nada adiantou.

O avião de Murchison partia às quatro da tarde rumo a Londres. Dava tempo de um almoço decente, já que Orly ficava a cerca de uma hora de carro, em boas condições climáticas. Enquanto Murchison trocava os sapatos para seu pequeno passeio, Tom havia embalado *Homem na cadeira* em três camadas de papelão, barbante, papel pardo e mais barbante. Murchison levaria o quadro consigo a bordo do avião, segundo tinha dito a Tom. Ele disse que tinha reservado um quarto no Mandeville para aquela noite.

— Lembre-se, não quero fazer nenhuma denúncia — disse Tom. — Em relação a *Homem na cadeira*.

— Não significa que você vai negar que o quadro é falso — respondeu Murchison sorrindo. — Não vai insistir que ele é legítimo, vai?

— Não — respondeu Tom. — *Touché*. Vou acatar o que os peritos disserem.

A mata virgem não era um bom lugar para uma conversa que precisava chegar num ponto preciso, pensou Tom. Ou será que ela precisava se expandir até virar uma imensa nuvem cinza? Fosse como fosse, Tom não estava feliz conversando com Murchison na mata.

Pediu a Madame Annette para preparar o almoço razoavelmente cedo por causa da partida do Sr. Murchison, e os dois começaram a comer ao meio-dia e quarenta e cinco.

Tom estava decidido a manter o assunto na conversa, pois não queria abandonar a esperança de vez. Citou Van Meegeren, cuja trajetória Murchison conhecia. As falsificações de Vermeer pintadas por van Meegeren finalmente haviam conquistado um valor independente. Van Meegeren poderia ter afirmado isso primeiro em autodefesa, como bravata, mas esteticamente não havia dúvida de que as suas invenções de "novos" Vermeers tinham proporcionado prazer às pessoas que os haviam comprado.

— Não consigo entender sua total desconexão com a verdade das coisas — disse Murchison. — O estilo de um artista é a sua verdade, sua honestidade. Outro homem tem o direito de copiá-lo, do mesmo jeito que se copia a assinatura alheia? E com o mesmo propósito de prejudicar sua reputação e sua conta bancária? Uma reputação já construída graças ao seu talento?

Os dois estavam comendo os últimos pedaços de linguado na manteiga junto com os últimos pedaços de batata. O linguado estava divino, assim como o vinho branco. Aquele era o tipo de almoço que em qualquer outra circunstância teria causado contentamento, ou até mesmo felicidade, inspirado amantes a ir para a cama — quem sabe depois do café — fazer amor e depois dormir. Nesse dia Tom não conseguiu apreciar a beleza do almoço.

— Eu falo por mim — disse Tom. — Em geral é o que faço. Não tenho a intenção de influenciar você. Tenho certeza de que não conseguiria. Mas você tem minha permissão para dizer a... quem é mesmo? Ao Sr. Constant, sim, que eu estou bastante satisfeito com a minha falsificação e desejo ficar com ela.

— Vou dizer isso a ele. Mas você não pensa no futuro? Se alguém continuar fazendo isso...

A sobremesa foi um suflê de limão. Tom quase não conseguiu comer. Estava convencido. Por que não conseguia formular aquilo em palavras, formulá-lo bem o bastante para convencer Murchison? *Murchison não era um artista.* Se fosse, não estaria falando daquele jeito. Murchison não reconhecia o talento de Bernard. O que ele achava que estava fazendo falando sobre verdade, assinaturas e talvez até a polícia, em comparação com o que Bernard fazia no seu estúdio, que era inegavelmente o trabalho de um grande pintor? Como Van Meegeren havia descrito (ou teria sido o próprio Tom quem formulara isso assim num de seus cadernos?): "Um artista faz as coisas com naturalidade, sem esforço. Algum poder guia sua mão. Um falsificador se esforça, e quando obtém sucesso, isso é uma conquista de verdade." Tom se deu conta de que a paráfrase era sua. Mas que maldito aquele Murchison dono da verdade, tão certo de estar agindo da forma correta! Pelo menos Bernard era um homem de talento, mais talento do que Murchison com seus encanamentos, sua instalação de dutos, sua embalagem de itens transportáveis, ideia que de toda forma tinha vindo de um jovem engenheiro canadense, segundo ele dissera.

Café. Nenhum dos dois bebeu conhaque, apesar de a garrafa estar ao alcance da mão.

O rosto de Thomas Murchison, carnudo, um pouco vermelho... seu rosto, para Tom, poderia muito bem ser feito de pedra. Os olhos de Murchison eram brilhantes, bastante inteligentes, e estavam contra ele.

Era uma e meia da tarde. Eles sairiam para Orly dali a mais ou menos meia hora. Será que ele deveria voltar para Londres quanto antes depois que o conde partisse?, pensou Tom. Mas o que poderia fazer em Londres? O conde que se danasse, pensou. A Derwatt Ltda. era mais importante do que a porcaria ou a bugiganga que o conde estava carregando. Tom se deu conta de que Reeves não tinha lhe dito onde procurar na mala, na pasta ou seja lá no que fosse do conde. Imaginava que Reeves fosse lhe telefonar naquela noite. Estava se sentindo péssimo e simplesmente precisava sair agora da cadeira onde havia passado os últimos dez minutos se remexendo.

— Queria que você levasse uma garrafa de vinho da minha adega — disse. — Vamos descer para dar uma olhada?

O sorriso de Murchison se alargou.

— Que ideia maravilhosa! Obrigado, Tom.

O acesso para a adega era pelo lado de fora, alguns degraus de pedra que desciam até uma porta verde, ou então por uma porta no lavabo do térreo, ao lado de um pequeno vestíbulo onde os convidados penduravam seus casacos. Tom e Heloise tinham mandado instalar a escada interna para não precisar sair quando o tempo estivesse ruim.

— Vou levar o vinho comigo de volta para os Estados Unidos. Seria uma pena abrir a garrafa sozinho em Londres — disse Murchison.

Tom acendeu a luz da adega. Era um espaço grande, cinza e frio como uma geladeira, ou assim parecia, em contraste com a casa, aquecida pela calefação central. Havia uns cinco ou seis tonéis grandes sustentados por armações, nem todos cheios, e muitas prateleiras com garrafas de vinho em todas as paredes. Num dos cantos ficava o grande tanque de armazenagem de combustível para a calefação e um outro tanque que continha água quente.

— Os tintos ficam aqui — disse Tom, indicando uma parede com suportes de vinho cheia até mais da metade com garrafas escuras empoeiradas.

Murchison deu um assobio de apreciação.

É preciso ser aqui embaixo, pensou Tom, *se algo deve ser feito*. Mas ele não havia planejado, nem de longe, não havia planejado nada. *Continue*, falou para si mesmo, mas tudo que fez foi andar pela adega devagar, olhando para suas garrafas e tocando um ou dois dos gargalos envoltos em alumínio vermelho. Pegou uma delas.

— Margaux. Você gostou deste.

— Sublime — disse Murchison. — Muito obrigado, Tom. Vou contar à minha família sobre a adega de onde ele veio. — Murchison pegou a garrafa com um gesto de reverência.

— Não tem como você mudar de ideia... só por espírito esportivo... em relação a falar com o perito de Londres? Sobre as falsificações?

Murchison riu um pouco.

— Tom, eu não posso. Espírito esportivo! Não entendo mesmo por que você quer protegê-los, a menos que...

Murchison tinha pensado numa coisa, e Tom sabia o que era: que Tom Ripley estava metido naquilo, que obtinha algum tipo de benefício ou lucro.

— Sim, eu tenho interesse no assunto — disse Tom rapidamente. — Conheço o rapaz que conversou com você no hotel outro dia, entende? Sei tudo sobre ele. É ele o falsificador.

— *O quê?* Aquele... aquele...

— Sim, aquele sujeito nervoso. Bernard. Ele conhecia Derwatt. Tudo começou de modo um tanto idealista, entende...

— Quer dizer que Derwatt *sabe* disso?

— Derwatt morreu. Eles conseguiram alguém para se fazer passar por ele. — Tom disse isso num impulso, sentindo que já não tinha mais nada a perder e talvez tivesse algo a ganhar.

Murchison tinha a vida a ganhar, mas Tom não podia exatamente dizer isso dessa forma, não de modo tão claro, por enquanto.

— Então Derwatt morreu... há quanto tempo?

— Uns cinco ou seis anos. Ele morreu na Grécia.

— Quer dizer que todos os quadros...

— Bernard Tufts... Você viu que tipo de sujeito ele é. Ele se mataria se viesse à tona que está falsificando os quadros do seu finado amigo. Ele lhe disse para não comprar mais nenhum. Isso não basta? A galeria pediu que Bernard pintasse um ou dois quadros no estilo de Derwatt, entende... — Tom se deu conta de que fora *ele* quem tinha feito essa sugestão, mas pouco importava. Também se deu conta de que estava argumentando inutilmente, não apenas porque Murchison estava decidido, mas porque havia uma cisão no raciocínio do próprio Tom, uma cisão que ele conhecia bem. Ele via o certo e o errado. No entanto, ambos os lados eram igualmente sinceros: salvar Bernard, salvar as falsificações, salvar até mesmo Derwatt, era esse o seu argumento. Murchison jamais entenderia. — Bernard quer sair da jogada, eu sei. Não acho que você queira correr o risco de ver um homem se matar por vergonha, só para provar uma teoria.

— Ele poderia ter pensado em vergonha quando começou! — Murchison olhou para as mãos de Tom, para o rosto, para as mãos outra vez. — Era *você* se fazendo passar por Derwatt? Era. Eu reparei nas mãos dele. — Murchison sorriu com amargura. — E as pessoas acham que eu não presto atenção em detalhes!

— Você é muito observador — disse Tom depressa.

De repente, sentiu raiva.

— Meu Deus, eu deveria ter comentado ontem. Pensei nisso ontem. As suas mãos. Não dá para colar uma barba nelas, não é?

— Deixe-os em paz, sim? — pediu Tom. — Eles por acaso estão causando algum grande malefício? Os quadros de Bernard são bons, isso você não pode negar.

— De jeito nenhum vou ficar de boca fechada em relação a isso! Não! Nem mesmo se você ou qualquer outra pessoa me oferecer uma dinheirama sem fim para manter minha boca calada! — O rosto de Murchison estava mais vermelho e sua papada tremeu.

Ele pousou o vinho com bastante força no chão, mas a garrafa não quebrou.

A rejeição de seu vinho foi um leve insulto, ou pelo menos Tom sentiu isso na hora, um minúsculo insulto e certa irritação. Pegou a garrafa quase na mesma hora e a desferiu contra Murchison, acertando-o na lateral da cabeça. Dessa vez a garrafa quebrou, o vinho se espalhou e a base caiu no chão. Murchison se desequilibrou em cima das prateleiras de vinho, sacudindo todas elas, porém nada mais caiu a não ser o próprio Murchison, que desabou no chão esbarrando em gargalos de garrafa, sem tirar nenhuma do lugar. Tom agarrou a primeira coisa à mão — por acaso um balde vazio usado para transportar carvão

— e a lançou na cabeça de Murchison. Aplicou um segundo golpe. A base do balde era pesada. Murchison sangrava, caído de lado no chão de pedra com o corpo meio torto. Não estava se mexendo.

O que fazer em relação ao sangue? Tom andava em círculos à procura de um pano velho em algum lugar, ou mesmo um pouco de jornal. Foi até o tanque de combustível. Debaixo do tanque havia um grande trapo, endurecido de tão velho e sujo. Voltou com ele na mão e começou a enxugar, mas depois de alguns instantes desistiu da tarefa inútil e tornou a olhar em volta. *Ponha-o debaixo de um tonel*, pensou. Segurou Murchison pelos tornozelos, e na mesma hora os largou e sentiu seu pescoço. Não parecia haver pulso. Tom respirou fundo e pôs as mãos debaixo dos braços de Murchison. Puxou e deu trancos para arrastar o corpo pesado em direção ao tonel. O canto atrás do tonel era escuro. Os pés de Murchison ficaram um pouco para fora. Tom dobrou-lhe os joelhos para os pés não ficarem aparecendo. No entanto, como o tonel ficava uns quarenta centímetros acima do piso sobre a armação, Murchison ficaria mais ou menos visível caso alguém parasse no meio da adega e olhasse para aquele canto específico. Agachando-se daria para ver seu corpo inteiro. Justo agora, pensou Tom, não encontrar um lençol velho, um pedaço de lona, de jornal, qualquer coisa para cobrir outra coisa! Era essa a organização de Madame Annette!

Tom jogou o pano sujo de sangue, que aterrissou em cima dos pés de Murchison. Chutou alguns pedaços da garrafa quebrada no chão — o vinho agora tinha se misturado ao sangue —, então segurou rapidamente o gargalo da garrafa e bateu na lâmpada pendurada no teto por um fio. A lâmpada quebrou e caiu tilintando no chão.

Um pouco arquejante, tentando fazer a respiração voltar ao normal, Tom caminhou no escuro em direção à escada e subiu. Fechou a porta da adega. O lavabo tinha uma pia, e lá ele lavou as mãos rapidamente. Um pouco de sangue deixou a água rosada, e Tom pensou que fosse de Murchison, até reparar que continuava a sair e havia um corte na base do seu polegar. Mas não era um corte feio, poderia ter sido pior, e se considerou com sorte. Puxou um pouco de papel higiênico do rolo na parede e envolveu o polegar.

Madame Annette estava ocupada na cozinha agora, o que era outra sorte. Se ela saísse, Tom diria que o Sr. Murchison já estava no carro — caso Madame Annette perguntasse onde ele estava. Era hora de ir.

Tom subiu correndo até o quarto de Murchison. As únicas coisas que ele não havia arrumado eram seu sobretudo e os artigos de banheiro. Tom guardou os produtos num bolso da mala de Murchison e a fechou. Desceu a escada levando a mala e o sobretudo e saiu pela porta da frente. Pôs as coisas no Alfa Romeo, depois tornou a subir correndo a escada para pegar *O relógio* de Murchison, ainda embalado. Murchison estava tão seguro de si que sequer se dera ao trabalho de desembalar *O relógio* para compará-lo com *Homem na cadeira*. *O orgulho conduz à queda*, pensou Tom. Levou seu *Homem na cadeira* embalado do quarto de Murchison para o seu, enfiou-o num canto no fundo do armário e levou *O relógio* para o andar de baixo. Pegou sua capa de chuva num gancho do lado de fora do lavabo e saiu para o carro. Partiu em direção a Orly.

O passaporte e a passagem de avião de Murchison deviam estar no bolso do seu casaco, pensou. Ele cuidaria disso depois, de preferência queimando-os, quando Madame Annette estivesse fora da casa pela manhã, em sua aprazível turnê de compras habitual. Ocorreu-lhe também que ele não tinha avisado Madame Annette sobre a chegada do conde. Iria lhe telefonar de algum lugar, mas não do aeroporto de Orly, pensou, pois não queria demorar por lá.

O horário estava correto, como se Murchison de fato fosse conseguir pegar seu avião.

Tom se encaminhou para a entrada dos embarques. Ali, táxis e carros particulares podiam depositar e pegar bagagens e passageiros, contanto que não demorassem demais. Tom parou, tirou a mala de Murchison do carro e a pôs na calçada, em seguida apoiou *O relógio* na mala e pôs o sobretudo de Murchison por cima. E então foi embora de carro. Reparou que havia alguns outros pequenos conjuntos de bagagem na calçada. Foi dirigindo na direção de Fontainebleau e parou em um misto de bar e café, um dos muitos bares de tamanho médio na estrada entre Orly e o início da Autoroute du Sud.

Pediu uma cerveja e um *jeton* para fazer uma ligação. Como não era preciso usar um *jeton*, pegou o telefone do balcão ao lado da caixa registradora e discou o número de sua casa.

— Alô, sou eu — disse. — Monsieur Murchison teve de ir embora às pressas na última hora, então me pediu que lhe dissesse até logo e obrigado.

— Ah, eu entendo.

— *Alors*... outro convidado vai chegar hoje à noite, o conde Bertolozzi, um italiano. Irei buscá-lo em Orly e chegaremos em casa antes das seis. Será que a senhora poderia comprar, quem sabe... um pouco de fígado de vitela?

— O açougueiro está com um lindo *gigot* no momento!

Por algum motivo, Tom não estava com disposição para nada que tivesse osso.

— Se não for dar trabalho, acho que prefiro o fígado.

— E um Margaux? Um Mersault?

— Deixe que do vinho cuido eu.

Tom pagou — disse que tinha ligado para Sens, que ficava mais longe do que o seu vilarejo — e saiu para o carro. Foi dirigindo numa velocidade descontraída de volta até Orly, passou pelo setor de chegadas e partidas e reparou que as coisas de Murchison continuavam onde ele as havia deixado. O sobretudo seria o primeiro a sumir, pensou, surrupiado por algum rapaz empreendedor. E se o passaporte de Murchison estivesse no bolso, o ladrão talvez tirasse alguma vantagem dele. Tom sorriu de leve ao entrar no P-4, um dos estacionamentos de uma hora.

Passou devagar pelas portas de vidro que se abriram na sua frente, comprou um *Neue Züricher Zeitung* na banca de jornal e então confirmou o horário de chegada do avião de Eduardo. O voo estava no horário e ele ainda tinha alguns minutos. Foi até o bar lotado — o bar vivia lotado — e finalmente conseguiu chegar ao balcão para pedir um café. Depois do café, comprou um bilhete e foi até onde as pessoas recebiam os passageiros que desembarcavam.

O conde estava usando um Homburg cinza. Tinha um bigode preto fino e comprido e uma barriga proeminente, visível até mesmo debaixo do sobretudo desabotoado. Abriu um sorriso, um sorriso italiano genuíno e espontâneo, e cumprimentou Tom com um aceno. Estava apresentando o passaporte.

Os dois então trocaram um aperto de mão, abraçaram-se rapidamente e Tom o ajudou com embrulhos e malas. O conde trazia também uma pasta. O que estaria carregando, e onde? Sua mala não fora sequer aberta, e o funcionário francês só acenou para deixá-lo passar.

— Se você puder esperar aqui um instante, vou buscar meu carro — disse Tom quando os dois estavam na calçada. — Está a poucos metros daqui. — Ele se afastou num trote e voltou em cinco minutos.

Teve de passar pelo portão dos embarques e reparou que a mala e o quadro de Murchison ainda estavam ali, mas o sobretudo havia sumido. Um já fora, faltavam dois.

No trajeto para casa, eles conversaram, de modo não muito profundo, sobre a política italiana, sobre a política francesa atual, e o conde perguntou sobre Heloise. Tom mal o conhecia e achava que era a segunda vez que os dois se viam, mas em Milão haviam conversado sobre pintura, um grande interesse do conde.

— No momento está havendo uma *esposizione* de Derwatt em Londres. Quero muito ir na semana que vem. E o que você acha de Derwatt vir a Londres? Fiquei *pasmo*! As primeiras fotos dele em anos!

Tom não havia se dado ao trabalho de comprar um jornal londrino.

— Uma grande surpresa. Dizem que ele não mudou muito. — Não ia mencionar que estivera em Londres recentemente e vira a exposição.

— Estou louco para ver o quadro dele na sua casa. Qual deles é? O das menininhas?

— *As cadeiras vermelhas* — disse Tom, surpreso que o conde se lembrasse.

Sorriu e apertou com mais força o volante. Apesar do cadáver na adega, apesar do dia horroroso e da tarde angustiante, ficaria muito feliz de voltar para casa... para a cena do crime, como se dizia. Não sentia que havia sido um crime. Ou será que iria sentir uma reação retardada no dia seguinte, ou mesmo naquela noite? Torceu para que não.

— O *espresso* na Itália está piorando. Nos cafés — anunciou o conde num barítono solene. — Estou *convecto*. Deve ter alguma história da Máfia por trás disso. — Ele passou alguns instantes olhando amargurado pela janela antes de continuar. — E os barbeiros na Itália, Deus meu! Estou começando a me perguntar se conheço meu próprio país! Agora, numa antiga barbearia, a minha preferida, perto da Via Veneto, tem uns rapazes novos que me perguntam que tipo de xampu eu quero. Eu respondo: "Lave o meu cabelo e pronto, por favor... o que sobrou dele!" "Mas ele é oleoso ou seco, *signor*? Nós temos três tipos de xampu. O senhor tem caspa?" "Não!", respondo. "Ninguém mais pode ter um cabelo *normal*, ou será que o xampu comum não existe mais?"

Assim como Murchison, o conde elogiou a simetria robusta de Belle Ombre. O jardim, embora já quase não restassem rosas do verão, exibia seu belo gramado retangular cercado por pinheiros grossos e imponentes. Aquele era o seu lar, e não era exatamente humilde. Mais uma vez Madame Annette o recebeu na soleira da porta e mostrou-se tão prestativa e acolhedora quanto na véspera, quando Thomas Murchison havia chegado. Como havia feito anteriormente, Tom mostrou ao seu hóspede o quarto que Madame Annette havia preparado. Como estava tarde para o chá, disse que estaria lá embaixo quando o conde quisesse se juntar a ele. O jantar sairia às oito.

Tom então desembrulhou *Homem na cadeira* em seu quarto, levou-o para o andar de baixo e o pendurou no lugar habitual. Madame Annette poderia muito bem ter reparado na sua ausência durante algumas horas, mas, se ela lhe perguntasse alguma coisa, Tom pretendia dizer que o Sr. Murchison o tinha levado para o seu quarto, o de Tom, a fim de observá-lo sob uma luz diferente.

Tom abriu as cortinas vermelhas pesadas das portas de vidro e olhou para seu jardim dos fundos. As sombras verde-escuras estavam ficando negras com o cair da noite. Deu-se conta de que estava parado exatamente em cima de Murchison na adega e mudou de lugar. Precisava, mesmo que devesse fazer isso tarde da noite, descer e limpar como conseguisse o vinho e as manchas de sangue. Madame Annette poderia ter algum motivo para descer até a adega: ela estava sempre de olho no estoque de combustível. E depois, como tiraria o corpo da casa? Havia um carrinho de mão no barracão. Será que conseguiria levar Murchison nele, coberto por uma lona impermeável que também estava no barracão, até a mata atrás da casa e enterrá-lo? Era primitivo e perto demais da casa, mas talvez fosse a melhor solução.

O conde desceu disposto e saltitante apesar do seu tamanho. Era um homem bastante alto.

— A-ha! A-ha! — Assim como Murchison, ele ficou impressionado com *As cadeiras vermelhas*, pendurado no outro extremo da sala. Mas o conde se virou na mesma hora, olhou na direção da lareira e pareceu ainda mais impressionado com *Homem na cadeira*. — Lindo! Delicioso! — Ele olhou para os dois quadros. — Você não me decepcionou. Eles são um prazer. Sua casa inteira também. Refiro-me aos desenhos no meu quarto.

Madame Annette chegou com o balde de gelo e alguns copos sobre o carrinho de bebidas.

Ao ver o Punt e Mes, o conde disse que era o que iria tomar.

— A galeria de Londres lhe pediu para emprestar seus quadros para a *esposizione?*

Murchison fizera essa mesma pergunta vinte e quatro horas antes, mas só em relação a *Homem na cadeira*, e a fizera por estar curioso com a atitude da galeria em relação a quadros que sabiam ser falsificados. Tom se sentiu um pouco tonto, como se fosse perder os sentidos. Estava curvado acima do carrinho de bebidas, e então se endireitou.

— Pediu. Mas é tanto trabalho, sabe, o envio e o seguro. Eu emprestei *As cadeiras vermelhas* para uma mostra dois anos atrás.

— Talvez eu compre um Derwatt — divagou o conde. — Quero dizer, se tiver dinheiro. Com os preços dele, vai ter de ser um pequeno.

Tom serviu para si um uísque sem gelo.

O telefone tocou.

— Com licença — disse Tom, e foi atender.

Eduardo estava andando pela sala, observando outras coisas nas paredes.

Era Reeves Minot. Ele perguntou se o conde tinha chegado e, em seguida, se Tom estava sozinho.

— Não, não estou.

— Está dentro da...

— Não estou ouvindo direito.

— *Na pasta de dentes* — disse Reeves.

— A-ah. — Foi quase um grunhido de Tom, de cansaço, desprezo, tédio até. Seria aquilo uma brincadeira de criança? Ou algo saído de um filme ruim? — Está bem. E o endereço? O mesmo da última vez? — Tom tinha um endereço em Paris, três ou quatro na verdade, para onde já tinha mandado os objetos de Reeves em outras ocasiões.

— Serve. O último. Está tudo bem?

— Sim, acho que sim, obrigado — disse Tom, afável. Poderia ter sugerido que Reeves desse uma palavrinha com o conde, só para ser simpático, mas provavelmente era melhor o conde não saber que

Reeves havia telefonado. Tom estava se sentindo um tanto fora de si, como se tivesse acordado com o pé esquerdo. — Obrigado por ligar.

— Não precisa me ligar se estiver tudo bem — disse Reeves, e desligou.

— Pode me dar licença um instante, Eduardo? — pediu Tom, e subiu correndo a escada.

Entrou no quarto do conde. Uma das malas estava aberta sobre o baú antigo onde os hóspedes e Madame Annette em geral punham as malas, mas Tom olhou primeiro no banheiro. O conde não tinha retirado seus artigos de toalete. Tom foi até a mala e encontrou uma bolsinha de plástico fosco com zíper. Tentou ali e encontrou tabaco. Havia uma segunda bolsinha de plástico que continha apetrechos de barbear, pasta e escova de dentes, e pegou a pasta. O final do tubo estava um pouco áspero, mas lacrado. O homem de Reeves devia ter algum tipo de prensa para selar o metal de volta. Tom apertou o tubo com delicadeza e sentiu algo duro na ponta. Balançou a cabeça com repulsa, pôs a pasta no bolso, recolocou a bolsinha de plástico no lugar. Entrou no quarto e pôs a pasta no fundo de sua gaveta esquerda, que continha uma caixa de abotoaduras e vários colarinhos engomados.

Tom foi se juntar novamente ao conde na sala.

Durante o jantar, os dois falaram sobre a volta surpreendente de Derwatt e sua entrevista, que o conde tinha lido na imprensa.

— Ele está morando no México, não? — perguntou Tom.

— Sim. E se recusa a dizer onde. Como B. Traven, sabe? Ha-ha!

O conde elogiou o jantar e comeu com vontade. Tinha a característica europeia de conseguir falar de boca cheia, algo que nenhum americano era capaz de fazer sem parecer ou se sentir extremamente desleixado.

Depois do jantar, ao ver o gramofone de Tom, o conde expressou o desejo de escutar um pouco de música e escolheu *Pelléas et Mélisande*. Quis ouvir o terceiro ato, o dueto, por vezes caótico, de uma soprano e uma grave voz masculina. Enquanto escutava e até cantava junto, o conde ainda conseguiu conversar.

Tom tentou prestar atenção no conde e ignorar a música, mas sempre achava difícil ignorar música. Não estava com disposição para *Pelléas et Mélisande*. O que precisava era da música de *Sonho de uma noite de verão*, da fabulosa abertura, e então, enquanto a outra continuava a tocar, pesada e dramática, a abertura de Mendelssohn começou a soar no seu ouvido interno, nervosa, cômica, extremamente inventiva. Ele precisava desesperadamente ser inventivo ao extremo.

Os dois estavam tomando conhaque. Tom sugeriu que na manhã seguinte pegassem o carro e almoçassem em Moret-sur-Loing. Eduardo disse que queria pegar um trem para Paris à tarde. Mas primeiro queria se certificar de ter visto todos os tesouros artísticos de Tom, que então o conduziu numa turnê pela casa. Até no quarto de Heloise havia um Marie Laurencin.

Os dois então se desejaram boa-noite, e Eduardo se recolheu com dois dos livros de arte de Tom.

Em seu quarto, Tom tirou o tubo de pasta de dente Vademecum de sua gaveta, tentou abrir a parte de baixo com a unha do polegar e não conseguiu. Entrou no quarto em que pintava e pegou um alicate na bancada. De volta ao seu quarto, cortou o tubo para abri-lo e dele saiu um cilindro preto. Um microfilme, claro. Tom se perguntou se aquilo poderia sobreviver a um enxágue, decidiu que era melhor não e apenas limpou o objeto com um lenço de papel. Tinha aroma de hortelã. Ele endereçou o envelope para:

Monsieur Jean-Marc Cahannier
16 Rue de Tison
Paris IX

Enrolou o cilindro numas duas folhas de papel de carta e o enfiou no envelope. Jurou para si mesmo acabar com aquela bobagem, pois era degradante. Poderia dizer isso a Reeves sem ofendê-lo. Reeves tinha uma estranha noção de que, quanto mais um objeto mudasse de mãos, mais seguro estaria. Ele tinha uma mentalidade de bandido. Mas com certeza perdia dinheiro pagando a todo mundo, ainda que pagasse pouco. Ou será que algumas pessoas recebiam em favores que pediam a Reeves?

Tom vestiu um pijama e um roupão, espiou o corredor e ficou satisfeito ao ver que nenhuma luz vazava por baixo da porta de Eduardo. Foi em silêncio até a cozinha. Ali havia duas portas entre a cozinha e o quarto de dormir de Madame Annette, já que depois da cozinha ficava um pequeno vestíbulo com uma porta de serviço, de modo que não era provável que ela o escutasse nem notasse a luz na cozinha. Tom pegou um pano de limpeza cinza grosso e um frasco de Ajax, tirou uma lâmpada nova de um armário e a guardou num dos bolsos. Desceu até a adega. Estremeceu. Então se deu conta de que precisava ter uma lanterna e uma cadeira onde subir, de modo que voltou à cozinha e pegou um dos banquinhos de madeira que ficavam ao redor da mesa, além de uma lanterna na gaveta da mesa do hall.

Segurando a lanterna debaixo do braço, tirou a lâmpada estilhaçada e encaixou a nova. A adega se iluminou. Os sapatos de Murchison continuavam aparecendo. Tom então percebeu, para seu horror, que a rigidez cadavérica tinha feito as pernas se esticarem. Ou será que ele ainda poderia estar vivo? Obrigou-se a ir se certificar, ou sabia que não conseguiria dormir naquela noite. Tocou a mão de Murchison com as costas dos dedos. Isso bastou. A mão estava fria e também dura. Tom cobriu os sapatos de Murchison com o pano cinza.

Num canto ficava uma pia com água fria. Tom molhou o pano de limpeza e mãos à obra. Parte da cor saiu no pano, que ele lavou, mas não conseguiu ver muita melhora na cor do chão, embora o tom escuro agora pudesse ser atribuído à umidade. Bem, ele poderia dizer a Madame Annette que tinha deixado cair uma garrafa de vinho caso ela perguntasse alguma coisa. Recolheu os últimos cacos de lâmpada quebrada e da garrafa de vinho, enxaguou o pano na pia com todo o cuidado, retirou os cacos de vidro do ralo da pia e os colocou no bolso do roupão. Mais uma vez limpou o chão com o pano. Então tornou a subir, e sob a luz mais forte da cozinha se certificou de que o tom avermelhado do pano tinha desaparecido, ou quase. Pendurou o pano num cano debaixo da pia.

Mas o maldito corpo. Tom deu um suspiro e pensou em trancar a adega e voltar no dia seguinte, após acompanhar Eduardo até a estação, mas isso não iria parecer um tanto estranho caso Madame Annette quisesse descer lá? E ela também tinha a própria chave, além de uma chave da porta externa, cuja fechadura era diferente. Tom teve o cuidado de subir com uma garrafa de *rosé* e duas de Margaux e as deixou em cima da mesa da cozinha. Em alguns momentos, ter uma empregada era uma chateação.

Ao ir para a cama, mais cansado do que na noite anterior, Tom pensou em pôr Murchison dentro de um tonel. Mas imaginou que seria preciso um tanoeiro para conseguir recolocar os malditos aros no lugar. E Murchison teria de estar imerso em algum tipo de líquido, caso contrário, ficaria batendo para lá e para cá dentro do tonel vazio. E como ele conseguiria pôr alguém com o peso de Murchison dentro de um tonel vazio sozinho? Impossível.

Pensou na mala de Murchison e em *O relógio* lá em Orly. Com certeza àquela altura alguém já os tinha levado embora. Murchison talvez tivesse um caderno de endereços, ou algum envelope velho dentro da mala. No dia seguinte, ele poderia ser declarado "desaparecido". Ou um dia depois. O perito da Tate Gallery estava aguardando Murchison na manhã seguinte. Tom se perguntou se Murchison teria comentado com alguém que estava indo se hospedar com Tom Ripley. Torceu para que não.

7

A sexta-feira amanheceu ensolarada e amena, embora não amena o suficiente para ser chamada de fria. Tom e Eduardo tomaram café na sala de estar, perto das portas de vidro pelas quais o sol entrava. O conde estava de pijama e roupão, que não estaria usando caso houvesse alguma dama presente, mas esperava que Tom não se importasse.

Pouco depois das dez da manhã, o conde subiu para se vestir, e ao descer trouxe suas malas, pronto para dar uma volta de carro antes do almoço.

— Será que você pode me emprestar um pouco de pasta de dente? — perguntou ele. — Acho que esqueci a minha no hotel em Milão. Que idiotice.

Tom já esperava que o conde fosse pedir isso, e ficou bastante aliviado por ele finalmente tê-lo feito. Foi pedir a Madame Annette, que estava na cozinha. Como a *nécessaire* do conde estava dentro da sua mala no térreo, supôs Tom, pensou que o melhor fosse lhe mostrar o lavabo com a pia. Madame Annette levou-lhe um pouco de pasta.

O correio chegou, e Tom pediu licença para dar uma olhada na correspondência. Um postal de Heloise, que na verdade não dizia nada. E outra carta de Christopher Greenleaf. Tom a abriu com um rasgo. Ela dizia:

15 de outubro de 19**

Prezado Sr. Ripley,

Acabei de descobrir que consigo pegar um voo fretado para Paris, então chegarei antes do previsto. Espero que o senhor esteja em casa agora. Pegarei o avião junto com um amigo, Gerald Hayman, da mesma idade que eu, mas lhe garanto que não o levarei para conhecê-lo, pois isso talvez seja chato, embora ele seja um sujeito agradável. Chego a Paris no sábado, dia 19 de outubro, e tentarei lhe telefonar. É claro que passarei a noite de sábado num hotel qualquer de Paris, já que o avião chega às sete da noite, horário francês.

Enquanto isso, saudações, e
atenciosamente,
Chris Greenleaf

Sábado era o dia seguinte. Pelo menos Chris não chegaria no dia seguinte. Deus do céu, pensou Tom, agora só faltava Bernard aparecer. Pensou em pedir a Madame Annette para não atender ao telefone por dois dias, mas isso pareceria estranho, e além do mais iria chatear Madame Annette, que recebia no mínimo uma ligação por dia de alguma de suas amigas, em geral Madame Yvonne, empregada de outra casa no vilarejo.

— Más notícias? — perguntou Eduardo.

— Ah, não, de jeito nenhum — respondeu Tom.

Ele precisava tirar o corpo de Murchison da casa. De preferência naquela noite. E é claro que iria adiar a chegada de Chris e lhe dizer que estava ocupado pelo menos até terça-feira. Teve uma visão da polícia francesa aparecendo no dia seguinte à procura de Murchison e o encontrando em segundos no lugar mais lógico de todos, a adega.

Entrou na cozinha para se despedir de Madame Annette. Ela estava areando uma grande saladeira de prata e várias colheres de sopa, todas adornadas com as iniciais da família de Heloise, P.F.P.

— Vou sair para um pequeno passeio. Monsieur conde está de partida. Quer que traga alguma coisa?

— Se o senhor encontrar uma salsa bem fresca, Monsieur Tome...

— Vou me lembrar disso. *Persil.* Devo voltar antes das cinco, acho eu. Jantarei sozinho hoje. Algo simples.

— Quer que eu ajude com as valises? — Madame Annette se levantou. — Não sei onde estou com a cabeça hoje.

Tom lhe garantiu que não precisava, mas ela saiu para se despedir do conde, que lhe fez uma reverência e a elogiou em francês pela sua comida.

Os dois foram de carro até Nemours, visitaram a praça do mercado com seu chafariz, depois rumaram para o norte margeando o Loing até Moret, cujas ruas de mão única Tom agora percorria com bastante desenvoltura. A cidade tinha esplêndidas torres de pedra cinza que antes formavam seus portões de um lado a outro da ponte acima do rio. O conde ficou encantado.

— Não é tão *poeirento* quanto na Itália — observou ele.

Tom se esforçou ao máximo para não parecer nervoso enquanto eles almoçavam sem pressa, e ficou olhando com frequência pela janela para os salgueiros-chorões na margem do rio, desejando conseguir alcançar dentro de si o ritmo suave de seus galhos que a brisa balançava para lá e para cá. O conde contou uma história muito comprida sobre o segundo casamento da filha com um rapaz de uma família nobre, que durante algum tempo fora deserdado pela família bolonhesa por desposar uma moça que já fora casada. Tom mal prestou atenção na história, pois estava pensando em como se livrar de Murchison. Será que deveria correr o risco de tentar jogá-lo em algum rio? Será que conseguiria dar conta do peso de Murchison para passá-lo por cima do parapeito de uma ponte, somado ao peso de pedras? E sem ser visto? Se simplesmente o arrastasse pela margem de um rio, poderia ter certeza de que Murchison afundaria o suficiente, mesmo o peso extra? Havia começado a chuviscar. Isso tornaria o chão mais fácil de cavar, pensou Tom. A mata atrás da casa talvez fosse a melhor ideia, no fim das contas.

Na estação de Melun, Eduardo teve de esperar apenas dez minutos pelo trem para Paris. Depois de ele e Tom se despedirem afetuosamente, Tom foi até o *tabac* mais próximo e comprou selos em quantidade além da necessária a fim de colar no envelope para o homem de Reeves, de modo que ele não fosse interceptado por algum funcionário mesquinho dos correios por causa de 5 *centimes* faltantes.

Tom comprou salsa para Madame Annette. *Persil*, em francês. *Petersilie*, em alemão. *Prezzemolo*, em italiano. Então seguiu de carro para sua casa. O sol estava se pondo. Pensou se uma lanterna, ou qualquer tipo de luz na mata, chamaria a atenção de Madame Annette caso ela olhasse pela janela do banheiro do quarto que ocupava, que dava para o jardim dos fundos. Se ela subiria até o seu quarto (e descobrisse que ele não estava) para lhe dizer que tinha visto uma luz na mata. Que Tom soubesse, a mata nunca fora visitada por ninguém, nem por pessoas fazendo piquenique nem por colhedores de cogumelo. Mas pretendia entrar um pouco na mata, e talvez Madame Annette não percebesse uma luz.

Ao chegar em casa, Tom sentiu a compulsão de vestir na mesma hora uma calça jeans e ir pegar o carrinho de mão no barracão. Foi empurrando o carrinho até perto dos degraus de pedra que desciam do terraço de trás. Então, como ainda havia luz suficiente, tornou a atravessar o gramado até o barracão. Se Madame Annette reparasse em alguma coisa, ele diria que estava pensando em fazer uma pilha de compostagem na mata.

A luz de Madame Annette estava acesa no banheiro do quarto dela, que tinha uma janela de vidro fosco, e ele imaginou que ela estivesse tomando banho, como fazia a essa hora quando não havia coisas demais para fazer na cozinha. Tom pegou um ancinho de quatro dentes no barracão e o levou até a mata. Estava à procura de um lugar propício e esperava começar a cavar um buraco que lhe desse um pouco de ânimo, quando na verdade precisava terminar o trabalho no dia seguinte, bem cedo. Encontrou um lugar entre algumas árvores finas, onde esperava não haver muitas raízes grandes para cavar. No lusco-fusco, pensou que aquele fosse o melhor lugar, muito embora ficasse a apenas uns oitenta metros do início da mata, onde começava o seu gramado. Tom cavou vigorosamente, liberando parte da energia nervosa que o havia incomodado durante o dia inteiro.

Agora o lixo, pensou ele, e parou, ofegante, rindo alto ao virar o rosto para cima e inspirar uma lufada de ar. Ir buscar as cascas de batata no lixo agora, e os miolos de maçã, e colocar tudo lá dentro junto com Murchison? E salpicar por cima uma dose generosa do pó que iniciava a decomposição? Na cozinha tinha um saco inteiro.

Agora já estava bem escuro.

Tom voltou com um ancinho, tornou a guardá-lo no barracão de ferramentas e, ao ver que a luz do banheiro de Madame Annette continuava acesa — eram só sete horas —, desceu até a adega. Agora teve mais coragem de tocar no corpo de Murchison, ou *na coisa*, como diziam, e na mesma hora levou a mão até o bolso interno do paletó de Murchison. Estava curioso em relação à passagem de avião e ao passaporte. Encontrou apenas uma carteira, e dois cartões de visita caíram de dentro dela no chão. Tom hesitou, então retornou com a carteira e os cartões para dentro do mesmo bolso. Um bolso lateral do paletó continha uma chave num chaveiro, que Tom deixou ali. O outro bolso, em cima do qual Murchison estava deitado, foi mais difícil, uma vez que o corpo estava rígido como uma escultura e parecia tão pesado quanto. No bolso esquerdo não havia nada. Os da calça tinham apenas algumas moedas francesas e inglesas misturadas, que Tom deixou no lugar. Deixou também os dois anéis que estavam nos dedos de Murchison. Se Murchison fosse encontrado na sua propriedade, não haveria dúvida em relação a quem ele era: Madame Annette o havia conhecido. Tom deixou a adega e apagou a luz no alto da escada.

Tomou um banho e tinha acabado de terminar quando o telefone tocou. Precipitou-se para atender imaginando que fosse Jeff, quem sabe com boas notícias… mas *o que* poderia ser uma boa notícia?

— Olá, Tome! Jacqueline falando. Como vai?

Era uma de suas vizinhas, Jacqueline Berthelin, que morava com o marido, Vincent, numa cidade a poucos quilômetros dali. Ela queria que ele fosse jantar lá na quinta-feira. Ia receber *les* Clegg, um casal inglês de meia-idade residente em Melun que Tom conhecia.

— Que pena, minha cara, infelizmente eu não vou poder. Um hóspede vai chegar. Um rapaz americano.

— Traga-o. Ele é bem-vindo.

Tom tentou se desvencilhar e não conseguiu totalmente. Disse que ligaria de volta dali a dois dias para avisar, pois não tinha certeza de quanto tempo seu amigo americano ficaria hospedado.

Estava saindo de seu quarto quando o telefone tocou outra vez.

Dessa vez era Jeff, ligando, segundo ele, do Strand Palace Hotel.

— Como estão as coisas por aí? — perguntou Jeff.

— Ah, está tudo bem, obrigado — disse Tom com um sorriso, e correu os dedos pelos cabelos como se não desse a mínima para o fato de haver um cadáver na sua adega, um homem que ele havia matado para proteger a Derwatt Ltda. — E por aí, como está tudo?

— Onde está Murchison? Ainda está com você?

— Ele foi para Londres ontem à tarde. Mas… eu não acho que vá falar com… você sabe, o sujeito da Tate Gallery. Tenho certeza de que não.

— Você o convenceu?

— Sim — respondeu Tom.

O suspiro, ou o arquejo de Jeff, pôde ser ouvido até do outro lado do Canal da Mancha.

— Genial, Tom. Você é um gênio.

— Diga a todo mundo para se acalmar por aí. Principalmente Bernard.

— Bom... É esse o nosso problema. É claro que eu vou dizer a ele, com prazer. Ele... ele está deprimido. Estamos tentando convencê-lo a ir para algum lugar, Malta, qualquer porcaria de lugar até a exposição acabar. Ele sempre fica assim quando tem alguma exposição, mas desta vez está pior por causa de... você sabe.

— O que ele está fazendo?

— Para dizer a verdade, ele está prostrado. Chegamos a ligar para Cynthia... ela meio que ainda gosta dele, eu achei. Não que tenhamos lhe contado sobre... sobre esse susto. — Jeff se apressou em acrescentar. — Só perguntamos se ela poderia passar algum tempo com Bernard.

— Imagino que ela tenha dito não.

— É.

— Bernard sabe que vocês falaram com ela?

— Ed contou. Eu sei, Tom, talvez tenha sido um erro.

Tom estava impaciente.

— Será que vocês conseguem manter Bernard quieto por alguns dias?

— Estamos lhe dando sedativos, daqueles mais fracos. Coloquei um no chá dele hoje à tarde.

— Podem dizer para ele que Murchison está... sedado?

Jeff riu.

— Sim, Tom. O que ele vai fazer em Londres?

— Disse que tinha umas coisas para fazer aí. Depois vai voltar para os Estados Unidos. Escute, Jeff, chega de telefonemas por alguns dias, sim? De toda forma, não tenho certeza se vou estar em casa.

Tom pensou que poderia explicar as poucas ligações que fizera para Jeff, ou que recebera de Jeff, caso a polícia se desse ao trabalho de investigá-las: ele havia cogitado comprar *A banheira* e conversado sobre isso com a Galeria Buckmaster.

Nessa noite, Tom foi até o barracão de ferramentas e lá pegou uma lona impermeável e uma corda. Enquanto Madame Annette arrumava a cozinha, embalou o corpo de Murchison e amarrou a corda de modo a poder segurá-lo. O cadáver estava rijo, parecia um tronco de árvore e pesava mais ainda, pensou Tom. Ele o arrastou até a escada que subia da adega. O fato de o corpo estar coberto o fazia se sentir ligeiramente melhor, mas agora sua proximidade da porta da adega, da escada e da porta da frente tornou a exacerbar seu nervosismo. O que ele poderia dizer se Madame Annette o visse, ou algum dos eternos tocadores de campainha: uma cigana vendendo cestos; Michel, o faz-tudo da cidade, perguntando se tinha algum trabalho para ele; um menino vendendo panfletos católicos... O que ele diria sobre o monstruoso objeto que estava prestes a pôr dentro do carrinho de mão? As pessoas poderiam não perguntar nada, mas iriam encará-lo e fazer um comentário tipicamente francês, na negativa:

"Não está muito leve isso, não é?" E iriam se lembrar depois.

Tom dormiu mal, e curiosamente reparou no próprio ronco. Como não chegou a pegar no sono direito, foi fácil acordar às cinco da manhã.

No andar de baixo, afastou o capacho diante da porta da frente e desceu até a adega. Murchison subiu metade da escada muito bem, mas Tom havia gastado muita energia com isso e teve de dar uma parada. A corda estava cortando um pouco suas mãos, e ele estava demasiado impaciente para subir correndo até o barracão de ferramentas e pegar suas luvas de jardinagem. Modificou a pegada e conseguiu chegar no andar de cima. Atravessar o piso de mármore foi mais fácil. Ele variou o trabalho trazendo o carrinho de mão até a frente da casa e virando-o de lado. Teria preferido tirar Murchison pelas portas de vidro, mas não conseguiria atravessar a sala com ele sem tirar o tapete. Tom então puxou a trouxa comprida e desceu-a pelos quatro ou cinco degraus da porta da frente. Tentou colocar a coisa suficientemente dentro do carrinho de mão para que, quando erguesse um dos lados, conseguisse endireitá-lo. Fez isso, mas o carrinho de mão virou por completo e deixou Murchison cair novamente no chão pelo outro lado. Foi quase engraçado.

A possibilidade de ter de arrastar o cadáver de volta até a adega era terrível. Impensável. Tom passou alguns instantes, trinta segundos, tentando recuperar as energias, encarando aquela maldita coisa no chão. Então atirou-se em cima dela como se aquilo fosse um dragão vivo aos urros, ou algo sobrenatural que ele precisasse matar antes que o matasse, e a suspendeu para dentro do carrinho de mão virado para cima.

A roda dianteira do carrinho afundou no cascalho. Tom viu na mesma hora que seria inútil tentar empurrá-lo pelo gramado, que já estava um pouco macio devido aos chuviscos da véspera. Correu e foi abrir os grandes portões da casa. O piso entre a porta da frente e o portão era de pedras irregulares, e ali tudo correu bastante bem, e então o carrinho de mão chegou ao chão duro e arenoso da estrada. Uma estradinha à direita de Tom conduzia à mata atrás de sua casa, uma estradinha estreita que era mais uma passagem de pedestres do que uma via para carroças e automóveis, embora tivesse justo a largura suficiente para um carro. Tom foi manobrando o carrinho ao redor de pequenos buracos e poças na estrada, e depois de algum tempo chegou à sua mata, certamente não sua, mas ele quase sentia que era sua agora, tamanho seu alívio ao chegar no esconderijo que ela proporcionava.

Empurrou o carrinho de mão por um trecho, então parou e procurou o lugar onde tinha começado a cavar. Logo encontrou. Da estradinha até a mata havia um aclive com o qual Tom não contava, de modo que ele precisou largar o cadáver na estrada e arrastá-lo para cima. Empurrou o carrinho mata adentro para que, caso alguém passasse por ali, ele não estivesse visível. Agora já havia um pouco mais de luz. Tom se afastou trotando até o barracão de ferramentas para buscar o ancinho. Pegou também uma pá, enferrujada e abandonada por alguém quando ele e Heloise tinham comprado a casa. A pá estava furada, mas mesmo assim ajudaria. Tom voltou e recomeçou a cavar. Encontrou raízes. Após quinze minutos, ficou evidente que não conseguiria terminar o buraco naquela manhã. Às oito e meia, Madame Annette subiria até seu quarto com o café.

Tom se abaixou quando um homem vestido de azul desbotado veio andando pela estradinha empurrando um carrinho de mão de madeira de fabricação caseira cheio de lenha. O homem não olhou na sua direção. Estava indo no sentido da estrada que passava em frente à casa de Tom. De onde teria vindo? Talvez estivesse roubando lenha numa propriedade do Estado, e estava tão feliz em evitar Tom quanto Tom em evitá-lo.

Tom cavou até a trincheira ficar com quase um metro e vinte centímetros de profundidade, atravessada por raízes que exigiriam uma serra para serem cortadas. Então saiu e olhou em volta à procura de um declive, de qualquer depressão na qual esconder Murchison temporariamente. Encontrou uma a quatro metros e meio de distância, e mais uma vez arrastou o cadáver pelas cordas. Cobriu a lona cinza com galhos e folhas caídas. Pelo menos assim ele não chamaria a atenção de alguém na estradinha, pensou.

Então empurrou o carrinho de mão, agora leve como uma pluma, até a estradinha e só por garantia levou-o de volta até o barracão, para que Madame Annette não lhe fizesse nenhuma pergunta a respeito, caso o visse do lado de fora.

Precisou entrar pela porta da frente, pois as portas de vidro do terraço estavam trancadas. Sua testa estava molhada de suor.

No andar de cima, limpou-se com uma toalha molhada com água quente, tornou a vestir o pijama e deitou-se na cama. Eram sete e quarenta da manhã. Já tinha feito demais pela Derwatt Ltda., pensou. Será que eles valiam a pena? Curiosamente, Bernard valia. Se eles conseguissem fazê-lo superar sua *crise*.

Entretanto, essa não era a forma de olhar a questão. Ele supunha que mataria alguém só para salvar a Derwatt Ltda., ou mesmo Bernard. Tom havia matado Murchison porque Murchison tinha se dado conta, na adega, de que ele se fizera passar por Derwatt. Tom havia matado Murchison para salvar a si mesmo. No entanto, tentou perguntar para si se já pretendia matá-lo quando os dois desceram juntos para a adega. Será que não tivera a intenção de matá-lo? Simplesmente não era capaz de responder. E será que isso tinha mesmo alguma importância?

Bernard era o único do trio que ele não conseguia entender perfeitamente, no entanto, apesar disso era dele que Tom mais gostava. A motivação de Ed e Jeff era muito simples: ganhar dinheiro. Tom duvidava que tivesse sido Cynthia quem rompera a relação com Bernard. Não teria ficado surpreso se Bernard (que certamente em algum momento fora apaixonado por Cynthia) fosse quem tivesse rompido, por sentir vergonha das falsificações. Seria interessante sondar Bernard em relação a isso em algum momento. Sim, em Bernard havia um mistério, e era o mistério que tornava as pessoas atraentes, pensava Tom, e também que fazia as pessoas se apaixonarem. Apesar da trouxa feia envolta em lona na mata atrás de sua casa, Tom se sentiu transportado pelos próprios pensamentos, como se estivesse em cima de uma nuvem. Era estranho, e extremamente agradável, sonhar acordado sobre as motivações, os medos, as vergonhas e os possíveis amores de Bernard. Assim como o verdadeiro Derwatt, Bernard era uma espécie de santo.

Duas moscas, frenéticas como sempre, estavam importunando Tom. Ele retirou uma delas dos cabelos. Elas estavam zumbindo em volta da sua mesinha de cabeceira. A estação estava avançada para ainda ter moscas, e ele já estava bastante farto delas naquele verão. A zona rural francesa era famosa por sua variedade de moscas, que, segundo Tom lera em algum lugar, superava a variedade de queijos. Uma das moscas pulou nas costas da outra. Assim, em plena luz do dia! Tom rapidamente acendeu um fósforo e o encostou nas duas malditas. Asas se chamuscaram. *Bzzz-bzzz.* Patas se agitaram no ar e tiveram seus últimos espasmos. Ah, *Liebestod*, unidas até na morte.

Se podia acontecer em Pompeia, pensou Tom, por que não em Belle Ombre?

8

Tom passou a manhã de sábado escrevendo sem pressa uma carta para Heloise aos cuidados da American Express de Atenas, e às duas e meia escutou um programa de humor no rádio, como muitas vezes fazia. Nas tardes de sábado, Madame Annette às vezes encontrava Tom se contorcendo de rir no sofá amarelo, e Heloise, de tempos em tempos, lhe pedia que traduzisse, mas grande parte era intraduzível, pelo menos as piadas. Às quatro, respondendo a um convite feito ao meio-dia por telefone, Tom foi tomar chá com Antoine e Agnès Grais, que moravam do outro lado de Villeperce, distância que ele percorreu a pé. Antoine era arquiteto, trabalhava em Paris e passava a semana ali no seu ateliê. Agnès, uma loura discreta de cerca de 28 anos, ficava em Villeperce cuidando dos dois filhos pequenos. Havia quatro outros convidados na casa dos Grais, todos parisienses.

— O que você anda fazendo, Tome? — perguntou Agnès, que depois do chá serviu a especialidade do marido, uma garrafa de gim forte Holland envelhecido, que os Grais recomendavam beber puro.

— Tenho pintado um pouco. Passeado pelo jardim limpando as coisas que prejudicam, provavelmente. — Os franceses usavam o verbo "limpar" para se referir a retirar as ervas daninhas.

— Não está se sentindo sozinho? Heloise volta quando?

— Talvez daqui a um mês.

A hora e meia na casa dos Grais deixou Tom mais tranquilo. Os Grais não fizeram comentário algum sobre seus dois convidados, Murchison e o conde Bertolozzi, e talvez não tivessem reparado neles nem ouvido sobre eles por Madame Annette, que falava pelos cotovelos nas mercearias. Os Grais tampouco repararam nas palmas de suas mãos rosadas e quase sangrando, esfoladas de tanto puxar as cordas em volta de Murchison.

À noite, Tom se deitou de sapatos no sofá amarelo e ficou folheando o dicionário *Harrap's*, tão pesado que precisava apoiá-lo nas coxas ou pousá-lo em cima de uma mesa. Estava esperando um telefonema, sem saber ao certo quem iria ligar, e às dez e quinze alguém ligou. Chris Greenleaf, de Paris.

— Quem está falando... Tom Ripley?

— Sim. Olá, Chris. Como vai?

— Bem, obrigado. Acabei de chegar aqui com meu amigo. Que bom que o senhor está em casa. Não tive tempo de receber uma carta sua, caso tenha escrito. Bem.... Escute...

— Onde vocês estão hospedados?

— No Hôtel Louisianne. Muito recomendado pelo pessoal lá dos Estados Unidos! É minha primeira noite em Paris. Ainda nem abri a mala. Mas achei melhor lhe telefonar.

— Quais são seus planos? Quando gostaria de vir?

— Ah, pode ser qualquer dia. É claro que eu quero fazer um pouco de turismo. O Louvre primeiro, quem sabe?

— Que tal na terça?

— Bem... Está bem, mas eu estava pensando amanhã, porque meu amigo vai passar o dia inteiro ocupado. Ele tem um primo que mora aqui, um homem mais velho, americano. Então eu estava pensando...

Por algum motivo Tom não conseguiu negar nem pensar numa boa desculpa.

— Amanhã. Está bem. À tarde? Estarei um pouco ocupado de manhã. — Tom explicou que ele precisaria pegar um trem na Gare de Lyon até Moret-les-Sablons, e deveria ligar de novo quando tivesse escolhido o horário, para Tom saber quando ir buscá-lo.

Evidentemente Chris iria passar a noite seguinte ali. Tom se deu conta de que precisaria terminar a cova de Murchison e enterrá-lo no dia seguinte de manhã. Na verdade, era provavelmente por isso que concordara com Chris ir no dia seguinte. Era um estímulo a mais para si mesmo.

Chris soava ingênuo, mas talvez tivesse um pouco dos bons modos dos Greenleaf e não fosse abusar da sua hospitalidade. Tom fez uma careta quando isso lhe passou pela cabeça, pois com certeza tinha abusado da hospitalidade na casa de Dickie em Mongibello na sua juventude inexperiente, e estava com 25 anos, não 20. Tom viera dos Estados Unidos, ou melhor, fora mandado pelo pai de Dickie, Herbert Greenleaf, para trazer Dickie de volta. Era uma situação clássica. Dickie não queria voltar para os Estados Unidos. E a *naïveté* de Tom na época era algo que agora o deixava constrangido. As coisas que ele tivera de aprender! E depois... bem, Tom Ripley tinha ficado na Europa. Tinha aprendido um pouco. Afinal, tinha um pouco de dinheiro, de Dickie, as moças o apreciavam razoavelmente, e na verdade ele chegara a se sentir um pouco disputado. Heloise Plisson fora uma das que haviam gostado dele. E do ponto de vista de Tom, ela não era um pedaço de cimento, nem ortodoxa, nem avançada demais, nem mais uma chata. Tom não havia proposto casamento, nem Heloise. Aquele era um capítulo sombrio de sua vida, sombrio e breve. Heloise tinha dito no seu bangalô alugado em Cannes:

— Já que estamos morando juntos, por que não nos casamos? *À propos*, não tenho certeza se Papa vai aceitar [como ela tinha dito "aceitar" em francês? — a consultar] o fato de morarmos juntos por muito mais tempo, enquanto que se fôssemos de fato casados... *ça serait un fait accompli.*

Tom havia ficado verde no casamento, muito embora tivesse sido um casamento no civil, sem plateia, em algum tribunal de algum tipo. Heloise tinha dito mais tarde, aos risos:

— Você estava verde.

Era verdade, mas Tom pelo menos tinha ido até o fim. Esperava receber uma palavra de elogio de Heloise, embora soubesse que era absurdo esperar por isso. Cabia ao noivo dizer "Querida, você está linda!", ou "Seu rosto estava reluzente de beleza e felicidade!", ou alguma outra baboseira do tipo. Bem, o rosto de Tom estava verde-claro. Pelo menos ele não tinha desfalecido subindo ao altar, na verdade um corredor sem graça entre algumas cadeiras retas e vazias na sala de um juiz no Sul da França. Casamentos deveriam ser secretos, pensou Tom, tão privados quanto a noite de núpcias, o que não queria dizer muita coisa. Já que todo mundo estava mesmo pensando na noite de núpcias durante o casamento, por que a cerimônia toda precisava ser tão escancaradamente pública? Havia algo um tanto vulgar nisso. Por que as pessoas não podiam fazer uma surpresa para os amigos e dizer "Ah, mas nós já estamos casados há três meses!"? Era fácil ver o motivo dos casamentos públicos no passado: ela agora não é mais responsabilidade nossa e você não vai conseguir se safar dessa, amigão, senão cinquenta parentes da noiva vão ferver você vivo, mas por que hoje em dia?

Tom foi para a cama.

No domingo de manhã, novamente por volta das cinco, vestiu uma calça jeans e desceu a escada sem fazer barulho.

Dessa vez topou com Madame Annette, que abriu a porta da cozinha para o hall bem na hora em que ele estava a ponto de abrir a da frente para sair. Madame Annette estava com um pano branco encostado na bochecha — sem dúvida o tecido devia conter sal grosso aquecido, do tipo usado para cozinhar — e seu rosto exibia uma expressão de dor.

— Madame Annette... O dente — disse Tom com empatia.

— Passei a noite inteira sem conseguir dormir — afirmou Madame Annette. — O senhor acordou cedo, Monsieur Tome.

— Maldito seja aquele dentista — disse Tom em inglês. Continuou em francês. — Imagine um nervo *caindo*! Ele não sabe o que está fazendo. Agora escute, Madame Annette, eu tenho uns comprimidos amarelos lá em cima, acabei de lembrar. De Paris. Especiais para dor de dente. Espere um instante. — Tom tornou a subir a escada correndo.

Ela tomou um dos comprimidos. Madame Annette piscou ao engolir. Tinha olhos azul-claros. Suas pálpebras superiores finas, puxadas para baixo nos cantos externos, tinham um ar nórdico. Ela era bretã pelo lado do pai.

— Se a senhora quiser, posso levá-la a Fontainebleau hoje — disse Tom.

Tom e Heloise tinham um dentista em Fontainebleau, e Tom achava que ele atenderia Madame Annette num domingo.

— Por que o senhor acordou tão cedo? — Pelo visto, a curiosidade de Madame Annette era maior do que a sua dor.

— Vou trabalhar um pouco no jardim e voltar a dormir por uma hora ou algo assim. Também tive dificuldade para pegar no sono.

Tom a convenceu com delicadeza a voltar para o quarto e deixou o frasco de remédio com ela. Não havia problema em tomar quatro em vinte e quatro horas, falou.

— Não precisa se preocupar com meu café da manhã nem com meu almoço, cara Madame. Descanse hoje.

Tom então saiu para cumprir sua tarefa. Começou num ritmo razoável, ou que considerou razoável. A vala precisava ter um metro e meio de profundidade, e não havia como ter menos. Ele havia pegado uma serra um tanto enferrujada, mas ainda eficiente, no barracão de ferramentas, e com ela atacou as raízes que atravessavam o buraco, sem ligar para o solo úmido que grudava nos dentes da ferramenta. Foi avançando. Estava bastante claro, embora o sol ainda não tivesse nascido quando ele terminou a vala e se içou para fora, sujando de lama a frente do suéter, infelizmente um *cashmere* bege. Olhou em volta, mas não viu ninguém na estradinha que atravessava a mata. Que bom que os franceses prendiam seus cães na zona rural, pensou, porque um cão na noite anterior poderia ter farejado os galhos que cobriam o cadáver de Murchison e latido um alerta que teria sido ouvido num raio de um quilômetro. Mais uma vez Tom puxou as cordas que prendiam Murchison. O corpo caiu dentro da vala com um baque absolutamente delicioso para os seus ouvidos. Jogar a terra por cima com a pá também foi um prazer. Houve terra de sobra, e, depois de pisotear a cova, Tom espalhou o resto em todas as direções. Então tornou a atravessar seu gramado e deu a volta até a porta da frente, devagar, mas com uma sensação de dever cumprido.

Lavou seu suéter com algum tipo de sabão para roupas delicadas no banheiro de Heloise. E então dormiu maravilhosamente bem até depois das dez.

Tom fez um café na cozinha, em seguida foi buscar seu *Observer* e o *Sunday Times* no jornaleiro. Em geral parava para tomar um café em algum lugar enquanto passava os olhos pelos dois jornais, sempre um tesouro para ele, mas nesse dia queria estar sozinho quando lesse as matérias sobre Derwatt. Quase esqueceu de comprar o diário de Madame Annette, a edição local do *Le Parisien*, cuja manchete vinha sempre escrita em letras vermelhas. Nesse dia era algo sobre uma menina de 12 anos estrangulada. Os cartazes do lado de fora da banca anunciando jornais diversos eram igualmente bizarros, mas de um jeito diferente:

> Jeanne e Pierre se beijam outra vez!
>
> Quem eram eles?
>
> Marie furiosa com Claude!
>
> Os franceses nunca ficavam apenas chateados, ficavam sempre *furieux*.
>
> Onassis TEM medo que lhe roubem Jackie!

Os franceses estavam perdendo o sono preocupados com isso?

Um bebê para Nicole!

Quem é Nicole, pelo amor de Cristo? Tom nunca sabia quem era a maioria dessas pessoas, astros de cinema, cantores pop talvez, mas elas obviamente vendiam jornais. As atividades da família real inglesa eram inacreditáveis: Elizabeth e Philip à beira do divórcio três vezes por ano, e Margaret e Tony cuspindo na cara um do outro.

Tom pôs o jornal de Madame Annette na mesa da cozinha e subiu para o quarto. Tanto o *Observer* quanto o *Sunday Times* tinham uma foto dele como Philip Derwatt na sua página de críticas de arte. Numa delas ele estava com a boca aberta no ato de responder a perguntas, aberta no meio daquela barba nojenta. Tom olhou rapidamente os textos, sem de fato querer ler cada palavra.

O *Observer* dizia: "[...] ao romper sua longa reclusão com uma aparição surpresa na tarde de quarta-feira na Galeria Buckmaster, Philip Derwatt, que prefere ser chamado apenas de Derwatt, foi reticente em relação à sua localização no México, mas se mostrou bastante volúvel ao ser perguntado sobre sua obra e a de seus contemporâneos. Sobre Picasso: 'Picasso tem fases. Eu não tenho fases.'" Na fotografia do *Sunday Times*, ele estava em pé atrás de Jeff, gesticulando com o punho esquerdo erguido, ato que Tom não se lembrava de ter cometido, mas ali estava "[...] vestindo roupas que obviamente haviam passado anos dentro de um armário [...] conseguiu lidar com uma bateria de doze repórteres, o que deve ter sido uma provação após seis anos de reclusão, é de se supor". Seria o "é de se supor" uma ironia? Tom na realidade achava que não, pois o restante da crítica era positivo. "As telas atuais de Derwatt mantêm seu alto padrão: idiossincrático, bizarro, doentio até, quem sabe? [...] Nenhum de seus quadros é apressado ou mal resolvido. Eles são obras do amor, embora sua técnica pareça ágil, inovadora e fácil para ele. Não se deve confundir isso com facilidade ou com um aspecto fácil. Derwatt diz que nunca pintou um quadro em menos de duas semanas [...]" Ele tinha dito isso? "[...] e trabalha todos os dias, muitas vezes mais de sete horas por dia [...] Homens, menininhas, cadeiras, mesas, coisas estranhas pegando fogo, isso tudo ainda predomina [...] A exposição será mais um sucesso de vendas." Não havia menção alguma ao desaparecimento de Derwatt após a entrevista.

Uma pena, pensou Tom, que alguns daqueles elogios não pudessem ser gravados na lápide do próprio Bernard Tufts, onde quer que ela finalmente fosse ficar. Tom se lembrou de "Aqui jaz alguém cujo nome foi escrito em água", epitáfio que o havia deixado com os olhos marejados nas três ocasiões em que o vira no Cemitério Protestante Inglês de Roma e que às vezes lhe arrancava lágrimas só de pensar. Talvez Bernard, o perseverante, o artista, fosse compor o próprio epitáfio antes de morrer. Ou será que ele ficaria anonimamente famoso por causa de um "Derwatt", um quadro esplêndido que ainda não havia pintado?

Ou será que Bernard algum dia iria pintar outro Derwatt? Por Deus, Tom se deu conta de que sequer sabia. E será que Bernard estava pintando mais algum quadro seu, que poderia ser chamado de Tufts?

Madame Annette estava se sentindo melhor antes do meio-dia. E, conforme Tom previra, graças aos anódinos comprimidos, ela não quis ser levada ao dentista melhor em Fontainebleau.

— Madame... ao que parece estou soterrado de *invités* no momento. Uma pena Madame Heloise não estar aqui. Mas hoje à noite vem mais um para o jantar, um jovem chamado Monsieur Christophe, americano. Eu posso fazer todas as compras necessárias no vilarejo... *Non-non*, a senhora descanse.

E Tom na mesma hora saiu para fazer as compras e voltou antes das duas. Madame Annette falou que um americano tinha ligado, mas eles não tinham conseguido se entender e o americano tornaria a ligar.

Chris ligou, e Tom deveria ir buscá-lo às seis e meia em Moret.

Tom vestiu uma calça velha de flanela, um suéter de gola rolê, calçou botas de caminhada e saiu no Alfa Romeo. O cardápio dessa noite era *viande hâchée* — o hambúrguer francês tão vermelho e delicioso que era possível comê-lo cru. Tom já tinha visto americanos desfalecerem diante de hambúrgueres com cebola e ketchup nas lanchonetes de Paris após passarem apenas vinte e quatro horas longe dos Estados Unidos.

Tom reconheceu Chris Greenleaf à primeira vista, como pensava que fosse acontecer. Embora a visão de Tom estivesse bloqueada por várias pessoas, a cabeça loura de Christopher se destacava um pouco acima delas. Seus olhos e sobrancelhas tinham o mesmo ar levemente preocupado que Dickie costumava ter. Tom ergueu um dos braços para cumprimentá-lo, mas Chris se mostrou hesitante até seus olhares de fato se cruzarem, e Tom sorriu. O sorriso do garoto era igual ao de Dickie, mas se havia uma diferença era na boca, pensou Tom. Os lábios de Christopher eram mais carnudos, característica sem relação com Dickie e que sem dúvida devia vir do lado da mãe.

Eles trocaram um aperto de mão.

— Isto aqui parece mesmo o campo.

— Gostou de Paris?

— Ah, gostei. É maior do que eu pensava.

Christopher absorvia tudo em volta, esticando o pescoço para os mais banais bares-cafés, plátanos e residências particulares no caminho. Seu amigo Gerald talvez fosse passar dois ou três dias em Estrasburgo, disse ele a Tom.

— Este é o primeiro vilarejo francês que eu vejo. É de verdade, não é? — perguntou ele, como se aquilo pudesse ser um palco montado.

Tom achou o entusiasmo de Chris divertido e estranhamente aflitivo. Lembrou-se da própria alegria insana, embora não tivesse ninguém com quem pudesse falar ao ver pela primeira vez a inclinada Torre de Pisa de um trem em movimento, ao ter sua primeira visão das luzes curvas do litoral de Cannes.

Belle Ombre agora não estava inteiramente visível no escuro, mas Madame Annette havia acendido a luz da porta da frente, e era possível adivinhar as proporções da casa pelo canto dianteiro esquerdo, onde ficava a cozinha. Tom sorriu consigo mesmo ao ouvir os comentários embasbacados de Chris, que mesmo assim o deixaram satisfeito. Às vezes ele sentia vontade de chutar Belle Ombre e a família Plisson junto, como se eles fossem um castelo de areia unificado que ele pudesse destruir com o pé. Isso acontecia quando ele ficava com raiva por causa de algum incidente ligado à teimosia dos franceses, à cobiça, a uma mentira que na verdade não era uma mentira, mas sim um ocultamento deliberado dos fatos. Quando outras pessoas elogiavam Belle Ombre, Tom acabava gostando da casa também. Ele entrou com o carro na garagem e carregou uma das malas de Chris. Chris disse que estava levando tudo.

Madame Annette abriu a porta da frente.

— Minha governanta e fiel empregada, sem a qual eu não poderia viver — disse Tom. — Madame Annette, Monsieur Christophe.

— Como vai? *Bonsoir* — disse Chris.

— *Bonsoir, M'sieur.* O quarto de Monsieur está pronto.

Tom levou Chris ao andar de cima.

— Que maravilha — disse Chris. — Parece um museu!

Havia mesmo uma quantidade considerável de cetim e dourado, pensou Tom.

— É a minha mulher, acho... a decoração. Ela não está aqui agora.

— Vi uma foto dela com o senhor. Tio Herbert me mostrou outro dia mesmo em Nova York. Ela é loura. Chama-se Heloise.

Tom deixou Christopher sozinho para se trocar e disse que estaria no andar de baixo.

Os pensamentos de Tom tornaram a se desviar para Murchison: ele estaria ausente na lista de passageiros do avião. A polícia iria verificar os hotéis de Paris e descobrir que Murchison não havia se hospedado em nenhum. Uma verificação da Imigração mostraria que ele havia se hospedado no hotel Mandeville nos dias 14 e 15 de outubro, e dito que voltaria ao hotel no dia 17. O nome e o endereço do próprio Tom estavam no registro do hotel Mandeville na noite de 15 de outubro. Mas ele certamente não seria o único residente francês no Mandeville naquela noite. Será que a polícia iria aparecer para interrogá-lo ou não?

Christopher desceu. Havia penteado os cabelos louros ondulados e continuava usando a calça de veludo cotelê e as botas militares.

— Espero que não esteja esperando convidados para jantar. Se estiver, eu troco de roupa.

— Somos só nós. Estamos no campo, então pode usar o que quiser.

Christopher olhou para os quadros de Tom e prestou mais atenção num nu rosado de Pascin, um desenho, do que nos quadros em si.

— O senhor mora aqui o ano inteiro? Deve ser um prazer.

Ele aceitou um uísque. Tom teve mais uma vez de explicar como ocupava seu tempo e mencionou a jardinagem e o estudo informal de idiomas, embora na realidade sua rotina de estudo fosse mais rigorosa do que ele admitia. No entanto, Tom adorava seu lazer como só um americano era capaz de adorar, pensou, uma vez que um americano entendia como funcionava o lazer, caso de tão poucos. Aquilo não era algo que ele quisesse expressar em palavras com ninguém. Ele ansiava por lazer e um pouco de luxo na época em que conhecera Dickie Greenleaf, e agora que os conquistara, o charme não havia diminuído.

À mesa, Christopher começou a falar em Dickie. Disse ter fotografias de Dickie tiradas por alguém em Mongibello, e que Tom estava numa delas. Falou com um pouco de dificuldade sobre a morte de Dickie, seu suicídio, como todos pensavam. Tom viu que Chris tinha algo melhor do que boas maneiras: a sensibilidade. Ficou fascinado com a luz das velas refletida nas íris de seus olhos azuis, pois com frequência os olhos de Dickie ficavam assim tarde da noite em Mongibello, ou em algum restaurante à luz de velas de Nápoles.

Em pé, muito ereto e olhando para as portas de vidro do terraço e o teto revestido de madeira de cor creme, Christopher falou:

— Que fantástico viver numa casa assim. E ainda por cima o senhor tem música... e quadros!

Tom teve uma dolorosa recordação de si próprio aos 20 anos. Estava certo de que a família de Chris não era pobre, mas a sua casa não devia ser igual àquela dali. Enquanto os dois tomavam café, Tom pôs trechos de *Sonho de uma noite de verão*.

Então o telefone tocou. Eram por volta de dez da noite.

A telefonista francesa lhe perguntou se o seu número era tal e tal, então lhe disse para não desligar que iria transferir uma ligação de Londres.

— Alô. Aqui é Bernard Tufts — disse a voz tensa, seguida por chiados.

— Alô? Sim. É Tom falando. Está me ouvindo?

— Pode falar mais alto? Estou ligando para dizer... — A voz de Bernard sumiu, como se afogada num mar profundo.

Tom olhou para Chris, que estava lendo a capa de um disco.

— Melhorou *agora*? — urrou Tom ao telefone, e como para zombar dele o aparelho soltou um pum, depois um chiado que parecia uma montanha se partindo ao ser atingida por um raio.

O impacto deixou o ouvido esquerdo de Tom apitando e ele trocou o fone para o direito. Podia ouvir Bernard continuando a falar com dificuldade, alto, mas por infelicidade as palavras eram praticamente ininteligíveis. Tom ouviu apenas "Murchison".

— *Ele está em Londres!* — gritou, feliz por ter algo concreto a informar. Agora Bernard estava dizendo alguma coisa sobre o Mandeville. Teria o homem da Tate Gallery tentado entrar em contato com Murchison no Mandeville, depois falado com a Galeria Buckmaster, perguntou-se Tom? — Bernard, não *adianta!* — gritou desesperado. — Você pode me escrever? — Tom não soube se Bernard tinha desligado ou não, mas seguiu-se um silêncio com um zumbido e ele supôs que Bernard tivesse desligado, então pôs o fone no gancho. —

E pensar que custa 120 pratas só para *ter* um telefone neste país — disse Tom. — Desculpe toda essa gritaria.

— Ah, eu sempre ouvi dizer que os telefones franceses são uma porcaria — disse Chris. — Alguma coisa importante? Heloise?

— Não, não.

Chris se levantou.

— Queria lhe mostrar meus guias. Posso? — Ele subiu correndo a escada.

Era uma questão de tempo, pensou Tom, para a polícia francesa ou inglesa, talvez até a americana, vir interrogá-lo em relação a Murchison. Torceu para Chris não estar lá quando isso acontecesse.

Chris desceu com três livros. Ele tinha o *Guide Bleu* da França, um livro de arte sobre os *châteaux* franceses e um grande livro sobre a Renânia, para onde pretendia ir com Gerald Hayman quando Gerald voltasse de Estrasburgo.

Christopher bebericava com prazer um conhaque, prolongando a bebida.

— Eu tenho sérias dúvidas em relação ao valor da democracia. É algo terrível para um americano dizer, não? A democracia depende de um determinado nível mínimo de educação para todos, e os Estados Unidos tentam dá-la para todo mundo... mas na verdade nós ainda não conseguimos. E não é sequer verdade que todo mundo a quer...

Tom escutava sem prestar atenção. Mas os seus comentários ocasionais pareciam satisfazer Chris, pelo menos nessa noite.

O telefone voltou a tocar. Tom reparou que faltavam cinco para as onze no pequeno relógio de prata na mesa do telefone.

Uma voz masculina disse em francês que era um policial e pediu desculpa por telefonar àquela hora, mas Monsieur Ripley estava?

— Boa noite, Monsieur. O senhor por acaso conhece um americano chamado Thomas Murchison?

— Conheço — respondeu Tom.

— Ele por acaso o visitou recentemente? Na quarta-feira? Ou na quinta?

— Visitou, sim.

— Ah, *bon*! Ele está com o senhor agora?

— Não, voltou para Londres na quinta-feira.

— Não voltou, não. Mas a mala dele foi encontrada em Orly. Ele não pegou o avião das dezesseis horas como deveria ter pegado.

— Ah?

— O senhor é amigo de Monsieur Murchison, Monsieur Reeply?

— Não, amigo não. Só o conheci faz pouco tempo.

— Como ele foi da sua casa para Orly?

— Eu o levei de carro até Orly... por volta das três e meia da tarde de quinta.

— Conhece algum amigo dele em Paris... algum lugar onde ele possa estar hospedado? Porque ele não está em nenhum hotel de Paris.

Tom parou para pensar.

— Não. Ele não mencionou ninguém.

Aquilo obviamente deixou o policial decepcionado.

— O senhor vai estar em casa nos próximos dias, Monsieur Reeply? Pode ser que a gente queira falar com o senhor...

Dessa vez Christopher ficou curioso.

— Que história é essa?

Tom sorriu.

— Ah... alguém me perguntando onde um amigo está. Eu não sei.

Quem estaria causando aquela comoção em relação a Murchison?, perguntou-se Tom. O homem da Tate Gallery? A polícia francesa de Orly, seriam eles que teriam começado? Ou mesmo a esposa de Murchison nos Estados Unidos?

— Como é Heloise? — perguntou Christopher.

9

Quando Tom desceu na manhã seguinte, Madame Annette lhe disse que Monsieur Christophe tinha saído para fazer uma caminhada. Tom torceu para não ser pela mata atrás da casa, mas o mais provável seria Chris ir dar uma olhada no vilarejo. Ele pegou os jornais dominicais de Londres, que mal havia olhado na véspera, e percorreu a seção de notícias em busca de qualquer matéria, por menor que fosse, sobre Murchison ou um desaparecimento em Orly. Não havia nada.

Chris chegou, com as faces coradas e sorridente. Havia comprado na *droguerie* das redondezas um batedor de arame do tipo que os franceses usam para bater ovos.

— Um presentinho para minha irmã — disse. — Não pesa muito dentro da mala. Vou dizer a ela que veio do seu vilarejo.

Tom perguntou se Chris gostaria de dar uma volta de carro e ir almoçar em outra cidade.

— Traga o seu *Guide Bleu*. Nós vamos pela beira do Sena. — Tom quis esperar alguns minutos até o correio chegar.

O correio trouxe apenas uma carta endereçada numa caligrafia alta e angulosa em tinta preta. Tom sentiu na mesma hora que era de Bernard, apesar de não conhecer sua caligrafia. Abriu a carta e viu, pela assinatura no final, que estava certo.

127 Copperfield St.
S.E.1.

Caro Tom,

Perdoe esta carta inesperada. Eu gostaria muito de encontrá-lo. Posso ir à sua casa? Você não precisa me hospedar. Seria bom eu conversar um pouco com você, contanto que esteja disposto.

Um abraço,
Bernard T.

P.S.: Talvez eu tente lhe telefonar antes de você receber isto.

Ele teria de mandar um telegrama para Bernard agora mesmo. Um telegrama dizendo o quê? Uma recusa iria deixá-lo ainda mais deprimido, supunha Tom, embora ele certamente não quisesse encontrá-lo — não agora. Talvez pudesse mandar um telegrama para Bernard da agência dos correios de alguma pequena cidade durante aquela manhã e dar um nome e um endereço falsos, já que os formulários de telegramas franceses exigiam o nome e o endereço do remetente. Precisava despachar Chris quanto antes, coisa que lhe desagradava fazer.

— Vamos indo, então?

Chris se levantou do sofá, onde estava escrevendo num postal.

— Está bem.

Tom abriu a porta da frente e deu de cara com dois policiais franceses que estavam prestes a bater. Na verdade, ele deu um passo para trás a fim de sair da frente do punho erguido enluvado de branco.

— *Bonjour*, Monsieur Reeply?

— Sim. Entrem, por favor. — Eles deviam ser de Melun, pensou Tom, pois os dois policiais de Villeperce o conheciam e ele também os conhecia de vista, mas aqueles dali não.

Os policiais entraram, mas não quiseram se sentar. Tiraram os quepes, puseram-nos debaixo do braço, e o mais jovem tirou do bolso um bloquinho e um lápis.

— Eu lhe telefonei ontem à noite a respeito de um certo Monsieur Murchison — explicou o agente mais velho, que era *commissaire*. — Entramos em contato com Londres e, depois de alguns telefonemas, entendemos que o senhor e Monsieur Murchison chegaram a Orly no mesmo voo na quarta-feira e também ficaram hospedados no mesmo hotel em Londres, o Mande*veel*. Então... — O *commissaire* sorriu satisfeito. — O senhor diz que levou Monsieur Murchison a Orly às três e meia da tarde de quinta-feira?

— Sim.

— E acompanhou Monsieur Murchison até dentro do terminal?

— Não, porque não podia estacionar o carro na calçada, entende, então eu o deixei lá.

— O senhor o viu entrar pelas portas do terminal?

Tom pensou.

— Não olhei para trás quando estava indo embora.

— Porque ele deixou a mala na calçada e simplesmente sumiu. Ele estava planejando encontrar alguém em Orly?

— Ele não disse nada em relação a isso.

Christopher Greenleaf estava parado a uma pequena distância, escutando tudo isso, mas Tom teve certeza de que o rapaz não conseguia entender a maior parte.

— Monsieur Murchison mencionou amigos em Londres que fosse encontrar?

— Não. Não que eu me recorde.

— Hoje de manhã nós telefonamos de novo para o Mande*veel*, para onde ele planejava ir, e perguntamos se eles tinham notícias. Eles nos disseram que não, mas um certo Monsieur... — Ele se virou para o colega.

— Monsieur Riemer — informou o policial mais jovem.

— Monsieur Riemer tinha telefonado para o hotel, pois tinha uma hora marcada com Monsieur Murchison na sexta-feira. Também ficamos sabendo pela polícia de Londres que Murchison estava interessado em verificar um quadro que levava consigo. Um quadro de Derwatt. O senhor sabe alguma coisa sobre isso?

— Ah, sim — respondeu Tom. — Monsieur Murchison trouxe o quadro. Ele queria ver os Derwatts que tenho aqui. — Ele indicou os quadros em suas paredes. — Foi por isso que veio de Londres comigo.

— Ah, entendo. Há quanto tempo o senhor conhece Monsieur Murchison?

— Desde terça-feira passada. Eu o vi na galeria de arte onde está acontecendo a exposição de Derwatt, e depois o vi na mesma noite no hotel em que estava hospedado, e nós começamos a conversar. — Tom se virou. — Com licença, Chris, mas isso é importante.

— Ah, fique à vontade, por mim tudo bem — disse Chris.

— Onde está o quadro de Monsieur Murchison?

— Ele o levou consigo — respondeu Tom.

— Estava na mala dele? Não está na mala dele. — O *commissaire* olhou para o colega, e os rostos de ambos expressaram alguma surpresa.

O quadro tinha sido roubado em Orly. *Graças a Deus*, pensou Tom.

— Estava embrulhado em papel pardo. Monsieur Murchison o estava carregando na mão. Espero que o quadro não tenha sido roubado.

— Ah, bem... pelo visto foi. Como se chamava o quadro? E de que tamanho era? O senhor consegue descrever?

Tom respondeu a tudo isso com exatidão.

— Isso é complicado para nós, e pode ser que seja uma questão para a polícia de Londres, mas precisamos dizer a eles tudo que pudermos. Esse era o quadro cuja autenticidade Murchison questionava, *L'Horloge*?

— Sim, ele duvidava no início. Ele é mais especialista do que eu — disse Tom. — Fiquei interessado no que ele disse por causa dos meus dois Derwatts, então o convidei para vir vê-los.

— E... — O *commissaire* franziu o cenho de modo intrigado. — ... O que ele disse sobre o seu? — Poderia ter sido uma pergunta inspirada pela simples curiosidade.

— Ele certamente acha que os meus são genuínos, e eu também — respondeu Tom. — Acho que ele começou a pensar que o dele também fosse. Disse que talvez cancelasse o encontro com Monsieur Riemer.

— Aha. — O *commissaire* olhou para o telefone, talvez cogitando ligar para Melun, mas não pediu para usar o aparelho.

— Posso lhes oferecer uma taça de vinho? — perguntou Tom, incluindo os dois agentes na pergunta.

Eles declinaram o vinho, mas quiseram olhar os quadros. Tom teve prazer em lhes mostrar. Os dois policiais ficaram andando pela sala, murmurando comentários que talvez tivessem sido bastante inteligentes, a tirar por suas expressões de fascínio e seus gestos enquanto examinavam telas e desenhos. Talvez visitassem uma galeria no tempo livre.

— Um pintor famoso na Inglaterra, Derwatt — comentou o mais jovem dos agentes.

— Sim — disse Tom.

Foi o fim do interrogatório. Os dois agradeceram a Tom e se despediram.

Tom ficou feliz por Madame Annette estar fora fazendo suas compras matinais.

Christopher riu um pouco depois de Tom fechar a porta.

— Que história toda foi essa? Tudo que consegui entender foi “Orly” e “Murchison”.

— Parece que Thomas Murchison, um americano que me visitou semana passada, não pegou o avião de volta para Londres em Orly. Pelo visto ele sumiu. E sua mala foi encontrada na calçada em Orly... onde o deixei na quinta-feira.

— Sumiu? Caramba! Já faz quatro dias.

— Eu não sabia de nada até ontem à noite. Foi o telefonema que recebi ontem. Era a polícia.

— Caramba. Isso é muito estranho. — Chris fez algumas perguntas, e Tom as respondeu como havia respondido às da polícia. — Parece que ele apagou, para deixar a mala desse jeito. Ele estava sóbrio?

Tom riu.

— Totalmente. Eu não consigo entender.

Eles seguiram margeando o Sena no Alfa Romeo, e perto de Samois Tom mostrou a Chris a ponte onde o general Patton havia atravessado o Sena com seu exército a caminho de Paris, em 1944. Chris saltou do carro e foi ler a inscrição na pequena coluna cinza, e voltou com os olhos tão úmidos quanto Tom após visitar o túmulo de Keats. Eles almoçaram em Fontainebleau, porque Tom não gostava do restaurante principal de Bas Samois, Chez Bertrand, ou algo assim, onde ele e Heloise até hoje não tinham recebido uma *addition* honesta e onde a família que o administrava tinha o hábito de começar a passar pano no chão antes de as pessoas terminarem de comer, arrastando cadeiras com pé de metal pelas lajotas com um descaso impiedoso pelo ouvido humano. Mais tarde, Tom não esqueceu as encomendas de Madame Annette: *champignons à la grecque, céleri rémoulade* e algumas linguiças de cujo nome Tom não conseguia se lembrar porque não as apreciava muito, coisas que não se podiam comprar em Villeperce. Ele as conseguiu em Fontainebleau, além de algumas pilhas para o rádio.

Na volta para casa, Chris começou a rir e disse:

— Hoje de manhã eu encontrei o que parecia uma cova recente. Recente mesmo. Achei engraçado por causa da polícia hoje de manhã. Eles estão procurando um homem desaparecido que esteve na sua casa, e se vissem esse formato de *cova* na mata... — Ele continuou a gargalhar.

Sim, era engraçado, uma graça danada. Tom riu do perigo louco daquilo. Mas não comentou nada.

10

O dia seguinte estava nublado, e começou a chover por volta das nove. Madame Annette saiu para prender uma janela que estava batendo em algum lugar. Ela havia escutado no rádio, estavam fazendo previsões desastrosas para um *orage*, alertou a Tom.

O vento deixava Tom nervoso. Naquela manhã, fazer turismo não era uma opção para ele e Chris. Ao meio-dia o temporal estava ainda pior, e o vento dobrava as copas dos álamos altos como se fossem açoites ou pontas de espada. De vez em quando um galho, pequeno e decerto morto, voava de uma árvore perto da casa e chacoalhava ao se chocar contra o telhado e rolar até o chão.

— Eu realmente nunca vi nada igual a isso... aqui — comentou Tom durante o almoço.

Mas Chris, com a mesma tranquilidade de Dickie, ou talvez de sua família inteira, sorriu e apreciou a perturbação.

Faltou luz durante meia hora, o que, segundo Tom, acontecia o tempo todo na zona rural da França, mesmo o temporal sendo fraco.

Depois do almoço, Tom subiu para o quarto onde pintava. Às vezes pintar ajudava quando ele estava nervoso. Ele pintava em pé diante da sua bancada de trabalho, com a tela recostada num torno pesado e em alguns livros grossos de arte e de horticultura. A parte inferior da tela repousava sobre alguns jornais e um grande pano de pintura que antes era um lençol velho. Tom se curvou zelosamente junto ao seu trabalho, recuando com frequência para examiná-lo. Era um retrato de Madame Annette, pintado talvez num estilo que lembrava bastante De Kooning, o que significava que Madame Annette jamais poderia reconhecê-lo como uma tentativa de retratá-la. Tom não estava imitando conscientemente De Kooning, e não havia pensado nele ao começar aquela obra, mas não restava dúvida de que o quadro parecia um retrato no estilo de De Kooning. Os lábios pálidos de Madame Annette estavam separados por um sorriso de rasgo rosado, os dentes definitivamente um pouco amarelados e irregulares. Usava um vestido roxo-claro com um babado branco na gola. Tudo isso estava retratado por meio de pincéis bastante largos e pinceladas compridas. O trabalho preliminar de Tom para aquele quadro partira de vários esboços apressados de Madame Annette feitos num bloco em cima do joelho na sala de estar, sobre os quais ela nada sabia.

Agora havia raios. Tom endireitou as costas e respirou, com o peito doendo de tensão. No rádio, France Culture entrevistava mais um escritor que, pela voz, soava pouco à vontade. "O seu livro, Monsieur Hublot (Heublein?), me parece (chiado)... o que se distancia, como vários críticos já disseram, do seu até agora *desafio* aos conceitos do antissartrismo. Mas, pelo contrário, ele agora parece estar revertendo..." Tom desligou o rádio abruptamente.

Ouviu-se um estalo ameaçador bem perto, na direção da mata, e Tom olhou pela janela. As copas dos pinheiros e álamos ainda estavam envergadas, mas se alguma árvore tinha caído na mata ele não conseguia ver dali, em meio ao borrão cinza e verde da floresta. Uma árvore bem que poderia cair, mesmo pequena, e cobrir a maldita cova, pensou Tom. Torceu para isso acontecer. Estava preparando um marrom-avermelhado para os cabelos de Madame Annette — queria terminar o quadro hoje — quando ouviu, ou pensou ter ouvido, vozes no andar de baixo. Vozes masculinas.

Tom entrou no hall.

As vozes falavam inglês, mas ele não conseguia ouvir o que diziam. Era Chris e mais alguém. *Bernard*, pensou Tom. Um sotaque inglês. *Sim, meu Deus!*

Tom pousou a espátula de misturar tinta com cuidado sobre o copo de terebintina. Fechou a porta ao sair e desceu depressa a escada.

Era Bernard, parado todo desgrenhado e molhado sobre o capacho bem em frente à porta de entrada. Tom ficou impressionado com seus olhos escuros, que pareciam ter afundado ainda mais debaixo das sobrancelhas pretas retas. Bernard parecia apavorado, pensou Tom. Então, no instante seguinte, concluiu que Bernard era a cara da própria morte.

— Bernard! — disse Tom. — Bem-vindo!

— Olá — respondeu Bernard.

Havia uma bolsa de viagem a seus pés.

— Este é Christopher Greenleaf — apresentou Tom. — Bernard Tufts. Talvez vocês já tenham se cumprimentado.

— Sim, já — disse Chris sorrindo, pelo visto feliz por ter companhia.

— Espero que não tenha problema eu simplesmente chegar… assim — disse Bernard.

Tom lhe garantiu que não. Madame Annette então entrou, e Tom os apresentou.

Madame Annette pediu para pegar o casaco de Bernard.

Tom lhe disse em francês:

— A senhora poderia preparar o quartinho para Monsieur Bernard. — Tratava-se de um segundo quarto de hóspedes, raramente usado, com uma cama de solteiro, que ele e Heloise chamavam de "o quartinho de dormir". — E Monsieur Bernard vai jantar conosco hoje. — Tom então se dirigiu a Bernard. — O que você fez? Pegou um táxi em Melun? Ou em Moret?

— Sim. Em Melun. Procurei a cidade num mapa em Londres. — Magro e anguloso como sua letra, Bernard esfregava as mãos uma na outra. Até seu paletó parecia molhado.

— Quer um suéter, Bernard? Que tal um conhaque para esquentar?

— Ah, não, não, obrigado.

— Venha até a sala! Um pouco de chá? Vou pedir a Madame Annette para preparar quando ela descer. Sente-se, Bernard.

Bernard olhou ansioso para Chris, como se esperasse que ele se sentasse primeiro, ou algo assim. Nos minutos seguintes, porém, Tom percebeu que Bernard fitava tudo com ansiedade, até mesmo um cinzeiro em cima da mesa de centro. A troca de palavras, por mais sucinta que tenha sido, foi extremamente delicada, e Bernard obviamente desejava que Chris não estivesse ali. Só que Chris não pareceu entender isso, Tom pôde ver, e, pelo contrário, pensava que a sua presença pudesse ser útil, porque Bernard claramente estava muito abalado. Ele gaguejava e suas mãos tremiam.

— Eu realmente não vou incomodar vocês por muito tempo.

Tom riu.

— Mas você não vai voltar hoje! Estamos tendo o pior tempo que já vi nos três anos desde que moro aqui. O avião teve dificuldades para pousar?

Bernard não se lembrava. Seus olhos se desviaram para *Homem na cadeira*, seu próprio quadro, acima da lareira, e em seguida tornaram a se afastar.

Tom pensou no violeta-cobalto daquele quadro. Agora a cor lhe parecia um veneno químico. Para Bernard também, imaginava.

— Faz tempo que você não vê *As cadeiras vermelhas* — disse Tom, pondo-se de pé.

O quadro estava atrás de Bernard.

Bernard se levantou e girou o corpo, com as pernas ainda encostadas no sofá. O esforço de Tom foi recompensado por um leve, porém genuíno, sorriso no rosto de Bernard.

— Sim. É lindo — disse Bernard com sua voz baixa.

— O senhor é pintor? — perguntou Chris.

— Sim. — Bernard tornou a se sentar. — Mas não tão bom quanto... Derwatt.

— Madame Annette, poderia pôr água no fogo para um chá? — pediu Tom.

Madame Annette havia descido a escada com toalhas ou algo do tipo nos braços.

— Agora mesmo, Monsieur Tome.

— Pode me dizer... — Christopher dirigiu-se a Bernard — ... o que torna um pintor bom... ou ruim? Por exemplo, a mim parece que agora vários pintores estão pintando como Derwatt. Não lembro o nome deles assim de cabeça, porque não são tão famosos. Ah, sim: Parker Nunnally, por exemplo. O senhor conhece o trabalho dele? O que é que torna Derwatt tão bom?

Tom também tentou pensar numa resposta certa, talvez "originalidade". Mas a palavra "publicidade" também lhe veio à mente. Ele estava esperando Bernard falar.

— É a personalidade — disse Bernard com cuidado. — É Derwatt.

— O senhor o conhece? — perguntou Chris.

Uma leve emoção varou o corpo de Tom, um espasmo de solidariedade com Bernard.

Bernard aquiesceu.

— Ah, sim. — Suas mãos magras estavam agora unidas ao redor de um joelho.

— E sente a personalidade dele quando o encontra? Quero dizer, quando o vê?

— Sim — disse Bernard com mais firmeza. Mas a conversa o fez se remexer, talvez de agonia. Ao mesmo tempo, seus olhos escuros pareciam estar em busca de alguma outra coisa que ele pudesse dizer sobre o assunto.

— Essa provavelmente não foi uma pergunta justa — concluiu Chris. — A maioria dos bons artistas não mostra sua personalidade nem desperdiça sua energia na vida pessoal, acho eu. Na superfície eles parecem totalmente comuns.

O chá foi servido.

— Bernard, você veio sem mala? — perguntou Tom.

Sabia que ele estava sem mala e estava preocupado com o conforto geral de Bernard.

— Eu vim desprevenido — disse Bernard.

— Não se preocupe. Tenho tudo de que você possa precisar. — Tom sentiu os olhos de Chris sobre si e Bernard, decerto se perguntando quanto os dois se conheciam. — Está com fome? — perguntou Tom para Bernard. — Minha empregada adora fazer sanduíches. — Junto com o chá havia apenas *petits-fours*. — O nome dela é Madame Annette. Peça-lhe o que quiser.

— Não, obrigado. — A xícara de Bernard produziu três cliques distintos contra o pires quando ele a pousou.

Tom se perguntou se Jeff e Ed teriam sedado Bernard a tal ponto que ele estivesse precisando de algo agora. Bernard havia terminado seu chá, e Tom o levou até o andar de cima para lhe mostrar o quarto.

— Você vai ter que dividir o banheiro com Chris — disse Tom. — Atravesse este corredor aqui e depois passe pelo quarto da minha mulher. — Tom deixou as portas abertas. — Heloise não está, ela está na Grécia. Espero que consiga descansar um pouco aqui, Bernard. Qual é o problema, afinal? O que está deixando você angustiado?

Eles estavam outra vez no "quartinho" de Bernard, e a porta estava fechada.

Bernard balançou a cabeça.

— Eu sinto que estou no fim da linha. Só isso. A exposição foi o fim. É a última exposição que eu consigo pintar. O último quadro. *A banheira.* E agora eles estão tentando trazer... você sabe... trazê-lo de volta à vida.

E eu consegui, Tom poderia ter dito, mas seu rosto permaneceu tão sério quanto o de Bernard.

— Bom... Ele provavelmente *estava* vivo nestes últimos cinco anos. Bernard, tenho certeza de que eles não vão forçar você a continuar pintando se não quiser.

— Ah, eles vão tentar, Jeff e Ed. Mas para mim chega, viu? Chega mesmo.

— Eu acho que eles já sabem disso. Não se preocupe. Nós podemos... Derwatt pode ficar recluso *outra vez*. No México. Digamos que ele passe os próximos anos pintando e se recuse a mostrar qualquer coisa. — Tom ficou andando para lá e para cá enquanto falava. — Anos podem transcorrer. Quando Derwatt morrer... nós o faremos queimar todos os seus quadros, algo assim, para que ninguém nunca os veja! — Tom sorriu.

Os olhos escuros de Bernard fixos no chão deram a Tom a sensação de ter contado uma piada que ninguém entendeu. Ou pior: de ter cometido um sacrilégio, feito uma piada de mau gosto dentro de uma catedral.

— Bernard, você precisa descansar. Quer tomar um fenobarbital? Tenho uns bem leves, de quinze miligramas.

— Não, obrigado.

— Quer tomar um banho? Não se preocupe com Chris nem comigo. Vamos deixar você em paz. O jantar sai às oito, se quiser comer conosco. Desça antes se quiser beber alguma coisa.

Bem nessa hora, o vento emitiu um *uuu-uuu* e uma árvore imensa se envergou; ambos olharam para a janela e a viram, ela ficava no jardim dos fundos de Tom. Tom teve a impressão de que a casa também tinha se envergado, e por instinto fincou os pés no chão. Como alguém conseguia ficar calmo com aquele tempo?

— Quer que eu feche as cortinas? — perguntou.

— Tanto faz. — Bernard olhou para ele. — O que Murchison disse quando viu *Homem na cadeira*?

— Disse que achava que o quadro era uma falsificação... no começo. Mas eu o convenci de que não era.

— Como você conseguiu? Murchison me disse o que pensava sobre... os roxos. Ele tem razão. Eu cometi três erros. *Homem na cadeira*, *O relógio* e agora *A banheira*. Não sei como isso aconteceu. Não sei por quê. Eu não estava raciocinando. Murchison tem razão.

Tom ficou calado. E então falou:

— Naturalmente foi um susto para todos nós. Derwatt vivo talvez tenha feito as pessoas esquecerem. Foi o risco... o risco da não existência dele ser revelada. Mas, Bernard, nós já superamos esse obstáculo.

Bernard talvez não tivesse entendido nada daquele raciocínio.

— Você propôs comprar *O relógio*, ou algo do tipo? — perguntou ele.

— Não. Eu o convenci de que Derwatt devia ter voltado ao roxo que já tinha usado antes, em um quadro ou dois, ou quem sabe três.

— Murchison chegou a conversar comigo sobre a qualidade do quadro. Ah, Deus! — Bernard sentou na cama e se recostou. — O que ele está fazendo agora em Londres?

— Não sei. Mas sei que ele não vai se encontrar com um perito, não vai fazer nada, Bernard... porque eu o convenci do nosso ponto de vista — disse Tom, tranquilizador.

— Eu só consigo pensar num jeito de você ter conseguido convencê-lo, um jeito radical.

— Como assim? — perguntou Tom sorrindo, um pouco amedrontado.

— Você o convenceu a me deixar em paz. Como algo digno de pena, de compaixão. Eu não quero que sintam pena de mim.

— Seu nome não foi citado... é claro que não. — *Você está louco*, Tom teve vontade de dizer. Bernard estava louco, ou pelo menos temporariamente perturbado. No entanto, o que ele tinha dito era exatamente o que Tom havia tentado fazer na adega antes de matar

Murchison: convencê-lo a deixar Bernard em paz, porque Bernard nunca mais pintaria "Derwatts". Ele chegara a tentar fazer Murchison entender a adoração que Bernard sentia por Derwatt, seu ídolo morto.

— Não acho que Murchison poderia ser convencido — disse Bernard. — Você não está tentando fazer eu me sentir melhor mentindo para mim, está, Tom? Porque eu já estou farto de *mentiras*.

— Não. — Mas Tom se sentia desconfortável porque estava mentindo, estava mentindo para Bernard. Raramente se sentia desconfortável mentindo. Previa que em algum momento tivesse que contar para Bernard que Murchison estava morto. Era o único jeito de tranquilizá-lo: acalmá-lo em parte, pelo menos no que dizia respeito às falsificações. Mas Tom não podia lhe contar agora, não no meio daquela tempestade aflitiva, não no estado em que Bernard se encontrava, caso contrário ele de fato perderia a razão. — Volto em um minuto — avisou Tom.

Bernard se levantou da cama na mesma hora e foi até a janela bem no instante em que o vento empurrou com força um jato de chuva para cima do vidro.

Aquilo fez Tom se retrair, mas Bernard não. Tom foi até seu quarto, pegou um pijama e um roupão de algodão grosso para Bernard, além de um par de pantufas e uma escova de dentes nova ainda dentro da caixinha de plástico. Pôs a escova de dentes no banheiro, para o caso de Bernard não ter uma, e levou as outras coisas até o seu quarto. Disse a Bernard que estaria no andar de baixo se ele quisesse algo e que iria deixá-lo descansar um pouco.

Viu pela luz vinda de dentro que Chris tinha ido para o quarto. O temporal havia deixado a casa estranhamente escura. Tom foi até o próprio quarto e pegou a pasta de dentes do conde em sua gaveta. Enrolando a parte inferior até em cima dava para usar o tubo, e era melhor ele usá-lo do que jogar fora e correr o risco de Madame Annette encontrá-lo no lixo: um desperdício inexplicável e proposital.

Tom pegou a própria pasta de dentes na pia e a pôs no banheiro usado por Chris e Bernard.

Que diabos iria fazer com Bernard?, pensou. E se a polícia tornasse a aparecer e Bernard estivesse presente como Chris estivera? Bernard entendia francês bastante bem, pensou.

Sentou-se e escreveu uma carta para Heloise. Escrever para ela sempre tinha um efeito calmante sobre ele. Quando estava em dúvida em relação ao seu francês, ele em geral não se dava ao trabalho de correr até o dicionário, pois Heloise achava os seus erros divertidos.

22 de outubro de 19**

Heloise *chérie*,

Um primo de Dickie Greenleaf, um rapaz simpático chamado Christophe, veio fazer uma visita de uns dois dias. Ele está visitando Paris pela primeira vez. Imagine ver Paris pela primeira vez aos 20 anos de idade? Está muito impressionado com o tamanho da cidade. Ele é da Califórnia.

Hoje está um temporal terrível. Todo mundo está nervoso. Vento e chuva.

Estou com saudades. Você recebeu o maiô vermelho? Eu disse a Madame Annette para mandar por via aérea e lhe dei uma porção de dinheiro, então se ela não tiver mandado por via aérea vou lhe dar um sopapo. Todo mundo pergunta quando você volta. Fui tomar chá com os Grais. Sinto-me muito sozinho sem você. Volte para dormirmos abraçados.

Seu marido solitário,
Tom

Tom selou a carta e a levou até o térreo para deixar na mesinha do hall.

Christopher agora estava na sala, lendo no sofá. Ele se sobressaltou.

— Escute — disse ele em voz baixa. — O que o seu amigo tem?

— Ele teve uma crise. Em Londres. Está deprimido por causa do trabalho. E acho que ele teve um… Ele terminou com a namorada, ou ela com ele. Não sei direito.

— Você o conhece bem?

— Não muito bem. Não.

— Eu estava pensando… como ele está numa condição tão esquisita… se você gostaria que eu fosse embora. Amanhã de manhã. Ou mesmo hoje à noite.

— Ah, Chris, com certeza hoje à noite não. Com esse tempo? Não, não me incomoda você estar aqui.

— Mas eu tive a sensação de que incomoda a ele. — Chris indicou a escada com um movimento brusco de cabeça.

— Bom… Tem lugar de sobra nesta casa para Bernard e eu conversarmos se ele quiser. Não se preocupe.

— Está bem. Se tem certeza. Eu fico até amanhã, então. — Ele enfiou as mãos nos bolsos de trás e andou até as portas de vidro do terraço.

A qualquer momento agora Madame Annette iria entrar e fechar as cortinas, pensou Tom, o que pelo menos seria algo calmo em meio a todo aquele caos.

— Olhe! — Chris apontou na direção do gramado.

— O que é? — Uma árvore tinha caído, supôs Tom, nada sério. Por estar muito escuro, levou alguns instantes para ver o que Chris tinha visto. Distinguiu uma silhueta atravessando o gramado devagar, e seu primeiro pensamento foi *o fantasma de Murchison*, e ele se sobressaltou. Mas Tom não acreditava em fantasmas.

— É Bernard! — disse Chris.

Era Bernard, claro. Tom abriu as portas do terraço e saiu sob a chuva, que agora estava fria e caía em todas as direções por causa do vento.

— Ei, Bernard! O que está fazendo? — Tom viu que Bernard não estava reagindo, que continuava caminhando devagar, com a cabeça erguida, e saiu correndo em direção a ele. Tropeçou no primeiro degrau da escada de pedra, quase rolou até embaixo e só recuperou o equilíbrio no final, torcendo um tornozelo ao mesmo tempo. — Ei, Bernard, entre! — gritou, agora mancando na direção dele.

Chris desceu correndo e se juntou a Tom.

— Você vai ficar encharcado! — disse Chris com uma risada, e fez que ia segurar o braço de Bernard, mas pelo visto não se atreveu.

Tom segurou Bernard pelo pulso com firmeza.

— Bernard, está tentando pegar um baita resfriado?

Bernard se virou para eles e sorriu, e a chuva escorreu por seus cabelos pretos colados na testa.

— Eu gosto. Gosto mesmo. É assim que eu *sinto*! — Ele ergueu os braços bem alto, desvencilhando-se de Tom.

— Mas vai entrar agora? Bernard, por favor.

Ele sorriu.

— Ah, está bem — disse, como se estivesse cedendo a um capricho de Tom.

Os três andaram juntos de volta até a casa, mas devagar, porque Bernard parecia querer absorver cada gota. Ele estava de bom humor e fez algum comentário alegre ao tirar os sapatos à porta da varanda para não sujar o tapete. Tirou também o paletó.

— Você precisa mesmo trocar de roupa — disse Tom. — Vou pegar algo para você. — Ele também estava tirando os sapatos.

— Está bem, vou me trocar — disse Bernard no mesmo tom condescendente, e subiu lentamente a escada com os sapatos na mão.

Chris olhou para Tom e franziu o cenho de modo exagerado, como Dickie.

— O cara é doido! — sussurrou ele. — Doido de verdade!

Tom concordou, estranhamente abalado, como sempre ficava quando diante de alguém genuinamente um pouco perturbado das ideias. Era uma sensação de estilhaçamento. A sensação estava se instalando cedo; em geral levava vinte e quatro horas. Tom apoiou o peso no tornozelo com cuidado e o girou. Não era nada sério, o tornozelo, pensou.

— Talvez você tenha razão — disse ele a Chris. — Vou subir e arrumar umas roupas secas para ele.

11

Por volta das dez da noite, Tom bateu na porta de Bernard.

— Sou eu. Tom.

— Ah, Tom, entre — disse a voz de Bernard, calma. Ele estava sentado diante da escrivaninha com uma caneta na mão. — Por favor, não fique abalado por eu ter andado na chuva hoje. Na chuva eu era eu mesmo. E isso se tornou uma coisa rara.

Tom entendia, entendia muito bem.

— Sente-se, Tom! Feche a porta. Fique à vontade.

Tom sentou-se na cama de Bernard. Tinha ido vê-lo como prometido durante o jantar, na presença de Chris, por sinal. Bernard havia se mostrado mais disposto durante o jantar. Estava usando o roupão de algodão grosso. Em cima da escrivaninha havia uma ou duas folhas de papel cobertas com a caligrafia de Bernard em tinta preta, mas Tom teve a sensação de que ele não estava escrevendo uma carta.

— Imagino que em boa parte do tempo você sinta que é Derwatt — disse Tom.

— Às vezes. Mas quem poderia ser ele de fato? E quando estou andando por uma rua de Londres não. Só às vezes, quando estava pintando, só por alguns segundos, senti ser ele. E, sabe, eu hoje consigo falar com facilidade sobre isso, e é um prazer, porque vou desistir de tudo. Já desisti.

E aquilo em cima da mesa talvez fosse uma confissão, pensou Tom. Uma confissão para quem?

Bernard passou o braço pelo encosto da cadeira.

— E, sabe, essa minha farsa, minhas falsificações, elas evoluíram em quatro ou cinco anos do mesmo jeito que a pintura de Derwatt poderia ter evoluído. Engraçado, não?

Tom não soube o que dizer que pudesse ser correto, ou mesmo suficientemente respeitoso.

— Talvez não seja engraçado. Você entendia Derwatt. E os críticos disseram a mesma coisa, que a pintura foi se desenvolvendo.

— Você não imagina como é estranho pintar como... Bernard Tufts. A pintura dele não evoluiu tanto. É como se eu agora estivesse falsificando Tufts, porque estou pintando os mesmos Tufts que pintava cinco anos atrás! — Bernard deu uma risada genuína. — De certa forma, preciso me esforçar mais para ser eu mesmo do que para ser Derwatt. *Precisei*. E isso estava me deixando louco, entende? Você entende isso. Eu gostaria de dar uma chance a mim mesmo, se é que sobrou alguma coisa de mim.

Ele queria dizer dar uma chance a Bernard Tufts, Tom sabia.

— Tenho certeza de que é possível. Quem deve decidir o que fazer é você. — Tom tirou de um bolso seus Gauloises e ofereceu um a Bernard.

— Eu quero começar do zero. Pretendo confessar o que fiz e seguir a partir daí... ou tentar, pelo menos.

— Ah, Bernard! Você *precisa* desistir dessa ideia! Você não é o único envolvido. Pense no que aconteceria com Jeff e Ed. Todos os quadros que você pintou seriam... Sério, Bernard, confesse para um padre se quiser, mas não para a imprensa. Nem para a polícia inglesa.

— Você acha que estou louco, eu sei. Bom, eu sou louco, às vezes. Mas só tenho uma vida para viver. E quase a arruinei. Não pretendo arruinar o resto. E isso é problema meu, certo?

A voz de Bernard tremia. Seria ele forte ou fraco?, perguntou-se Tom.

— Eu entendo, sim — disse Tom suavemente.

— Não quero soar dramático, mas preciso ver se as pessoas vão me aceitar... Ver se vão me perdoar, se você prefere assim.

Não vão, pensou Tom. O mundo com certeza não iria perdoá-lo. Será que Bernard ficaria destruído caso ele dissesse isso? Era provável. Bernard poderia se matar em vez de fazer uma confissão. Tom limpou a garganta com um pigarro e tentou pensar, mas nada, nada mesmo lhe ocorreu.

— Além do mais, eu acho que Cynthia iria gostar se eu dissesse a verdade. Ela me ama. Eu a amo. Sei que ela não quis me ver naquele momento. Em Londres. Ed me contou. Eu não a culpo. Jeff e Ed falaram como se eu fosse um inválido: "Venha ver Bernard, ele precisa de você!" — Bernard disse isso com uma voz afetada. — Que mulher iria? — Bernard olhou para Tom e abriu os braços, sorrindo. — Está vendo o bem que a chuva me fez, Tom? Só faltou lavar meus pecados.

Sua risada tornou a ecoar, e Tom invejou sua despreocupação.

— Cynthia é a única mulher que eu amei de verdade. Não quero dizer... Bom, ela teve um ou outro caso depois de mim, tenho certeza. Quem terminou tudo meio que fui eu. Fiquei tão... nervoso, até com medo em certo sentido, quando comecei a imitar Derwatt. — Bernard engoliu em seco. — Mas sei que ela ainda me ama... se eu for *eu mesmo*. Você entende isso?

— Com certeza. Claro. Está escrevendo para Cynthia agora?

Bernard acenou com um dos braços na direção das folhas de papel e sorriu.

— Não, eu estou escrevendo... para qualquer um. É só uma declaração. Para a imprensa ou para qualquer pessoa.

E era preciso impedir aquilo. Com calma, Tom disse:

— Eu queria que você pensasse melhor por alguns dias, Bernard.

— Eu já não tive tempo suficiente para pensar?

Tom tentou pensar em algo mais forte e mais claro para dizer a Bernard que pudesse detê-lo, mas parte da sua cabeça estava pensando em Murchison, na possibilidade de a polícia voltar. Quanto eles iriam procurar pistas ali? Será que olhariam na mata? A reputação de Tom Ripley já estava um pouco... manchada, digamos assim, pela história de Dickie Greenleaf. Embora as suspeitas sobre ele tivessem sido afastadas, durante algum tempo ele fora um suspeito, houve uma história ali apesar do final feliz. Por que ele não tinha posto Murchison no carro e o levado para quilômetros longe dali antes de enterrá-lo em algum lugar da floresta de Fontainebleau, acampado no mato para cumprir a tarefa se fosse preciso?

— Podemos conversar sobre isso amanhã? — perguntou. — Você talvez veja as coisas de outro jeito, Bernard.

— Claro, podemos conversar a qualquer momento. Mas eu não vou pensar diferente amanhã. Queria falar com você primeiro, porque foi você quem teve a ideia toda... de ressuscitar Derwatt. Quero começar com o que veio primeiro, entende? Eu sou uma pessoa bastante lógica. — Houve um quê de insanidade no tom dogmático que ele usou para dizer isso, e Tom tornou a sentir um profundo desconforto.

O telefone tocou. Havia uma extensão no quarto de Tom, e o toque era claramente audível no corredor da casa.

Ele se levantou de um pulo.

— Você não pode esquecer os outros envolvidos...

— Não vou meter você nisso, Tom.

— Telefone. Boa noite, Bernard — disse Tom depressa, e subiu correndo o corredor até seu quarto. Não queria que Chris atendesse na extensão do térreo.

Era a polícia outra vez. Eles lamentavam estar ligando àquela hora, mas...

— Eu sinto muito, Monsieur, mas será que o senhor podia ligar de novo daqui a cinco minutos talvez? Eu agora estou...

A voz cortês disse que ligaria de volta, claro.

Tom desligou e enterrou o rosto nas mãos. Estava sentado na beira da cama. Levantou-se e foi fechar a porta. Os acontecimentos estavam se precipitando um pouco. Ele havia enterrado Murchison com pressa por causa do maldito conde. Que erro! O Sena, o Loing serpenteavam pelo distrito inteiro, havia pontes com pouca movimentação, principalmente depois da uma da manhã. O telefonema da polícia só podia significar más notícias. A Sra. Murchison... como Murchison tinha dito que ela se chamava? Harriet? Talvez ela tivesse contratado um detetive americano ou inglês para encontrar o marido. Ela sabia qual era a missão de Murchison: descobrir se um quadro de um artista importante era ou não uma falsificação. Será que ela não iria desconfiar de algo ilícito? Se Madame Annette fosse interrogada, será que ela não diria de fato não ter *visto* Monsieur Murchison ir embora da casa na terça-feira à tarde?

Se a polícia quisesse falar com ele naquela noite, Chris poderia comentar sobre o trecho na mata semelhante a uma cova. Tom imaginou Chris dizendo, em inglês, "Por que você não conta a eles sobre...", e Tom não poderia dizer outra coisa à polícia em francês, porque Chris provavelmente iria querer vê-los cavar.

O telefone tornou a tocar, e Tom atendeu com calma.

— Olá, Monsieur Reeply. Aqui é da delegacia de Melun. Recebemos uma ligação de Londres. Com relação a Monsieur Murchison, Madame Murchison entrou em contato com a Polícia Metropolitana de Londres, que quer que nós forneçamos todas as informações que pudermos ainda hoje. O investigador inglês vai chegar amanhã de manhã. Então, por gentileza, saberia dizer se Monsieur Murchison fez alguma ligação da sua casa? Nós gostaríamos de rastrear os números.

— Não me lembro de tê-lo visto dar nenhum telefonema — disse Tom. — Mas eu não fiquei o tempo todo em casa. — A polícia poderia verificar sua conta telefônica, pensou Tom, mas eles que pensassem nisso.

Instantes depois, eles já tinham desligado.

Era antipático e um pouco desagradável a polícia de Londres não ter ligado para ele diretamente e feito as perguntas, pensou Tom.

Sentiu que a polícia londrina já o estava tratando como suspeito e preferia obter informações pelos canais oficiais. Por algum motivo, temia um inspetor inglês mais do que um inspetor francês, embora em matéria de minúcias e persistência, tivesse que dar notas bem altas para os franceses.

Ele precisava tirar o corpo da mata e tirar Chris da casa. E Bernard? Pensar nisso foi quase demais para sua cabeça.

Ele desceu até o térreo.

Chris estava lendo, mas bocejou e se levantou.

— Eu estava indo me deitar agorinha. Como vai Bernard? Eu o achei melhor durante o jantar.

— É, também achei. — Tom detestava o que precisava dizer, ou a alusão que precisava fazer, o que era pior ainda.

— Encontrei um horário de trens perto do telefone. Tem um amanhã de manhã às nove e cinquenta e dois e outro às onze e trinta e dois. Posso pegar um táxi daqui até a estação.

Tom ficou aliviado. Havia trens mais cedo, mas era impossível sugeri-los.

— O que você preferir. Eu o levo até a estação. Não sei o que pensar sobre Bernard, mas acho que ele quer ficar sozinho comigo por uns dias.

— Só espero que isso seja seguro — disse Chris, enfático. — Pensei em ficar um dia ou dois só para lhe dar uma ajuda, sabe, caso precise. — Chris estava falando baixinho. — Tinha um cara no Alasca, foi lá que eu prestei o serviço militar, que não aguentou, e ele se comportava de um jeito bem parecido com o de Bernard. De uma hora para outra ficou violento e começou a bater em todo mundo.

— Bom, duvido que Bernard faça isso. Quem sabe você e seu amigo Gerald não podem vir me visitar depois que Bernard for embora? Ou depois de voltarem da Renânia?

Essa possibilidade animou Chris.

Depois de Chris subir (ele queria pegar o trem das nove e cinquenta e dois no dia seguinte), Tom ficou andando de um lado para outro na sala. Faltavam cinco para a meia-noite. Algo precisava ser feito em relação ao cadáver de Murchison ainda naquela noite. Uma tarefa e tanto para uma pessoa só, cavar no escuro, pôr o corpo no carro e jogá-lo em algum lugar... Mas onde? De alguma pequena ponte, talvez. Tom cogitou pedir ajuda para Bernard. Será que, confrontado com a realidade, ele perderia as estribeiras ou será que iria ajudar? Tom sentiu que, na atual situação, não conseguiria convencer Bernard a não confessar. Será que o cadáver não o deixaria chocado e o faria perceber a seriedade da situação?

Era uma pergunta e tanto.

Será que Bernard daria o "salto de fé", como dizia Kierkegaard? Tom sorriu ao pensar nessa expressão. Mas ele dera o salto ao correr até Londres para se fazer passar por Derwatt. Esse salto tinha dado certo. Depois dera um segundo salto ao matar Murchison. Que inferno. Quem não arrisca não petisca.

Tom foi até a escada, mas precisou diminuir o passo por causa da dor no tornozelo. Na verdade, parou com o pé machucado no primeiro degrau e a mão sobre o anjo dourado que adornava o topo da coluna do corrimão. Ocorrera-lhe que, caso Bernard resistisse naquela noite, ele também precisaria ser eliminado. Morto. Era um pensamento repulsivo. Tom não queria matar Bernard. Talvez sequer conseguisse fazê-lo. Então, se Bernard se recusasse a ajudá-lo e incluísse Murchison na sua confissão...

Tom subiu a escada.

O corredor estava às escuras, a não ser pela pouca luz que vinha do quarto do próprio Tom. A luz de Bernard estava apagada e a de Chris também parecia estar, mas isso não significava que Chris estivesse dormindo. Foi difícil para Tom erguer a mão e bater na porta de Bernard. Como o quarto de Chris ficava a apenas dois metros e meio de distância, ele bateu de leve, pois não queria Chris entreouvindo a conversa como uma forma de protegê-lo de uma possível agressão de Bernard.

12

Bernard não atendeu, e Tom abriu a porta, entrou no quarto e a fechou atrás de si.

— Bernard?

— Humm? Tom?

— Sim. Desculpe. Posso acender a luz?

— Claro. — Bernard soou bastante calmo e alcançou ele mesmo a luz da cabeceira. — O que houve?

— Ah, nada. É só que eu preciso falar com você, e baixo, pois não quero que Chris escute. — Tom puxou a cadeira até perto da cama de Bernard e se sentou. — Bernard... Eu estou em apuros e gostaria que você me desse uma mãozinha se puder.

Bernard franziu o cenho, atento. Estendeu a mão para seu maço de Capstan sem filtro e acendeu um.

— O que houve?

— Murchison está morto — disse Tom suavemente. — É por isso que você não precisa se preocupar com ele.

— Morto? — Bernard fechou a cara. — Por que não me contou?

— Porque... Porque fui eu quem o matou. Aqui na adega.

Bernard respirou fundo.

— *Você?* Tom, você não está falando sério!

— Shh. — Por mais estranho que fosse, Tom teve a sensação de que Bernard naquele momento estava mais são do que ele. Aquilo dificultava as coisas para Tom, porque ele previra uma reação mais bizarra de Bernard. — Eu precisei matá-lo... aqui... e agora ele está enterrado na mata atrás da casa. Meu problema é que eu preciso tirá-lo daqui hoje. A polícia já começou a ligar, entende? Amanhã eles querem vir aqui olhar.

— Você o matou? — repetiu Bernard, ainda sem acreditar. — Mas por quê?

Tom deu um suspiro e estremeceu.

— Primeiro, se é que eu preciso dizer, porque ele ia acabar com Derwatt. A Derwatt Ltda. Segundo, e pior, ele me reconheceu na adega. Me reconheceu pelas mãos. Ele disse: "Você fingiu ser Derwatt em Londres." De repente tudo caiu por terra. Eu não tinha a intenção de matá-lo quando o trouxe aqui.

— Morto — repetiu Bernard, estupefato.

Tom foi ficando impaciente à medida que os minutos passavam.

— Acredite, eu fiz o que pude para que ele deixasse essa história para lá. Cheguei a contar para ele que era você o falsificador, você, o sujeito com quem ele tinha conversado no bar do Mandeville. Sim, eu vi você lá — disse Tom antes de Bernard conseguir falar. — Disse a ele que você não ia pintar mais nenhum Derwatt. Pedi que deixasse você em paz. Murchison se recusou. Então... você me ajuda a tirar o cadáver da minha propriedade?

Tom olhou para a porta. Ela continuava fechada, e não se ouvira som algum no corredor.

Bernard saiu da cama devagar.

— E o que você quer que eu faça?

Tom se levantou.

— Daqui a uns vinte minutos, ficaria agradecido se você pudesse me ajudar. Eu queria levar o corpo embora no carro. Vai ser muito mais fácil se formos nós dois. Eu realmente não consigo fazer tudo sozinho. Ele é pesado. — Tom se sentiu melhor, pois estava falando da mesma forma como muitas vezes pensava. — Se não quiser me ajudar, tudo bem, eu posso tentar sozinho, mas…

— Tudo bem, eu ajudo você.

Bernard falou num tom resignado, como se estivesse sendo sincero, mas Tom desconfiou. Será que ele ia ter alguma reação imprevisível mais tarde, dali a meia hora? Seu tom fora como o de um santo dizendo a… bem, a alguém superior a um santo: "Aonde você me conduzir, eu o seguirei."

— Poderia vestir uma roupa? A calça que lhe dei hoje. Tente não fazer barulho. Chris não pode nos escutar.

— Certo.

— Você pode descer… estar na escada da frente daqui a quinze minutos? — Tom olhou para o relógio. — Meia-noite e vinte e sete agora.

— Sim.

Tom desceu e destrancou a porta da frente, que Madame Annette trancava à noite. Então subiu mancando até seu quarto, onde tirou as pantufas de casa, calçou sapatos e vestiu um paletó. Tornou a descer e pegou as chaves do carro na mesa do hall. Apagou as luzes da sala, todas exceto uma; com frequência deixava uma lâmpada acesa a noite inteira. Pegou uma capa de chuva e calçou por cima dos sapatos um par de galochas que estava no chão do lavabo. Pegou uma lanterna na gaveta da mesa do hall e também uma lamparina que estava no lavabo. Essa luz podia ficar em pé no chão.

Tirou a caminhonete Renault da garagem e a levou até a estradinha que dava na mata. Usou apenas os faroletes do carro e, quando chegou ao que pensava ser o ponto certo, ele os apagou. Entrou na mata com sua lanterna, encontrou a cova e então, segurando a lanterna de modo a esconder o máximo possível o facho de luz, foi até o barracão de ferramentas e pegou a pá e o ancinho. Levou ambos de volta ao pedaço lamacento que era a cova de Murchison. Então voltou pela estradinha até a casa andando calmamente, pensando em conservar forças. Imaginava que Bernard fosse se atrasar e estava totalmente preparado para ele não aparecer.

Bernard estava ali, parado feito uma estátua no hall escuro, usando o próprio terno que poucas horas antes estava molhado, mas que, Tom reparou, Bernard havia posto para secar sobre o radiador comprido no seu quarto.

Tom fez um gesto e Bernard o seguiu.

Da estradinha, Tom viu que a janela de Chris continuava escura. A única luz acesa era a do quarto de Bernard.

— Não é longe. O problema é esse! — disse Tom, subitamente achando uma graça doida. Entregou o ancinho para Bernard e continuou segurando a pá, pois julgava mais difícil cavar com ela. — Sinto dizer que está bem fundo.

Bernard abraçou a tarefa com sua estranha resignação, mas seus golpes com o ancinho foram fortes e eficientes. Ele começou jogando a terra para fora, mas em pouco tempo estava apenas soltando-a, e Tom, em pé dentro da cova, retirava a terra com a pá o mais depressa possível.

— Vou fazer uma pausa — disse Tom por fim, mas o seu intervalo foi carregar duas pedras grandes, cada qual com mais de quinze quilos, até a traseira do carro. Ele havia aberto a caçamba e pôs as pedras dentro.

Bernard tinha chegado ao corpo. Tom desceu para dentro da cova e tentou usar a pá para soltá-lo, mas a trincheira era estreita demais. Os dois fincaram os pés de um lado e de outro do corpo e puxaram as cordas. A de Tom se partiu ou se soltou, e ele praguejou e tornou a amarrá-la enquanto Bernard segurava a lanterna. Algo devia estar sugando o corpo de Murchison para dentro da terra: era como se alguma força estivesse trabalhando contra eles. As mãos de Tom estavam enlameadas e doloridas, talvez sangrando.

— Ele é muito pesado — disse Bernard.

— É. É melhor contarmos até três e puxarmos com força.

— Sim.

— Um... dois... — Eles se prepararam. — ... três! *Puxe!*

Murchison subiu até a altura do solo. Bernard havia ficado com o lado mais pesado, o dos ombros.

— O resto deve ser mais fácil — disse Tom, só para dizer alguma coisa.

Eles puseram o corpo no carro. A lona ainda soltava torrões de terra, e a frente da capa de chuva de Tom estava imunda.

— Preciso pôr a terra de volta. — A voz de Tom saiu rouca de exaustão.

Mais uma vez essa foi a parte mais fácil, e, para se certificar, Tom puxou um ou dois galhos caídos por cima da terra. Bernard casualmente deixou seu ancinho cair no chão, e Tom falou:

— Vamos guardar as ferramentas no carro outra vez.

Eles assim fizeram. Então Tom e Bernard entraram no carro e Tom deu ré em direção à estrada, lamentando o gemido do motor. Não havia onde fazer a volta na estradinha. Então, para pânico de Tom, ele viu a luz de Chris se acender bem na hora em que estava entrando de ré na rua para virar de frente. Tom ergueu os olhos para a janela escura — Chris também tinha uma janela lateral — e nessa hora a luz piscou, como numa saudação. Tom não comentou nada com Bernard. Ali não havia iluminação pública, e Tom torceu para Chris não conseguir distinguir a cor do carro (verde-escuro), embora os faroletes agora estivessem ligados, por necessidade.

— Para onde estamos indo? — perguntou Bernard.

— Conheço um lugar a oito quilômetros daqui. Uma ponte...

Havia outro carro na estrada agora, o que não era raro a uma e cinquenta da manhã. Tom já tinha voltado de jantares suficientes para saber disso.

— Obrigado, Bernard. Está tudo bem — disse Tom.

Bernard não disse nada.

Eles chegaram ao lugar em que Tom havia pensado. Ficava ao lado de um vilarejo chamado Voisy, nome em que Tom nunca prestara muita atenção até essa noite, quando tivera de passar da placa do vilarejo e atravessá-lo para chegar à ponte de que recordava. Aquele rio era o Loing, pensou Tom, que desaguava no Sena. Não que Murchison fosse para muito longe com aquelas pedras presas nele. Naquele extremo da ponte havia um poste de rua com iluminação fraca e econômica, mas não do outro lado, que estava um breu. Tom avançou com o carro até o outro lado, passando alguns metros da ponte. No escuro, com algum auxílio da lanterna de Tom, eles puseram as pedras dentro da lona e voltaram a amarrar as cordas.

— Agora vamos lançá-lo — disse Tom baixinho.

Os movimentos de Bernard eram calmos e eficientes, e ele parecia saber exatamente o que fazer. Os dois conseguiram carregar o corpo com relativa facilidade, mesmo com as pedras. O parapeito de madeira da ponte tinha um metro e vinte de altura. Andando de costas, Tom olhou para todos os lados na direção do vilarejo escuro atrás dele, onde se destacavam apenas dois postes de rua, e para a frente, onde a ponte sumia na escuridão.

— Acho que podemos arriscar no meio — sugeriu Tom.

Eles foram até o meio da ponte e pousaram o cadáver no chão por alguns instantes, até recuperarem as forças. Então se agacharam e o levantaram, e, com um movimento conjunto, ergueram-no bem alto e o deixaram cair do outro lado.

O barulho foi ensurdecedor: teve o efeito de um *bum* no silêncio, como um canhão capaz de acordar o vilarejo, e então ouviu-se uma chuva de respingos. Eles andaram de volta em direção ao carro.

— Não corra — disse Tom, talvez sem necessidade. Será que lhes restava alguma energia?

Eles entraram no carro e seguiram direto em frente; Tom não sabia nem ligava para onde estavam indo.

— Acabou! — disse Tom. — Essa porcaria não está mais nas nossas mãos! — Estava se sentindo maravilhosamente feliz, leve e livre. — Acho que não contei para você, Bernard — disse Tom numa voz alegre, com a garganta agora nem sequer seca. — Eu disse à polícia que deixei Murchison em Orly na terça. Deixei mesmo a bagagem dele lá. Então, se Murchison não pegou o avião, não é culpa minha, certo? Ha! — Tom riu, como muitas vezes tinha feito sozinho, com um alívio semelhante após momentos horríveis. — A propósito, *O relógio* foi roubado em Orly. Murchison o estava levando junto com a mala. Imagino que qualquer um que visse a assinatura de Derwatt ficaria com o quadro e não diria nada sobre o assunto!

Mas será que Bernard estava mesmo ali com ele? Bernard não dizia nada.

Estava começando a chover outra vez! A vontade de Tom foi de comemorar. A chuva talvez, *provavelmente*, apagaria as marcas deixadas por seu carro na ruazinha perto de sua casa, e certamente ajudaria com o aspecto da cova agora vazia.

— Preciso sair — disse Bernard, estendendo a mão para o puxador da porta.

— O quê?

— Estou me sentindo mal.

Assim que conseguiu, Tom encostou na beira da estrada e parou. Bernard desceu.

— Quer que eu vá com você? — perguntou Tom depressa.

— Não, obrigado. — Bernard andou um ou dois metros para a direita, onde um barranco escuro subia de modo abrupto até poucos metros de altura. Curvou-se.

Tom sentiu pena dele. Ele próprio tão alegre, e Bernard passando mal. Bernard ficou ali dois minutos, três, quatro, calculou Tom.

Um carro veio se aproximando por trás em velocidade baixa. Tom teve o impulso de apagar os faróis, mas os deixou como estava, os faróis normais acesos, mas não na regulagem mais alta. Por causa de uma curva da estrada, os faróis do outro carro iluminaram por um segundo a silhueta de Bernard. Um carro de polícia, pelo amor de Deus! Havia uma luz azul em cima da capota. O carro de polícia contornou o de Tom e seguiu em frente na mesma velocidade reduzida. Tom relaxou. Graças a Deus. Eles sem dúvida haviam pensado que Bernard tinha parado para urinar, e na França certamente isso não era contra a lei na beira de uma estrada rural, mesmo com todo mundo vendo em plena luz do dia. Bernard não comentou nada sobre o carro quanto tornou a entrar, e Tom tampouco.

Na volta para casa, Tom dirigiu o carro sem fazer barulho até a garagem. Tirou a pá e o ancinho e os encostou numa parede e limpou a parte de trás do carro com um pano. Fechou a porta traseira até travá-la parcialmente, pois não queria fazer barulho ao batê-la. Bernard estava esperando. Tom acenou e os dois saíram da garagem. Tom fechou as portas e trancou delicadamente o cadeado.

Diante da porta da frente, os dois tiraram os sapatos e os carregaram nas mãos. Tom reparou que a luz do quarto de Chris não estava acesa quando o carro havia se aproximado da casa. Então usou a lanterna e eles subiram a escada. Fez um gesto indicando que Bernard fosse para o próprio quarto, e com outro indicou que voltaria em poucos instantes.

Tom esvaziou os bolsos da capa de chuva e a largou dentro da banheira. Enxaguou as galochas na torneira da banheira e as guardou num armário. Mais tarde lavaria sua capa e a penduraria no armário também, de modo que Madame Annette não a visse de manhã.

Então seguiu em silêncio, agora de pijama e pantufas, para ir falar com Bernard.

Bernard estava parado, de meias, fumando um cigarro. Seu paletó sujo estava pendurado numa cadeira.

— Esse terno não aguenta mais nada — disse Tom. — Deixe que eu cuido dele.

Bernard se mexeu devagar, mas se mexeu. Tirou a calça e a entregou para Tom. Tom levou a calça e o paletó para o seu quarto. Poderia tirar a lama depois e levar o terno para uma tinturaria. Não era um bom terno, a cara de Bernard. Jeff ou Ed tinham dito a Tom que Bernard não aceitava todo o dinheiro que eles queriam lhe dar pela Derwatt Ltda. Tom voltou ao quarto de Bernard. Era a primeira vez que prestava atenção na solidez de seus pisos de tábua corrida: eles não rangiam.

— Bernard, posso lhe trazer algo para beber? Acho que você está precisando. — Ele agora podia se permitir ser visto no térreo, pensou, por Madame Annette ou mesmo por Chris. Poderia até dizer que ele e Bernard tinham ficado com vontade de dar uma volta de carro e tinham acabado de voltar.

— Não, obrigado — disse Bernard.

Tom se perguntou se Bernard conseguiria dormir, mas teve medo de oferecer qualquer outra coisa, como um sedativo ou até mesmo um chocolate quente, pois pensava que Bernard fosse dizer de novo "Não, obrigado". Num sussurro, falou:

— Desculpe ter metido você nisso. Que tal dormir a manhã inteira se estiver com vontade? Chris vai embora de manhã.

— Está bem. — O rosto de Bernard estava pálido e esverdeado. Ele não olhou para Tom. Seus lábios formavam uma linha firme, como lábios que raramente sorriam ou falavam, e sua boca agora denotava decepção.

Ele parecia se sentir traído, pensou Tom.

— Vou cuidar dos seus sapatos também. — Tom os pegou.

No seu banheiro, com as portas do quarto e do banheiro agora fechadas, possivelmente por causa de Chris, Tom lavou a capa de chuva e passou uma esponja no terno de Bernard. Enxaguou as botas de caminhada de Bernard e as colocou sobre um jornal junto ao radiador do banheiro. Embora Madame Annette trouxesse o seu café e fizesse sua cama, ela não entrava no seu banheiro, exceto talvez uma vez por semana para arrumá-lo um pouco, e a responsável pela faxina de verdade, chamada Madame Clusot, vinha uma vez por semana e devia vir naquele dia, à tarde.

Por fim, Tom cuidou das próprias mãos, que não estavam tão ruins quanto a sensação sugeria. Passou creme Nivea nelas. Curiosamente sentiu que havia sonhado a última hora — executado os gestos automaticamente em algum lugar, o que tinha deixado suas mãos doloridas —, e que o que acontecera não era real.

O telefone emitiu um bipe de aviso. Tom pulou na direção do aparelho e atendeu no meio do toque, que lhe pareceu extremamente alto.

Eram quase três da manhã.

Bip-bip... brrr... tap-tap-tap... bip?

Sons submarinos. De onde estaria vindo aquela ligação?

— *Vous êtes... ne quittez pas... Athènes vous appelle...*

Heloise.

— Alô, Tome! ... Tome!

Isso foi tudo o que Tom conseguiu entender durante vários segundos enlouquecedores.

— Pode falar mais alto? — pediu ele em francês.

Heloise estava lhe dizendo, ele mal conseguiu compreender, que estava infeliz e entediada, *terriblement ennuyée.* Alguma outra coisa, talvez alguém, também era absolutamente nojenta.

— ... essa tal mulher chamada Norita...

Lolita?

— Volte para casa, querida! Estou com saudades! — gritou Tom em inglês. — Esses chatos que vão para o inferno!

— Eu não sei o que devo fazer. — Isso soou bem claro. — Estou há duas horas tentando falar com você. Nem o telefone aqui funciona.

— Não foi feito para funcionar em lugar nenhum. É só um aparelho para extorquir dinheiro das pessoas. — Tom ficou satisfeito ao ouvi-la rir um pouco, como uma sereia rindo no fundo do mar.

— Você me ama?

— É claro que amo!

Bem quando a ligação estava melhorando, eles foram interrompidos. Tom teve certeza de que Heloise não havia desligado.

O telefone não tornou a tocar. Eram cinco da manhã na Grécia, calculou ele. Será que Heloise tinha ligado de um hotel em Atenas? Daquele iate maluco? Ele queria muito encontrá-la. Havia se acostumado com ela e sentia sua falta. Isso era amar alguém? Ou seria o casamento? Mas ele queria primeiro se livrar dos resquícios atuais. Heloise era um tanto amoral, mas não seria capaz de absorver tudo aquilo. E, claro, ela não sabia nada sobre as falsificações de Derwatt.

13

Tom acordou grogue com Madame Annette batendo na sua porta. Ela trazia sua xícara de café preto.

— Bom dia, Monsieur Tome! Está um dia lindo!

O sol de fato estava brilhando, uma mudança incrível em relação à véspera. Tom bebericou seu café, deixou a magia negra penetrar seu corpo, então se levantou e se vestiu.

Bateu na porta de Chris. Ainda dava tempo de pegar o trem das nove e cinquenta e dois.

Chris estava na cama com um grande mapa aberto sobre os joelhos.

— Decidi pegar o das onze e trinta e dois... se for tudo bem para você. Gosto tanto de ficar à toa na cama assim por alguns minutos...

— É claro que está tudo bem — disse Tom. — Você deveria ter pedido a Madame Annette para lhe trazer um café.

— Ah, isso seria *demais.* — Chris pulou da cama. — Pensei em dar uma voltinha rápida.

— Está bem. Nos vemos mais tarde então.

Tom desceu. Requentou o café e se serviu de uma segunda xícara na cozinha, depois ficou parado olhando pela janela e bebendo. Viu Chris se afastar da casa abrindo os grandes portões. Ele dobrou à esquerda em direção à cidade. Provavelmente iria comprar um *café au lait* e um croissant num café, no estilo francês.

Bernard obviamente ainda estava dormindo, o que era até melhor.

Às nove e dez, o telefone tocou. Uma voz inglesa disse com cuidado:

— Aqui é o investigador Webster, da Polícia Metropolitana de Londres. O Sr. Ripley está?

Seria aquela a música-tema da sua existência?

— Sim, é ele.

— Estou ligando de Orly. Eu gostaria muito de encontrar o senhor hoje de manhã se possível.

Tom quis dizer que à tarde seria mais conveniente, mas sua ousadia habitual lhe faltou nesse instante, e ele também pensou que o investigador talvez desconfiasse que ele fosse passar a manhã tentando esconder alguma coisa.

— Hoje de manhã não haveria problema. O senhor vem de trem?

— Pensei em pegar um táxi — disse a voz, casual. — Não parece tão longe assim. Quanto tempo levaria de táxi?

— Uma hora, mais ou menos.

— Vejo o senhor daqui a mais ou menos uma hora então.

Chris ainda estaria ali. Tom encheu outra xícara de café e a levou ao andar de cima para Bernard. Teria preferido manter a presença de Bernard em segredo no que dizia respeito ao investigador Webster, mas, nas atuais circunstâncias, e sem saber também o que Chris poderia revelar, achou mais sensato não tentar escondê-lo.

Bernard estava acordado, deitado de costas, com a cabeça apoiada em dois travesseiros e os dedos entrelaçados sob o queixo. Poderia muito bem estar no meio de alguma meditação matinal.

— Bom dia, Bernard. Quer um café?

— Aceito, obrigado.

— Um agente da polícia de Londres vai chegar daqui a uma hora. Ele talvez queira falar com você. É sobre Murchison, claro.

— Sim — disse Bernard.

Tom aguardou ele tomar uns goles de café.

— Não pus açúcar. Não sabia se você gostava.

— Não faz mal. Está ótimo o café.

— Então, Bernard, é claro que é melhor você dizer que nunca encontrou Murchison, que nunca o viu. Você nunca teve aquela conversa com ele no bar do Mandeville. Entendeu? — Tom torceu para aquilo estar penetrando a mente de Bernard.

— Sim.

— E você também nunca sequer *ouviu falar* em Murchison, nem mesmo por Jeff e Ed. Como sabe, agora não é para você ser um amigo muito próximo de Jeff e Ed. Todos vocês se conhecem, mas Jeff e Ed não teriam se dado ao trabalho de comentar com *você* a existência de um americano que... desconfiava que *O relógio* não fosse autêntico.

— Sim — disse Bernard. — Sim, claro.

— E... a coisa mais fácil de lembrar, porque é verdade — prosseguiu Tom, como se estivesse falando com uma turma de crianças em idade escolar que não estivesse escutando com muita atenção — ... é que você chegou aqui ontem à tarde, umas boas vinte e quatro horas depois de Murchison ir embora com destino a Londres. Naturalmente nunca o viu nem ouviu falar nele. Está bem, Bernard?

— Tudo bem — disse Bernard.

Estava apoiado em um dos cotovelos.

— Quer comer alguma coisa? Ovos? Posso lhe trazer um croissant. Madame Annette saiu e comprou alguns.

— Não, obrigado.

Tom desceu.

Madame Annette estava chegando da cozinha.

— Monsieur Tome, olhe. — Ela lhe mostrou a primeira página do *Parisien*. — Não é aquele cavalheiro que esteve aqui na quinta-feira, Monsieur Murcheeson? Está dizendo aqui que estão à procura de Monsieur Murcheeson!

À la recherche de Monsieur Murcheeson... Tom olhou para a foto de Murchison que ocupava duas colunas, de frente, com um leve sorriso, no canto inferior esquerdo do *Le Parisien — Édition Seine-et-Marne*.

— É ele, sim — disse.

O texto dizia:

> Thomas F. Murchison, 52 anos, americano, foi declarado desaparecido desde a tarde de quinta-feira, 17 de outubro. Sua mala foi encontrada em frente à porta do setor de embarque no aero porto de Orly, mas ele não embarcou no seu avião para Londres. Monsieur Murchison é um executivo de Nova York e estava visitando um amigo na região de Melun. Sua esposa, Harriet, abriu um inquérito nos Estados Unidos com o auxílio das polícias francesa e inglesa.

Tom ficou aliviado por não terem citado seu nome.

Chris entrou pela porta da frente com duas revistas na mão, mas nenhum jornal.

— Olá, Tom! Madame! Está um dia lindo!

Tom o cumprimentou e então disse a Madame Annette:

— Achei que a esta altura ele já tivesse sido encontrado. Mas na verdade… um inglês vai vir agora de manhã me fazer algumas perguntas.

— Ah, é? Agora de manhã?

— Daqui a uma meia hora.

— Que mistério! — disse ela.

— O que é um mistério? — perguntou Chris a Tom.

— Murchison. Tem uma foto dele no jornal de hoje.

Chris examinou a fotografia com interesse e leu devagar algumas das frases escritas embaixo enquanto ia traduzindo:

— Caramba! Ele continua sumido!

— Madame Annette — disse Tom. — Não tenho certeza se o cavalheiro inglês vai ficar para o almoço. A senhora daria conta de quatro?

— Mas é claro, Monsieur Tome. — Ela se retirou para a cozinha.

— Que inglês? — indagou Chris. — Mais um?

O francês de Chris estava melhorando depressa, pensou Tom.

— Sim, ele vem fazer perguntas sobre Murchison. Sabe... se você quiser pegar o trem das onze e meia...

— Bem... Será que eu poderia ficar? Tem um trem logo depois do meio-dia, e alguns hoje à tarde, claro. Estou curioso em relação a Murchison, ao que eles descobriram. Naturalmente eu não ficarei na sala quando você estiver falando com ele, se quiser ficar sozinho.

Tom ficou irritado, mas disse:

— Por que não? Sem segredos.

O investigador chegou de táxi por volta das dez e meia. Tom tinha se esquecido de lhe explicar como chegar na casa, mas ele disse ter pedido instruções na agência dos correios sobre como chegar à casa de Monsieur Ripley.

— Que bela casa o senhor tem! — disse o investigador em tom alegre. Tinha cerca de 45 anos e estava à paisana. Seus cabelos eram pretos, um pouco ralos, e ele tinha uma barriga ligeiramente saliente e usava óculos de armação preta, através dos quais exibia um olhar alerta e cortês. Na verdade, seu sorriso agradável parecia fixo no rosto. — O senhor mora aqui faz tempo?

— Três anos — respondeu Tom. — Não quer se sentar? — Tom havia aberto a porta, uma vez que Madame Annette não vira o táxi chegar, e então pegou o casaco do investigador.

O policial carregava uma pasta preta fina e elegante, do tipo que podia conter um terno, e a levou com ele para o sofá como se não estivesse acostumado a se separar dela.

— Bem... Vamos começar pelo começo. Quando foi a última vez que o senhor viu o Sr. Murchison?

Tom se sentou numa cadeira.

— Quinta-feira passada. Por volta das três e meia da tarde. Eu o levei a Orly. Ele estava indo para Londres.

— Eu sei. — Webster abriu um pouco sua pasta preta e dentro dela pegou um bloco, em seguida tirou uma caneta do bolso. Passou alguns segundos tomando notas. — Ele estava bem-disposto? — perguntou, sorrindo. Estendeu a mão para pegar um cigarro no bolso do paletó e o acendeu depressa.

— Sim. — Tom começou a dizer que havia acabado de lhe dar de presente um bom Margaux, mas não quis fazer referência à sua adega.

— E ele estava levando o quadro. O quadro se chamava *O relógio*, acho eu.

— Sim. Embrulhado em papel pardo.

— Parece que foi roubado em Orly, sim. Era esse o quadro que o Sr. Murchison acha que é falso?

— Ele disse desconfiar disso... no começo.

— Quão bem o senhor conhece o Sr. Murchison? Há quanto tempo?

Tom explicou:

— Lembro-me de tê-lo visto entrar na sala dos fundos da galeria, onde ouvi dizer que Derwatt estava. Então... quando encontrei o Sr. Murchison naquela noite no bar do hotel em que eu estava hospedado, fui falar com ele. Queria lhe perguntar como era Derwatt.

— Entendo. E depois?

— Tomamos um drinque juntos, e Murchison me falou sobre sua ideia de que alguns dos quadros de Derwatt estavam sendo falsificados... nos últimos tempos. Eu disse que tinha dois Derwatts na minha casa na França e perguntei se ele queria vir vê-los. Então viemos juntos na quarta-feira à tarde e passamos a noite aqui.

O investigador estava fazendo uma ou outra anotação.

— O senhor foi a Londres especialmente para ver a exposição de Derwatt?

— Ah, não. — Tom sorriu de leve. — Eu fui por dois motivos. Em parte por causa da exposição de Derwatt, confesso, e em parte porque minha esposa faz aniversário em novembro, e ela gosta de coisas da Inglaterra. Suéteres e calças. Carnaby Street. Comprei-lhe algo na Burlington Arcade... — Tom relanceou os olhos para a escada e pensou em subir para buscar o broche de ouro com formato de macaco, mas se segurou. — Não comprei um Derwatt dessa vez, mas estava pensando em comprar *A banheira*. Era praticamente o único ainda disponível.

— O senhor... é... convidou o Sr. Murchison pensando que os seus quadros também poderiam ser falsificações?

Tom hesitou.

— Admito que estava curioso. Mas nunca duvidei dos meus. E depois de ver os meus dois, o Sr. Murchison achou que eles eram legítimos. — Tom certamente não iria abordar a teoria do roxo de Murchison. E o investigador Webster não parecia muito interessado nos Derwatts de Tom, não o suficiente para fazer mais do que virar a cabeça e olhar durante alguns segundos para *As cadeiras vermelhas* atrás dele, e em seguida para *Homem na cadeira* à sua frente.

— Não é meu forte, confesso. A arte moderna. O senhor mora sozinho, Sr. Ripley? Só com sua esposa?

— Sim, além da minha empregada, Madame Annette. Minha esposa está na Grécia.

— Eu gostaria de conhecer sua empregada — disse o investigador, ainda sorrindo.

Tom começou a se dirigir à cozinha para buscar Madame Annette, mas nesse exato momento Chris desceu a escada.

— Ah, Chris. Este é o investigador Webster. De Londres. Meu hóspede, Christopher Greenleaf.

— Como vai? — disse Chris, estendendo uma das mãos e parecendo deslumbrado por conhecer um integrante da polícia londrina.

— Como vai? — disse Webster, simpático, inclinando-se para apertar a mão de Chris. — Greenleaf. Richard Greenleaf. Ele era amigo seu, não era, Sr. Ripley?

— Sim. E Chris é primo dele. — Webster devia ter pesquisado aquilo recentemente, pensou Tom, e consultado arquivos para ver se Tom Ripley tinha alguma ficha criminal, porque Tom não podia imaginar que alguém fosse lembrar o nome de Dickie seis anos depois. — Com sua licença, vou chamar Madame Annette.

Madame Annette estava descascando alguma coisa em frente à pia. Tom perguntou se ela poderia ir até a sala e conversar com o cavalheiro de Londres.

— Ele provavelmente fala francês.

Então, quando Tom estava voltando para a sala, Bernard veio descendo a escada. Estava usando a calça de Tom e um suéter sem camisa. Tom o apresentou a Webster.

— O Sr. Tufts é pintor. De Londres.

— Ah! — exclamou Webster. — O senhor encontrou o Sr. Murchison enquanto estava aqui?

— Não — respondeu Bernard, sentando-se em uma das cadeiras forradas de amarelo. — Só cheguei ontem.

Madame Annette entrou na sala.

O investigador Webster se levantou, sorriu e disse:

— *Enchanté, Madame.* — Prosseguiu em um francês perfeito, embora com um sotaque britânico distinto. — Estou aqui para investigar sobre o Sr. Thomas Murchison, que desapareceu.

— Ah, sim! Hoje de manhã mesmo li sobre isso no jornal — disse Madame Annette. — Ele não foi encontrado?

— Não, Madame. — Outro sorriso, como se ele estivesse falando sobre algo bem mais divertido. — Pelo visto a senhora e Monsieur Ripley foram as últimas pessoas a vê-lo. Ou o senhor estava aqui, Sr. Greenleaf? — perguntou ele a Chris, em inglês.

Chris gaguejou, mas foi incontestavelmente sincero.

— Não, eu não conheci o Sr. Murchison.

— A que horas o Sr. Murchison saiu de casa na quinta-feira, Madame Annette? A senhora se lembra?

— Ah, deve ter sido... foi logo depois do almoço. Eu servi o almoço um pouco cedo. Ele saiu às duas e meia, digamos.

Tom permaneceu calado. Madame Annette estava certa.

O investigador se dirigiu a Tom:

— Ele comentou sobre algum amigo em Paris? Me perdoe, Madame, eu posso perfeitamente falar em francês.

Mas a conversa prosseguiu nos dois idiomas, e às vezes Tom, às vezes Webster traduziam para Madame Annette, porque Webster queria ouvir seus comentários, caso ela tivesse algum.

Murchison não havia mencionado ninguém em Paris, e Tom disse que não pensava que ele tivesse a intenção de encontrar ninguém em Orly.

— O desaparecimento do Sr. Murchison *e* do seu quadro, as duas coisas podem estar interligadas, entendem? — afirmou o investigador Webster. (Tom explicou para Madame Annette que um quadro que o Sr. Murchison levava consigo fora roubado em Orly, e Madame Annette alegremente recordou ter visto o quadro apoiado na mala do cavalheiro no hall antes de ele ir embora. Ela devia ter visto muito de relance, pensou Tom, mas era uma sorte. Webster poderia ter desconfiado que Tom o tivesse destruído.) — A corporação Derwatt, como acho que tenho todos os motivos para chamá-la, é bem grande. Ela envolve mais do que o próprio Derwatt como pintor. Os amigos de Derwatt, Constant e Banbury, são proprietários da Galeria Buckmaster como uma espécie de atividade paralela ao seu trabalho, respectivamente de jornalista e fotógrafo. Há a empresa de material de arte de Derwatt. Há a Escola de Arte Derwatt em Perúgia. Se somarmos a tudo isso quadros falsos, então de fato temos um caso e tanto! — Ele se virou para Bernard. — Acho que o senhor conhece o Sr. Constant e o Sr. Banbury, não é, Sr. Tufts?

E Tom detectou mais um sinal de alarme, porque Webster realmente devia ter pesquisado aquilo: havia anos que Ed Banbury não citava o nome de Bernard em suas matérias como um integrante do grupo original de amigos de Derwatt.

— Sim, eu os conheço — disse Bernard em um tom um pouco atordoado, mas pelo menos estava tranquilo.

— O senhor falou com Derwatt em Londres? — perguntou Tom ao investigador.

— Ninguém consegue encontrá-lo! — respondeu Webster, agora decididamente radiante. — Não que eu estivesse particularmente tentando encontrá-lo, mas um de meus colegas estava... depois do sumiço do Sr. Murchison. Mais curioso ainda é que... — E nessa hora ele passou para o francês, de modo a incluir Madame Annette — ... não há nenhum registro de Derwatt ter entrado na Inglaterra recentemente vindo do México ou de qualquer outro lugar. Não apenas nos últimos dias, quando se supõe que ele chegou à Inglaterra, mas há muitos anos. Na verdade, o último registro do Escritório de Imigração diz que Philip Derwatt saiu do país seis anos atrás com destino à Grécia. Não temos registro de que algum dia tenha voltado. Como vocês devem saber, acreditou-se que Derwatt havia se afogado ou cometido suicídio em algum lugar da Grécia.

Bernard se inclinou para a frente, antebraços apoiados nos joelhos. Será que estava se preparando para o desafio ou prestes a confessar tudo?

— Sim. Eu ouvi falar. — Tom se virou para Madame Annette. — Estamos falando sobre o pintor Derwatt... sobre o seu suposto suicídio.

— Sim, Madame — disse Webster, educado. — Perdoe-nos um instante. Qualquer coisa importante eu direi em francês. — Ele então se dirigiu a Tom. — De modo que isso significa que Derwatt entrou e talvez até tenha saído da Inglaterra como o Pimpinela Escarlate ou um fantasma. — Ele deu uma risadinha. — Mas o senhor, Sr. Tufts, pelo que entendo, conhecia Derwatt de antigamente. Viu-o em Londres?

— Não, não vi.

— Mas foi à exposição dele, imagino. — O sorriso de louco de Webster contrastava com a expressão sombria de Bernard.

— Não. Pode ser que ainda vá — disse Bernard em tom solene. — Eu fico... abalado com qualquer coisa que tenha a ver com Derwatt.

Webster pareceu olhar para Bernard com novos olhos.

— Por quê?

— Eu... eu gosto muito dele. Sei que ele não gosta de publicidade. Eu pensei... que quando essa agitação toda passar, irei visitá-lo antes de ele voltar para o México.

Webster riu e deu um tapa na própria coxa.

— Bem, se conseguir encontrá-lo, diga-nos onde ele está. Eu gostaria de falar com ele sobre essa questão das possíveis falsificações. Conversei com o Sr. Banbury e o Sr. Constant. Eles viram *O relógio* e disseram que o quadro é legítimo, mas é claro que poderiam dizer isso, porque foram eles que o venderam, se me permitem dizer — arrematou ele com um olhar de relance sorridente para Tom. — Eles disseram também que Derwatt identificou a obra como sendo dele. Mas no fim das contas eu, agora, tenho apenas a palavra dos senhores Banbury e Constant para confirmar isso, uma vez que não consigo encontrar nem Derwatt nem o Sr. Murchison. Seria interessante se Derwatt tivesse dito que o quadro não é dele, ou talvez manifestado dúvidas a respeito, e... Ah, mas eu não sou nenhum autor de histórias de mistério, nem mesmo na minha imaginação! — Webster deu uma boa risada, os cantos de sua boca se ergueram com alegria, e ele se remexeu um pouco no sofá.

Sua risada era contagiosa e atraente, apesar dos dentes de tamanho exagerado e um pouco manchados que exibia.

Tom sabia o que Webster ia dizer: que o pessoal da Galeria Buckmaster poderia ter achado melhor, de algum modo, calar a boca de Derwatt, ou então levá-lo embora. Calar a boca de Murchison também.

— Mas o Sr. Murchison me contou a conversa que teve com Derwatt — disse Tom. — Ele disse que Derwatt tinha reconhecido o quadro. O que preocupava o Sr. Murchison era que, segundo ele, Derwatt poderia ter esquecido que o havia pintado. Ou, melhor dizendo, que *não* o havia pintado. Mas parece que Derwatt se lembrou do quadro. — Tom então riu.

O investigador Webster olhou para Tom e piscou os olhos, com o que Tom sentiu ser um silêncio educado. O que equivalia a dizer: "E agora eu tenho a *sua* palavra, o que talvez não valha grande coisa." Por fim, Webster disse:

— Tenho quase certeza de que alguém, por algum motivo, achou que valia a pena se livrar de Thomas Murchison. O que mais posso pensar? — Ele traduziu educadamente para Madame Annette.

— *Tiens!* — disse Madame Annette, e Tom pôde sentir o seu *frisson* de horror, embora não tenha olhado para ela.

Ficou aliviado por Webster não saber que ele conhecia Jeff e Ed, nem mesmo superficialmente. Era engraçado Webster não ter perguntado diretamente se ele os conhecia, pensou Tom. Ou será que Jeff e Ed já tinham lhe dito conhecer Tom Ripley *superficialmente* porque ele havia comprado dois quadros deles?

— Madame Annette, talvez nós possamos tomar um café. Posso lhe oferecer um café, investigador, ou algo para beber?

— Vi um Dubonnet no seu carrinho. Adoraria um com um pouco de gelo e uma raspa de limão, se não for dar muito trabalho.

Tom comunicou isso a Madame Annette.

Ninguém quis café. Apoiado no encosto de uma cadeira perto das portas de vidro, Chris não quis nada. Ele parecia fascinado pelo que estava acontecendo.

— Por que exatamente o Sr. Murchison pensava que o quadro dele fosse falso? — perguntou Webster.

Tom deu um suspiro pensativo. A pergunta fora dirigida a ele.

— Ele falou no espírito da obra. Também em algo relacionado às pinceladas. — Tudo bem vago.

— Eu tenho certeza de que Derwatt não iria tolerar qualquer falsificação do seu trabalho — disse Bernard. — Isso está fora de cogitação. Se ele pensasse que *O relógio* fosse falso, teria sido o primeiro a dizer. Teria ido direto procurar o... eu não sei... a polícia, imagino.

— Ou o pessoal da Galeria Buckmaster — disse o investigador.

— Sim — disse Bernard com firmeza. Ele se levantou de repente. — Podem me dar licença um minuto? — Ele se afastou em direção à escada.

Madame Annette serviu a bebida de Webster.

Bernard desceu com um caderno grosso de anotações, um tanto gasto, no qual estava tentando encontrar algo ao atravessar a sala.

— Se o senhor quiser saber um pouco sobre Derwatt... eu copiei aqui várias coisas dos seus diários. Eles foram deixados em uma mala em Londres quando ele foi para a Grécia. Eu os peguei emprestado por um tempo. Os diários são principalmente sobre pintura, as dificuldades que ele tinha no dia a dia, mas há um registro... Sim, aqui está. É de sete anos atrás. Isso é Derwatt de verdade. Posso ler?

— Sim, por favor, leia — disse Webster.

Bernard leu:

— "Não existe depressão para o artista a não ser aquela causada por um retorno ao Self." Ele escreve Self com letra maiúscula: "O Self é aquela lente de aumento tímida, vaidosa, egocêntrica, consciente, que nunca deveria ser olhada e através da qual nunca se deveria olhar. Um vislumbre dela ocorre às vezes no meio de algum quadro, quando ela é um verdadeiro horror, e entre um quadro e outro, e durante as férias, que nunca deveriam ser tiradas." — Bernard riu um pouco. — "Uma depressão assim consiste, além do mal-estar, em perguntas inúteis tais como: de que se trata tudo isso? E a exclamação: como me saí mal! E a descoberta ainda pior que eu deveria ter percebido tempos atrás: eu não posso sequer depender das pessoas que supostamente deveriam me amar no momento em que preciso delas. Não se precisa delas quando se está trabalhando bem. Eu não devo me mostrar nesse momento de fraqueza. Isso será, poderá ser usado contra mim em algum momento no futuro, como uma muleta que deveria ter sido queimada... esta noite. Que a lembrança das noites negras viva apenas em mim." Parágrafo seguinte — disse Bernard em tom de reverência. — "Será que as pessoas que conseguem realmente conversar sem medo de represálias têm os melhores casamentos? Onde foram parar no mundo a gentileza e o perdão? Encontro mais no rosto das crianças que posam para mim, que me olham, me observam com olhos arregalados e inocentes, sem julgamento. E os amigos? No instante de embate com a inimiga Morte, o potencial suicida recorre a eles. Um a um, eles não estão em casa, o telefone não atende ou, se atende, estão ocupados nessa noite com algo bastante importante do qual não conseguem se desvencilhar, e somos orgulhosos demais para desabar e dizer 'Eu preciso ver você hoje à noite, senão...' Esse é o último esforço para estabelecer contato. Que lamentável, que humano, que nobre... pois o que há de mais divino do que a comunicação? O suicida sabe que ela tem poderes mágicos." — Bernard fechou o caderno. — É claro que ele era bem jovem quando escreveu isso. Ainda não tinha 30 anos.

— Muito comovente — disse o investigador. — Quando o senhor disse que ele escreveu isso?

— Sete anos atrás. Em novembro — respondeu Bernard. — Ele tentou se matar em Londres em outubro. Escreveu isso quando se recuperou. Não foi... não foi muito grave. Comprimidos para dormir.

Tom escutava, pouco à vontade. Não ficara sabendo sobre a tentativa de suicídio de Derwatt.

— Talvez o senhor ache melodramático — disse Bernard ao investigador. — Os diários dele não eram para ser lidos por ninguém. Os outros volumes estão com a Galeria Buckmaster. A não ser que Derwatt os tenha pedido de volta. — Bernard havia começado a gaguejar e parecer pouco à vontade, provavelmente por estar tentando mentir cuidadosamente.

— Quer dizer que ele é do tipo suicida? — perguntou Webster.

— Ah, não! Ele tem altos e baixos. Perfeitamente normal. Quero dizer, normal para um pintor. Na época em que escreveu isso ele estava falido. Uma encomenda de um mural tinha sido cancelada, e Derwatt tinha até concluído o trabalho. Os juízes o recusaram porque ele incluía um ou dois nus. Era para uma agência dos correios em algum lugar. — Bernard riu, como se aquilo agora não tivesse importância.

E estranhamente o rosto de Webster estava sério e pensativo.

— Eu li isso para lhe mostrar que Derwatt é um homem honesto — continuou Bernard, sem se deixar desanimar. — Nenhum homem desonesto poderia ter escrito isso... nem qualquer outra coisa que este caderno contém sobre o tema da pintura, ou simplesmente da vida. — Bernard bateu no caderno com as costas dos dedos. — Eu fui um dos amigos que estavam ocupados demais para encontrá-lo quando ele precisou de mim. Não fazia ideia de que ele estava tão mal, entende? Nenhum de nós fazia. Ele precisava inclusive de dinheiro, e foi orgulhoso demais para pedir. Um homem desses não rouba, não comete... quero dizer, não permite falsificações.

Tom pensou que o investigador Webster fosse dizer, com a solenidade adequada à ocasião, "eu compreendo", mas ele só fez ficar sentado, joelhos afastados um do outro, ainda pensativo, com uma das mãos virada para dentro sobre a coxa.

— Eu acho isso incrível... Isso que você leu — disse Chris no silêncio prolongado.

Quando ninguém respondeu nada, Chris baixou a cabeça e depois tornou a erguê-la, como se estivesse pronto para defender sua opinião.

— Algum outro registro posterior? — perguntou Webster. — Estou bastante interessado no que o senhor leu, mas...

— Um ou dois — disse Bernard, folheando o caderno. — Mas também de seis anos atrás. Por exemplo: "O eterno não estar à altura é a única coisa que elimina o terror do ato de criação." Derwatt sempre foi... respeitoso em relação ao próprio talento. Para mim é muito difícil verbalizar isso.

— Eu acho que compreendo — disse Webster.

Tom sentiu na hora a decepção severa, quase pessoal, de Bernard. Olhou para Madame Annette, em pé discretamente a meia distância entre o vão em arco da porta e o sofá.

— O senhor falou com Derwatt em Londres, mesmo por telefone? — perguntou Webster a Bernard.

— Não — respondeu Bernard.

— Nem com Banbury ou Constant... enquanto Derwatt estava lá?

— Não. Eu não os vejo com frequência.

Ninguém podia desconfiar que Bernard estivesse mentindo, pensou Tom. Ele parecia o retrato da probidade.

— Mas se dá bem com eles? — perguntou Webster, inclinando a cabeça e aparentando de certa forma estar se desculpando por perguntar aquilo. — Pelo que entendi, o senhor os conhecia anos atrás, quando Derwatt morava em Londres?

— Ah, sim. Por que não? Mas eu não saio muito em Londres.

— Sabe se Derwatt tem algum amigo — continuou Webster para Bernard, com a voz um tanto suave — que tenha um helicóptero ou um barco, ou mais de um barco que possa tê-lo levado até a Inglaterra e depois o tirado de lá... como um tailandês ou um paquistanês?

— Eu não sei. Com certeza não conheço nenhum.

— Outra pergunta: o senhor certamente escreveu para Derwatt no México quando soube que ele estava vivo, não?

— Não, não escrevi. — Bernard engoliu em seco, e seu pomo de Adão um tanto avantajado pareceu perturbado. — Como disse, tenho pouco contato com... Jeff e Ed, da Buckmaster. E eles não sabem em que vilarejo Derwatt mora, isso eu sei, porque os quadros são mandados de Vera Cruz de barco. Pensei que Derwatt teria me escrito se quisesse. Como ele não o fez, não tentei escrever para ele. Eu achei...

— O quê? O que o senhor achou?

— Achei que Derwatt já tinha passado por coisa suficiente. Espiritualmente. Talvez na Grécia ou antes da Grécia. Pensei que isso talvez o tivesse feito mudar, ou mesmo o deixado amargurado em relação a seus amigos antigos, e se ele não queria se comunicar comigo... essa era sua forma de fazer as coisas, de ver as coisas.

Tom poderia ter chorado por Bernard. Ele estava fazendo o que podia, do ponto de vista da dor. Estava tão infeliz quanto alguém que não fosse ator tentando atuar em cima de um palco e odiando cada segundo.

O investigador Webster olhou para Tom e depois para Bernard.

— Estranho... O senhor quer dizer que Derwatt estava tão...

— Eu acho que Derwatt estava realmente farto — interrompeu Bernard. — Farto de todo mundo quando foi para o México. Se ele queria se isolar, eu não fiz nenhum esforço para furar esse isolamento. Poderia ter ido até o México e procurado por ele para sempre... até encontrá-lo, imagino eu.

Tom quase acreditou nas palavras que acabara de escutar. Precisava acreditar nelas, pensou. Então começou a acreditar. Foi até o bar para tornar a encher o copo de Dubonnet de Webster.

— Entendo. E agora... quando Derwatt for para o México de novo, e talvez ele até já tenha ido, o senhor não saberá para onde lhe escrever? — indagou Webster.

— Certamente não. Só vou saber que ele está pintando e... que está feliz, suponho.

— E a Galeria Buckmaster? Eles tampouco saberão onde encontrá-lo?

Bernard tornou a balançar a cabeça.

— Até onde eu sei, não.

— Para onde eles mandam o dinheiro que ele ganha?

— Eu acho... que para um banco na Cidade do México, que o encaminha para Derwatt.

Muito grato por essa resposta natural, pensou Tom enquanto se abaixava para servir o Dubonnet. Deixou espaço no copo para o gelo e foi pegar o balde no carrinho.

— Fica para almoçar conosco, investigador? Avisei à minha empregada que imaginava que o senhor fosse ficar.

Madame Annette já havia se esquivado de volta para a cozinha.

— Não, não, muito obrigado — disse o investigador Webster com um sorriso. — Tenho um almoço marcado com a polícia de Melun. Era a única ocasião em que eu podia conversar com eles livremente, acredito. Isso é bem francês, não? Preciso estar em Melun às quinze para a uma, então a próxima coisa a fazer seria chamar um táxi.

Tom ligou para um serviço de táxi em Melun e pediu um carro.

— Eu gostaria de dar uma olhada na sua propriedade — disse o investigador. — Seus jardins são lindos!

Isso poderia ter sido uma mudança de assunto, pensou Tom, como alguém pedindo para dar uma olhada nas rosas a fim de fugir de uma conversa maçante durante o chá, mas ele não achava que fosse isso.

Chris os teria seguido, de tão fascinado que estava com a polícia britânica, mas Tom lhe lançou um olhar negativo e saiu sozinho com o inspetor. Desceu os degraus de pedra onde quase caíra na véspera, apenas na véspera, ao sair atrás de Bernard ensopado na chuva. O sol estava tímido e a grama, quase seca. O investigador enfiou as mãos no bolso da calça folgada. Webster podia não estar propriamente desconfiando que ele houvesse cometido algum delito, pensou Tom, mas ele sentia que não estava totalmente a salvo. *Eu pratiquei algum desserviço ao Estado e eles sabem disso*. Que manhã estranha para estar com Shakespeare na cabeça.

— Macieiras. Pêssegos. O senhor deve ter uma vida maravilhosa aqui. Tem profissão, Sr. Ripley?

A pergunta foi incisiva como a de um agente da Imigração, mas Tom agora já estava acostumado.

— Eu faço jardinagem, pinto e estudo o que quiser. Não tenho ocupação no sentido de precisar ir a Paris diariamente, ou mesmo uma vez por semana. É raro eu ir a Paris. — Ele pegou uma pedra que estava enfeiando seu gramado e a mirou num tronco de árvore. A pedra acertou a árvore com um *toc*, e Tom sentiu uma fisgada no tornozelo torcido.

— E essa mata. Ela é sua?

— Não. Até onde eu sei, pertence à *commune*. Ou ao Estado. Eu às vezes pego um pouco de lenha para a lareira aí, lenha miúda, de árvores que já caíram. Quer dar uma caminhada por ela? — Tom apontou para a estradinha.

O investigador Webster chegou a dar cinco ou seis passos em direção à estradinha e entrou nela, mas após olhar mais adiante se virou.

— Agora não, obrigado. Acho melhor ficar de olho no meu táxi.

O táxi estava à porta quando eles voltaram.

Tom se despediu do investigador e Chris fez o mesmo. Tom lhe desejou "*bon appétit*".

— Fascinante! — disse Chris. — Sério! Você mostrou a ele o túmulo na mata? Não fiquei olhando pela janela porque achei que seria grosseria.

Tom sorriu.

— Não.

— Eu ia mencionar isso, depois achei que seria um idiota se o fizesse. Se introduzisse pistas falsas. — Chris riu. Até mesmo seus dentes eram iguais aos de Dickie, caninos superiores afiados e o restante distribuído pela boca de modo um tanto compacto. — Imagine se o investigador fosse cavar lá para tentar achar Murchison? — Chris tornou a rir.

Tom também riu.

— Sim, se eu o deixei em Orly, como ele voltou para cá?

— Quem o matou? — perguntou Chris.

— Não acho que ele esteja *morto* — disse Tom.

— Raptado?

— Não sei. Pode ser. Junto com o quadro. Não sei o que pensar. Onde está Bernard?

— Subiu.

Tom subiu para falar com ele. A porta de Bernard estava fechada. Tom bateu e ouviu um balbucio como resposta.

Bernard estava sentado na beira da cama com as mãos juntas apertadas. Parecia derrotado e exausto.

Com a voz mais alegre que conseguiu ou se atreveu a usar, Tom disse:

— Você foi muito bem, Bernard. *Tout va bien.*

— Eu fracassei — disse Bernard com um olhar derrotado.

— Que história é essa? Você foi maravilhoso.

— Eu fracassei. Foi por isso que ele fez todas aquelas perguntas sobre Derwatt. Sobre como encontrá-lo no México. Derwatt fracassou e eu também.

14

Foi um dos piores almoços que Tom já tivera que suportar, quase o equivalente ao almoço com Heloise e seus pais depois de Heloise contar a eles que os dois já estavam casados. Mas pelo menos esse não durou tanto tempo. Bernard exibia a mesma depressão profunda de um ator que acabara de fazer uma performance que julgava péssima, supunha Tom, de modo que nenhuma palavra de reconforto ajudava. Bernard estava sofrendo a mesma exaustão do jogador que deu tudo de si; Tom já a tinha experimentado.

— Sabe, ontem à noite eu vi um carro saindo de ré daquela estradinha na mata — disse Chris após dar os últimos goles num copo de leite que estava bebendo junto com o vinho. — Devia ser por volta da uma da manhã. Não acho que seja importante. O carro estava dando ré com um mínimo de luzes acesas, como alguém que não quisesse ser visto.

— Deviam ser... amantes — disse Tom. Estava com medo de Bernard reagir àquilo de alguma forma, não sabia como, mas Bernard talvez não tivesse escutado.

Bernard pediu licença e se levantou.

— Caramba, que pena ele estar tão chateado — disse Chris quando Bernard saiu do raio de alcance da sua voz. — Vou partir agora mesmo. Espero não ter ficado tempo demais.

Tom quis verificar o horário dos trens da tarde, mas Chris tinha outros planos. Preferia pedir carona até Paris. Não houve como dissuadi-lo. Chris estava convencido de que seria uma aventura. Tom sabia que a alternativa era um trem por volta das cinco. Chris desceu com sua bagagem e foi à cozinha se despedir de Madame Annette.

Os dois então saíram para a garagem.

— Por favor, despeça-se de Bernard por mim, sim? — pediu Chris. — A porta dele estava fechada. Tive a sensação de que ele não queria ser incomodado, mas não quero que ele me ache mal-educado.

Tom lhe garantiu que resolveria tudo com Bernard. Então pegou o Alfa Romeo.

— Pode me deixar em qualquer lugar, mesmo — disse Chris.

Tom achou que Fontainebleau fosse a melhor alternativa, a autoestrada em direção a Paris perto do Monumento. Chris aparentava ser o que de fato era, um rapaz norte-americano alto de férias, nem rico nem pobre, e Tom pensou que ele não teria problema nenhum para conseguir uma carona até Paris.

— Quer que eu ligue daqui a uns dois dias? — perguntou Chris. — Estou interessado no que está acontecendo. Vou olhar os jornais também, claro.

— Sim — disse Tom. — Deixe que eu ligo para você. Hôtel Louisianne, na rue de Seine, é isso?

— Isso. Não sei nem dizer quanto foi maravilhoso para mim... o simples fato de ver uma casa francesa por dentro.

Ele sabia, sim. Ou melhor, ele não precisava dizer, pensou Tom. Na volta para casa, dirigiu mais depressa do que de costume. Estava muito preocupado, mas não sabia exatamente com o que deveria se preocupar. Sentia-se desconectado de Jeff e Ed, e não seria prudente ele, ou eles, tentarem se comunicar. Achou melhor convencer Bernard a ficar na sua casa. Talvez fosse difícil. Mas voltar para Londres significaria pôr a exposição de Derwatt outra vez diante dos olhos de Bernard, cartazes nas ruas, talvez um encontro com Jeff e Ed, agora eles próprios assustados e desestabilizados. Tom pôs o carro na garagem, subiu direto até o quarto de Bernard e bateu na porta.

Não houve resposta.

Tom abriu a porta. A cama continuava feita do mesmo jeito que de manhã, quando Bernard estava sentado nela, e Tom viu então a leve depressão na colcha onde ele havia se sentado. Mas tudo de Bernard tinha sumido, a bolsa de viagem, o terno ainda sem passar que Tom pusera no armário. Tom deu uma olhada rápida em seu próprio quarto. Bernard não estava lá. E não havia nenhum bilhete em lugar nenhum. Madame Clusot estava passando o aspirador no seu quarto, e Tom lhe disse:

— *Bonjour,* Madame.

Desceu até o térreo.

— Madame Annette!

Madame Annette não estava na cozinha, e sim no quarto dela. Tom bateu na porta, e, ao escutá-la dizer algo, abriu. Madame Annette estava reclinada na cama sob uma colcha de crochê roxa, lendo a *Marie-Claire.*

— Não se incomode, Madame! — disse Tom. — Queria só perguntar: onde está Monsieur Bernard?

— Não está no quarto dele? Talvez tenha saído para dar uma volta.

Tom não quis lhe dizer que ele parecia ter pegado suas coisas e ido embora.

— Ele não falou nada com a senhora?

— Não, Monsieur.

— Bem... — Tom conseguiu dar um sorriso. — Não vamos nos preocupar com isso. Algum telefonema?

— Não, Monsieur. E quantas pessoas serão para o jantar hoje à noite?

— Duas, acho eu, obrigado, Madame Annette — disse Tom, pensando que Bernard talvez já tivesse voltado até lá.

Ele saiu e fechou a porta.

Meu Deus, pensou, mergulhe em um ou dois poemas tranquilizadores de Goethe. *Der Abschied* ou algo assim. Um pouco de solidez alemã, a convicção goethiana de superioridade e... talvez de genialidade. Era disso que precisava. Tom pegou o livro em uma prateleira, *Goethes Gedichte,* e, por obra do destino ou do inconsciente, abriu-o em *Der Abschied.* Sabia o poema quase de cor, embora jamais tivesse se atrevido a recitá-lo para ninguém, pois receava que o seu sotaque não fosse perfeito. As primeiras linhas então o perturbaram:

> *Lass mein Aug' den Abschied sagen,*
> *Den mein Mund nicht nehmen kann!*
> Que meus olhos digam o adeus que minha boca não consegue!
> *Schwer, wie schwer ist er zu tragen!*
> *Und ich bin...*

Tom levou um susto com a porta de um carro batendo. Alguém estava chegando. Bernard tinha pegado um táxi para voltar, pensou.

Mas não: era Heloise.

Ela estava sem chapéu, com os longos cabelos louros a voar na brisa, revirando a bolsa.

Tom foi até a porta em um pulo e abriu as duas bandas de uma vez.

— Heloise!

— Ah, Tome!

Eles se abraçaram. Ah, Tome, ah, Tome! Tom já tinha se acostumado com aquele chamado de nome de livro, e na boca de Heloise ele lhe agradava.

— Você está toda queimada! — disse Tom em inglês, mas queria dizer bronzeada. — Deixe eu me livrar desse cara. Quanto é?

— Cento e quarenta francos.

— Patife. De Orly, mas que... — Tom reprimiu, até mesmo em inglês, as palavras que ia usar.

Pagou a corrida. O motorista não ajudou com as malas.

Tom levou tudo para dentro.

— Ah, que bom chegar em casa! — disse Heloise, abrindo os braços. Jogou sobre o sofá amarelo uma bolsa grande com cara de tapeçaria, um artigo grego. Calçava sandálias de couro marrom, vestia uma calça boca de sino rosa e uma jaqueta de lã grossa da Marinha norte-americana. Tom se perguntou onde e como ela teria arrumado a jaqueta.

— Está tudo bem. Madame Annette está descansando no quarto — disse Tom, passando para o francês.

— Que férias horríveis! — Heloise se jogou no sofá e acendeu um cigarro. Como ela iria levar vários minutos para se acalmar, ele começou a levar suas malas para o andar de cima. Ela gritou com uma das malas porque continha algo que deveria ficar no térreo, então Tom a deixou e pegou outra. — Você precisa mesmo ser tão americano e tão eficiente?

Qual era a alternativa? Ficar parado esperando ela relaxar?

— Sim. — Ele levou as outras coisas para o quarto dela.

Quando desceu, Madame Annette estava na sala, e ela e Heloise estavam conversando sobre a Grécia, o iate, a casa de lá (obviamente numa pequena aldeia de pescadores), mas não ainda sobre Murchison, reparou Tom. Madame Annette gostava de Heloise, porque Madame Annette gostava de ser prestativa e Heloise gostava de ser servida. Heloise não queria nada no momento, mas diante da insistência de Madame Annette concordou em tomar uma xícara de chá.

Heloise então lhe contou sobre suas férias no *Princesse de Grèce*, o iate do idiota chamado Zeppo, nome que a fazia pensar nos Irmãos Marx. Tom tinha visto fotos daquele animal peludo cuja autoestima, pelo que pudera entender, era equivalente à de qualquer magnata armador grego, e Zeppo era apenas o filho de um pequeno empresário desonesto do ramo imobiliário, um sem importância. Um homem de negócios que ferrava o próprio povo, uma vez que ele mesmo já fora ferrado pelos coronéis fascistas de lá, segundo Zeppo e Heloise, mas que ainda assim ganhava tanto dinheiro que o filho podia fazer um cruzeiro de iate, jogar caviar para os peixes e encher a piscina a bordo com champanhe, que eles depois aqueceram para poder mergulhar.

— Zeppo precisava esconder o champanhe, então, pôs na piscina — explicou Heloise.

— E quem estava na cama com Zeppo? Não a mulher do presidente dos Estados Unidos, imagino?

— Qualquer uma — respondeu Heloise em inglês, com nojo, e soprou a fumaça.

Não Heloise, Tom tinha certeza. Heloise às vezes provocava, e nem com tanta frequência assim, mas Tom tinha certeza de que não fora para a cama com ninguém exceto ele desde que os dois haviam se casado. Graças a Deus não com Zeppo, que era um gorila. Heloise jamais escolheria isso. O jeito como Zeppo tratava as mulheres soava repulsivo, mas a opinião de Tom em relação a isso, que ele nunca se atrevera a expressar para uma mulher, era que se as próprias mulheres toleravam aquilo para ganhar uma pulseira de diamantes ou uma *villa* no Sul da França, por que deveriam reclamar depois? A principal irritação de Heloise parecia se dever ao ciúme de outra mulher chamada Norita, porque um determinado homem no iate estava dando atenção a Heloise. Tom mal escutou essa conversa de coluna de fofocas, pois estava se perguntando como contar a Heloise algumas das suas notícias de um modo que não a chateasse.

Também estava esperando ver a silhueta esquelética de Bernard aparecer à porta da frente a qualquer momento. Ficou andando de um lado para outro devagar, olhando para a porta da frente a cada volta.

— Eu fui a Londres.

— Ah, é? E como foi?

— Trouxe uma coisa para você. — Tom subiu correndo a escada e voltou com a calça da Carnaby Street; seu tornozelo estava muito melhor.

Heloise foi provar a calça na sala de jantar. Serviu bem.

— Adorei! — disse Heloise, e deu em Tom um abraço e um beijo na bochecha.

— Voltei de lá com um homem chamado Thomas Murchison — disse Tom, e então lhe contou o que tinha acontecido.

Heloise não ouvira falar no sumiço dele. Tom explicou a desconfiança de Murchison de que *O relógio* fosse uma falsificação, e disse estar convencido de que não havia ninguém falsificando quadros de Derwatt, e que portanto, assim como a polícia, não sabia explicar o desaparecimento de Murchison. Assim como Heloise não sabia sobre as falsificações, ela tampouco sabia quanto de renda Tom recebia da Derwatt Ltda., 12 mil dólares por ano, mais ou menos o mesmo rendimento das ações que ele havia adquirido de Dickie Greenleaf. Heloise se interessava por dinheiro, mas não particularmente de onde ele vinha. Sabia que o dinheiro da sua família contribuía tanto para sustentá-los quanto o de Tom, mas nunca tinha jogado isso na cara dele, e Tom sabia que ela não se importava nem um pouco com isso, o que era mais uma coisa que lhe agradava em Heloise. Tom tinha lhe dito que a Derwatt Ltda. insistia em lhe dar uma pequena parcela de seu lucro, porque ele os havia ajudado a montar seu negócio anos atrás, antes de ele e Heloise se conhecerem. A renda de Tom proveniente da Derwatt Ltda. lhe era enviada, ou então era administrada pela empresa de Nova York que distribuía o material de arte da marca Derwatt. Parte desse dinheiro Tom investia em Nova York e parte mandava transferir para a França e ser convertida em francos. O dono da empresa de materiais artísticos Derwatt (que por acaso também era grego) sabia que Derwatt não existia e estava sendo falsificado.

— Outra coisa — continuou Tom. — Bernard Tufts... acho que você não chegou a conhecê-lo... passou uns dois dias aqui, e agora à tarde parece ter saído para dar uma volta... levando as suas coisas. Não sei se ele vai voltar ou não.

— Bernard Toofts? *Un Anglais?*

— Sim. Eu não o conheço bem. Ele é amigo de amigos. É pintor e anda um pouco chateado por causa da namorada. Ele provavelmente foi para Paris. Achei melhor falar com você sobre ele para o caso de ele voltar. — Tom riu. Estava cada vez mais convencido de que Bernard não voltaria. Ele talvez tivesse pegado um táxi para Orly e fosse embarcar no primeiro avião que conseguisse de volta para Londres. — E... minha outra notícia é que nós fomos convidados para jantar nos Berthelin amanhã à noite. Eles vão ficar *encantados* por você ter voltado! Ah, quase esqueci. Recebi mais um convidado: Christopher Greenleaf, um primo de Dickie. Ele passou duas noites aqui. Você não recebeu minha carta falando nele? — Mas ela não tinha recebido, pois ele só a mandara na terça-feira.

— *Mon Dieu*, você andou ocupado! — disse Heloise em inglês, com um tom engraçado de ciúme na voz. — Sentiu saudades de mim, Tome?

Ele a abraçou.

— Senti... de verdade.

O objeto que Heloise trouxera para o andar de baixo era um vaso curto e sólido, com duas alças e dois touros pretos de cabeça abaixada um para o outro. Era um belo vaso, e Tom não perguntou se era valioso, muito antigo ou qualquer outra coisa, porque naquele momento isso não lhe importava. Pôs para tocar *As quatro estações*, de Vivaldi. Heloise estava no andar de cima desfazendo as malas e disse que queria tomar um banho de banheira.

Às seis e meia da tarde, Bernard não tinha chegado. Tom teve a sensação de que ele estava em Paris, não em Londres, mas foi só uma sensação, algo em que ele não deveria confiar. Durante o jantar, refeição que ele e Heloise fizeram em casa, Madame Annette conversou com Heloise sobre o cavalheiro inglês que viera naquela manhã fazer perguntas sobre Monsieur Murchison. Heloise demonstrou apenas um leve interesse, e com certeza nenhuma preocupação, Tom observou. Ela estava mais interessada em Bernard.

— Você imagina que ele vá voltar? Hoje ainda?

— Na verdade... eu agora não sei — disse Tom.

A manhã de quinta-feira chegou e passou tranquilamente, sem nem sequer um telefonema, embora Heloise tenha ligado para três ou quatro pessoas em Paris, inclusive para o pai, no seu escritório da cidade. Heloise agora estava usando uma calça jeans desbotada e andando descalça pela casa. No *Parisien* de Madame Annette de hoje não havia nada sobre Murchison. Quando Madame Annette saiu à tarde, ostensivamente para fazer compras, mas decerto para visitar sua amiga Madame Yvonne e lhe informar sobre a chegada de Heloise e a visita de um *agent* da polícia londrina, Tom se deitou com Heloise no sofá amarelo, sonolento, com a cabeça recostada no peito dela. Os dois tinham feito amor pela manhã. Incrível. Isso supostamente deveria ser um fato dramático. Não era tão importante para Tom quanto o fato de ter pegado no sono abraçado com Heloise na noite anterior. Ela muitas vezes dizia: "Você é bom de dormir junto porque quando se vira não é como se um terremoto estivesse sacudindo a cama. Sério, eu nem percebo quando você se vira." Isso deixava Tom satisfeito. Ele nunca havia perguntado quem tinham sido os terremotos. Heloise existia. Era estranho para Tom. Ele não conseguia distinguir seus objetivos na vida. Ela parecia um quadro na parede. Talvez quisesse ter filhos em algum momento, dizia. Enquanto isso, ela existia. Não que Tom pudesse se gabar de ter algum objetivo ele próprio, agora que havia alcançado a vida que tinha, mas Tom tinha um certo entusiasmo ao viver os prazeres que hoje podia viver, e esse entusiasmo parecia estar ausente em Heloise, talvez por ela ter tido tudo que quisesse desde que nascera. Tom às vezes se sentia esquisito ao fazer amor com ela, pois durante metade do tempo se sentia desconectado, como se estivesse obtendo prazer de algo inanimado, irreal, de um corpo sem identidade. Ou seria isso uma certa timidez ou puritanismo seus? Ou algum temor de se entregar por completo (mentalmente), o que equivaleria a dizer a si mesmo: "Se eu não a tivesse, se perdesse Heloise, eu não poderia mais existir." Tom sabia que era capaz de acreditar nisso, mesmo no que dizia respeito a Heloise, mas não gostava de admitir isso para si, não se permitia fazê-lo, e com certeza nunca dissera isso para Heloise, porque teria sido (no pé em que as coisas estavam agora) uma mentira. Sentia a condição de total dependência em relação a ela como uma mera possibilidade. Tinha pouco a ver com sexo, pensou Tom, ou com qualquer dependência em relação a isso. Heloise em geral era insolente com as mesmas coisas que ele. Ela era uma parceira, de certa forma, embora uma parceira passiva. Com um menino ou com um homem Tom teria rido mais; talvez essa fosse a principal diferença. No entanto, recordava certa ocasião com os pais dela, quando tinha dito: "Com certeza todos os integrantes da Máfia são batizados, e de que isso adianta para *eles*?", e Heloise havia rido. Os pais dela não. Eles (os pais) tinham dado algum jeito de extrair de Tom a informação de que ele não fora batizado nos Estados Unidos, detalhe em relação ao qual Tom na verdade não tinha certeza, mas certamente sua tia Dottie nunca havia comentado nada a respeito. Como os pais de Tom tinham morrido afogados quando ele era muito pequeno, ele nunca tinha ouvido nada deles sobre o assunto. Impossível explicar aos Plisson, que eram católicos, que nos Estados Unidos o batismo, a missa, a confissão, as orelhas furadas, o inferno e a Máfia por algum motivo eram meio católicos e não protestantes, não que Tom fosse alguma coisa, mas, se tinha certeza de algo, era de não ser católico.

As vezes que Heloise parecia mais viva aos olhos de Tom eram quando se zangava. Havia irritações e irritações. Tom não contava as irritações relacionadas ao atraso na entrega de algo de Paris, quando Heloise jurava que nunca mais compraria nada na loja tal (mentira). As irritações mais sérias eram causadas pelo tédio ou por alguma pequena agressão ao seu ego, e podiam sobrevir caso algum convidado a superasse ou a contradissesse numa conversa à mesa. Heloise se controlava até o convidado, ou convidados, ir embora, o que já era alguma coisa, mas quando todos estavam fora da casa, começava a andar de um lado para outro esbravejando, jogando almofadas nas paredes e gritando "*Fous-moi la paix! Salauds!*" [Saiam daqui! Cretinos!], com Tom como seu único espectador. Tom dizia algo tranquilizador e irrelevante, Heloise ficava inerte, uma lágrima escorria de cada olho, e segundos depois ela podia estar rindo. Tom supunha que aquilo fosse latino. Certamente não era inglês.

Tom trabalhou no jardim por uma hora mais ou menos, depois leu um pouco de *Les armes secrètes*, de Julio Cortázar. Então subiu e terminou de pintar o retrato de Madame Annette; aquele era o seu dia de folga, a quinta-feira. Às seis da tarde, Tom pediu que Heloise entrasse e olhasse o quadro.

— Não está nada mau, sabe? Você não trabalhou demais nele. Gosto disso.

Tom ficou satisfeito.

— Não comente nada com a Madame. — Ele pôs o quadro para secar num canto, de frente para a parede.

Eles então se arrumaram para ir à casa dos Berthelin. O traje era informal. Uma calça jeans serviria. Vincent era mais um marido que trabalhava em Paris e passava os fins de semana em sua casa de campo.

— O que Papa contou? — Tom quis saber.

— Ele está contente por eu ter voltado.

Papa não gostava muito dele, Tom sabia, mas tinha também uma vaga sensação de que Heloise o negligenciava. Uma guerra entre a virtude burguesa e um faro para caráter, imaginava ele.

— E Noëlle? — Noëlle era uma das melhores amigas de Heloise, que morava em Paris.

— Ah, a mesma coisa. Entediada, segundo ela. Ela não gosta do outono.

Os Berthelin, embora fossem razoavelmente abastados, faziam questão de viver de modo simples no campo, com um banheiro externo e sem água quente na pia da cozinha. A água era esquentada numa chaleira no fogão a lenha. Seus convidados, o casal inglês de sobrenome Clegg, tinham cerca de 50 anos, mesma idade dos Berthelin. O filho de Vincent Berthelin, que Tom não conhecia, era um rapaz de cabelos escuros de 22 anos (Vincent lhe disse sua idade na cozinha, quando ele e Tom estavam bebendo Ricards e Vincent estava cozinhando) que morava com a namorada em Paris e estava a ponto de abandonar os estudos de arquitetura na Beaux-Arts, o que estava enlouquecendo Vincent.

— *A menina não vale a pena!* — vociferou Vincent para Tom. — É a influência inglesa, sabe? — Vincent era gaullista.

O jantar estava excelente: frango, arroz, salada, queijo e torta de maçã feita por Jacqueline. Tom estava com a cabeça em outras coisas. Mas ficou satisfeito, a ponto de sorrir, porque Heloise estava de bom humor, falando sobre suas aventuras gregas, e por último todos provaram o *ouzo* que ela trouxera de lá.

— Que gosto nojento esse tal de *ouzo*! Pior do que Pernod! — comentou Heloise em casa enquanto escovava os dentes na pia do seu banheiro. Já estava de camisola, uma peça curta e azul.

No seu quarto, Tom estava vestindo seu pijama novo comprado em Londres.

— Vou descer para pegar um champanhe! — disse Heloise do banheiro.

— Deixe que eu pego — disse Tom, calçando depressa os chinelos.

— Preciso tirar esse gosto da boca. Além do mais, eu quero tomar um champanhe. Pelo que servem para beber, parece até que os Berthelin são pobres. *Vin ordinaire!* — Ela estava descendo a escada.

Tom a interceptou.

— Eu pego — disse Heloise. — Vá buscar um pouco de gelo.

Por algum motivo, Tom não queria que ela descesse à adega. Foi até a cozinha. Havia acabado de pegar uma forma de gelo quando escutou um grito, um grito abafado pela distância, mas um grito de Heloise, e um grito terrível. Atravessou correndo o hall de entrada.

Um segundo grito ecoou, e ele colidiu com ela no lavabo.

— *Mon Dieu!* Alguém se enforcou lá embaixo!

— Ah, meu Deus! — Tom amparou Heloise e a guiou escada acima.

— Não desça lá, Tome! É horrível!

Era Bernard, claro. Tom tremia ao subir a escada com ela, enquanto ela falava em francês e ele, em inglês.

— Prometa para mim que não vai descer! Chame a polícia, Tome!

— Está bem, vou chamar.

— Quem é?

— Eu não sei.

Eles entraram no quarto de Heloise.

— Fique aqui! — disse Tom.

— Não, não me deixe sozinha!

— Eu insisto! — disse Tom em francês, e saiu correndo do quarto e desceu a escada. Um uísque puro era a melhor coisa, pensou. Como Heloise quase não bebia destilados, isso deveria ajudá-la na hora. Depois, um sedativo. Tom tornou a subir correndo com a garrafa e um copo do carrinho de bebidas. Serviu meio copo, e, quando Heloise hesitou, ele próprio bebeu, depois levou o copo até os lábios dela. Ela estava batendo os dentes.

— Vai ligar para a polícia?

— Sim! — Pelo menos era um suicídio, pensou Tom. Isso deveria ser possível de provar. Não era um assassinato. Tom deu um suspiro e estremeceu, quase tão abalado quanto Heloise. Ela estava sentada na beira da cama. — E o champanhe? Bastante.

— Sim. *Non!* Você não pode descer lá! Ligue para a polícia!

— Sim. — Tom desceu a escada.

Entrou no lavabo, hesitou apenas alguns segundos diante da porta aberta — a luz da adega continuava acesa — e começou a descer os degraus. Um choque o transpassou quando ele viu a silhueta escura pendurada, com a cabeça caída. A corda era curta. Tom piscou os olhos. Não parecia haver pés. Ele chegou mais perto.

Era um manequim.

Tom sorriu, e então começou a rir. Bateu com as mãos espalmadas nas pernas flácidas, que nada mais eram do que uma calça vazia, a calça de Bernard Tufts.

— *Heloise!* — gritou ele, e tornou a subir correndo a escada, sem ligar para talvez acordar Madame Annette. — Heloise, é um *manequim*! — disse ele em inglês. — Não é de verdade! *C'est un mannequin!* Não precisa ficar com medo!

Foi preciso alguns segundos para convencê-la. Era uma brincadeira talvez feita por Bernard... ou talvez até por Christopher, acrescentou Tom. Fosse como fosse, ele havia apalpado as pernas e tinha certeza.

Aos poucos, Heloise foi ficando zangada, o que era um sinal de recuperação.

— Que brincadeiras mais idiotas os ingleses fazem! Que idiotice! Que imbecilidade!

Tom riu aliviado.

— Vou descer para pegar o champanhe! E o gelo!

Tom voltou a descer. O manequim estava pendurado num cinto que Tom reconheceu como um dos seus. Um cabide sustentava o paletó cinza-escuro, a calça estava abotoada num dos botões do paletó e a cabeça era um pano cinza amarrado no pescoço com um barbante. Tom foi depressa pegar uma cadeira na cozinha — felizmente Madame Annette não tinha acordado com tudo aquilo —, voltou à adega e removeu o manequim. O cinto estava preso numa viga por um prego. Tom deixou as roupas caírem no chão. Então escolheu rapidamente um champanhe. Retirou o cabide de dentro do paletó e levou também o cinto. Conseguiu pegar também o balde de gelo na cozinha e apagar as luzes, e então subiu.

15

Tom acordou pouco antes das sete. Heloise dormia profundamente. Ele saiu da cama de fininho e pegou seu roupão, que estava pendurado no quarto de dormir de Heloise.

Madame Annette talvez estivesse acordada. Tom desceu a escada em silêncio. Queria tirar o terno de Bernard da adega antes de Madame Annette encontrá-lo. Viu que a mancha do vinho derramado e do sangue de Murchison não era séria. Se um técnico examinasse o lugar em busca de sangue, sem dúvida encontraria vestígios, mas Tom era otimista o suficiente para pensar que isso não aconteceria.

Desabotoou o paletó da calça. Um pedaço de papel branco flutuou até o chão, um recado de Bernard escrito na sua caligrafia alta e pontuda:

> Enforco-me simbolicamente na sua casa. Quem eu enforquei foi Bernard Tufts, não Derwatt. Por ele eu me redimo da única maneira que sou capaz, que é matar o eu que fui nos últimos cinco anos. Agora é continuar e tentar fazer meu trabalho honestamente no que me resta de vida.
>
> B.T.

Tom sentiu um impulso de amassar o bilhete e destruí-lo. Mas dobrou-o e guardou num dos bolsos do seu roupão. Talvez precisasse daquilo. Quem poderia saber? Quem poderia saber onde Bernard estava e o que ele estava fazendo? Sacudiu o terno amarfanhado de Bernard e jogou o pano num canto. Mandaria o terno para a tinturaria. Não faria mal nenhum. Tom estava levando-o para o seu quarto, mas decidiu deixá-lo em cima da mesa do hall, onde punha as roupas para Madame Annette levar para a tinturaria.

— *Bonjour,* Monsieur Tome! — disse Madame Annette da cozinha. — O senhor acordou cedo outra vez! Madame Heloise também? Ela vai querer o chá?

Tom foi até a cozinha.

— Acho que ela quer dormir hoje de manhã. Deve deixá-la dormir até a hora que quiser. Mas eu gostaria de tomar um café agora, por favor.

Madame Annette falou que levaria o café para ele no quarto. Tom subiu e se vestiu. Queria dar uma olhada na cova na mata. Bernard talvez tivesse feito algo esquisito, aberto parcialmente a cova, só Deus sabe o quê, talvez até se enterrado lá dentro.

Depois do café, desceu. O sol estava encoberto e mal havia aparecido, e a grama estava molhada de orvalho. Tom parou um pouco junto a uns arbustos, pois não queria seguir direto até a cova caso Heloise ou Madame Annette estivessem olhando por alguma janela. Não olhou para trás na direção da casa, pois acreditava que o olhar de uma pessoa atraía o de outra.

A cova estava igualzinha a como ele e Bernard tinham deixado.

Heloise só acordou depois das dez, e Madame Annette disse a Tom, que na hora estava no escritório, que Madame Heloise queria falar com ele. Tom foi até o quarto dela. Heloise estava tomando seu chá na cama.

— Não gosto das brincadeiras dos seus amigos — disse ela, mastigando uma toranja.

— Não vai haver mais nenhuma. Eu tirei as roupas... da adega. Não pense mais nisso. Quer ir almoçar em algum lugar agradável? À beira do Sena? Um almoço tardio?

Ela gostou dessa ideia.

Eles encontraram um restaurante que não conheciam numa cidadezinha ao sul, por acaso não à margem do Sena.

— Que tal viajarmos para algum lugar? Ibiza? — perguntou Heloise.

Tom hesitou. Adoraria ir a algum lugar de barco, levar toda a bagagem que quisesse, livros, um toca-discos e blocos de desenho. Mas sentia que isso pareceria uma fuga, de Bernard, de Jeff e Ed e da polícia, mesmo que eles soubessem para onde ele estava indo.

— Vou pensar no assunto. Quem sabe?

— A Grécia deixou um gosto amargo. Igual ao *ouzo* — disse Heloise.

Tom estava com vontade de tirar um bom cochilo depois de almoçar. Heloise também. Eles iriam dormir na cama dela até acordar, disse ela, ou até chegar a hora do jantar. Desligar o telefone do quarto de Tom para que só tocasse no andar de baixo, e Madame Annette atenderia. Era em momentos como aquele, pensou Tom enquanto dirigia preguiçosamente de volta pela floresta em direção a Villeperce, que ele gostava de não trabalhar, de ser casado e relativamente rico.

Certamente não estava preparado para o que viu assim que abriu a porta da frente com a chave. Bernard estava sentado numa das cadeiras amarelas, de frente para a porta.

Heloise não viu Bernard na mesma hora e disse:

— Tome, *chéri*, pode me trazer uma Perrier com gelo? Ah, que sono! — Heloise caiu nos braços de Tom e se espantou ao encontrá-lo tenso.

— Bernard está aqui. O inglês de quem falei, sabe? — Tom entrou na sala. — Olá, Bernard. Como vai? — Tom não conseguiu estender a mão, mas tentou sorrir.

Madame Annette veio da cozinha.

— Ah, Monsieur Tome! Madame Heloise! Não escutei o carro. Devo estar ficando surda. Monsieur Bernard voltou. — Madame Annette parecia agitada.

Com a maior calma que conseguiu, Tom disse:

— Sim. Ótimo. Eu o estava esperando. — Embora tivesse dito a Madame Annette não ter certeza se Bernard iria voltar, recordou.

Bernard se levantou. Precisava fazer a barba.

— Me perdoe voltar sem avisar.

— Heloise, este é Bernard Tufts... Um pintor que mora em Londres. Minha esposa, Heloise.

— Como vai? — disse Bernard.

Heloise ficou onde estava.

— Como vai? — respondeu ela em inglês.

— Minha esposa está um pouco cansada. — Tom andou até ela. — Quer subir... ou ficar conosco?

Com um movimento da cabeça, Heloise pediu que Tom a acompanhasse.

— Volto num instante, Bernard — disse Tom, e foi atrás dela.

— Foi ele quem fez a brincadeira? — perguntou Heloise quando os dois chegaram ao seu quarto.

— Infelizmente sim. Ele é um tanto excêntrico.

— O que ele está fazendo aqui? Não gosto dele. Quem é ele? Você nunca o mencionou antes. E ele está usando roupas suas?

Tom deu de ombros.

— Ele é amigo de uns amigos meus de Londres. Tenho certeza de que consigo convencê-lo a ir embora hoje à tarde. Ele provavelmente está precisando de um dinheiro extra. Ou de roupas. Vou perguntar. — Tom lhe deu um beijo no rosto. — Deite na cama, querida. Nos vemos daqui a pouco.

Tom foi até a cozinha e pediu a Madame Annette para subir com a Perrier de Heloise.

— Monsieur Bernard vai ficar para jantar? — indagou Madame Annette.

— Acho que não. Mas nós sim. Algo simples. Nós almoçamos bem. — Tom voltou para Bernard. — Você foi a Paris?

— Sim, Paris. — Bernard continuava em pé.

Tom não soube que abordagem usar.

— Encontrei seu manequim lá embaixo. Minha esposa levou um susto e tanto. Você não deveria fazer brincadeiras assim... não com mulheres na casa. — Tom sorriu. — A propósito, minha empregada levou seu terno para a tinturaria, e vou providenciar para mandá-lo até você em Londres... ou onde você estiver. Sente-se. — Tom sentou-se no sofá. — Quais são seus planos? — Era como perguntar a um louco como ele estava se sentindo, pensou. Tom estava nervoso e se sentiu pior ao perceber que seu coração estava batendo bastante depressa.

Bernard se sentou.

— Ah... — Uma longa pausa.

— Não vai voltar para Londres? — Em desespero, Tom pegou um charuto na caixa sobre a mesa de centro. Aquilo bastava para lhe dar náusea naquele momento, mas de que importava isso?

— Eu vim conversar com você.

— Certo. Sobre o quê?

Outro silêncio, e Tom teve medo de interrompê-lo. Bernard havia passado os últimos dias imerso em nuvens, nuvens infinitas formadas pelos próprios pensamentos. Era como se ele estivesse tentando caçar um único carneirinho lanudo no meio de um rebanho gigantesco, pensou Tom.

— Eu tenho todo o tempo do mundo. Você está entre amigos, Bernard.

— É bem simples. Eu preciso recomeçar minha vida. Do zero.

— Sim, eu sei. Bem, você pode.

— Sua esposa sabe... das minhas falsificações?

Tom gostou daquela pergunta lógica.

— Não, é claro que não. Ninguém sabe. Ninguém na França.

— Nem sobre Murchison?

— Eu disse a ela que Murchison tinha sumido. E que eu o tinha deixado em Orly. — Tom falou baixo para o caso de Heloise estar no corredor do andar de cima, escutando. Mas ele sabia que as vozes não ecoavam muito bem da sala pela curva distante da escada.

Num tom um pouco irritado, Bernard disse:

— Eu realmente não consigo conversar com outras pessoas na casa. Como, por exemplo, a sua mulher. Ou a empregada.

— Está bem, podemos ir a algum lugar.

— Não.

— Bem, eu não tenho como pedir a Madame Annette para sair. É ela quem faz esta casa funcionar. Quer dar uma volta? Tem um café tranquilo...

— Não, obrigado.

Tom se recostou no sofá com seu charuto, que agora tinha o mesmo cheiro de uma casa pegando fogo. Normalmente gostava daquele cheiro.

— Aliás, não tive notícia nenhuma do investigador inglês desde que vi você. Nem do francês.

Bernard não exibiu reação nenhuma. E então disse:

— Tudo bem, vamos dar uma volta. — Ele se levantou e olhou para as portas de vidro do terraço. — Pelos fundos, talvez.

Eles saíram para o gramado. Nenhum dos dois tinha vestido um sobretudo, e estava frio. Tom deixou Bernard ir aonde quisesse, e Bernard foi tomando a direção da mata, da estradinha. Caminhava devagar, de modo um pouco instável. Será que estava fraco por não ter comido?, pensou Tom. Os dois logo estavam passando pelo local onde o cadáver de Murchison havia sido enterrado. Tom sentiu medo, um medo que eriçou os pelos de seu pescoço e atrás das suas orelhas. Não era medo daquele lugar, percebeu, mas medo de Bernard. Ele manteve as mãos livres e seguiu andando um pouco afastado de um dos lados de Bernard.

Bernard então diminuiu o passo e se virou, e os dois começaram a andar de volta em direção à casa.

— Sobre o que você queria falar? — perguntou Tom.

— Ah, eu... eu não sei onde isso tudo vai terminar. Já causou a morte de um homem.

— Bem... É lamentável, sim, eu concordo. Mas realmente não tem nada a ver com você, não é? Como você não está pintando mais nenhum Derwatt, o novo Bernard Tufts pode começar de novo... do zero.

Não houve resposta de Bernard.

— Você ligou para Jeff ou Ed quando estava em Paris?

— Não.

Tom não tinha se dado ao trabalho de comprar nenhum jornal inglês, e Bernard talvez tampouco o tivesse feito. As angústias de Bernard estavam dentro dele mesmo.

— Se quiser pode ligar para Cynthia daqui de casa. Pode ligar do meu quarto.

— Falei com ela de Paris. Ela não quer me ver.

— Ah. — Era esse o problema. Aquilo era a última gota, supôs Tom. — Bem, você sempre pode escrever para ela. Talvez seja melhor. Ou vê-la quando voltar para Londres. Derrube a porta dela! — Tom riu.

— Ela disse não.

Silêncio.

Cynthia queria manter distância, pensou Tom. Não que desconfiasse da intenção de Bernard de parar com as falsificações: ninguém podia duvidar de Bernard quando ele afirmava alguma coisa; mas ela estava farta. Tom por enquanto não conseguia entender a mágoa de Bernard. Os dois estavam parados no terraço de pedra do lado de fora das portas de vidro.

— Bernard, eu preciso entrar, estou congelando. Entre. — Tom abriu as portas.

Bernard entrou junto.

Tom subiu correndo para ver Heloise. Ainda estava rígido de frio, ou então de medo. Heloise estava no quarto, sentada na cama, separando fotografias e postais.

— Quando ele vai embora?

— Querida... é a namorada dele em Londres. Ele telefonou para ela de Paris. Ela não quer vê-lo. Ele está infeliz e eu não posso simplesmente pedir a ele que vá embora. Não sei o que ele vai fazer. Querida, você gostaria de ir visitar seus pais por alguns dias?

— *Non!*

— Ele quer conversar comigo. Estou só torcendo para que fale logo.

— Por que você não o põe para fora? Ele não é seu amigo. Além do mais, ele é louco!

Bernard ficou.

Eles ainda não tinham terminado de jantar quando a campainha tocou. Madame Annette foi atender, voltou e disse a Tom:

— São dois *agents* de polícia, Monsieur Tome. Eles gostariam de falar com o senhor.

Heloise deu um suspiro de impaciência e jogou o guardanapo em cima da toalha. Tinha detestado sentar-se à mesa e, então, se levantou.

— Mais intrusos, outra vez! — disse, em francês.

Tom também havia se levantado.

Apenas Bernard parecia impassível.

Tom foi até a sala. Era a mesma dupla de policiais que o tinham visitado na segunda-feira.

— Lamentamos incomodá-lo, Monsieur — disse o homem mais velho. — Mas o seu telefone não está funcionando. Nós avisamos à companhia.

— É mesmo? — O defeito no telefone na verdade acontecia a cada seis semanas, mais ou menos, de modo inexplicável, mas Tom se perguntou se Bernard agora poderia ter feito alguma coisa esquisita, como cortar a linha. — Eu não sabia. Obrigado.

— Nós entramos em contato com o investigador inglês. Ou melhor, ele entrou em contato conosco.

Heloise voltou, tanto por curiosidade quanto por raiva, supôs Tom. Ele a apresentou, e os policiais tornaram a dizer seus nomes: *commissaire* Delaunay, e o outro nome Tom não pescou.

Delaunay disse:

— Agora não é só Monsieur Murchison que está sumido, mas também o pintor Derwatt. O investigador inglês, Webstair, que também tentou lhe telefonar esta tarde, gostaria de saber se o senhor teve notícias de algum dos dois.

Tom sorriu, achando de fato uma certa graça.

— Eu jamais encontrei Derwatt, e ele com certeza não me conhece — disse bem na hora em que Bernard entrou na sala. — E lamento dizer que não tive notícias de Monsieur Murchison. Permitam-me apresentar Bernard Tufts, um amigo inglês. Bernard, dois cavalheiros da polícia.

Bernard balbuciou um cumprimento.

Tom reparou que o nome de Bernard não significava nada para a polícia francesa.

— Nem mesmo os donos da galeria onde Derwatt está expondo agora sabem onde ele está — disse Delaunay. — É algo espantoso.

Era de fato estranho, mas Tom não podia mesmo ajudá-los.

— O senhor por acaso conhece o americano Monsieur Murchison? — perguntou Delaunay a Bernard.

— Não — respondeu Bernard.

— Ou a senhora, Madame?

— Não — respondeu Heloise.

Tom explicou que sua esposa acabara de chegar da Grécia, mas que ele havia lhe contado sobre a visita de Monsieur Murchison e seu desaparecimento.

Os policiais pareciam não saber que passo dar em seguida. Delaunay disse:

— Devido às circunstâncias, Monsieur Reeply, o investigador Webstair pediu que fizéssemos uma busca na sua casa. Uma formalidade, o senhor compreende, mas necessária. Talvez encontremos alguma pista. Estou falando sobre Monsieur Murchison, é claro. Precisamos ajudar nossos *confrères* ingleses quanto pudermos!

— Mas é claro! Gostariam de começar agora?

Estava bastante escuro em relação ao lado de fora, mas a polícia disse que iria começar agora e continuar na manhã seguinte. Ambos os agentes se postaram no terraço de pedra e ficaram olhando com um ar desejoso, Tom achou, para o jardim escuro e a mata mais além.

Guiados por Tom, eles revistaram a casa. Primeiro se interessaram pelo quarto de Murchison, o que Chris havia usado depois. Madame Annette tinha esvaziado o cesto de lixo. Os policiais olharam dentro de gavetas, todas elas vazias, com exceção das duas de baixo de uma cômoda, uma *commode* como diziam os franceses, que continham colchas de cama e dois cobertores. Não havia sinal algum nem de Murchison nem de Chris. Eles olharam o quarto de Heloise. (Heloise estava no andar de baixo reprimindo sua fúria, Tom sabia.) Olharam o ateliê de Tom e chegaram até a pegar uma de suas serras. Havia um sótão. A luz estava queimada, e Tom teve de ir pegar uma lâmpada e uma lanterna no andar de baixo. O sótão estava empoeirado. Havia cadeiras cobertas por lençóis e um sofá velho que tinham pertencido aos moradores anteriores e Tom e Heloise não tinham jogado fora. Os policiais olharam também atrás das coisas com o auxílio das próprias lanternas. Estavam procurando algo maior do que uma pista, pensou Tom, por mais absurda que pudesse ser a ideia de ele deixar um cadáver atrás de um sofá.

Em seguida veio a adega. Tom a mostrou com a mesma descontração, em pé bem em cima da mancha e iluminando os cantos com sua lanterna, mesmo com a luz acesa. Ficou com um pouco de medo de Murchison ter sangrado no chão de cimento atrás do tonel de vinho. Não tinha olhado esse ponto com cuidado suficiente. Mas, se havia algum sangue, os policiais não viram, e deram só uma olhada rápida no chão. Isso não significava que não fossem fazer uma busca mais minuciosa no dia seguinte, pensou Tom.

Eles disseram que voltariam às oito da manhã, se não fosse cedo demais para Tom. Ele lhes disse que às oito estava bom.

— Sinto muito — disse Tom para Heloise e Bernard após fechar a porta da frente. Teve a sensação de que Heloise e Bernard haviam passado o tempo todo sentados em silêncio com os respectivos cafés.

— Por que eles querem revistar a casa? — Heloise quis saber.

— Porque aquele tal americano continua sumido — respondeu Tom. — Monsieur Murchison.

Heloise se levantou.

— Tome, posso falar com você lá em cima?

Tom pediu licença a Bernard e subiu com ela.

Heloise entrou no seu quarto.

— Se você não puser esse *fou* para fora, eu saio desta casa hoje mesmo!

Aquilo era um dilema. Ele queria que Heloise ficasse, mas se ela ficasse sabia que não chegaria a lugar nenhum com Bernard. E, assim como Bernard, ele não conseguia pensar com os olhos indignados de Heloise a fuzilá-lo.

— Vou tentar de novo tirá-lo daqui — disse Tom. Ele beijou Heloise no pescoço. Pelo menos ela deixou.

Tom desceu.

— Bernard... Heloise está nervosa. Você se importaria em voltar para Paris hoje? Eu poderia levar você de carro até... por que não Fontainebleau? Tem um ou dois hotéis bons lá. Se quiser falar comigo, eu poderia ir a Fontainebleau amanhã...

— Não.

Tom suspirou.

— Então ela vai embora hoje. Vou subir e avisá-la. — Tom tornou a subir a escada e avisou Heloise.

— Que história é essa, outro Dickie Greenleaf? Você não consegue dizer para ele sair da sua casa?

— Eu nunca... Dickie não estava na *minha casa*. — Tom se calou, sem palavras. Heloise parecia brava o suficiente para expulsar Bernard ela própria, mas não iria conseguir, pensou Tom, porque Bernard estava tão irredutível que havia ultrapassado os limites de qualquer convenção ou etiqueta.

Ela tirou uma pequena mala de couro do alto de um armário e começou a arrumá-la. Inútil dizer que ele se sentia responsável por Bernard, supôs Tom. Heloise iria se perguntar por quê.

— Heloise, querida, eu sinto muito. Você vai levar o carro ou quer que eu a leve até a estação?

— Vou no Alfa até Chantilly. Aliás, não tem nada de errado com o telefone. Acabei de tentar usar no seu quarto.

— Talvez a palavra dos *flics* o tenha consertado.

— Eu acho que eles podem ter mentido. Queriam nos pegar de surpresa. — Ela parou no ato de pôr uma camisa dentro da mala. — O que você fez, Tome? Fez alguma coisa de errado com esse Murchison?

— Não! — disse Tom, espantado.

— Meu pai não vai suportar mais nenhuma besteira, sabe, mais nenhum escândalo.

Ela estava se referindo à história de Greenleaf. Tom tinha limpado seu nome em relação a isso, com certeza, mas sempre havia uma desconfiança. Os latinos faziam piadas ousadas, e as piadas, de modo curioso, tornavam-se verdades latinas. Tom talvez tivesse matado Dickie. E todo mundo sabia que ele ganhava dinheiro com a morte de Dickie, por mais que Tom tivesse tentado esconder isso. Heloise sabia que ele tinha uma renda de Dickie, e o pai dela também, cujas próprias mãos não eram imaculadas em suas atividades profissionais, mas as de Tom podiam estar sujas de sangue. *Non olet pecunia, sed sanguis...*

— Não vai haver mais nenhum escândalo — disse Tom. — Se você soubesse, eu estou fazendo tudo que posso para evitar escândalo. É esse o meu objetivo.

Ela fechou a mala.

— Eu nunca sei o que você está fazendo.

Tom pegou a mala. Então a pousou no chão e os dois se abraçaram.

— Queria ficar com você hoje à noite.

Heloise também queria ficar com ele, e não precisava dizer isso com palavras. Esse era o outro lado do seu *fous-moi-le-camp*! Agora ela estava indo embora. As francesas precisavam sair de um recinto, de uma casa, ou pedir que alguma outra pessoa mudasse de recinto ou fosse para algum lugar, e quanto mais inconveniente isso fosse para a outra pessoa, mais elas gostavam, mas isso ainda era menos inconveniente do que os seus gritos. Tom chamava esse fenômeno de "A Lei do Deslocamento Francês".

— Você ligou para sua família? — perguntou Tom.

— Se eles não estiverem lá, os empregados estão.

Ela levaria quase duas horas dirigindo.

— Liga para mim quando chegar?

— *Au revoir*, Bernard! — gritou Heloise da porta da frente. Então respondeu a Tom, que a acompanhou até o lado de fora. — *Non!*

Tom ficou olhando com amargura os faróis do Alfa Romeo dobrarem à esquerda no portão e desaparecerem.

Bernard estava sentado fumando um cigarro. Da cozinha veio o estalo estridente da tampa da lata de lixo. Tom pegou sua lanterna sobre a mesa do hall e foi até o lavabo. Desceu até a adega e olhou atrás do tonel onde Murchison havia ficado. Felizmente não havia nenhuma mancha de sangue ali. Tom tornou a subir.

— Sabe, Bernard, você é bem-vindo aqui esta noite, mas amanhã de manhã a polícia vai chegar para revistar a casa com mais cuidado. — *E a mata também*, pensou ele de repente. — Pode ser que eles façam algumas perguntas para você. Vai ser só um incômodo. Quer ir embora antes de eles chegarem... às oito?

— Pode ser, pode ser.

Eram quase dez da noite. Madame Annette entrou para perguntar se eles gostariam de mais café. Tom e Bernard recusaram.

— Madame Heloise saiu? — perguntou Madame Annette.

— Ela decidiu ir visitar os pais — disse Tom.

— A esta hora! Ah, Madame Heloise! — Ela recolheu as coisas do café.

Tom pressentiu que ela não gostava de Bernard, ou que não confiava nele, assim como Heloise. Era uma pena, pensou, o temperamento de Bernard ser tão incompreendido, ter um jeito tão perturbador para a maioria das pessoas. Tom percebeu que nem Heloise nem Madame Annette podiam gostar dele, porque na verdade elas nada sabiam a seu respeito, nada sobre sua devoção a Derwatt — que elas provavelmente considerariam "fazer um uso utilitário de Derwatt". Acima de tudo, nem Heloise nem Madame Annette, com suas origens bastante distintas, jamais compreenderiam o progresso de Bernard Tufts de uma origem um tanto proletária (segundo Jeff e Ed) ao que se poderia chamar de a bordo da grandeza em virtude do seu talento, muito embora ele assinasse suas obras com outro nome. Bernard sequer se importava com o lado financeiro das coisas, o que também seria incompreensível para Madame Annette e Heloise. Madame Annette se retirou bastante depressa, demonstrando o máximo de desagrado que se atrevia, achou Tom.

— Tem uma coisa que eu queria lhe contar — disse Bernard. — Na noite depois que Derwatt morreu... Todos nós ficamos sabendo da morte dele vinte e quatro horas depois de ela acontecer na Grécia... Eu... eu tive uma visão de Derwatt em pé no meu quarto. O luar estava entrando pela janela. Eu havia cancelado um encontro com Cynthia porque queria ficar sozinho, me lembro. Pude ver Derwatt ali e sentir sua presença. Ele estava até sorrindo. Disse: "Não fique alarmado, Bernard, eu não estou em um lugar ruim. Não estou sentindo nenhuma dor." Pode imaginar Derwatt dizendo algo tão previsível quanto isso? Mas eu o ouvi.

Bernard havia escutado seu ouvido interno. Tom ficou escutando respeitosamente.

— Fiquei sentado na cama olhando para ele por um minuto talvez. Derwatt meio que ficou flutuando pelo meu quarto, o quarto onde eu às vezes pinto... e durmo.

Bernard quis dizer o quarto onde pintava Tufts, não Derwatts.

Bernard continuou:

— Ele disse: "Vá em frente, Bernard, eu não estou arrependido." Por "arrependido", imaginei que ele estivesse querendo dizer que não se arrependia de ter se matado. O que ele quis dizer foi: continue a viver. Enfim... — Bernard olhou para Tom pela primeira vez desde que havia começado a falar. — Pelo tempo que isso durar. Não é algo que possamos controlar, não é? O destino faz isso por nós.

Tom hesitou.

— Derwatt tinha senso de humor. Segundo Jeff, ele talvez tivesse apreciado o fato de você falsificar seu trabalho com tanto sucesso. — Graças a Deus, Bernard recebeu bem o comentário.

— Até certo ponto. Sim, as falsificações poderiam ter sido uma brincadeira profissional. Derwatt não teria gostado do lado profissional da coisa. O dinheiro poderia tê-lo feito se suicidar com a mesma facilidade que a falência.

Tom sentiu os pensamentos de Bernard começarem a mudar de direção outra vez, de um jeito desorganizado e hostil, hostil em relação a ele. Será que ele deveria tomar a iniciativa de encerrar a conversa? Ou Bernard consideraria isso um insulto?

— Os malditos *flics* vão chegar muito cedo, eu acho que vou me deitar.

Bernard se inclinou para a frente.

— Você não entendeu o que eu quis dizer no outro dia quando disse que tinha fracassado. Com aquele investigador de Londres, quando eu estava tentando explicar Derwatt para ele.

— Porque você não fracassou. Olhe, Chris sabia o que você estava querendo dizer. Webster falou que foi muito comovente, eu me lembro.

— Webster ainda estava considerando a possibilidade de falsificação, de Derwatt permitir isso. Eu sequer consegui transmitir o caráter de Derwatt. Dei o melhor de mim e fracassei.

Tentando desesperadamente fazer Bernard voltar para os trilhos, Tom disse:

— Webster está procurando Murchison. É essa a sua missão. Não Derwatt, de forma alguma. Vou subir.

Tom foi para o seu quarto e vestiu o pijama. Deitou-se na cama e abriu uma fresta no alto da janela, que Madame Annette não tinha aberto naquela noite, mas estava se sentindo abalado e teve o impulso de trancar a porta. Seria uma bobagem? Seria sensato? Parecia covarde. Não trancou a porta. Estava no meio de um volume da *História social inglesa*, de Trevelyan, e começou a ler, mas mudou de ideia e pegou seu dicionário *Harrap's*. *To forge*, falsificar. Do francês antigo *forge*, oficina. *Faber*, operário. *Forge*, em francês, se referia apenas a uma oficina de metal. O termo francês para falsificação era *falsification*, ou então o verbo *contrefaire*. Tom já sabia isso. Fechou o dicionário.

Passou uma hora deitado sem pegar no sono. A cada poucos segundos, o sangue latejava em seus ouvidos num crescente, alto o suficiente para acordá-lo, e ficava continuamente com a sensação de estar despencando de uma grande altura.

Nos ponteiros do seu relógio de pulso, Tom viu que era meia-noite e meia. Será que deveria ligar para Heloise? Queria ligar para ela, mas não queria provocar ainda mais reprovação de Papa ligando tarde demais. Malditas outras pessoas.

Tom então percebeu que estava sendo empurrado pelos ombros e que havia mãos ao redor do seu pescoço. Desvencilhou as pernas das cobertas. Estava puxando sem sucesso os braços de Bernard para tirar as mãos dele, e por fim conseguiu encaixar um pé no corpo dele e empurrar. As mãos largaram seu pescoço. Bernard caiu no chão com um baque, ofegante. Tom acendeu o abajur, por um triz não o derrubou, e de fato derrubou um copo d'água que se espatifou no tapete oriental azul.

Bernard estava recuperando o fôlego a duras penas.

Tom também, em certo sentido.

— Meu Deus, Bernard — disse.

Bernard não respondeu, ou não conseguiu responder. Ficou sentado no chão apoiado num dos braços, na posição do Gaulês Moribundo. Será que atacaria novamente assim que recuperasse as forças?, pensou Tom. Ele se levantou da cama e acendeu um Gauloise.

— Francamente, Bernard, que coisa mais idiota de fazer! — Tom começou a rir, e tossiu por causa da fumaça. — Você não teria tido chance nenhuma! Nem se tentasse fugir! Madame Annette sabe que você está aqui, e a polícia também. — Tom observou Bernard se levantar. Não era frequente, pensou, uma quase vítima poder fumar um cigarro e andar descalça de um lado para outro sorrindo para quem acabara de tentar matá-la. — Não deveria fazer isso outra vez. — Tom sabia que suas palavras eram absurdas. Bernard não estava ligando para o que acontecesse com ele. — Não vai dizer nada?

— Sim — disse Bernard. — Eu detesto você... porque tudo isso é totalmente culpa sua. Eu nunca deveria ter concordado... é verdade. Mas você é a origem.

Tom sabia. Ele era uma origem mística, uma fonte do mal.

— Nós estamos todos tentando encerrar essa história, não continuá-la.

— E eu estou acabado. Cynthia...

Tom soprou a fumaça do seu cigarro.

— Você disse que às vezes se sentia Derwatt quando pintava. Pense no que fez pelo nome dele! Porque ele não era nem um pouco famoso quando morreu.

— Isso se corrompeu — disse Bernard no tom da própria voz de condenação, do juízo ou do inferno. Foi até a porta e saiu, com uma expressão mais determinada do que a habitual.

Para onde ele estaria indo?, perguntou-se Tom. Embora fossem mais de três da manhã, Bernard continuava vestido. Será que iria sair zanzando pela noite? Ou descer até o térreo e tocar fogo na casa?

Tom girou a chave em sua fechadura. Se Bernard voltasse, teria de esmurrar a porta para entrar, e é claro que Tom o deixaria entrar, mas era mais do que justo ter algum aviso.

Bernard não seria nenhum ganho com a polícia na manhã seguinte.

16

Às nove e quinze da manhã de sábado, 26 de outubro, Tom estava de pé diante das portas do seu terraço olhando em direção à mata, onde a polícia começara a cavar a antiga cova de Murchison. Atrás dele, Bernard andava de um lado para outro pela sala, calado e inquieto. Tom segurava uma carta formal de Jeffrey Constant na qual perguntava, em nome da Galeria Buckmaster, se ele sabia o paradeiro de Thomas Murchison, porque eles não sabiam.

Três policiais tinham chegado naquela manhã, dois novos para Tom e o terceiro, o *commissaire* Delaunay, que, pensou ele, não iria cavar nada.

— O senhor sabe que local é aquele na mata cavado recentemente? — haviam perguntado.

Tom respondera não saber nada sobre aquilo. A mata não era dele. O *gendarme* atravessou o gramado para falar com seus *confrères*. Eles tinham revistado a casa outra vez.

Tom segurava também uma carta de Chris Greenleaf que não havia aberto.

Devia fazer uns dez minutos que a polícia estava cavando.

Tom leu a carta de Jeff com mais cuidado. Jeff havia escrito imaginando que a correspondência de Tom estivesse sendo lida, ou isso ou estava com disposição para fazer graça, mas Tom pensava que fosse a primeira opção.

Galeria Buckmaster
Bond Street W1
24 de outubro de 19**

Ao distinto Thomas Ripley
Belle Ombre
Villeperce 77

Prezado Sr. Ripley,

Fomos informados de que o investigador Webster o visitou recentemente para falar sobre o Sr. Thomas Murchison, que o acompanhou à França na quarta-feira passada. Esta é para lhe informar que não temos notícia alguma do Sr. Murchison desde a quinta-feira dia 15 último, quando ele esteve em nossa galeria.

Sabemos que o Sr. Murchison queria ver Derwatt antes de voltar (ele, o Sr. Murchison) para os Estados Unidos. No momento não sabemos se Derwatt está na Inglaterra, mas imaginamos que ele vá entrar em contato conosco antes de voltar para o México. Pode ser que Derwatt tenha organizado um encontro com o Sr. Murchison sobre o qual nada sabemos. [Um chá entre fantasmas, talvez, pensou Tom.]

Assim como a polícia, estamos preocupados com o desaparecimento do quadro de Derwatt intitulado *O relógio*.

Queira por favor nos ligar a cobrar se tiver alguma informação.

Atenciosamente,
Jeffrey Constant

Tom se virou, agora bem-disposto e arrogante, pelo menos por enquanto, e de toda forma o mau humor de Bernard o entediava.

Sua vontade era dizer: “Escute aqui, seu velho desprezível, burro e arrogante, que diabos afinal você está fazendo aqui até agora?” Mas Tom sabia o que Bernard estava fazendo: esperando para atacá-lo outra vez. De modo que prendeu a respiração por um segundo apenas, sorrindo para Bernard, que sequer estava olhando para ele, e ficou escutando chapins-azuis piarem em volta de um pedaço de banha que Madame Annette havia pendurado numa árvore, ouvindo o som chato do rádio dela na cozinha, e ouvindo também as pancadas da pá de um policial ao longe na mata.

Com a mesma frieza direta da carta de Jeff, Tom disse:

— Bom, eles não vão encontrar nenhum sinal de Murchison por lá.

— Até procurarem no rio — retrucou Bernard.

— Você vai *dizer* a eles para fazer isso?

— Não.

— De toda forma, que rio? Não me lembro nem qual foi. — Tom tinha certeza de que Bernard tampouco.

Ele estava esperando a polícia voltar da mata e dizer que não havia encontrado nada. Ou talvez eles não fossem se dar ao trabalho de dizer isso, talvez não fossem dizer nada. Ou poderiam entrar mais na mata para procurar. Aquilo poderia durar o dia inteiro. Não era um jeito ruim para a polícia matar tempo num dia bonito. Almoçar no vilarejo ou em algum vilarejo ali perto, ou mais provavelmente em suas casas no distrito, depois voltar para a mata.

Tom abriu a carta de Chris.

24 de outubro de 19**

Caro Tom,

Obrigado mais uma vez pelos dias elegantes que passei com você. Eles são um contraste e tanto com meu pouso sórdido aqui, mas eu meio que gosto deste lugar. Ontem à noite vivi uma aventura. Conheci uma garota chamada Valérie num café de Saint-Germain-des-Prés. Perguntei-lhe se ela gostaria de ir tomar um cálice de vinho comigo no meu hotel. (Ahn!) Ela aceitou. Eu estava com Gerald, mas ele teve o tato de sumir, como o cavalheiro que às vezes é. Valérie subiu alguns minutos depois de mim, uma ideia dela, embora eu não ache que teria havido problema com a recepção. Ela perguntou se podia se lavar. Eu lhe disse que não tinha banheiro, apenas uma pia, então propus sair do quarto enquanto ela se lavava. Quando tornei a bater na porta, ela perguntou se havia um banheiro com banheira. Eu disse claro, mas eu teria de pedir a chave. Fiz isso. Bem, ela desapareceu no banheiro por pelo menos quinze minutos. Então voltou, e mais uma vez quis que eu saísse do quarto enquanto ela se lavava. Certo, fiz isso, mas dessa vez me perguntei o que ela ainda poderia estar lavando tanto. Esperei embaixo, na calçada. Quando tornei a subir ela havia sumido, o quarto estava vazio. Procurei nos corredores, por toda parte. Sumiu! Pensei: aí está uma garota que me lavou da sua vida. Talvez eu não tenha feito a coisa certa. Que você tenha mais sorte da próxima vez, Chris!

Talvez agora eu vá para Roma com Gerald...

Tom olhou pela janela.

— Quando será que eles vão terminar? Ah, lá vêm eles! Olhe só! Balançando suas pás vazias.

Bernard não olhou.

Tom sentou-se confortavelmente no sofá amarelo.

Os franceses bateram nas portas de vidro e Tom fez um gesto para que entrassem, em seguida se levantou de um pulo para ir abri-las.

— Nada na trincheira a não ser isto aqui — disse o *commissaire* Delaunay erguendo uma pequena moeda. Era uma moeda de 20 *centimes* de cor dourada. — A data é 1965. — Ele sorriu.

Tom também sorriu.

— Engraçado vocês terem achado isso.

— Nosso tesouro de hoje — disse Delaunay, pondo a moeda no bolso. — Sim, o buraco tinha sido cavado recentemente. Muito estranho. O tamanho exato para um cadáver, mas não havia cadáver. O senhor não viu ninguém cavando lá recentemente?

— Com certeza não. Mas... não dá para ver daqui da casa. O lugar fica escondido por árvores.

Tom foi falar com Madame Annette na cozinha, mas ela não estava lá. Provavelmente devia ter saído para fazer compras, uma saída que iria durar mais do que o normal, pois ela iria falar com três ou quatro conhecidos sobre a chegada da polícia para vasculhar a casa em busca do Sr. Murchison, cuja foto havia saído no jornal. Tom preparou uma bandeja com cerveja gelada e uma garrafa de vinho e a levou até a sala. O policial francês estava conversando com Bernard. A conversa era sobre pintura.

— Quem frequenta aquela mata? — perguntou Delaunay.

— Ah, de vez em quando alguns agricultores, acho eu — respondeu Tom. — Para pegar lenha. É raro eu ver alguém naquela estradinha.

— E recentemente?

Tom pensou um pouco.

— Não me lembro de ninguém.

Os três policiais foram embora. Haviam esclarecido algumas questões: seu telefone estava funcionando; sua *femme de ménage* saíra para fazer compras (Tom disse que eles talvez a encontrassem no vilarejo, caso quisessem falar com ela); Heloise fora visitar os pais em Chantilly. Delaunay não se dera ao trabalho de pedir o endereço.

— Quero abrir as janelas — disse Tom depois de eles saírem.

E assim o fez, a porta da frente e as portas de vidro do terraço.

O frio não incomodou Bernard.

— Vou ver o que eles fizeram lá — disse Tom, e atravessou o gramado em direção à mata. Que alívio os homens da lei terem saído da casa!

Eles haviam enchido o buraco. Estava um pouco alto, uma terra marrom-avermelhada, mas eles tinham feito um trabalho relativamente bem-feito. Tom voltou para a casa. Meu Deus, pensou, quantas discussões, quantas repetições mais conseguiria aguentar? Por uma coisa talvez devesse se sentir grato: Bernard não estava sentindo pena de si mesmo. Estava acusando ele, Tom. Isso pelo menos era ativo, positivo e claro.

— Bem — disse Tom ao entrar na sala. — Eles trabalharam direitinho. E tudo que conseguiram foram 20 *centimes*. Por que não vamos embora antes de...

Nesse exato instante, Madame Annette abriu a porta da cozinha; Tom ouviu sem ver, e se adiantou para ir falar com ela.

— Bem, Madame Annette, os policiais já foram. Acho que não encontraram nenhuma pista. — Ele não ia comentar sobre a cova na floresta.

— Muito estranho, não é? — disse ela depressa, em geral um protocolo em francês para alguma outra coisa mais importante. — Tem um mistério aqui, não é?

— Tem um mistério em Orly ou em Paris — retrucou Tom. — Não aqui.

— O senhor e Monsieur Bernard vão almoçar em casa?

— Hoje não — disse Tom. — Vamos comer fora em algum lugar. E quanto ao jantar, não precisa se preocupar. Se Madame Heloise telefonar, pode dizer a ela que eu ligo de volta à noite? Na verdade... — Tom hesitou. — Eu com certeza ligarei de volta hoje às cinco da tarde. Em todo caso, por que a senhora não tira o resto do dia de folga?

— Comprei umas costeletas só por garantia. Sim, tenho um encontro com Madame Yvonne em...

— É essa a ideia! — interrompeu Tom. Virou-se para Bernard. — Vamos comer em algum lugar?

Mas eles não podiam sair imediatamente. Bernard queria fazer algo em seu quarto, falou. Madame Annette saiu da casa (pensou Tom), possivelmente para almoçar com uma amiga em Villeperce. Tom enfim bateu na porta fechada de Bernard.

Ele estava sentado diante de uma mesa, escrevendo.

— Se quiser que o deixe sozinho...

— Na verdade, não — disse Bernard, levantando-se depressa.

Tom ficou perplexo. Sobre o que você quer conversar?, quis lhe perguntar. Por que você está aqui? Não conseguiu se forçar a fazer essas perguntas.

— Vamos descer.

Bernard foi com ele.

Tom queria ligar para Heloise. Era agora meio-dia e meia. Conseguiria pegá-la antes do almoço. A família em casa tinha hora exata para comer, à uma da tarde. O telefone tocou bem na hora em que Tom e Bernard entraram na sala.

— Talvez seja Heloise — disse Tom, e tirou o fone do gancho.

— *Vous êtes... bzzzz... Ne quittez pas. Londres vous appelle...*

Jeff então entrou na linha.

— Alô, Tom. Estou ligando de uma agência postal. Você conseguiria vir aqui de novo... pode ser?

Tom sabia que ele queria dizer ir lá como Derwatt.

— Bernard está aqui.

— Pensamos mesmo que estivesse. Como ele está?

— Ele está... está relaxando — disse Tom. Não achava que Bernard, que fitava o jardim pelas portas do terraço, sequer estivesse se dando ao trabalho de escutar, mas não tinha certeza. — *Agora* eu não consigo — disse Tom. Será que eles não entendiam que ele havia matado Murchison?

— Não pode pensar no assunto… por favor?

— Mas eu tenho algumas obrigações aqui também, sabe? O que está acontecendo?

— Aquele investigador esteve aqui. Ele queria saber onde Derwatt está. Quis olhar nossos registros. — Jeff engoliu em seco; sua voz tinha ficado inconscientemente baixa por motivos de sigilo, mas ao mesmo tempo ele soava tão desesperado que talvez não tivesse nem ligado para quem o escutasse ou entendesse o que ele estava falando. — Ed e eu… nós fizemos algumas anotações, anotações recentes. Dissemos que sempre tínhamos tido um arranjo informal, que nenhum quadro nunca havia se perdido. Acho que foi convincente. Mas eles estão curiosos em relação a Derwatt em si, e se você pudesse fazer aquilo outra vez…

— Eu não acho sensato — disse Tom, interrompendo.

— Se pudesse confirmar nossos registros…

Que se danem os registros deles, pensou Tom. Que se dane a sua renda. E o assassinato de Murchison, era de sua responsabilidade apenas? E Bernard e a vida de Bernard? Num estranho instante, Tom se deu conta de que Bernard iria se matar, de que seria um suicida em algum lugar. E Jeff e Ed estavam preocupados com a renda *deles*, com a reputação *deles* e com medo de serem presos!

— Eu tenho algumas responsabilidades aqui. É impossível ir a Londres. — Em meio ao silêncio decepcionado de Jeff, Tom fez uma pergunta. — A Sra. Murchison está vindo para cá, você sabe?

— Não soubemos de nada em relação a isso.

— Vamos deixar Derwatt onde ele está, seja lá onde for. Talvez ele tenha um amigo com um jatinho particular, quem sabe? — Tom riu.

— Falando nisso — disse Jeff num tom um pouco mais alegre —, o que aconteceu com *O relógio*? Foi mesmo roubado?

— Sim. Incrível, não? Fico pensando quem está aproveitando esse tesouro.

Ainda assim, o tom com que Jeff desligou foi de decepção; Tom não ia a Londres.

— Vamos dar uma volta — disse Bernard.

Ligar para Heloise já era, pensou Tom. Começou a se perguntar se poderia subir dez minutos para o quarto e ligar para ela, mas achou que era melhor fazer o que Bernard queria.

— Vou pegar um casaco.

Eles saíram a pé pelo vilarejo. Bernard não quis um café, nem uma taça de vinho, nem quis almoçar. Eles caminharam quase um quilômetro em duas das estradas que saíam de Villeperce, então deram meia-volta, às vezes se afastando para deixar passar largos caminhões agrícolas ou carroças puxadas por cavalos Percheron. Bernard falou sobre Van Gogh e Arles, onde estivera duas vezes.

— ... Vincent, assim como todos os outros, tinha uma determinada duração de vida, e não mais do que isso. Alguém consegue imaginar Mozart vivendo até os 80 anos? Eu gostaria de retornar a Salzburgo. Lá tem um café, o Tomaselli. Café maravilhoso... Você consegue imaginar Bach morrendo aos 26 anos, por exemplo? O que prova que um homem é o seu trabalho, nada mais, nada menos. Nunca é de um homem que estamos falando, mas sim do seu trabalho...

Estava ameaçando chover. Tom já tinha levantado a gola do casaco.

— ... Derwatt teve uma duração de vida decente, entende? Foi um absurdo eu a prolongar. Mas é claro que eu não prolonguei. Tudo isso pode ser retificado — disse Bernard como um juiz pronunciando uma sentença, uma sentença sábia, na opinião do juiz.

Tom tirou as mãos do bolso e as soprou, e tornou a enfiá-las no bolso.

De volta em casa, Tom preparou um chá e pegou o uísque e o conhaque. Das duas, uma: ou a bebida iria acalmar Bernard, ou ia precipitar uma crise ao deixar Bernard com raiva, e algo iria acontecer.

— Preciso ligar para minha mulher — disse Tom. — Sirva-se do que quiser. — Tom subiu correndo a escada. Heloise, mesmo se ainda estivesse zangada, seria uma voz de sanidade.

Tom deu o número de Chantilly para a telefonista. Começou a chover. A chuva batia suavemente nas vidraças. Ainda não havia vento. Tom suspirou.

— Alô, Heloise! — Ela havia atendido. — *Sim*, eu estou bem. Queria ligar para você ontem à noite, mas ficou tarde... eu só saí para dar uma volta. — (Ela havia tentado lhe telefonar.) — Com Bernard... Sim, ele ainda está aqui, mas acho que vai embora hoje à tarde, talvez hoje à noite. Quando você volta para casa?

— Quando você tiver se livrado desse *fou*!

— Heloise, *je t'aime*. Eu talvez vá a Paris. Com Bernard, porque acho que isso vai ajudá-lo a ir embora.

— Por que você está tão nervoso? O que está acontecendo?

— Nada!

— Você me avisa quando chegar a Paris?

Tom tornou a descer e pôs uma música para tocar. Escolheu um jazz. Não era um jazz bom nem um jazz ruim, mas como ele havia constatado em outros momentos cruciais de sua vida, o jazz não surtia qualquer efeito nele. Apenas a música clássica tinha algum efeito: ela proporcionava alívio ou tédio, dava confiança ou a tirava quase por completo, porque a música clássica tem ordem, de maneira que a pessoa aceita essa ordem ou a rejeita. Tom colocou bastante açúcar em seu chá agora frio e o tomou. Bernard parecia não se barbear havia dois dias. Será que ele deixaria crescer uma barba como a de Derwatt?

Alguns minutos depois, eles estavam passeando pelo gramado dos fundos. Um dos cadarços de Bernard estava desamarrado. Ele estava usando botas de caminhada, bastante gastas de tanto uso, a sola na ponta parecendo o bico de pássaros recém-nascidos, que tinham um jeito curioso de parecer velhos. Será que Bernard iria amarrar seu cadarço ou não?

— Na noite passada eu tentei compor uma rima — disse Tom.

Um computador se meteu a cupido
E deu ao neutro o zero para marido.
Disse o neutro para o zero um dia:
"Eu não sou o que deveria,
mas você ainda não viu a nossa cria."

— O problema é que ficou limpo demais. Mas talvez você consiga pensar num último verso melhor. — Tom tinha duas versões para a parte do meio e o último verso, mas será que Bernard estava escutando?

Eles estavam entrando na estradinha em direção à mata. A chuva tinha parado, e agora apenas caíam uns pingos.

— Olhe, um sapinho! — disse Tom, abaixando-se para pegar o bicho porque quase havia pisado nele, uma criaturinha do tamanho de uma unha do polegar.

O golpe acertou Tom atrás da cabeça, e talvez tenha sido o punho de Bernard. Tom ouviu a voz dele dizer alguma coisa, teve consciência da grama molhada, de uma pedra contra o rosto, e então perdeu os sentidos — para todos os fins práticos, embora tenha sentido um segundo golpe na lateral da cabeça. *Isso é demais*, pensou Tom. Imaginou suas mãos vazias tateando estupidamente pelo chão, mas sabia que não estava se mexendo.

E então estava sendo rolado várias vezes. Tudo era silêncio, a não ser por um zumbido nos ouvidos. Tom tentou se mexer, mas não conseguiu. Seu rosto estava virado para baixo ou para cima? Estava pensando, de certa maneira, sem conseguir se mexer. Piscou os olhos e havia terra neles. Começou a perceber, a acreditar, que pesos, ou um peso, estavam baixando sobre sua coluna, sobre suas pernas. Em meio ao barulho em seus ouvidos chegou-lhe o som abafado de uma pá sendo cravada na terra. Bernard o estava enterrando. Tom teve certeza agora de que seus olhos estavam abertos. Qual era a profundidade do buraco? Era a cova de Murchison, teve certeza. Quanto tempo teria passado?

Deus do céu, pensou Tom, não podia deixar Bernard enterrá-lo vários metros abaixo da superfície, senão não conseguiria sair. De modo difuso, com um humor difuso até, pensou que talvez houvesse um limite para aplacar Bernard, e que o limite era a vida dele. *Escute! Está bem!* Ele imaginou, acreditou ter gritado isso, mas não tinha.

— ... não é o primeiro — disse a voz de Bernard, grossa e abafada pela terra que cercava Tom.

O que significava isso? Será que tinha escutado de fato? Tom conseguiu virar um pouco a cabeça e percebeu que estava com o rosto para baixo. Conseguia virar a cabeça em um ângulo bem pequeno.

E o peso tinha parado de cair. Ele se concentrou em respirar, em parte pela boca. Estava com a boca seca e cuspiu uma terra pedregosa. Se não se mexesse, Bernard iria embora. Tom agora estava desperto o suficiente para se dar conta de que Bernard devia ter ido buscar a pá no barracão de ferramentas enquanto ele estava apagado. Sentiu um filete morno escorrer por trás do pescoço. Era sangue, provavelmente.

Talvez dois, talvez cinco minutos tenham transcorrido, e Tom quis se mexer ou pelo menos tentar fazê-lo, mas será que Bernard estava ali em pé a observá-lo?

Impossível ouvir qualquer coisa, como, por exemplo, passos. Talvez Bernard já tivesse ido embora minutos antes. De todo modo, será que Bernard atacaria de novo caso o visse se esforçando para sair do túmulo? Era um pouco divertido. Mais tarde, se é que haveria um mais tarde, Tom iria rir, pensou.

Resolveu arriscar. Mexeu os joelhos. Posicionou as mãos de modo a se impulsionar para cima e, nesse momento, constatou que não tinha forças. Então começou a cavar para cima com os dedos, como uma toupeira. Limpou uma área para o rosto e foi cavando para cima em busca de ar, mas não alcançou ar nenhum. A terra estava molhada e solta, mas grudando em seu corpo. O peso sobre sua coluna era imenso. Ele começou a empurrar com os pés e a subir com as mãos e os braços, como alguém que tenta nadar em cimento ainda fresco. Não podia haver mais de um metro de terra em cima dele, pensou Tom com otimismo, talvez nem isso. Era preciso muito tempo para cavar um metro de terra, mesmo uma terra fofa como aquela, e Bernard certamente não havia passado muito tempo manejando a pá. Tom tinha certeza de que agora a terra no topo da sua prisão já estava se mexendo, e se Bernard estivesse em pé ali, sem reagir, sem jogar mais terra nem cavar até ele para acertá-lo na cabeça outra vez, ele poderia se dar ao luxo de dar um empurrão forte e relaxar por alguns segundos. Deu um empurrão forte. Isso o fez ganhar mais espaço para respirar. Ele sorveu umas vinte inspirações de um ar úmido como o de uma tumba, então tornou a empurrar.

Dois minutos depois estava em pé, oscilando feito um bêbado junto à cova de Murchison, agora a sua, coberto da cabeça aos pés de lama e torrões de terra.

Estava escurecendo. Ao cambalear até a estradinha, Tom viu que não havia nenhuma luz acesa na casa. Automaticamente pensou no aspecto da cova, pensou em tornar a cobri-la, perguntou-se onde estaria a pá que Bernard havia usado e então concluiu: aquilo tudo que se danasse. Ainda estava limpando a sujeira dos olhos e das orelhas.

Talvez ele fosse encontrar Bernard sentado na sala de estar mais ou menos escura, e nesse caso Tom diria "Bu!". A brincadeira de Bernard fora um tanto pesada. Tom tirou os sapatos no terraço e os deixou ali. As portas do terraço estavam entreabertas.

— Bernard! — chamou.

Ele realmente não estava em condições de aguentar um novo ataque.

Não houve resposta.

Tom entrou na sala, se virou, tornou a sair, tonto, e largou o paletó enlameado no terraço e a calça também. De cueca samba-canção, acendeu algumas luzes e subiu até seu banheiro. Um banho de banheira o refrescou. Ele pôs uma toalha em volta do pescoço. O corte em sua cabeça sangrava. Tom só o havia tocado uma vez com a luva de banho para tirar a lama e depois tentado esquecê-lo, pois não havia nada que pudesse fazer a respeito sozinho. Vestiu o roupão e desceu até a cozinha, onde preparou um sanduíche de presunto e serviu-se de um grande copo de leite, depois comeu seu lanche à mesa. Então pendurou no banheiro o paletó e a calça. Uma escovada e direto para o tintureiro, diria a eficiente Madame Annette, e que bênção ela não estar ali agora, mas estaria de volta às dez da noite, pensou Tom, talvez às onze e meia, caso tivesse ido ao cinema em Fontainebleau ou Melun, mas ele não deveria contar com isso. Faltavam dez minutos para as oito.

O que Bernard iria fazer agora?, pensou Tom. Ficar vagando em Paris? Por algum motivo não conseguia ver Bernard voltando para Londres, de modo que descartou essa ideia. Mas Bernard no momento estava tão transtornado que era realmente impossível prever o que faria, por quaisquer parâmetros. Por exemplo, será que Bernard informaria a Jeff e Ed que havia matado Tom Ripley? Ele agora podia muito bem gritar o que quisesse para todo mundo ouvir. Na verdade, Bernard iria se matar, e Tom podia pressentir isso da mesma forma que poderia ter pressentido um assassinato, pois o suicídio, afinal de contas, era uma forma de assassinato. E para Bernard conseguir concluir, ou realizar o que quer que estivesse pretendendo, Tom sabia que ele próprio precisava continuar morto.

E que chatice era isso, levando em conta Madame Annette, Heloise, seus vizinhos, a polícia. Como ele poderia fazer todos acreditarem que estava morto?

Vestiu uma calça jeans e voltou à estradinha com o lampião do lavabo. De fato: ali estava a pá, caída no chão entre a muito utilizada cova e a estradinha. Tom a usou para encher o buraco. Uma linda árvore deveria crescer ali um dia, pensou, porque o solo agora estava bem arado. Chegou a arrastar de volta alguns dos velhos galhos e folhas com os quais havia coberto Murchison da primeira vez.

Descanse em paz, Tom Ripley, pensou.

Outro passaporte talvez tivesse utilidade, e para quem ele poderia ligar e pedir isso a não ser Reeves Minot? Já estava mais do que na hora de pedir um pequeno favor a Reeves.

Tom escreveu um bilhete para Reeves em sua máquina de escrever e, por segurança, pôs junto no envelope duas de suas fotografias de passaporte atuais. Ligaria para Reeves de Paris naquela mesma noite. Havia decidido ir para Paris, onde poderia passar algumas horas escondido e pensar. Tom então levou os sapatos e as roupas enlameados para o sótão, onde Madame Annette provavelmente não iria. Tornou a trocar de roupa e pegou a caminhonete da propriedade até a estação de trem de Melun.

Chegou a Paris às dez e quarenta e cinco da noite e deixou o recado para Reeves numa caixa postal da Gare de Lyon. Então foi para o Hôtel Ritz, onde pediu um quarto com o nome Daniel Stevens e deu um número de passaporte norte-americano inventado, dizendo que estava sem o passaporte. Endereço: 14 rue du Docteur Ravet, Rouen, rua que, até onde ele sabia, não existia.

17

Tom ligou para Heloise do quarto. Ela não estava. A empregada disse que tinha saído para jantar com os pais. Tom fez uma ligação para Reeves em Hamburgo. A conexão levou vinte minutos, e Reeves estava lá.

— Saudações, Reeves. Aqui é Tom. Estou em Paris. Como vai tudo? Você me consegue um passaporte *tout de suite*? Já lhe mandei as fotos.

Reeves soou nervoso. Minha nossa, seria aquilo um pedido de verdade, enfim? Um passaporte? Sim, aquelas coisinhas essenciais eram roubadas o tempo todo, em todo lugar. Quanto Reeves iria querer por ele?, Tom teve a boa educação de perguntar.

Reeves não conseguia dizer nada.

— Ponha na conta — disse Tom com uma voz confiante. — O importante é me mandar logo. Se receber minhas fotos na segunda de manhã, consegue terminar na segunda à noite?... Sim, é urgente. Você teria algum amigo vindo para Paris na madrugada de segunda, por exemplo? — *Se não tiver, encontre um*, pensou Tom.

Sim, respondeu Reeves, um amigo podia ir de avião até Paris. Não outro mensageiro (ou anfitrião), insistiu Tom, porque ele não estaria em condições de meter a mão no bolso nem na mala de ninguém.

— Qualquer sobrenome americano — disse Tom. — Um passaporte americano é o melhor, mas inglês serve. Enquanto isso, estou no Ritz, na Place Vendôme... Daniel Stevens. — Tom deu o número de telefone do Ritz para Reeves e disse que encontraria pessoalmente seu mensageiro quando soubesse o horário em que o sujeito poderia chegar a Orly.

A essa altura Heloise já tinha voltado para Chantilly, e Tom falou com ela.

— *Sim*, estou em Paris. Quer vir me encontrar hoje?

Heloise quis. Tom ficou encantado. Teve uma visão de estar sentado na frente dela diante de uma mesa dali a uma hora, ou algo assim, tomando champanhe, se Heloise quisesse champanhe, e ela em geral queria.

Tom ficou parado na calçada cinza olhando para a Place Vendôme redonda. Círculos o deixavam irritado. Que direção deveria tomar? Esquerda em direção à l'Opéra, ou direita em direção à rue de Rivoli? Tom preferia pensar em matéria de quadrados ou retângulos. Onde estaria Bernard? *Por que você quer um passaporte?*, perguntou ele a si mesmo. Para ter esse ás na manga? Uma garantia a mais de uma possível liberdade? "Eu não sei desenhar como Derwatt", tinha dito Bernard naquela tarde. "Simplesmente não desenho mais... Até para mim mesmo, só raramente." Será que Bernard estava naquele momento em algum hotel de Paris, cortando os pulsos numa pia? Debruçado acima do Sena numa das pontes prestes a pular, sutilmente, quando ninguém estivesse olhando?

Tom andou em linha reta em direção à rue de Rivoli. Àquela hora da noite tudo estava parado e escuro, as vitrines das lojas fechadas com portas de ferro e correntes para impedir o roubo das porcarias que elas vendiam para turistas: lenços de seda com a palavra "Paris" impressa, gravatas de seda e camisetas com preço muito acima do valor. Ele pensou em pegar um táxi até o sexto *arrondissement*, passear naquela atmosfera mais alegre e tomar uma cerveja na Brasserie Lippe. Mas não queria correr nenhum risco de encontrar Chris. Voltou ao hotel e pediu uma ligação para o estúdio de Jeff.

Essa ligação (segundo a telefonista) levaria quarenta e cinco minutos, porque as linhas estavam congestionadas, mas acabou sendo completada em meia hora.

— Alô... Paris? — A voz de Jeff soou como a de um golfinho que se afoga.

— *Sou eu, Tom, de Paris!* Está me escutando?

— *Mal!*

Não mal o suficiente para Tom tentar uma segunda ligação. Ele continuou:

— Eu não sei onde Bernard está. Você soube dele?

— Por que você está em Paris?

Um tanto inútil explicar, considerando as circunstâncias quase inaudíveis. Tom conseguiu saber que Jeff e Ed não tinham tido notícia alguma de Bernard.

Jeff então disse:

— Eles estão tentando encontrar *Derwatt*... (Palavrões murmurados em inglês.) — Meu Deus, se eu não consigo escutar *você*, duvido que qualquer um na escuta consiga ouvir alguma porcaria de...

— *D'accord!* — respondeu Tom. — Conte-me tudo que o aflige.

— A mulher de Murchison talvez...

— O quê? — Deus do céu, o telefone era um aparelho enlouquecedor. As pessoas deveriam voltar a usar caneta e papel e a viajar de navio. — Não estou escutando droga nenhuma!

— Nós vendemos *A banheira*... Eles estão pedindo... para ver Derwatt! Tom, se você pudesse...

Foram interrompidos de repente.

Tom bateu com o fone no gancho tamanha era a sua raiva, pegou-o e tornou a erguê-lo, pronto para vociferar contra a telefonista. Mas acabou colocando o fone no gancho de volta. Não era culpa dela. Não era culpa de ninguém, de ninguém que pudesse ser encontrado.

Bem, a Sra. Murchison viria, conforme Tom havia previsto. E talvez ela estivesse a par da teoria do roxo. E *A banheira* tinha sido vendida para quem? E Bernard estava… onde ele estaria? Atenas? Será que iria repetir o ato de Derwatt e se afogar numa ilha grega? Tom se viu indo até Atenas. Qual era mesmo o nome daquela ilha de Derwatt? Icária? Onde ficava? Descobriria no dia seguinte numa agência de turismo.

Tom sentou-se diante da escrivaninha e redigiu rapidamente um bilhete:

Caro Jeff,

Se você vir Bernard, eu estou supostamente morto. Bernard acha que me matou. Eu explico depois. Não passe isso adiante para ninguém, é só para o caso de você encontrar Bernard e ele dizer que me matou; finja acreditar nele e não faça nada. Segure Bernard, por favor.

Tudo de bom,
Tom

Ele desceu e postou a carta com um selo de 70 *centimes* comprado na recepção. Jeff provavelmente não a receberia antes de terça-feira. Mas aquele não era o tipo de recado que se atrevesse a mandar por telegrama. Ou era? *Preciso me manter discreto ou até mesmo subterrâneo em relação a Bernard.* Não, não era claro o suficiente. Ele ainda estava refletindo quando Heloise entrou pela porta. Tom ficou feliz ao ver que ela trazia consigo sua pequena mala Gucci.

— Boa noite, Madame Stevens — disse Tom em francês. — Hoje à noite você é Madame Stevens. — Tom pensou em dirigi-la à recepção para se registrar, depois decidiu não se dar ao trabalho e conduziu Heloise até o elevador.

Três pares de olhos os seguiram. Será que ela era mesmo a esposa dele?

— Tome, você está pálido!

— Tive um dia cheio.

— Ah, o que é esse...

— Shh. — Ela estava se referindo ao corte na cabeça dele. Heloise reparava em tudo. Tom pensou que poderia contar algumas coisas a ela, mas não tudo. A cova... isso seria terrível demais. Além do mais, deixaria Bernard parecendo um assassino, coisa que ele não era. Tom deu uma gorjeta ao ascensorista, que insistiu para carregar a mala de Heloise.

— O que houve com a sua cabeça?

Tom tirou o cachecol verde-escuro e azul que estava usando em volta do pescoço para absorver o sangue.

— Bernard me bateu. Mas não se preocupe, querida. Tire os sapatos. As roupas. Fique à vontade. Quer um pouco de champanhe?

— Sim. Por que não?

Tom pediu por telefone. Sentia-se tonto, como se estivesse com febre, mas sabia que era apenas o cansaço e a perda de sangue. Tinha verificado se havia gotas de sangue pela casa? Sim, lembrava-se de ter subido no último minuto especialmente para ver se havia sangue em algum lugar.

— Onde está Bernard? — Heloise havia tirado os sapatos e estava descalça.

— Eu realmente não sei. Em Paris, talvez.

— Vocês brigaram? Ele não queria ir embora?

— Ah... uma briga leve. Ele está muito nervoso no momento. Mas não é nada sério, nada.

— Mas por que você veio a Paris? Ele ainda está na casa?

Era uma possibilidade, percebeu Tom, embora as coisas de Bernard tivessem sumido de lá. Tom tinha procurado. E Bernard não poderia entrar de novo sem quebrar uma das portas do terraço.

— Não, ele não está na casa.

— Eu quero ver sua cabeça. Venha até o banheiro, onde a luz é melhor.

Alguém bateu na porta. Foram rápidos com o champanhe. O garçom corpulento e grisalho sorriu quando a rolha espocou. A garrafa se acomodou num balde de gelo com um chacoalhar agradável.

— *Merci, M'sieur* — disse o garçom ao pegar a nota de dinheiro de Tom.

Tom e Heloise ergueram suas taças, Heloise com certa reserva, e beberam. Ela precisava ver a cabeça do marido. Tom deixou. Tirou a camisa, curvou-se e fechou os olhos enquanto Heloise lavava a parte de trás da cabeça de Tom na pia com uma toalha de rosto. Fechou os ouvidos, ou tentou, como previra, não escutar as exclamações dela.

— Não é um corte grande, senão teria continuado a sangrar! — disse Tom. A lavagem estava fazendo tudo sangrar outra vez, claro. — Pegue outra toalha... pegue alguma coisa — disse Tom, e voltou para o quarto, onde foi caindo suavemente até o chão. Como não desmaiou, engatinhou até o banheiro, onde o chão era de ladrilhos.

Heloise estava falando sobre fita adesiva.

Tom desmaiou por alguns instantes, embora não tenha comentado nada. Engatinhou até a privada e vomitou um pouco. Usou algumas das toalhas molhadas de Heloise para o rosto e a testa. Então, alguns minutos depois, estava em pé diante da pia bebericando champanhe enquanto Heloise fazia um curativo com um pequeno lenço branco.

— Por que você tem fita adesiva? — perguntou Tom.

— Eu uso nas unhas.

Como?, pensou Tom. Ficou segurando a fita enquanto ela a cortava.

— Fita adesiva cor-de-rosa — comentou ele. — Sinal de discriminação racial. O movimento negro dos Estados Unidos deveria prestar atenção... e acabar com isso.

Heloise não entendeu. Tom tinha falado em inglês.

— Amanhã eu explico... talvez.

Então os dois se deitaram na cama luxuosa e larga com quatro travesseiros fofos, e Heloise havia cedido seu pijama para pôr debaixo da cabeça de Tom caso ele voltasse a sangrar, mas ele achava que tivesse quase parado. Heloise estava nua e tinha uma textura inacreditavelmente lisa, como algo feito de mármore polido, embora fosse macia, claro, e até morna. Não era uma noite para fazer amor, mas Tom estava se sentindo muito feliz e nem um pouco preocupado com o dia seguinte, o que talvez fosse pouco sensato, mas naquela noite, ou melhor, naquela madrugada, ele se permitiu. No escuro, ficou escutando o sibilar das bolhas do champanhe enquanto Heloise tomava pequenos goles da sua taça e o clique quando ela a pousava sobre a mesa de cabeceira. Então sua bochecha encostou no seio dela. Heloise, você é a única mulher do mundo que me faz pensar no *agora*, quis dizer, mas estava demasiado cansado, e o comentário provavelmente não era importante.

Pela manhã, Tom devia algumas explicações a Heloise e precisava fazer isso de modo sutil. Disse que Bernard Tufts estava chateado por causa da namorada inglesa, que talvez ele fosse se matar, e Tom queria encontrá-lo. Ele talvez estivesse em Atenas. E como a polícia queria manter Tom por perto por causa do sumiço de Murchison, o melhor era pensarem que ele estava em Paris, hospedado com amigos, talvez. Tom explicou que estava aguardando um passaporte que só poderia chegar, na melhor das hipóteses, na segunda-feira à noite. Tom e Heloise estavam tomando café da manhã na cama.

— Não entendo por que se importa com esse *fou* que chegou até a bater em você.

— A amizade — disse Tom. — Agora, querida, por que você não volta para Belle Ombre e fica fazendo companhia a Madame Annette? Ou então... podemos ligar para ela, e você pode dormir aqui comigo hoje — disse ele num tom mais alegre. — Mas é melhor mudarmos de hotel esta noite, só por segurança.

— Ah, Tome... — Mas Tom sabia que Heloise não estava tão decepcionada quanto seu tom de voz dava a entender. Ela gostava de fazer coisas um pouco dissimuladas, de guardar segredos quando não era preciso fazê-lo. As histórias que havia contado a Tom sobre suas intrigas adolescentes com as colegas de escola, e os colegas também, para escapar à vigilância dos pais eram dignas das invenções de Cocteau.

— Nós hoje vamos ter outro sobrenome. De qual você gostaria? Precisa ser um sobrenome americano ou inglês, por minha causa. Você é só minha esposa francesa, entende? — Tom estava falando em inglês.

— Humm. Gladstone?

Tom riu.

— Acha Gladstone um nome engraçado?

Heloise detestava o idioma inglês, pois achava-o cheio de significados dúbios escusos que ela nunca conseguia entender.

— Não, é só que ele inventou uma mala.

— Ele inventou a *mala*! Eu não acredito! Quem inventaria uma mala? É *simples* demais! Sério, Tome!

Eles se mudaram para o hotel Ambassadeur, no boulevard Haussmann, no nono *arrondissement*. Conservador e respeitável. Lá Tom se apresentou como William Tenyck, acompanhado de sua esposa Mireille. Fez uma segunda ligação para Reeves e deixou seu novo sobrenome, endereço e número de telefone, PRO 72-21, com o homem de sotaque alemão que frequentemente atendia ao telefone de Reeves.

À tarde, Tom e Heloise foram assistir a um filme e voltaram para o hotel às seis. Nenhum recado de Reeves ainda. Por sugestão de Tom, Heloise ligou para Madame Annette, e Tom também falou com a Madame.

— Sim, estamos em Paris — disse ele. — E sinto muito não ter deixado um recado... Pode ser que Madame Heloise volte amanhã tarde da noite, não tenho certeza. — Ele passou o telefone de volta para Heloise.

Bernard com certeza não tinha aparecido em Belle Ombre, ou Madame Annette teria comentado.

Eles foram se deitar cedo. Tom havia tentado, sem sucesso, convencer Heloise a cortar os pedaços bobos de fita adesiva atrás da sua cabeça, e ela chegara até a comprar um antisséptico francês cor de lavanda, com o qual encharcou o pedaço de atadura. Ela havia enxaguado o cachecol de Tom no Ritz, e pela manhã a peça já estava seca. Logo antes da meia-noite, o telefone tocou. Reeves disse que um amigo iria lhe levar o que ele necessitava no dia seguinte, segunda-feira, no voo 311 da Lufthansa, com chegada prevista em Orly à meia-noite e quinze.

— E como ele se chama? — perguntou Tom.

— É uma mulher. Gerda Schneider. Ela sabe como você é.

— Está bem — disse Tom, bastante satisfeito com o serviço, considerando o fato de Reeves ainda não ter recebido as suas fotografias. — Quer ir comigo a Orly amanhã à noite? — perguntou ele a Heloise após desligar.

— Eu levo você de carro. Quero ter certeza de que você vai ficar bem.

Tom lhe disse que o carro estava na estação de Melun. Talvez ela pudesse pedir a André, um jardineiro que ocasionalmente trabalhava para eles, que fosse com ela buscá-lo.

Os dois decidiram passar mais uma noite no Ambassadeur, para o caso de haver algum problema com o passaporte na segunda-feira à noite. Tom pensou em pegar um voo noturno para a Grécia na madrugada de terça-feira, mas isso só poderia ser decidido depois que ele estivesse com o passaporte nas mãos. Havia também a questão de se familiarizar com a assinatura do passaporte. Tudo isso, percebeu ele, para salvar a vida de Bernard. Tom desejou poder dividir o que estava pensando e sentindo com Heloise, mas teve medo de não conseguir fazê-la entender. Será que ela entenderia se soubesse das falsificações? Sim, talvez, intelectualmente, se é que ele podia usar esse termo. Mas Heloise diria: "Por que isso tudo está nas suas costas? Jeff e Ed não podem cuidar do amigo deles, daquele que assegura o ganha-pão deles?" Tom não lhe contou a história. Era melhor ficar sozinho, preparado para agir, por assim dizer. Sem nenhum tipo de empatia, ou sequer de pensamentos carinhosos familiares.

E tudo correu bem. Tom e Heloise chegaram a Orly à meia-noite de segunda-feira, o voo aterrissou no horário, e Gerda Schneider, ou uma mulher usando esse nome, abordou Tom no portão do andar de cima, onde ele estava aguardando.

— Tom Ripley — disse ela, sorrindo.

— Sim. Frau Schneider?

Era uma mulher com cerca de 30 anos, loura, bastante atraente e com ar inteligente, e quase sem maquiagem, como se tivesse acabado de lavar o rosto com água fria e vestir uma roupa.

— Sr. Ripley, é de fato uma honra conhecê-lo — disse ela em inglês. — Ouvi muito falar no senhor.

Tom riu alto com sua voz educada e bem-humorada. Surpreendia-lhe o fato de Reeves conseguir recrutar gente tão interessante a fim de trabalhar para ele.

— Estou com a minha esposa. Ela está lá embaixo. A senhora vai passar a noite em Paris?

Ela ia. Já tinha até um hotel reservado em Pont-Royal, na rue Montalembert. Tom a apresentou para Heloise. Foi buscar o carro enquanto Heloise e Frau Schneider o esperavam não muito longe de onde ele havia depositado a mala de Murchison. Os três foram de carro até Paris, até Pont-Royal, e só então Frau Schneider disse:

— Vou lhe entregar o pacote aqui.

Eles ainda estavam dentro do carro. Gerda Schneider abriu sua volumosa bolsa de mão e tirou um envelope branco um tanto grosso.

Tom havia estacionado e estava um pouco escuro. Tirou do envelope o passaporte norte-americano verde e o enfiou no bolso do paletó. O passaporte havia sido embrulhado em folhas de papel aparentemente em branco.

— Obrigado — disse Tom. — Vou entrar em contato com Reeves. Como ele está?...

Alguns minutos depois, Tom e Heloise estavam a caminho do hotel Ambassadeur.

— Para uma alemã, ela é bem bonita — disse Heloise.

No quarto, Tom deu uma olhada no passaporte. Estava bem usado, e Reeves havia desgastado sua fotografia para adequá-la. *Robert Fiedler Mackay* era o seu nome, 31 anos de idade, natural de Salt Lake City, Utah, profissão engenheiro, nenhum dependente. A assinatura era esguia e alta, todas as letras interligadas, uma caligrafia que Tom associava a um ou dois homens tediosos que havia conhecido, norte-americanos.

— Querida… Heloise… eu agora sou *Robert* — disse Tom em francês. — Se me dá licença, preciso passar um tempo treinando minha assinatura.

Heloise o observou recostada na *commode*.

— Ah, querida! Não se preocupe! — Ele passou os braços em volta dela. — Vamos tomar champanhe! Está tudo bem!

Às duas da tarde de terça-feira, Tom estava em Atenas, mais cromada e mais limpa do que a Atenas que ele tinha visto cinco ou seis anos antes. Registrou-se no hotel Grande-Bretagne, arrumou-se um pouco no seu quarto que dava para a praça da Constituição e saiu para dar uma volta e perguntar por Bernard Tufts em alguns outros hotéis. Impossível crer que Bernard tivesse se hospedado no Grande-Bretagne, pensou ele, o hotel mais caro de Atenas. Tom tinha inclusive sessenta por cento de certeza de que Bernard *não* se encontrava em Atenas, mas que tinha ido para a ilha em que Derwatt se suicidara ou para alguma outra ilha; mesmo assim, sentiu que seria estúpido não perguntar em alguns hotéis da cidade.

Sua história era que ele fora separado de um amigo com quem deveria se encontrar, Bernard Tufts. Não, o seu próprio nome não tinha importância, mas quando perguntado ele respondia: Robert Mackay.

— Qual é a situação agora nas ilhas? — perguntou Tom num hotel razoavelmente decente, onde pensava que eles pudessem saber alguma coisa sobre turismo. Falou em francês lá, embora em outros hotéis tivesse falado um pouco de inglês. — Icária, em especial.

— Icária? — perguntaram em tom de surpresa.

Essa ilha ficava consideravelmente a leste, uma das mais ao norte do Dodecaneso. Não havia aeroporto. Havia barcos, mas o homem não tinha certeza da frequência.

Tom chegou lá na quarta-feira. Teve de alugar uma lancha com um marinheiro de Mikonos. Após seu otimismo breve e instantâneo em relação à ilha, Icária foi uma tremenda decepção. A cidade de Armemisti (ou algo assim) tinha um aspecto desanimado, e Tom não viu nenhum ocidental, apenas pescadores consertando redes e ilhéus sentados em minúsculos cafés. Dali, após perguntar se houvera algum inglês chamado Bernard Tufts, cabelos escuros, magro etc., Tom fez uma ligação para outra cidade na ilha chamada Agios Kirycos. Um dono de hotel de lá verificou para ele e disse que iria checar em outra hospedaria e ligar de volta. Ele não ligou. Tom desistiu. Era uma agulha no palheiro, pensou. Talvez Bernard tivesse escolhido outra ilha.

Mesmo assim, *aquela* ilha, por ter sido o cenário do suicídio de Derwatt, tinha para Tom um mistério sutil e confuso. Naquelas praias amarelas quase brancas, em algum lugar, Philip Derwatt havia entrado no mar e nunca mais voltado. Tom duvidava que qualquer morador de Icária fosse reagir ao ouvir o nome Derwatt, mas tentou com o dono do café, sem sucesso. Derwatt mal passara um mês ali, pensou Tom, e isso já fazia seis longos anos. Tom se revigorou num pequeno restaurante com um prato de ensopado de tomates, arroz e cordeiro, em seguida foi ao encontro do marinheiro que o levara em um bar-restaurante onde ele tinha dito que ficaria até as quatro da tarde, caso Tom precisasse dele.

Os dois voltaram de lancha para Mykonos, onde o marinheiro ficava baseado. Tom levou sua mala. Sentia-se inquieto, exausto e frustrado. Decidiu voltar para Atenas na mesma noite. Sentou-se desanimado num bistrô diante de uma xícara de café com açúcar. Então voltou para o cais onde havia encontrado o marinheiro grego e o encontrou em casa, onde ele estava jantando.

— Quanto seria para me levar até Pireu hoje? — perguntou Tom. Ele ainda tinha alguns cheques de viagem americanos.

Muito a fazer, uma lista de dificuldades, mas o dinheiro resolvia tudo. Tom dormiu parte do caminho, amarrado a um banco de madeira na pequena cabine do barco. Eram por volta das cinco da manhã quando eles chegaram a Pireu. O marinheiro Antinou estava trôpego de alegria, por causa do dinheiro, do cansaço, ou, quem sabe, do *ouzo*, Tom não sabia dizer. Ele disse ter amigos em Pireu que ficariam contentes em vê-lo.

O frio da madrugada era cortante. Prometendo muito dinheiro, Tom forçou verbalmente um taxista a levá-lo até a praça da Constituição e à porta do Grande-Bretagne.

Deram-lhe um quarto, não o mesmo de antes. Eles não haviam terminado de limpar o primeiro, disse-lhe o porteiro da noite de modo bastante sincero. Tom anotou o número do estúdio de Jeff num pedaço de papel e pediu ao porteiro que fizesse a ligação para Londres.

Subiu para o seu quarto e tomou um banho, o tempo inteiro com os ouvidos atentos ao toque do telefone. Faltavam quinze para as oito quando a ligação foi conectada.

— Sou eu, Tom, de Atenas — disse. Estava na cama quase dormindo.

— Atenas?

— Alguma notícia de Bernard?

— Não, nada. O que você está…

— Estou indo para Londres. Ou melhor, chego hoje à noite. Prepare a maquiagem. Está bem?

18

Por impulso, na quinta-feira à tarde, Tom comprou uma capa de chuva verde em Atenas, uma capa de chuva de um modelo que ele próprio jamais teria escolhido, ou seja, Tom Ripley jamais teria chegado perto daquela peça. A capa tinha várias abas e correias, algumas das quais eram presas por anéis duplos, outras com pequenas fivelas, como se a capa tivesse sido pensada para viver abarrotada com despachos, cantis militares, cartuchos, um kit rancho, uma baioneta e um ou dois porretes. Era de mau gosto, e Tom pensou que fosse ajudá-lo ao chegar a Londres, só para o caso de os agentes da Imigração de fato se lembrarem da aparência de Thomas Ripley. Tom mudou também o repartido nos cabelos da esquerda para a direita, embora isso não aparecesse na foto tirada de frente. Por sorte, sua mala não tinha iniciais. O problema agora era o dinheiro, uma vez que Tom só tinha cheques de viagem com o nome Ripley, que ele não podia usar em Londres do mesmo jeito que usou para pagar ao marinheiro grego, mas tinha uma quantidade suficiente de dracmas (obtidos com francos franceses de Heloise) para uma passagem só de ida para Londres, e em Londres Jeff e Ed poderiam bancá-lo. Tom tirou da carteira cartões e qualquer coisa que o identificasse e enfiou-os no bolso traseiro com botão da calça. Mas na verdade não estava esperando ser revistado.

Sobreviveu ao guichê de Escritório de Imigração em Heathrow.

— Quanto tempo o senhor vai passar aqui?

— Não mais de quatro dias, acho eu.

— Viagem de negócios?

— Sim.

— Onde vai ficar hospedado?

— No Londoner Hotel, em Welbeck Street.

Mais uma vez a viagem de ônibus até o ponto final em Londres, e Tom foi até uma cabine telefônica e ligou para o estúdio de Jeff. Eram dez e quinze da noite.

Uma mulher atendeu.

— O Sr. Constant está? — perguntou Tom. — Ou o Sr. Banbury?

— Os dois saíram. Quem está falando, por favor?

— Robert... Robert Mackay. — Nenhuma reação, pois Tom não tinha dado seu novo nome para Jeff. Sabia que Jeff e Ed deviam ter deixado alguém no estúdio para aguardar Tom Ripley, alguém que fosse um aliado. — Cynthia?

— S-sim — disse a voz um tanto aguda.

Tom decidiu arriscar.

— Aqui é Tom — falou. — Jeff volta quando?

— Ah, Tom! Não tinha certeza se era você. Eles devem voltar daqui a meia hora. Você pode vir para cá?

Tom pegou um táxi até o estúdio em Saint John's Wood.

Cynthia Gradnor abriu a porta.

— Tom... olá.

Tom quase tinha esquecido como ela era: estatura mediana, cabelos castanhos lisos na altura dos ombros, olhos cinza um tanto grandes. Agora parecia mais magra do que na sua lembrança. E tinha quase 30 anos. Parecia um tiquinho nervosa.

— Você viu Bernard?

— Sim, mas não sei para onde ele foi. — Tom sorriu. Supunha que Jeff (e Ed) tivessem lhe obedecido e não contado a ninguém sobre o atentado de Bernard contra sua vida. — Ele deve estar em Paris.

— Sente-se, Tom! Quer beber alguma coisa?

Tom sorriu e estendeu o embrulho que havia comprado no aeroporto de Atenas. Uísque escocês White Horse. Cynthia se mostrou bem amigável, superficialmente. Tom sentiu-se grato.

— Bernard sempre fica abalado quando tem uma exposição — disse ela enquanto preparava as bebidas. — Foi o que me disseram. Não o tenho visto muito ultimamente, como você deve saber.

Por solidariedade, Tom não iria mencionar o fato de Bernard ter lhe dito que Cynthia o rejeitara, que ela não queria vê-lo. Talvez Cynthia na verdade não pensasse realmente assim. Tom não sabia dizer.

— Bem — falou, com uma voz alegre. — Ele diz que não vai mais pintar… nenhum Derwatt. É uma coisa boa para ele, tenho certeza. Ele diz que detestou fazer isso.

Cynthia entregou a Tom sua bebida.

— É uma história horrorosa. *Horrorosa!*

Era mesmo, Tom sabia. Horrorosa. O estremecimento visível de Cynthia o fez compreender isso. Um assassinato, mentiras, fraude… Sim, é uma história horrorosa.

— Bem… Infelizmente chegou a esse ponto — disse Tom. — Mas não vai passar daqui. Essa é a última aparição de Derwatt, por assim dizer. A menos que Jeff e Ed tenham decidido não… não querer mais que eu o interprete. Nem hoje, quero dizer.

Cynthia pareceu não prestar atenção nisso. Foi estranho. Tom tinha se sentado, mas Cynthia andava devagar de um lado para outro e parecia atenta aos passos de Jeff e Ed na escada.

— O que houve com o homem chamado Murchison? A mulher dele chega amanhã, eu acho. Jeff e Ed acham.

— Eu não sei. Não posso ajudar vocês com isso — disse Tom com bastante calma. Não podia deixar as perguntas de Cynthia o abalarem. Tinha trabalho a fazer. Por Deus, a mulher chegava no dia seguinte.

— Murchison sabe que os quadros estão sendo falsificados. Em que exatamente ele se baseou para ter certeza disso?

— Na opinião *dele* — respondeu Tom, e deu de ombros. — Ah, ele mencionou o espírito de um quadro, a personalidade... duvido que conseguisse convencer um perito de Londres. Quem pode saber onde fica a linha que separa Derwatt e Bernard agora, sinceramente? Essas pessoas que se acham críticas de arte são umas chatas. Escutá-las é quase tão chato quanto ler críticas de arte: conceitos espaciais, valores plásticos, essa coisa toda. — Tom riu, ajeitou os punhos da roupa, e dessa vez conseguiu. — Murchison viu os quadros que tenho em casa, um original e um de Bernard. Naturalmente tentei dissuadi-lo e acho que consegui, se é que posso dizer isso. Não acho que ele fosse manter o encontro com... com o homem da Tate Gallery.

— Mas onde ele foi parar?

Tom hesitou.

— É um mistério. Onde Bernard foi parar? Eu não sei. Talvez Murchison estivesse com outras coisas na cabeça. Motivos pessoais para desaparecer. Ou então se trata de um rapto misterioso em Orly! — Tom estava nervoso e detestava esse assunto.

— Isso não simplifica as coisas por aqui. Fica parecendo que Murchison foi eliminado, ou algo do tipo, porque sabia sobre as falsificações.

— É isso que eu estou tentando corrigir. E depois sair de cena. As falsificações não foram provadas. Ah, sim, Cynthia, é um jogo horroroso, mas já que chegamos até aqui precisamos concluir... até certo ponto.

— Bernard disse que queria confessar tudo... para a polícia. Talvez ele esteja fazendo isso.

Essa era *mesmo* uma possibilidade horrível, e Tom estremeceu um pouco ao pensar nela, do mesmo jeito que Cynthia havia estremecido. Virou a bebida de um gole só. Sim, se a polícia britânica aparecesse no dia seguinte com sorrisos bem-humorados enquanto ele estivesse no meio da sua segunda interpretação de Derwatt, seria de fato uma catástrofe.

— Eu não acho que Bernard esteja fazendo isso — disse Tom, mas não tinha certeza do que estava dizendo.

Cynthia o encarou.

— Você também tentou convencer Bernard?

Tom de repente se ressentiu da hostilidade de Cynthia, hostilidade que sabia já durar anos. Fora *ele* quem havia inventado aquela confusão toda.

— Eu tentei, por dois motivos — disse. — Primeiro, seria o fim da carreira de Bernard, e segundo...

— Eu acho que a carreira de Bernard já acabou, se você estiver se referindo a Bernard Tufts como pintor.

— Segundo, infelizmente Bernard não é a única pessoa envolvida — disse Tom com a maior suavidade possível. — Jeff e Ed também ficariam arruinados, os... quem quer que esteja fabricando os materiais artísticos, a menos que eles neguem saber sobre a fraude, o que duvido que consigam fazer com sucesso. A escola de arte na Itália...

Cynthia deu um suspiro tenso. Parecia incapaz de falar. Talvez não quisesse dizer mais nada. Tornou a percorrer o estúdio quadrado e olhou para a foto ampliada de um canguru que Jeff havia encostado numa das paredes.

— Há dois anos eu não entrava aqui. Jeff está ficando cada vez mais metido a elegante.

Tom não disse nada. Para seu alívio, ouviu passos, um zum-zum de vozes masculinas.

Alguém bateu na porta.

— Cynthia? Somos nós! — disse Ed.

Cynthia abriu a porta.

— Ora, *Tom*! — exclamou Ed, e correu para apertar sua mão.

— Tom! Saudações! — disse Jeff, tão contente quanto Ed.

Jeff trazia uma pequena mala preta que Tom sabia conter a maquiagem.

— Tive que passar no nosso amigo no Soho outra vez para pegar a maquiagem — disse Jeff. — Como você está, Tom? Como foi em Atenas?

— Soturno — respondeu Tom. — Bebam alguma coisa, rapazes. A junta militar, você sabe. Não ouvi nenhum *bouzouki*. Olhem, espero que não tenha nenhuma exposição hoje.

Jeff estava abrindo a mala.

— Não. Estou só verificando para ver se está tudo aqui. Você teve alguma notícia de Bernard?

— Que pergunta — respondeu Tom. — Não. — Nervoso, olhou de relance para Cynthia, que estava apoiada com os braços cruzados em um armário do outro lado do recinto. Será que ela sabia que ele tinha ido à Grécia especialmente para procurar Bernard? Teria alguma importância lhe contar? Não.

— Ou de Murchison? — perguntou Ed por cima do ombro. Ele estava se servindo de uma bebida.

— Não — disse Tom. — Soube que a Sra. Murchison chega amanhã.

— *Talvez* chegue — respondeu Jeff. — Webster nos ligou hoje dizendo isso. O investigador Webster, você sabe.

Tom simplesmente não podia falar com Cynthia presente. Não disse nada. Quis dizer algo casual como "Quem comprou *A banheira*?", mas nem isso conseguiu fazer. Cynthia era hostil. Poderia não traí-los, mas estava contra eles.

— Aliás, Tom — disse Ed enquanto levava uma bebida para Jeff (Cynthia ainda estava com a sua) —, você pode passar a noite aqui hoje. Estamos torcendo para isso.

— Com prazer — disse Tom.

— E amanhã... de manhã Jeff e eu pensamos em ligar para Webster lá pelas dez e meia, e se não conseguirmos falar com ele deixar um recado, dizendo que você chegou a Londres de trem hoje de manhã... amanhã, e ligou para nós. Estava hospedado com amigos perto de Bury St. Edmunds, algo assim, e não tinha... ahn...

— Não achou que a busca por você fosse séria o suficiente para informar à polícia o seu paradeiro — completou Jeff, como quem recita uma rima da Mamãe Ganso. — Na verdade, ninguém estava passando o pente-fino nas ruas atrás de você. Eles só nos perguntaram umas duas vezes onde Derwatt estava, e nós dissemos que você provavelmente estava com amigos fora de Londres.

— *D'accord* — falou Tom.

— Acho que já vou indo — disse Cynthia.

— Ah, Cynthia... não vai terminar de tomar a sua bebida? — perguntou Jeff.

— Não. — Ela já estava vestindo o casaco, e Ed a ajudou. — Só queria mesmo saber se vocês tinham alguma notícia de Bernard, sabe?

— Obrigado, Cynthia, por ter ficado de guarda aqui para nós — disse Jeff.

Uma metáfora infeliz, pensou Tom. Ele se levantou.

— Com certeza avisarei a você se souber de alguma coisa, Cynthia. Vou voltar logo para Paris... talvez até amanhã.

Despedidas balbuciadas à porta entre Cynthia, Jeff e Ed. Jeff e Ed voltaram.

— Ela ainda está realmente apaixonada por ele? — indagou Tom. — Eu achei que não. Bernard disse que...

Tanto Jeff quanto Ed exibiam expressões levemente sofridas.

— Bernard disse o quê? — perguntou Jeff.

— Disse que ligou para ela de Paris semana passada e ela falou que não queria vê-lo. Ou talvez Bernard estivesse exagerando. Eu não sei.

— Nem nós — disse Ed, e alisou os cabelos louros lambidos para trás. Foi se servir de mais uma bebida.

— Pensei que Cynthia tivesse um namorado — disse Tom.

— Ah, é o mesmo — comentou Ed da cozinha num tom entediado.

— Stephen não sei das quantas — disse Jeff. — Ele não a entusiasmou muito.

— Ela não é do tipo de se entusiasmar! — retrucou Ed, e riu.

— Ela continua no mesmo emprego — continuou Jeff. — O salário é bom, e ela é a garota Número Um de algum tipo de bambambã.

— Ela está com a vida *ganha* — interveio Ed em tom conclusivo. — Agora, e *Bernard*, onde está, e o que você quis dizer quando falou que ele precisa pensar que você morreu?

Tom explicou, de modo breve. Falou também sobre o enterro, que conseguiu tornar engraçado e assim provocar o fascínio de Jeff e Ed, talvez um fascínio mórbido, ao mesmo tempo que os dois riam.

— Foi só uma pancadinha na cabeça — disse Tom. Ele havia roubado a tesoura de Heloise e cortado a fita adesiva no banheiro do avião a caminho de Atenas.

— Deixe eu tocar em você! — disse Ed, agarrando Tom pelo ombro. — Eis aqui um homem que voltou do túmulo, Jeff!

— É mais do que nós vamos fazer. Mais do que eu vou fazer — disse Jeff.

Tom tirou o paletó e sentou-se mais confortavelmente no sofá cor de ferrugem de Jeff.

— Acho que vocês já adivinharam que Murchison está morto — insinuou Tom.

— Nós *pensamos* isso, sim — disse Jeff, solene. — O que houve?

— Eu o matei. Na minha adega... com uma garrafa de vinho. — Nesse momento esquisito, ocorreu a Tom que ele poderia, que deveria, mandar umas flores para Cynthia. Ela poderia jogá-las no cesto de lixo ou na lareira se assim desejasse. Tom repreendeu a si mesmo por ter sido pouco galante com ela.

Jeff e Ed ainda estavam se recuperando em silêncio do que ele acabara de dizer.

— Onde está o corpo? — perguntou Jeff.

— No fundo de algum rio. Perto da minha casa. O Loing, acho eu — respondeu Tom.

Deveria contar que Bernard o ajudara? Não. Por que se dar esse trabalho? Tom esfregou a testa. Estava cansado e se apoiou num dos cotovelos.

— Meu Deus — disse Ed. — E depois você levou as coisas dele para Orly?

— As coisas dele, sim.

— Você não tem uma empregada? — perguntou Jeff.

— Tenho. Tive de fazer tudo isso em segredo. Sem que ela visse — disse Tom. — De manhã cedo e tal.

— Mas você falou sobre o tal lugar da cova na mata... que Bernard usou. — Quem disse isso foi Ed.

— Sim, eu... eu primeiro enterrei Murchison na mata, daí a polícia foi investigar, então antes de eles irem à mata eu pensei que deveria tirar... tirá-lo de lá, então eu... — Tom fez um gesto, um movimento vago de quem deixa cair algo. Não, melhor não comentar que Bernard o havia ajudado. Se Bernard quisesse... o que ele queria fazer, se redimir? Quanto menos cúmplice Bernard fosse, melhor.

— Puxa — disse Ed. — Meu Deus. Você consegue encarar a mulher dele?

— Shh — fez Jeff depressa, com um sorriso nervoso.

— Claro — disse Tom. — Eu fui obrigado, porque Murchison me desmascarou... lá embaixo na adega, aliás. Ele descobriu que eu tinha me feito passar por Derwatt em Londres. Então, se eu não me livrasse dele, seria o fim. Entendem? — Tom andava de um lado para outro tentando sentir menos sono.

Eles entenderam e ficaram impressionados. Ao mesmo tempo. Tom podia sentir o cérebro deles raciocinando: Tom Ripley já tinha matado antes. Dickie Greenleaf, não foi? E talvez aquele outro sujeito chamado Freddie não sei do quê. Isso não passava de uma desconfiança, mas seria verdade? Quão a sério Tom estava levando aquele assassinato, e, na verdade, quanta gratidão ele iria esperar da Derwatt Ltda.? Gratidão, lealdade, dinheiro? Será que tudo dava no mesmo?

Tom era idealista o suficiente para achar que não, e torcer para que não. Tom torcia para Jeff Constant e Ed Banbury serem de outro nível. Afinal, eles tinham sido amigos do grande Derwatt, melhores amigos até. Qual era a real grandeza de Derwatt? Tom se esquivou dessa pergunta. Qual era a real grandeza de Bernard? Bem, como pintor ele era bastante grande, verdade fosse dita. Tom endireitou mais as costas por causa de Bernard (que passara anos evitando Jeff e Ed do ponto de vista da amizade) e disse:

— Bem, amigos… Que tal me pôr a par de tudo amanhã? Quem mais vai aparecer? Confesso que estou cansado e não acharia ruim ir logo para a cama.

Ed estava em pé de frente para ele.

— Alguma pista contra você em relação a Murchison, Tom?

— Não que eu saiba. — Tom sorriu. — Nada exceto os fatos.

— *O relógio* foi mesmo roubado?

— O quadro estava junto com a mala de Murchison… embrulhado separadamente, em Orly. Alguém o surrupiou, é evidente — disse Tom. — Quem o estará pendurando agora? Será que sabe o que tem nas mãos? Nesse caso, talvez não esteja pendurado. Vamos logo com os fatos, sim? Podemos pôr um pouco de música?

Ao som de uma Radio Luxembourg turbinada, Tom se submeteu a um semiensaio geral. A barba colada em gaze ainda estava inteira, e eles a testaram, mas sem colar. Bernard não tinha levado embora o velho terno azul-escuro de Derwatt, e Tom vestiu o paletó.

— Vocês sabem alguma coisa sobre a Sra. Murchison? — perguntou Tom.

Na verdade eles não sabiam, mas ofereceram fragmentos de informações que a pintavam, até onde Tom podia ver, como nem agressiva nem tímida, nem inteligente nem burra. Cada dado cancelava o anterior. Jeff tinha falado com ela por telefone na Galeria Buckmaster, para onde ela havia telefonado após combinar por telegrama.

— Um milagre ela não ter ligado para mim — disse Tom.

— Ah, nós dissemos que não sabíamos o número do seu telefone — disse Ed. — E, levando em conta que era na França, imagino que isso a tenha feito repensar.

— Vocês se importam se eu ligar para minha casa hoje? — perguntou Tom, fazendo a voz de Derwatt. — Aliás, estou duro aqui.

Jeff e Ed não poderiam ter se mostrado mais solícitos. Eles tinham bastante dinheiro vivo à mão. Jeff solicitou na mesma hora a ligação para Belle Ombre. Ed fez um café forte para Tom, que tinha pedido. Tom tomou um banho e vestiu um pijama. Assim estava melhor... Ele calçou também um par de chinelos de Jeff. Iria dormir no sofá do estúdio.

— Espero ter deixado claro — disse Tom. — Bernard quer desistir. Derwatt vai se aposentar definitivamente e... talvez ser devorado por formigas no México ou consumido pelo fogo, e é de pensar que junto com ele quaisquer futuros quadros.

Jeff assentiu e começou a mordiscar uma unha, que puxou para fora da boca.

— O que você disse para a sua mulher?

— Nada — respondeu Tom. — Na verdade, nada importante.

O telefone tocou.

Jeff acenou para Ed entrar no seu quarto junto com ele.

— Alô, querida, sou *eu*! — disse Tom. — Não, estou em Londres... Bom, mudei de ideia...

Quando ele iria voltar para casa?... E o dente de Madame Annette estava doendo outra vez.

— Dê a ela o nome do dentista em Fontainebleau! — disse Tom.

Era surpreendente como um telefonema podia ser reconfortante nas circunstâncias em que ele se encontrava agora. Isso quase fazia Tom amar o telefone.

19

— O investigador Webster está, por favor? — perguntou Jeff. — Jeffrey Constant, da Galeria Buckmaster... Poderia dizer ao inspetor que eu recebi uma ligação de Derwatt hoje cedo, estamos esperando vê-lo na galeria agora de manhã... Não sei exatamente a que horas. Antes do meio-dia.

Eram quinze para as dez.

Tom postou-se novamente diante do espelho comprido e examinou a barba e as sobrancelhas reforçadas. Ed estava olhando para seu rosto sob uma das lâmpadas mais fortes, que ofuscava os olhos de Tom. Seus cabelos estavam mais claros do que a barba, porém mais escuros do que eram naturalmente, como antes. Ed tinha tomado cuidado com o corte na parte de trás da sua cabeça, que felizmente não estava sangrando.

— Jeff, meu velho — disse Tom com a voz tensa de Derwatt. — Pode tirar essa música e pôr outra coisa?

— O que você gostaria?

— *Sonho de uma noite de verão*. Você tem o disco?

— N-não — disse Jeff.

— Pode conseguir? É isso que eu gostaria de ouvir. Essa música me inspira, e eu preciso de inspiração. — Naquela manhã, imaginar a música não era suficiente.

Jeff sequer conhecia alguém que tivesse certeza de que tinha o disco.

— Não pode sair e comprar, Jeff? Não tem nenhuma loja de música entre aqui e St. John's Wood Road?

Jeff saiu apressado.

— Você não falou com a Sra. Murchison, suponho — disse Tom, relaxando por um instante com um cigarro Gauloise. — Preciso comprar uns cigarros ingleses. Não quero abusar demais da sorte com estes Gauloises.

— Pegue estes daqui. Se acabarem, as pessoas vão lhe oferecer cigarros — disse Ed rapidamente, enfiando um maço de alguma coisa no bolso de Tom. — Não, eu não falei com ela. Pelo menos ela não mandou um investigador americano vir para cá. Poderia ser bem difícil se ela fizesse isso.

Ela poderia estar vindo de avião junto com um, pensou Tom. Tirou seus dois anéis. Dessa vez não tinha o anel mexicano, claro. Pegou uma caneta esferográfica e tentou duplicar a assinatura firme de Derwatt estampada numa borracha de lápis azul sobre a mesa de Jeff. Fez a assinatura três vezes, em seguida amassou o papel no qual a tinha escrito e o jogou num cesto.

Jeff voltou ofegante, como se tivesse corrido.

— Ponha bem alto... se puder — pediu Tom.

A música começou, um tanto alta. Tom sorriu. Era a sua música. Um pensamento ousado, mas era o momento de ser ousado. Sentindo-se agora energizado, Tom empertigou as costas e então se lembrou de que Derwatt não andava ereto.

— Jeff, posso pedir outro favor? Ligue para um florista e peça que mandem umas flores para Cynthia. Ponha na minha conta.

— Está falando sobre contas? Flores... para Cynthia. Está bem. Que tipo de flor?

— Ah, gladíolos, se tiver. Se não tiver, duas dúzias de rosas.

— Flores, flores, floristas... — Jeff estava procurando em seus contatos telefônicos. — De quem? Assinado apenas "Tom"?

— Com amor, Tom — disse ele, e ficou parado enquanto Ed tornava a passar um batom rosa-claro em seu lábio superior.

O lábio superior de Derwatt era mais carnudo.

Eles saíram do estúdio de Jeff enquanto o lado A do disco ainda estava tocando. A vitrola iria desligar automaticamente, disse Jeff. Jeff pegou o primeiro táxi sozinho. Tom se sentia seguro o suficiente para ir sozinho, mas sentiu que Ed não queria correr esse risco, ou que não queria se separar dele. Os dois foram no mesmo táxi e desceram a uma rua de distância de Bond Street.

— Se alguém falar conosco, eu encontrei você por acaso andando em direção à Buckmaster — disse Ed.

— Relaxe. Vai correr tudo bem.

Mais uma vez, Tom entrou pela porta pintada de vermelho atrás da galeria. O escritório estava vazio exceto por Jeff, que falava ao telefone. Ele acenou para os dois se sentarem.

— Poderia fazer a ligação o mais depressa possível? — pediu Jeff. Ele desligou. — Estou fazendo uma ligação de cortesia para a França. Para a polícia de Melun. Para lhes dizer que Derwatt tornou a aparecer. Eles nos ligaram, sabe... Derwatt, e prometi avisar caso você entrasse em contato conosco.

— Entendi — disse Tom. — Imagino que vocês não tenham avisado nenhum jornal?

— Não, e não vejo por que deveríamos. Você vê?

— Não, deixe estar.

Leonard, o jovial rapaz que cuidava da recepção da galeria, espichou a cabeça pela porta.

— Olá! Posso entrar?

— Nã-ão! — sussurrou Jeff, sem falar sério.

Leonard entrou e fechou a porta, encantado com a segunda ressurreição de Derwatt.

— Eu não acreditaria nos meus próprios olhos se não estivesse vendo! Quem estamos aguardando hoje de manhã?

— Para começar, o investigador Webster, da Polícia Metropolitana — respondeu Ed.

— Devo deixar alguém...

— Não, não qualquer um — disse Jeff. — Bata primeiro e eu abro a porta, mas hoje não vou trancá-la. Agora chispe daqui!

Leonard saiu.

Tom estava afundado na poltrona quando o investigador Webster chegou.

Webster sorriu como um coelho feliz, com dentes grandes manchados na frente.

— Como vai, Sr. Derwatt? Ora! Eu não imaginava que um dia fosse ter o prazer de encontrá-lo!

— Como vai, investigador? — Tom não chegou a se levantar de todo.

Lembre-se, falou para si mesmo, *você é um pouco mais velho, mais pesado, mais lento, mais corcunda do que Tom Ripley.*

— Sinto muito o senhor ter ficado se perguntando onde eu estava — disse Tom, tranquilo, como se não sentisse quase nada e certamente não estivesse perturbado. — Eu estava com alguns amigos em Suffolk.

— Foi o que me disseram — disse o investigador, pegando uma cadeira reta que estava a alguns metros de Tom.

A veneziana da janela estava abaixada até mais da metade e parcialmente fechada, Tom tinha reparado. A luz estava adequada, até mesmo para escrever uma carta, mas não estava forte.

— Bem, acho que o seu paradeiro era incidental em relação ao de Thomas Murchison — disse Webster, sorrindo. — Meu trabalho é encontrá-lo.

— Eu li alguma coisa... Jeff comentou alguma coisa sobre ele ter desaparecido na França.

— Sim, e um dos seus quadros desapareceu junto com ele. *O relógio.*

— Sim. Provavelmente não foi o primeiro... roubo — disse Tom filosoficamente. — Fiquei sabendo que a esposa dele talvez venha a Londres?

— Na verdade, ela está a caminho. — Webster olhou para o relógio. — Deve chegar às onze da manhã. Depois de um voo noturno, imagino que vá querer descansar por uma ou duas horas. O senhor estará aqui hoje à tarde, Sr. Derwatt? Pode vir aqui?

Tom sabia que precisava dizer sim para ser cortês. Com apenas um quê de relutância, disse que poderia estar, claro.

— Por volta de que horas? Tenho alguns afazeres dos quais preciso cuidar hoje à tarde.

Webster se levantou como um homem ocupado.

— Às três e meia, pode ser? E em caso de mudança eu lhe aviso pela galeria. — Ele se virou para Jeff e Ed. — Muito obrigado por me informarem sobre o Sr. Derwatt. Até logo, cavalheiros.

— Até logo, investigador. — Jeff abriu a porta para ele.

Ed olhou para Tom e deu um sorriso satisfeito com os lábios fechados.

— Um pouco mais de animação para hoje à tarde. Derwatt estava um pouco mais... animado. Uma energia nervosa.

— Eu tenho os meus motivos — disse Tom. Ele uniu as pontas dos dedos e deixou o olhar se perder ao longe como Sherlock Holmes refletindo, talvez um gesto inconsciente, pois estava pensando em uma determinada história de Sherlock Holmes que se assemelhava à sua situação. Torceu para que o seu disfarce não fosse desmascarado com tanta facilidade. De toda forma, era melhor do que alguns daqueles arruinados por *Sir* Arthur, quando um nobre esquecia de tirar o anel de diamante ou algo assim.

— Qual é o seu motivo? — perguntou Jeff.

Tom se levantou de um pulo.

— Depois eu conto. Agora um uísque cairia bem.

Eles foram almoçar no Norughe, um restaurante italiano em Edgware Road. Tom estava com fome e o restaurante era exatamente como ele gostava: tranquilo, de aspecto agradável, e a massa estava excelente. Tom comeu nhoque com um molho de queijo delicioso, e eles beberam duas garrafas de Verdicchio. Uma mesa próxima estava ocupada por alguns figurões do Royal Ballett, que claramente reconheceram Derwatt assim como Tom os reconheceu, mas os olhares trocados logo cessaram, no estilo inglês.

— Hoje à tarde prefiro chegar na galeria sozinho e pela porta da frente — disse Tom.

Todos fumaram charutos e tomaram conhaque. Tom sentia-se preparado para tudo, até mesmo para a Sra. Murchison.

— Deixem-me saltar aqui — disse ele no táxi. — Estou com vontade de andar. — Falou com a voz de Derwatt, que havia usado também durante o almoço. — Sei que é uma boa caminhada, mas pelo menos não há tantos morros quanto no México. Aham.

A Oxford Street estava movimentada e convidativa. Tom se deu conta de que não tinha perguntado a Jeff ou a Ed se eles haviam forjado mais recibos de quadros. Talvez Webster não tornasse a pedi-los. Talvez a Sra. Murchison pedisse. Quem poderia saber? Algumas pessoas na multidão de Oxford Street olharam duas vezes para ele, talvez reconhecendo-o, embora Tom duvidasse, ou talvez seus olhos tenham sido atraídos por sua barba e olhar intenso. Tom imaginou que seu olhar parecesse intenso por causa das sobrancelhas, e porque Derwatt costumava franzir um pouco a testa, embora, como Ed havia lhe assegurado, isso não significasse um temperamento enfezado.

Hoje à tarde vai ser um sucesso ou um fracasso, pensou Tom. Seria um sucesso, tinha que ser. Tom começou a imaginar o que aconteceria caso a tarde fosse um fracasso, e seu raciocínio parou ao chegar em Heloise... e na sua família. Seria o fim disso tudo, o fim de Belle Ombre. Dos serviços gentis de Madame Annette. Em outras palavras, ele iria preso, pois ficaria mais do que óbvio que havia eliminado Murchison. Ir preso era algo impensável.

Tom trombou bem de frente com o velho das tábuas no peito e nas costas fazendo propaganda para fotografias rápidas de passaporte. Como se fosse cego, o velho não desviou. Tom sim. Então tornou a postar-se depressa na frente dele.

— Lembra-se de mim? Saudações!

— Ahn? Humm? — Meio cigarro apagado pendia entre seus lábios.

— Para dar sorte! — disse Tom, e enfiou o que restava do seu maço no bolso do sobretudo velho de tweed do homem. Seguiu em frente apressado, lembrando-se de curvar as costas.

Tom entrou sem fazer alarde na Galeria Buckmaster, onde todos os quadros de Derwatt, com exceção dos emprestados, exibiam uma pequena estrela vermelha. Leonard deu um sorriso e fez um meneio de cabeça que foi quase uma reverência. Havia outras cinco pessoas no recinto: um casal jovem (a moça descalça sobre o carpete bege), um cavalheiro de idade avançada, dois homens. Ao se encaminhar em direção à porta vermelha na parte de trás da galeria, Tom pôde sentir todos os olhos se virarem para segui-lo… até ele sumir de vista.

Jeff abriu a porta.

— Derwatt, olá. Entre. Esta é a Sra. Murchison… Philip Derwatt.

Tom se curvou ligeiramente para a mulher sentada na poltrona.

— Como vai, Sra. Murchison? — Ele também meneou a cabeça para o investigador Webster, sentado numa cadeira.

A Sra. Murchison aparentava ter por volta de 50 anos, cabelos curtos cortados com navalha de um tom louro-avermelhado, olhos azuis brilhantes, uma boca um tanto larga: um rosto que poderia ter sido alegre caso as circunstâncias fossem outras, pensou Tom. Estava usando um terninho de tweed de boa qualidade e corte gracioso, um colar de jade e um suéter verde-claro.

Jeff tinha ido até o outro lado da sua mesa, mas não estava sentado.

— O senhor encontrou meu marido em Londres. Aqui — disse a Sra. Murchison para Tom.

— Sim, por alguns minutos. Sim. Dez minutos talvez. — Tom andou na direção da cadeira que Ed lhe oferecia. Sentiu os olhos da Sra. Murchison em seus sapatos, os sapatos quase rotos que de fato tinham pertencido a Derwatt. Sentou-se com todo o cuidado, como se tivesse reumatismo ou algo pior. Agora estava a cerca de um metro e meio de distância da Sra. Murchison, que precisava virar a cabeça um pouco para a direita para poder vê-lo.

— Ele ia visitar um tal de Sr. Ripley na França. Escreveu isso para mim — disse a Sra. Murchison. — Não marcou uma hora para encontrá-lo depois disso?

— Não — respondeu Tom.

— O senhor por acaso conhece o Sr. Ripley? Pelo que eu soube, ele tem alguns quadros seus.

— Já ouvi o nome dele, mas nunca o encontrei — disse Tom.

— Eu vou tentar encontrá-lo. Afinal... pode ser que o meu marido ainda esteja na França. O que eu gostaria de saber, Sr. Derwatt, é se o senhor acha que existe algum esquema com os seus quadros... É difícil expressar isso em palavras. Alguém para quem pudesse valer a pena se livrar do meu marido para impedir que ele denunciasse uma falsificação? Ou talvez várias falsificações?

Tom balançou a cabeça, devagar.

— Não que eu saiba.

— Mas o senhor estava no México.

— Eu conversei com... — Tom ergueu os olhos para Jeff, em seguida para Ed, que estava encostado na escrivaninha. — Esta galeria não sabe de nenhum grupo ou esquema, e além disso eu não sei de nenhuma falsificação. Vi o quadro que seu marido comprou, sabe? *O relógio*.

— E que foi roubado.

— Sim, foi o que me disseram. Mas a questão é a seguinte: o quadro é meu.

— Meu marido ia mostrá-lo para o Sr. Ripley.

— E mostrou — interveio Webster. — O Sr. Ripley me contou sobre a conversa que eles tiveram...

— Eu sei, eu sei. Meu marido tinha a sua teoria — disse a Sra. Murchison com um ar de orgulho ou de coragem. — Pode ser que ele esteja errado. Confesso que não sou tão especialista em quadros quanto o meu marido. Mas suponhamos que ele *esteja* certo. — Ela aguardou uma resposta, de qualquer um.

Tom torceu para ela não saber sobre a teoria do marido, ou para não compreendê-la.

— Qual era a teoria dele, Sra. Murchison? — perguntou Webster com uma expressão ávida.

— Algo sobre os roxos nos últimos quadros do Sr. Derwatt... em alguns deles. Certamente ele lhe falou sobre isso, Sr. Derwatt, não?

— Sim — respondeu Tom. — Ele disse que os roxos dos meus primeiros quadros eram mais escuros. Pode ser que fossem. — Tom sorriu de leve. — Eu não tinha notado. Se eles estão mais claros agora, acho que estão mais presentes. Veja *A banheira* lá fora. — Sem pensar, Tom havia mencionado um quadro que Murchison considerava uma falsificação quase tão evidente quanto *O relógio*, já que os roxos em ambos os quadros eram violeta-cobalto puro, no estilo antigo.

Não houve reação a isso.

— Aliás, você estava tentando ligar para a polícia francesa hoje de manhã para dizer que eu estava de volta a Londres — disse Tom a Jeff. — A ligação foi conectada?

Jeff se sobressaltou.

— Não. Caramba, não foi, não.

— Sr. Derwatt, meu marido comentou sobre alguém além do Sr. Ripley que ele estivesse indo visitar na França? — perguntou a Sra. Murchison.

Tom pensou um pouco. Iniciar uma pequena perseguição inventada? Ou ser sincero. Muito sinceramente, ele falou:

— Não que eu me lembre. Ele, aliás, não comentou comigo sobre o Sr. Ripley.

— Posso lhe oferecer um chá, Sra. Murchison? — perguntou Ed em tom afável.

— Ah, não, obrigada.

— Alguém aceita um chá? Ou um copinho de xerez? — perguntou Ed.

Ninguém quis nem se atreveu a aceitar nada.

Isso, na verdade, pareceu ser um sinal para a Sra. Murchison ir embora. Ela quis ligar para o Sr. Ripley, cujo número de telefone pegou com o investigador, e marcar um dia para encontrá-lo.

Com uma frieza que lembrava muito a de Tom, Jeff perguntou:

— Gostaria de ligar para ele daqui, Sra. Murchison? — Ele apontou para o telefone em sua mesa.

— Não, muito obrigada, mas farei isso do hotel.

Tom se levantou enquanto a Sra. Murchison se retirava.

— Onde está hospedado em Londres, Sr. Derwatt? — perguntou o investigador Webster.

— Estou hospedado no estúdio do Sr. Constant.

— Posso perguntar como chegou à Inglaterra? — Um grande sorriso. — O Escritório de Imigração não tem nenhum registro da sua entrada.

Tom adotou um ar deliberadamente vago e pensativo.

— Eu tenho um passaporte mexicano agora. — Tom já esperava essa pergunta. — E no México uso outro nome.

— Chegou de avião?

— De navio — disse Tom. — Não gosto muito de aviões. — Tom esperou Webster perguntar se ele havia atracado em Southampton ou em algum outro lugar, mas Webster disse apenas:

— Obrigado, Sr. Derwatt. Até logo.

Se ele investigasse isso, pensou Tom, será que iria descobrir? Quantas pessoas vindas do México teriam entrado em Londres quinze dias antes? Provavelmente não muitas.

Jeff fechou a porta outra vez. Houve alguns segundos de silêncio enquanto os visitantes saíam do raio de alcance da sua voz. Jeff e Ed haviam escutado as últimas palavras.

— Se ele quiser investigar, forjo alguma outra coisa — disse Tom.

— O quê? — perguntou Ed.

— Ah... um passaporte mexicano, por exemplo — respondeu Tom. — Eu já sabia... que teria de voltar para a França rapidamente. — Ele estava falando como Derwatt, mas quase num sussurro.

— Mas não hoje à noite, não é? — indagou Ed. — *Certamente* não.

— Não. Porque eu disse que estaria no estúdio de Jeff. Entenderam?

— Graças a Deus — disse Jeff aliviado, mas enxugou a nuca com um lenço.

— Nós conseguimos — disse Ed num tom falsamente solene enquanto passava uma das mãos no rosto.

— Puxa, queria que pudéssemos celebrar! — disse Tom de repente. — Como posso celebrar com esta maldita barba? Que precisei proteger do molho de queijo na hora do *almoço*! Preciso ficar com ela até a hora de ir para a cama!

— E dormir com ela! — falou Ed, caindo pelos cantos da sala de tanto rir.

— Cavalheiros... — Tom fez que ia se levantar e na mesma hora tornou a afundar. — Preciso arriscar uma ligação para Heloise, por motivo de necessidade. Posso, Jeff? Uma ligação direta, então espero que não chame atenção na sua conta. Uma pena se chamar, porque sinto que é necessário. — Tom pegou o telefone.

Jeff fez um chá e reforçou a bandeja com uma garrafa de uísque.

Madame Annette atendeu, como Tom estava torcendo para não acontecer. Ele fingiu uma voz de mulher e perguntou num francês pior do que o seu se Madame Ripley estava em casa.

— Shh! — fez Tom para Jeff e Ed, que estavam rindo. — Alô, Heloise. — Tom falou em francês. — Preciso ser breve, querida. Se alguém telefonar para falar comigo, eu estou em Paris na casa de amigos... Imagino que uma mulher vá ligar para você, uma mulher que só fala inglês, eu não sei. Você precisa dar um número falso de onde eu estou em Paris... Invente um... Obrigado, querida... Acho que amanhã à tarde, mas você não deve dizer isso à senhora americana... E não diga a Madame Annette que eu estou em Londres...

Ao desligar, Tom perguntou a Jeff se poderia dar uma olhada nos registros que Jeff dizia que eles haviam forjado, e ele foi pegá-los. Eram dois livros-caixa, o primeiro um pouco gasto e o segundo, mais novo. Tom se curvou acima deles por alguns minutos para ler títulos de telas e datas. Jeff fora generoso com o espaço e os Derwatts não predominavam, uma vez que a Galeria Buckmaster lidava com outros pintores. Jeff havia acrescentado alguns títulos com tintas diferentes após algumas datas, pois Derwatt nem sempre batizava seus quadros.

— Gostei desta página com a mancha de chá — disse Tom.

O rosto de Jeff se iluminou.

— Contribuição de Ed. Tem dois dias.

— Falando em celebração, que tal a festa de Michael hoje à noite? — perguntou Ed, unindo as mãos numa palma contida. — Às dez e meia, disse ele. Em Holland Park Road.

— Vamos pensar — disse Jeff.

— Uma passada de vinte minutos? — perguntou Ed, esperançoso.

A banheira estava listada de modo correto como um dos quadros mais recentes, viu Tom, o que decerto não fora possível evitar. Os livros-caixa estavam principalmente preenchidos com nomes e endereços de compradores, os preços por eles pagos, as compras genuínas, as datas de chegada às vezes falsas, supunha Tom, mas de modo geral pensou que Jeff e Ed tinham feito um trabalho bastante bom.

— E o investigador viu estes livros?

— Ah, sim — respondeu Jeff.

— Ele não levantou nenhuma suspeita, levantou, Jeff? — perguntou Ed.

— Não.

Vera Cruz... Vera Cruz... Southampton... Vera Cruz...

Se o livro tinha passado no teste, então tinha passado, supôs Tom.

Eles se despediram de Leonard — já estava mesmo quase na hora de fechar — e pegaram um táxi até o estúdio de Jeff. Tom sentiu que ambos o olhavam como se ele fosse uma espécie de personagem mágico; achou isso divertido, mas de um jeito que não lhe agradava em nada. Eles poderiam tê-lo imaginado como um santo, capaz de curar uma planta quase morta com um simples toque, capaz de curar uma dor de cabeça com um aceno da mão, capaz de caminhar sobre as águas. Entretanto, Derwatt não fora capaz de caminhar sobre as águas, ou talvez não tenha querido. Mesmo assim, Tom agora era Derwatt.

— Quero ligar para Cynthia — disse Tom.

— Ela trabalha até as sete. É um escritório engraçado — disse Jeff.

Tom ligou primeiro para a Air France e reservou um voo para a uma da tarde do dia seguinte. Poderia pegar sua passagem no terminal. Havia decidido estar em Londres na manhã do dia seguinte para caso surgisse alguma dificuldade. Não devia parecer que Derwatt estava fugindo de cena às pressas outra vez.

Tom tomou o chá com açúcar e se reclinou no sofá de Jeff, agora sem paletó nem gravata, mas ainda com a barba, que o estava incomodando.

— Queria conseguir que Cynthia aceitasse Bernard de volta — disse Tom com uma voz sonhadora, como se fosse Deus experimentando um momento de fraqueza.

— Por quê? — indagou Ed.

— Tenho medo de Bernard se destruir. Queria saber onde ele está.

— Se destruir mesmo, você quer dizer? Se matar? — perguntou Jeff.

— Sim — respondeu Tom. — Eu disse isso a vocês... o que pensava. Não disse a Cynthia. Não achei que fosse justo. Seria como uma chantagem... obrigá-la a aceitá-lo de volta. E tenho certeza de que Bernard não gostaria disso.

— Cometer suicídio em algum lugar, você quer dizer? — perguntou Jeff.

— Sim, é isso que eu quero dizer. — Tom não ia mencionar a encenação na sua casa, mas pensou: por que não? Às vezes a verdade, por mais perigosa que fosse, podia ser transformada numa vantagem para revelar algo novo, algo a mais. — Ele se enforcou na minha adega... simbolicamente. Se pendurou, eu deveria dizer, já que era uma trouxa de roupas. Escreveu nela "Bernard Tufts". O velho Bernard, entendem? O falsificador. Ou talvez o verdadeiro. Está tudo confuso na cabeça dele.

— Uau! Ele está com um parafuso a menos mesmo, hein? — comentou Ed, olhando para Jeff.

Tanto Jeff quanto Ed estavam com os olhos arregalados, Jeff do seu jeito um pouco mais calculista. Será que eles só estavam se dando conta agora de que Bernard Tufts não iria pintar mais nenhum Derwatt?

— Estou especulando — disse Tom. — Não adianta nada se alterar antes de o fato acontecer. Mas vocês entendem... — Tom se levantou. Começou a dizer: *o mais importante é Bernard pensar que me matou*. Isso era *mesmo* importante?, pensou. Caso sim, por quê? Deu-se conta de que estava aliviado por nenhum jornalista ter estado por perto para escrever, no dia seguinte, "Derwatt voltou", porque se Bernard visse isso em algum jornal saberia que Tom tinha dado um jeito de sair vivo do túmulo. Isso, em certo sentido, poderia ser bom para Bernard, porque Bernard poderia ficar menos inclinado a se matar se achasse que não tinha matado Tom Ripley. Ou será que isso de fato teria alguma importância no raciocínio confuso de Bernard no momento? O que era certo e o que era errado?

Após as sete, Tom ligou para Cynthia num número em Bayswater.

— Cynthia... Antes de ir embora eu queria dizer... Se eu revir Bernard em algum lugar, posso dizer a ele uma coisinha só, que...

— Que o quê? — perguntou Cynthia, estando ríspida, muito mais na defensiva, ou pelo menos se protegendo muito mais do que Tom.

— Que você aceita vê-lo de novo. Em Londres. Seria maravilhoso, entende, se eu pudesse pelo menos dizer algo positivo assim para ele. Ele está muito deprimido.

— Mas eu não vejo utilidade nenhuma em voltar a vê-lo — disse Cynthia.

Na voz dela Tom pôde escutar baluartes de castelos, de igrejas, da classe média. Pedras cinza e bege, inexpugnáveis. Um comportamento decente.

— Sob nenhuma circunstância, você simplesmente não quer vê-lo de novo?

— Infelizmente não. É bem mais fácil se eu não prolongar as coisas. Mais fácil para Bernard também.

Era definitivo. Coisa de gente estoica. Mas era também mesquinho, mesquinho à beça. Agora Tom pelo menos entendia onde estava. Uma garota havia sido negligenciada, rejeitada, excluída, abandonada... três anos antes. Fora Bernard quem tinha rompido. Que Bernard, nas melhores das circunstâncias, tentasse remediar isso.

— Está bem, Cynthia.

Será que faria algum bem para o orgulho dela saber que Bernard seria capaz de se enforcar, agora para valer, por sua causa, pensou Tom?

Jeff e Ed estavam no quarto de Jeff conversando e não haviam escutado absolutamente nada, mas perguntaram a Tom o que Cynthia tinha dito.

— Ela não quer voltar a ver Bernard — disse Tom.

Nem Jeff nem Ed pareciam perceber as consequências disso.

Para concluir o assunto, Tom disse:

— É claro que eu mesmo talvez nunca mais volte a ver Bernard.

20

Eles foram à festa de Michael. Que Michael? Chegaram por volta da meia-noite. Metade dos convidados estava alterada, e Tom não conseguiu ver ninguém que parecesse ter alguma importância, no que lhe dizia respeito. Sentou-se numa poltrona funda, na verdade quase debaixo de uma luminária, segurando um uísque com água num copo longo, e conversou com algumas pessoas que pareceram um pouco assombradas com a sua presença, ou pelo menos respeitosas. Jeff se manteve de olho nele do outro lado da sala.

A decoração era cor-de-rosa e cheia de borlas imensas. As poltronas pareciam merengues. As moças usavam saias tão curtas que os olhos de Tom, desacostumados com essas peças de roupa, eram atraídos por intrincadas costuras de meias-calças de várias cores, e em seguida eram repelidos. Que maluquice, pensou Tom. Absolutamente louco. Ou será que ele estava vendo como Derwatt veria? Seria possível alguém imaginar uma parte do corpo abordável por baixo daquelas meias-calças que não deixavam nada à mostra senão costuras reforçadas e às vezes mais calcinha por baixo? Seios apareciam quando as moças se curvavam para acender cigarros. Para qual metade da garota se devia olhar? Ao erguer os olhos, Tom se espantou ao dar com um par de olhos circundados de marrom. Uma boca descolorida abaixo dos olhos falou:

— Derwatt… Pode me dizer onde o senhor mora no México? Não espero uma resposta de verdade, mas uma meia-resposta serve.

Através das lentes sem grau de seus óculos, Tom a encarou com um espanto contemplativo, como se estivesse dedicando metade do seu glorioso cérebro à pergunta feita por ela, mas na verdade ele estava entediado. Preferia as saias de Heloise que batiam logo acima do joelho, pensou, sem maquiagem nenhuma e com cílios que não pareciam um feixe de lanças apontado para ele.

— Ah, bem… — falou, refletindo sobre nada. — Ao sul de Durango.

— Durango, onde fica isso?

— Ao norte da Cidade do México. Não, é claro que não posso lhe dar o nome do meu vilarejo. É um nome asteca comprido. Ha-ha-ha.

— Nós estamos procurando algo virgem. Nós, quero dizer, eu e meu marido, Zach, e temos dois filhos.

— Vocês podem tentar Puerto Vallarta — disse Tom, e foi resgatado, ou pelo menos chamado de longe, por Ed Banbury com um aceno. — Com licença — desculpou-se, e extraiu-se de dentro do merengue.

Ed achou que estava na hora de ir embora. Tom achou o mesmo. Jeff circulava com desenvoltura, mantendo o sorriso fácil, conversando. Louvável, pensou Tom. Homens jovens e mais velhos espiavam Tom, talvez sem se atrever a chegar perto, talvez sem querer fazê-lo.

— Vamos indo? — perguntou Tom quando Jeff se juntou a eles.

Tom insistiu para conversar com o anfitrião, que não havia encontrado nem visto ao longo da hora passada na festa. Michael, o dono da casa, era o que estava usando a parca de pele de urso-negro com o capuz baixado. Não era muito alto e tinha os cabelos cortados à escovinha.

— Derwatt, o senhor esta noite foi a joia do meu colar! Nem sei dizer quanto estou satisfeito e quanto sou grato a estes velhos…

O resto se perdeu no barulho.

Apertos de mão, e a porta por fim se fechou.

— Bem — disse Jeff discretamente depois que eles já tinham descido em segurança um lance de escada. Ele sussurrou o resto. — O único motivo pelo qual nós viemos à festa é porque as pessoas não têm importância.

— E no entanto elas têm, de certa forma — disse Ed. — Continuam sendo pessoas. Esta noite foi mais um sucesso!

Tom deixou isso passar. Era verdade, ninguém havia arrancado sua barba.

Eles pegaram um táxi e deixaram Ed em algum lugar.

Pela manhã, Tom tomou o café na cama, ideia de Jeff como um pequeno consolo por ser obrigado a comer com a barba. Jeff então saiu para buscar alguma coisa numa loja de material fotográfico e disse que estaria de volta às dez e meia, embora naturalmente não pudesse acompanhar Tom até o ponto final do ônibus em West Kensington. Deu onze horas. Tom foi até o banheiro e começou a retirar com todo o cuidado a gaze da barba.

O telefone tocou.

O primeiro pensamento de Tom foi não atender. Mas isso não iria parecer um pouquinho esquisito? Evasivo, talvez?

Preparou-se para ser Webster e atendeu com a voz de Derwatt.

— Pois não? Alô?

— O Sr. Constant está?... Ou é Derwatt quem está falando?... Ah, ótimo. Aqui é o investigador Webster. Quais são seus planos, Sr. Derwatt? — perguntou Webster com seu tom de voz agradável de sempre.

Tom não tinha planos para o investigador Webster.

— Ah... eu imagino que vá embora esta semana. De volta ao trabalho. — Tom deu uma risadinha. — E ao silêncio.

— O senhor poderia... quem sabe, me dar uma ligadinha antes de ir, Sr. Derwatt? — Webster lhe deu seu número e um ramal, e Tom anotou.

Jeff voltou. Tom já estava quase com a mala na mão, tamanha sua ansiedade para ir embora. Suas despedidas foram breves, superficiais até no caso de Tom, embora cada um deles soubesse que o seu bem-estar dependia do outro.

— Até logo. Deus abençoe.

— Até logo.

Webster que fosse para o inferno.

Tom logo estava dentro do casulo do avião, na atmosfera sintética e confinada de aeromoças sorridentes, cartões idiotas amarelos e brancos para preencher, a proximidade desagradável de cotovelos em ternos de trabalho que faziam Tom se encolher no canto. Ele desejou ter viajado de primeira classe.

Será que, como Tom Ripley, precisaria revelar a alguém que estivera em Paris? Ao menos na noite anterior, por exemplo? Tinha um amigo que poderia confirmar, mas não queria envolver outra pessoa, porque já havia pessoas suficientes envolvidas.

O avião empinou com a cauda para baixo e decolou. Que chatice, pensou Tom, voar a algumas centenas de quilômetros por hora, escutar muito pouco e fazer os infelizes que moravam embaixo sofrerem com o barulho. Apenas os trens lhe agradavam. Os trens diretos de Paris, que passavam feito foguetes sobre trilhos lisos pela plataforma de Melun, trens que iam tão depressa que era impossível ler os nomes franceses e italianos em suas laterais. Certa vez, Tom quase tinha atravessado um trilho quando era proibido. O trilho estava vazio e a estação, silenciosa. Tom tinha decidido não arriscar, e quinze segundos depois dois trens expressos cromados passaram a toda velocidade, um em cada direção, e Tom havia se imaginado sendo esmagado entre eles, seu corpo e sua mala lançados a vários metros nas duas direções, irreconhecíveis. Tom pensou nisso agora e se retraiu dentro do jato. Pelo menos estava grato pelo fato de a Sra. Murchison não estar no avião. Tinha até olhado em volta à sua procura ao embarcar.

21

Na França agora, conforme o avião ia baixando, as copas das árvores começavam a parecer nós verde-escuros e marrons bordados numa tapeçaria, ou os sapos rebuscados do roupão que Tom tinha em casa. Ele continuou sentado com sua capa de chuva nova e feia. Em Orly, o controle de passaportes olhou sua foto no passaporte com o nome Mackay, mas não carimbou nada; tampouco tinham feito isso quando ele saíra de Orly rumo a Londres. Pelo visto só os inspetores de Londres carimbavam. Tom passou pelo corredor de "nada a declarar" e pegou um táxi para casa.

Chegou em Belle Ombre logo antes das três da tarde. No táxi, havia penteado o repartido dos cabelos para o lugar certo e levou a capa de chuva pendurada no braço.

Heloise estava em casa. A calefação estava funcionando. Os móveis e o chão encerados reluziam. Madame Annette levou sua mala até o andar de cima. E então Tom e Heloise se beijaram.

— O que você fez na Grécia? — perguntou ela, um pouco ansiosa. — E depois em Londres?

— Dei uma procurada — respondeu Tom com um sorriso.

— Por aquele *fou*. Você o encontrou? Como vai sua cabeça? — Ela o fez se virar pelos ombros.

Quase não estava mais doendo. Tom estava muito aliviado que Bernard não tivesse aparecido para alarmar Heloise.

— A americana telefonou?

— Ah, sim. Madame Murchison. Ela fala um pouco de francês, mas um francês muito gozado. Telefonou hoje de manhã de Londres. Vai chegar a Orly hoje às três da tarde e quer encontrar você. Ah, *merde*, quem *são* essas pessoas?

Tom olhou para o relógio de pulso. O avião da Sra. Murchison devia estar pousando dali a dez minutos.

— Quer uma xícara de chá, querido? — Heloise o conduziu até o sofá amarelo. — Encontrou aquele Bernard em algum lugar?

— Não. Quero lavar as mãos. Só um minuto. — Tom entrou no lavabo e lavou as mãos e o rosto. Torceu para a Sra. Murchison não querer ir a Belle Ombre, para ela se contentar em vê-lo em Paris, embora detestasse a ideia de ir a Paris naquele dia.

Madame Annette estava descendo quando Tom tornou a entrar na sala.

— Madame, como vai o famoso dente? Melhor, espero?

— Sim, Monsieur Tome. Fui ao dentista em Fontainebleau hoje de manhã, e ele extraiu o nervo. Extraiu *mesmo*. Preciso ir de novo na segunda-feira.

— Quem dera pudéssemos mandar extrair todos os nossos nervos! Todos eles! Agora a senhora não vai mais sentir dor, pode ter certeza!

Tom mal prestou atenção no que ela estava dizendo. Será que deveria ter ligado para Webster? Parecera-lhe uma ideia melhor *não* ligar para ele antes de ir, pois ligar poderia ter feito parecer demais que ele estava tentando obedecer às ordens da polícia. Um homem inocente não teria ligado, fora o raciocínio de Tom.

Tom e Heloise tomaram chá.

— Noëlle quer saber se podemos ir a uma festa na terça à noite — disse Heloise. — Terça é aniversário dela.

Noëlle Hassler, a melhor amiga de Heloise em Paris, dava ótimas festas. Mas Tom estava pensando em Salzburgo, em ir para lá sem demora, porque tinha chegado à conclusão de que Bernard talvez tivesse escolhido ir para lá. O lar de Mozart, outro artista que morrera jovem.

— Querida, você precisa ir. Não tenho certeza se vou estar aqui.

— Por quê?

— Porque… porque agora talvez eu precise ir a Salzburgo.

— Na Áustria? Não para procurar aquele *fou* outra vez! Daqui a pouco vai ser na China!

Tom olhou nervoso para o telefone. A Sra. Murchison iria telefonar. Quando?

— Você deu à Sra. Murchison um número de telefone em Paris para onde ela poderia me ligar?

— Sim — disse Heloise. — Um número inventado. — Ela continuava a falar francês, e estava ficando um pouco irritada com ele.

Tom se perguntou quanto podia se atrever a explicar para Heloise.

— E você disse a ela que eu estaria em casa… quando?

— Eu disse que não sabia.

O telefone tocou. Se fosse a Sra. Murchison, ela estava ligando de Paris.

Tom se levantou.

— O mais importante — disse ele rapidamente em inglês, porque Madame Annette estava entrando — é que eu não estive em Londres. Muito importante, querida. Eu só estive em Paris. Não mencione Londres se tivermos de encontrar a Sra. Murchison.

— Ela virá *aqui*?

— Espero que não. — Tom pegou o telefone. — Alô… Sim… Como vai, Sra. Murchison? — Ela queria ir vê-lo. — Não haveria problema nenhum, claro, mas não seria mais fácil para a senhora eu ir a Paris? … Sim, é *um pouco* distante, mais do que de Orly a Paris… — Ele não estava dando sorte. Poderia tê-la desencorajado com instruções difíceis, mas não queria causar mais inconveniência ainda para a pobre mulher. — Nesse caso, o mais fácil é pegar um táxi. — Tom lhe deu as instruções de como chegar à sua casa.

Tentou explicar para Heloise. A Sra. Murchison iria chegar dali a uma hora e iria querer conversar com ele sobre seu marido. Como Madame Annette tinha saído da sala, Tom pôde falar em francês com Heloise, embora o fato de Madame Annette escutar ou não pouco lhe importasse. Passara-lhe pela cabeça, antes de a Sra. Murchison telefonar, contar para Heloise por que tinha ido a Londres, explicar para ela que em duas ocasiões tinha se feito passar pelo pintor Derwatt, já morto. Mas aquele não era o momento de despejar tudo isso em cima dela. Se eles conseguissem passar com sucesso pela visita da Sra. Murchison, era tudo o que Tom podia exigir de Heloise.

— Mas o que aconteceu com o marido dela? — perguntou Heloise.

— Eu não sei, querida. Mas ela veio à França, e naturalmente quer falar com… — Tom não quis dizer com a última pessoa que tinha visto o marido dela. — Ela quer ver a casa, porque aqui foi o último lugar em que o marido esteve. Daqui eu o levei até Orly.

Heloise se levantou com uma tensão impaciente no corpo. Mas não era burra a ponto de fazer uma cena. Não iria se mostrar incontrolável nem pouco razoável. Isso talvez acontecesse mais tarde.

— Eu sei o que você vai dizer. Não quer que ela fique aqui até tarde. Tudo bem. Ela não vai ser convidada para jantar. Podemos dizer que temos compromisso. Mas eu preciso lhe oferecer um chá, ou algo para beber, ou as duas coisas. Eu calcularia que… ela não vá ficar aqui mais de uma hora, e vou lidar com tudo com educação. E da forma correta.

Heloise se acalmou.

Tom subiu até seu quarto. Madame Annette tinha esvaziado sua mala e guardado tudo, mas algumas coisas não estavam exatamente no seu lugar habitual, então Tom as pôs de volta como ficavam quando ele passava semanas seguidas em Belle Ombre. Tomou um banho, vestiu uma calça de flanela cinza, uma camisa e um suéter e pegou um paletó de tweed no armário para o caso de a Sra. Murchison querer dar um passeio pelo gramado.

A Sra. Murchison chegou.

Tom foi até a porta da frente recebê-la e se certificar de que a corrida fosse acertada corretamente. A Sra. Murchison tinha dinheiro francês e deu uma gorjeta excessiva ao motorista, mas Tom deixou passar.

— Minha esposa, Heloise. A Sra. Murchison... dos Estados Unidos.

— Como vai?

— Como vai? — respondeu Heloise.

A Sra. Murchison aceitou uma xícara de chá.

— Espero que me perdoem por eu ter me convidado de modo assim tão abrupto — disse ela a Tom e Heloise. — Mas é uma questão importante... e eu queria vê-los quanto antes.

Agora estavam os três sentados, a Sra. Murchison no sofá amarelo, Tom numa cadeira, assim como Heloise. Heloise exibia um maravilhoso ar de quem não tem muito interesse pela situação, mas é educada o suficiente para estar presente. Mas Tom sabia que ela estava bastante interessada.

— O meu marido...

— Ele me disse para chamá-lo de Tom — falou Tom, sorrindo. Levantou-se. — Veio olhar estes quadros. Aqui, à minha direita, *Homem na cadeira*. Atrás da senhora, *As cadeiras vermelhas*. É uma obra anterior — disse Tom com segurança.

Funcionasse ou não, e que se danassem as boas maneiras, a ética, a gentileza, a verdade, a lei e até mesmo o destino, ou seja, o futuro. Ou ele tinha sucesso agora, ou não teria mais. Se a Sra. Murchison quisesse fazer um tour pela casa, no que dizia respeito a Tom ele poderia até incluir a adega. Ele esperou a Sra. Murchison fazer uma pergunta, talvez sobre o que o marido havia pensado sobre a veracidade dos quadros.

— O senhor os comprou da Buckmaster? — perguntou ela.

— Sim, os dois. Minha esposa entende inglês — disse Tom depois de olhar de relance para Heloise, que estava fumando um atípico Gitane *maïs*.

— A senhora estava aqui quando meu marido veio visitar?

— Não, eu estava na Grécia — respondeu Heloise. — Não conheci seu marido.

A Sra. Murchison se levantou para olhar os quadros, e Tom acendeu duas luminárias além da luz da sala, para que ela pudesse vê-los melhor.

— Eu gosto mais de *Homem na cadeira* — disse Tom. — Por isso ele está acima da lareira.

A Sra. Murchison também pareceu gostar do quadro.

Tom imaginava que ela fosse dizer algo em relação à teoria do marido sobre Derwatt estar sendo falsificado. Ela não disse. Não fez qualquer comentário sobre os lilases ou roxos em nenhum dos dois quadros. A Sra. Murchison fez as mesmas perguntas que o investigador Webster tinha feito: se o marido estava se sentindo bem ao ir embora, se ele tinha algum encontro marcado com alguém.

— Ele parecia muito bem-disposto — disse Tom. — E, como comentei com o investigador Webster, não mencionou nenhum encontro marcado. O estranho é o quadro do seu marido ter sido roubado. Ele o levou consigo para Orly, muito bem embalado.

— Sim, eu sei. — A Sra. Murchison estava fumando um dos seus Chesterfields. — O quadro não foi encontrado. Nem o meu marido nem o seu passaporte. — Ela sorriu.

Tinha um rosto agradável, bondoso, um pouco rechonchudo, o que impedia por enquanto qualquer vinco relacionado à idade.

Tom lhe serviu mais uma xícara de chá. A Sra. Murchison estava olhando para Heloise. Um olhar de avaliação? Perguntando-se o que Heloise pensava daquilo tudo. Perguntando-se quanto Heloise sabia.

Pensando se haveria de fato alguma coisa para saber. Ou de que lado Heloise ficaria caso seu marido fosse culpado de alguma coisa.

— O investigador Webster me contou que o senhor era amigo de Dickie Greenleaf, que foi morto na Itália — disse a Sra. Murchison.

— Sim — disse Tom. — Ele não foi morto, foi suicídio. Eu o conhecia havia uns cinco meses... talvez seis.

— Se não tiver sido suicídio... acho que o investigador Webster parece duvidar disso... então quem poderia ter matado Dickie? E por quê? — perguntou a Sra. Murchison. — O senhor tem alguma teoria sobre o assunto?

Tom estava se levantando e plantou os pés com firmeza no chão ao mesmo tempo que tomou um gole do seu chá.

— Não tenho teoria nenhuma sobre o assunto. Dickie se matou. Acho que não conseguia encontrar o próprio caminho... como pintor, e certamente não no ramo do pai. Na construção naval ou de barcos de passeio. Dickie tinha muitos amigos, mas não eram amigos perigosos. — Tom fez uma pausa, e ninguém mais disse nada. — Dickie não tinha motivo para ter inimigos — arrematou.

— O meu marido tampouco... A não ser que exista possivelmente algum esquema de falsificação de Derwatts.

— Bem... Quanto a isso eu não teria como saber, já que moro aqui.

— Pode ser que haja algum tipo de quadrilha. — Ela olhou para Heloise. — Espero que a senhora esteja entendendo o que estamos dizendo, Madame Ripley.

Tom disse a Heloise, em francês:

— Madame Murchison está pensando se poderia haver uma gangue de pessoas desonestas... com relação aos quadros de Derwatt.

— Entendo — disse Heloise.

Tom sabia que Heloise tinha suas dúvidas em relação ao caso de Dickie. Mas sabia que podia contar com ela. Heloise também era curiosamente um pouco desonesta. De toda forma, diante de uma desconhecida, não demonstraria duvidar do que Tom estava dizendo.

— A senhora gostaria de ver o andar de cima da casa? — perguntou Tom à Sra. Murchison. — Ou o jardim, antes de escurecer?

A Sra. Murchison respondeu que sim.

Ela e Tom subiram até o andar de cima. A Sra. Murchison estava usando um vestido de lã cinza-claro. Tinha um físico bem desenvolvido; talvez montasse a cavalo ou jogasse golfe. Mas ninguém poderia chamá-la de gorda. As pessoas nunca chamavam essas mulheres desportistas corpulentas de gordas, mas o que mais elas eram? Heloise havia se recusado a acompanhá-los. Tom mostrou à Sra. Murchison o quarto de hóspedes, abrindo bem a porta e acendendo a luz. Então, de um jeito livre e descontraído, mostrou-lhe o restante dos cômodos do andar de cima, inclusive o quarto de Heloise, cuja porta abriu sem acender a luz, uma vez que a Sra. Murchison não pareceu muito interessada em vê-lo.

— Eu lhe agradeço — disse a Sra. Murchison, e eles desceram.

Tom sentiu pena dela. Sentiu pena por ter matado o marido dela. Mas não podia se dar ao luxo de se repreender por isso agora, lembrou a si mesmo; se o fizesse, ele seria exatamente igual a Bernard, que queria contar tudo à custa de várias outras pessoas.

— A senhora viu Derwatt em Londres?

— Eu o vi, sim — disse a Sra. Murchison, sentando-se novamente no sofá, mas um tanto na beirada.

— Como ele é? Por um triz não o encontrei no dia da abertura.

— Ah, ele tem uma barba… é razoavelmente agradável, mas não fala muito — concluiu ela, sem interesse em Derwatt. — Ele disse não acreditar que existia algum esquema de falsificação das suas obras… e que tinha dito isso a Tommy.

— Sim, acho que o seu marido me disse isso também. E a senhora acredita em Derwatt?

— Eu acho que sim. Derwatt parece sincero. O que mais se pode dizer? — Ela se recostou no sofá.

Tom deu um passo à frente.

— Aceita um chá? Que tal um uísque?

— Acho que eu gostaria de um uísque, obrigada.

Tom foi à cozinha buscar gelo. Heloise juntou-se a ele e o ajudou.

— Que história é essa sobre Dickie? — perguntou Heloise.

— Nada — respondeu Tom. — Eu contaria para você se houvesse alguma coisa. Ela sabe que eu era amigo de Dickie. Quer um vinho branco?

— Sim.

Eles levaram o gelo e os copos para a sala. A Sra. Murchison queria um táxi. Até Melun. Desculpou-se por pedir isso naquela hora, mas não sabia quanto tempo iria levar.

— Eu posso levá-la até Melun se a senhora quiser pegar um trem até Paris — disse Tom.

— Não, eu queria ir a Melun falar com a polícia de lá. Liguei para eles de Orly.

— Então eu a levo — disse Tom. — Como é o seu francês? O meu não é perfeito, mas...

— Ah, eu acho que consigo me virar. Muito obrigada. — Ela sorriu de leve.

Ela queria falar com a polícia sem ele, supôs Tom.

— Tinha mais alguém na casa quando meu marido esteve aqui? — perguntou a Sra. Murchison.

— Apenas nossa empregada, Madame Annette. Onde está Madame Annette, Heloise?

Ela talvez estivesse no quarto, ou talvez tivesse saído para alguma compra de última hora, pensava Heloise. Tom foi até o quarto de Madame Annette e bateu na porta. Madame Annette estava costurando alguma coisa. Tom perguntou se ela poderia ir à sala um instante conhecer a Sra. Murchison.

Alguns minutos depois, Madame Annette entrou, e seu semblante denotava interesse, porque Madame Murchison era a esposa do homem desaparecido.

— Na última vez que o vi, Monsieur Murchison almoçou e em seguida saiu com Monsieur Tome — disse Madame Annette.

Madame Annette tinha obviamente esquecido, pensou Tom, que na verdade não vira Monsieur Murchison sair da casa.

— Está precisando de alguma coisa, Monsieur Tome? — perguntou Madame Annette.

Mas eles não estavam precisando de nada, e a Sra. Murchison pelo visto não tinha mais perguntas. Com certa relutância, Madame Annette se retirou.

— O que vocês acham que aconteceu com o meu marido? — perguntou a Sra. Murchison, olhando primeiro para Heloise, depois de novo para Tom.

— Se eu tivesse de fazer alguma suposição, seria que alguém sabia que ele estava levando consigo um quadro valioso — disse Tom. — Não um quadro muito valioso, com certeza, mas um Derwatt. Imagino que ele tenha falado a respeito com algumas pessoas em Londres. Se alguém tentou raptá-lo junto com o quadro, pode ser que tenha ido longe demais e o matado. Depois teria sido preciso esconder o corpo dele em algum lugar. Ou então… ele está de refém em algum lugar.

— Mas assim fica parecendo que meu marido tem razão em pensar que *O relógio* é uma falsificação. Como o senhor diz, o quadro não era muito valioso, talvez por não ser muito grande. Mas talvez estejam tentando abafar todo um esquema de falsificação de Derwatt.

— Mas eu não creio que o quadro do seu marido fosse uma falsificação. E *ele* também tinha dúvidas quando saiu daqui. Como eu disse a Webster, não acho que Tommy fosse se dar ao trabalho de mostrar *O relógio* para o perito de Londres. Eu não lhe perguntei, pelo que me lembro. Mas tive a impressão de que ele estava em dúvida depois de ver os meus dois. Eu posso estar enganado.

Um silêncio. A Sra. Murchison estava pensando no que dizer ou perguntar em seguida. A única coisa importante eram as pessoas relacionadas à Galeria Buckmaster, supunha Tom. E como ela poderia lhe perguntar sobre essas pessoas?

O táxi chegou.

— Obrigada, Sr. Ripley — disse a Sra. Murchison. — E Madame. Pode ser que tornemos a nos ver se...

— Quando quiser — disse Tom, e a acompanhou até o táxi.

Ao voltar para a sala, Tom andou devagar até o sofá e afundou nele. A polícia de Melun não poderia dizer nada de novo à Sra. Murchison, ou certamente àquela altura já teriam dito alguma coisa para ele, pensou. Heloise tinha dito que eles não haviam telefonado durante a sua ausência. Se a polícia tivesse encontrado o corpo de Murchison no Loing ou onde fosse...

— *Chéri*, você está muito nervoso — disse Heloise. — Beba alguma coisa.

— Pode ser — disse Tom, servindo-se.

No avião, não vira nada nos jornais londrinos sobre o fato de Derwatt ter voltado a aparecer em Londres. Os ingleses pelo visto não julgavam aquilo importante. Tom estava aliviado, pois não queria que Bernard, onde quer que estivesse, soubesse que ele havia de alguma forma conseguido sair do túmulo. O porquê exatamente que não queria que Bernard soubesse ainda estava confuso na sua mente. Mas tinha algo a ver com o que Tom sentia ser o destino de Bernard.

— Tome, os Berthelin querem que a gente vá à casa deles para um *apéritif* hoje às sete da noite. Isso lhe faria bem. Eu disse que você talvez estivesse em casa hoje.

Os Berthelin moravam numa cidade a sete quilômetros de distância.

— Eu posso... — O telefone interrompeu Tom.

Ele fez um gesto para Heloise atender.

— Devo dizer para alguém que você está?

Ele sorriu, satisfeito com a preocupação dela.

— Sim. E pode ser que seja Noëlle querendo seu conselho sobre o que usar na terça.

— *Oui.* Sim. *Bonjour.* — Ela sorriu para Tom. — Um instante. — Passou-lhe o telefone. — Um inglês tentando falar francês.

— Olá, Tom, sou eu, Jeff. Tudo bem com você?

— Ah, tudo perfeito.

Com Jeff não exatamente. Sua gagueira tinha voltado e ele estava falando depressa e em voz baixa. Tom precisou lhe pedir que falasse mais alto.

— Eu falei que Webster está perguntando sobre Derwatt outra vez, sobre onde ele está. Se ele já foi embora.

— O que você disse a ele?

— Eu disse que não sabíamos se ele tinha ido embora ou não.

— Pode dizer a Webster que... que ele parecia deprimido e que talvez quisesse ficar um pouco sozinho.

— Eu acho que Webster talvez queira falar com você de novo. Ele está vindo encontrar a Sra. Murchison. É por isso que eu estou ligando.

Tom deu um suspiro.

— Quando?

— Talvez hoje. Não sei dizer o que ele tem em mente...

Quando desligaram, Tom se sentiu atordoado e também zangado, ou irritado. Encontrar Webster de novo para quê? Ele preferiu sair da casa.

— O que foi, *chéri*?

— Eu não posso ir à casa dos Berthelin — disse Tom, e riu. Os Berthelin eram o menor dos seus problemas. — Querida, preciso ir a Paris hoje à noite e a Salzburgo amanhã. Talvez Salzburgo hoje à noite, se houver um avião. Pode ser que o investigador inglês Webster telefone hoje à noite. Você precisa dizer que fui a Paris a trabalho, conversar com meu contador, qualquer coisa. Não sabe onde estou hospedado. Em algum hotel, você não sabe qual.

— Mas do que você está fugindo, Tome?

Tom suspirou. Fugindo? Ou correndo ao encontro de?

— Eu não sei. — Ele havia começado a suar. Queria tomar outro banho, mas estava com medo de demorar. — Diga também a Madame Annette que eu precisei sair às pressas para Paris.

Tom subiu e tirou sua mala do armário. Iria usar de novo a capa de chuva feia, mudar o repartido nos cabelos, transformar-se novamente em Robert Mackay. Heloise entrou para ajudá-lo.

— Eu adoraria um banho — disse Tom, e nesse mesmo segundo ouviu Heloise abrir o chuveiro no banheiro. Tirou a roupa depressa e entrou debaixo da água que estava morna, exatamente na temperatura certa.

— Posso ir com você?

Como ele queria que ela fosse!

— Querida, o problema é o passaporte. Não posso deixar Madame Ripley cruzar a fronteira franco-alemã ou austríaca junto com Robert Mackay. Mackay, aquele *canalha*! — Tom saiu do chuveiro.

— O investigador inglês vai vir por causa de Murchison? Tome, você o matou? — Heloise olhou para ele com o cenho franzido, aflita, mas nem um pouco histérica, constatou Tom.

Percebeu que ela sabia sobre Dickie. Heloise nunca tinha dito isso com todas as letras, mas ela sabia. Melhor então contar, pensou Tom, porque ela poderia ajudar, e, de toda forma, a situação estava tão desesperadora que, se ele se perdesse ou tropeçasse em algum lugar, seria o fim de tudo, inclusive do seu casamento. Ocorreu-lhe o seguinte: ele não podia ir a Salzburgo como Tom Ripley? E levar Heloise consigo? Mas por mais que quisesse fazer isso, não sabia o que teria de fazer em Salzburgo nem para onde as pistas o levariam depois. Mas deveria levar os dois passaportes, o seu e o de Mackay.

— Você o matou, Tome? Aqui?

— Tive de matá-lo para salvar muitas outras pessoas.

— As pessoas ligadas a Derwatt? Por quê? — Ela começou a falar em francês. — Por que essas pessoas são tão importantes?

— É Derwatt quem está morto... há anos — disse Tom. — Murchison ia... ele ia revelar esse segredo.

— Ele está *morto*?

— Sim, e eu me fiz passar por ele em Londres duas vezes — explicou Tom. A palavra em francês soava muito inocente e muito alegre: ele havia *représenté* Derwatt em Londres duas vezes. — Agora eles estão procurando Derwatt...Talvez não desesperadamente no momento. Mas nada ainda se encaixou no lugar.

— Você não tem falsificado os quadros dele também, tem?

Tom riu.

— Heloise, assim você me lisonjeia. Quem tem pintado os quadros falsos é Bernard, o *fou*. Ele quer parar de fazer isso. Ah, é muito complicado de explicar.

— Por que você precisa procurar o *fou* Bernard? Ah, Tome, fique longe disso tudo...

Tom não escutou o restante do que ela disse. De repente entendeu por que precisava encontrar Bernard. De repente, teve uma visão. Pegou sua mala.

— Até logo, meu anjo. Pode me levar até Melun? E evitar a delegacia de polícia, por favor?

No andar de baixo, Madame Annette estava na cozinha, e Tom se despediu dela apressadamente do hall de entrada, virando a cabeça para o outro lado de modo que ela talvez não reparasse no repartido diferente em seus cabelos. A capa de chuva feia, mas que talvez desse sorte, estava dobrada sobre o seu braço.

Tom prometeu manter contato com Heloise, embora tenha dito que assinaria qualquer telegrama que mandasse com um nome diferente. Eles se despediram com um beijo no Alfa Romeo. E Tom deixou o conforto dos braços dela e embarcou num vagão de primeira classe com destino a Paris.

Em Paris, descobriu que não havia voo direto para Salzburgo, apenas um voo diurno que servia, no qual precisaria trocar de aeronave em Frankfurt para chegar ao destino. O avião para Frankfurt decolava às duas e quarenta da tarde diariamente. Tom se hospedou num hotel não muito longe da Gare de Lyon. Logo antes da meia-noite, arriscou um telefonema para Heloise. Não conseguia suportar pensar nela em casa sozinha, possivelmente tendo de enfrentar Webster, sem saber onde ele estava. Ela tinha dito que não iria à casa dos Berthelin.

— Querida, oi. Se Webster estiver aí, diga que eu errei de telefone e desligue — pediu Tom.

— *M'sieur*, eu acho que o senhor ligou errado — disse a voz de Heloise, e o telefone foi posto no gancho.

Tom ficou arrasado, seus joelhos cederam e ele se sentou na cama do seu quarto de hotel. Recriminou-se por ter telefonado. Era melhor trabalhar sozinho, sempre. Com certeza Webster iria perceber, ou então desconfiar muito, que era ele quem tinha ligado.

Pelo que Heloise estaria passando agora? Foi melhor ele ter contado a verdade a ela ou não?

22

Pela manhã, Tom comprou sua passagem de avião, e às duas e vinte da tarde estava em Orly. Se Bernard não estivesse em Salzburgo, onde então estaria? Em Roma? Tom torceu para que não. Seria difícil encontrar qualquer pessoa em Roma. Em Orly, Tom manteve a cabeça baixada e não olhou em volta, pois era possível que Webster tivesse ligado de Londres para mandar alguém à sua procura. Isso dependia de como as coisas estavam, e Tom não sabia. Por que Webster estava procurando por *ele* outra vez? Será que desconfiava que ele tinha se feito passar por Derwatt? Caso sim, sua segunda representação usando um passaporte diferente para entrar e sair da Inglaterra era um leve ponto a seu favor: pelo menos Tom Ripley não estava em Londres durante a segunda representação.

Havia uma espera de uma hora no terminal de Frankfurt, e Tom então embarcou num avião de quatro turbinas da Austrian Airlines com o nome encantador de *Johann Strauss* escrito na fuselagem. No terminal de Salzburgo, começou a se sentir mais seguro. Pegou o ônibus até Mirabellplatz e, como queria se hospedar no Goldener Hirsch, achou melhor ligar primeiro, pois era o melhor hotel e muitas vezes ficava lotado. Eles tinham um quarto com banheira para oferecer. Tom registrou-se como Thomas Ripley. Decidiu ir a pé até o hotel, pois a distância era curta. Já havia estado em Salzburgo duas vezes, uma delas com Heloise. Nas calçadas havia alguns homens de

Lederhosen e chapéus tiroleses cujo traje incluía até mesmo os facões de caça dentro das meias na altura do joelho. Hotéis antigos enormes, que Tom recordava vagamente de outras viagens, exibiam seus cardápios em cartazes grandes apoiados junto às portas de entrada: refeições completas com *Wiener schnitzel* por 25 e 30 xelins.

Em seguida surgiu o rio Salzach, com a ponte principal — Staatsbrücke, era esse o seu nome? — e umas duas outras pontes menores à vista. Tom pegou a principal. Estava olhando para todo lado à procura da silhueta magra e decerto encurvada de Bernard. O rio cinzento corria depressa, e havia pedras de tamanho considerável por cima das quais a água espumava. Era pouco depois das seis da tarde e estava começando a escurecer. Luzes começaram a se acender de modo irregular na parte mais antiga da cidade da qual ele estava se aproximando, luzes que subiam aos saltos feito constelações o grande morro de Feste Hohensalzburg e o Mönchsberg. Tom adentrou uma rua estreita e curta que conduzia ao Getreidegasse.

Seu quarto dava para a Sigmundsplatz, nos fundos do hotel; à direita ficava a fonte para "banho de cavalos" diante de um pequeno penhasco pedregoso, e na sua frente, um poço ornamentado. Pela manhã, ali eram vendidos frutas e legumes em carrinhos de mão, recordava Tom. Ele levou alguns minutos respirando, abrindo a mala e caminhando com os pés calçados em meias pelos pisos de tábuas de pinheiro meticulosamente encerados do seu quarto. O mobiliário era predominantemente verde, as paredes eram brancas, as janelas de vidro duplo tinham vãos profundos. Ah, a Áustria! Agora é só descer e tomar um *doppelespresso* no café Tomaselli, a poucos passos dali. E isso talvez não fosse uma ideia ruim, já que se tratava de um café grande e Bernard poderia estar lá.

Mas em vez disso Tom tomou um *Slivowitz* no Tomaselli, porque aquele não era um horário para café. Bernard não estava lá. Jornais em várias línguas pendiam de suportes giratórios, e Tom folheou o

Times de Londres e o *Herald-Tribune* de Paris sem encontrar nada sobre Bernard (não que esperasse encontrar no *Herald-Tribune*) nem sobre Thomas Murchison ou a ida de sua esposa a Londres ou à França. Que bom.

Ele saiu do café, tornou a atravessar a Staatsbrücke e subiu a Linzergasse, a principal rua que saía da ponte. Eram agora mais de nove da noite. Bernard, caso estivesse ali, estaria num hotel de preço mediano, pensou Tom, e tão provavelmente daquele lado do Salzach quanto do outro. E ele já estaria na cidade há dois ou três dias. Quem poderia saber? Tom olhou vitrines que exibiam facões de caça, amassadores de alho, barbeadores elétricos, e outras repletas de roupas tirolesas: blusas brancas de babados, saias estilo *Dirndl*. As lojas estavam todas fechadas. Tom tentou as ruas de trás. Algumas nem ruas eram, mas vielas estreitas e sem iluminação, com portas fechadas de ambos os lados. Por volta das dez, Tom estava com fome e entrou num restaurante mais acima na Linzergasse, do lado direito. Depois de comer, voltou andando por outro caminho até o café Tomaselli, onde pretendia passar uma hora. Na rua do hotel em que estava hospedado, a Getreidegasse, ficava também a casa em que Mozart nascera. Se estivesse perambulando por Salzburgo, Bernard talvez frequentasse aquela área. *Vamos deixar a busca durar vinte e quatro horas*, disse Tom para si mesmo.

Não teve sorte no Tomaselli. A clientela agora parecia ser de frequentadores assíduos, moradores de Salzburgo, famílias saboreando imensos pedaços de bolo acompanhados de cafés *espresso* com chantili, ou então de copos de *Himbeersaft*. Tom estava impaciente, entediado com os jornais, frustrado por não ter visto Bernard, zangado… era porque estava cansado. Voltou para o hotel.

Às nove e meia já estava de volta às ruas, e na "margem direita" de Salzburgo, a parte mais nova, foi caminhando em zigue-zague sem destino certo à espreita, para ver se via Bernard, parando de vez em quando para olhar vitrines de lojas. Começou a voltar em direção ao rio com a ideia de visitar o Museu de Mozart na rua do hotel. Atravessou a Dreifaltigkeitsgasse até a Linzergasse e, quando estava chegando perto da Staatsbrücke, viu Bernard descendo da ponte do outro lado da rua.

Bernard estava de cabeça baixa e quase foi atingido por um carro. Tom, que queria ir atrás dele, foi retido por um sinal de trânsito demorado, mas isso não teve importância, porque Bernard estava perfeitamente visível. Sua capa de chuva estava ainda mais suja e o cinto pendia para fora de um dos passadores quase até o chão. Ele parecia quase um mendigo. Tom atravessou a rua e se manteve a uns cem metros de distância, pronto para avançar correndo caso Bernard dobrasse uma esquina, pois não queria que ele desaparecesse dentro de um pequeno hotel numa ruazinha onde talvez houvesse mais de um.

— O senhor está ocupado hoje? — perguntou uma voz feminina em inglês.

Espantado, Tom olhou para o rosto de uma prostituta loura em pé num vão de porta. Seguiu em frente depressa. Meu Deus, ele parecia mesmo tão desesperado assim, ou tão esquisito com sua capa de chuva verde? Às dez horas da manhã!

Bernard continuou subindo a Linzergasse. Atravessou a rua, e um quarteirão mais adiante entrou por uma porta com uma placa em cima: ZIMMER UND PENSION. Uma porta desbotada. Tom parou na calçada em frente. Der Blaue alguma coisa, chamava-se o lugar. A placa estava gasta. Pelo menos Tom sabia onde Bernard estava hospedado. E ele tinha razão! Bernard estava em Salzburgo! Parabenizou a si mesmo pela sua intuição. Ou será que Bernard estava apenas com uma prostituta num dos quartos?

Não, ele obviamente estava hospedado no Blaue alguma coisa, pois não voltou a aparecer nos minutos seguintes nem estava carregando sua bolsa de lona. Tom ficou esperando, e foi uma espera sem graça, pois não havia nenhum café por perto, de onde pudesse ficar vigiando a porta. E ao mesmo tempo ele precisava se manter escondido, para o caso de Bernard olhar por uma das janelas na fachada do hotel e vê-lo. Mas por algum motivo pessoas com a aparência de Bernard nunca recebiam um quarto com vista. Mesmo assim Tom se escondeu, e teve de esperar até quase as onze.

Bernard então saiu, agora com a barba feita, e dobrou à direita como se tivesse um destino.

Tom saiu discretamente atrás dele e acendeu um Gauloise. Pela ponte principal outra vez. Pela rua que Tom havia caminhado na noite anterior, e Bernard então dobrou à direita na Getreidegasse. Tom pôde ver de relance o seu perfil marcado, bastante bonito, sua boca firme e uma reentrância que formava uma sombra em sua bochecha amarronzada. Suas botas de caminhada tinham se desfeito. Bernard estava indo para o Museu Mozart. Ingresso: 12 xelins. Tom subiu a gola da sua capa de chuva e entrou.

Pagava-se o ingresso numa sala no alto do primeiro lance de escada. Ali havia vitrines repletas de manuscritos e programas de ópera. Tom olhou para o salão da frente principal à procura de Bernard, e quando não o viu supôs que ele tivesse subido para o andar seguinte, que pela sua lembrança formava a parte da casa em que a família Mozart morava. Tom subiu o segundo lance.

Bernard estava inclinado sobre o teclado do clavicórdio de Mozart, um teclado protegido por um painel de vidro de qualquer um que desejasse apertar uma tecla. Quantas vezes Bernard teria olhado para aquele instrumento, pensou Tom?

Havia apenas cinco ou seis pessoas passeando pelo museu, pelo menos naquele andar, de modo que Tom precisou tomar cuidado. Em determinado momento chegou de fato a se esconder atrás de um batente de porta para Bernard não vê-lo se olhasse na sua direção. Na realidade, Tom se deu conta de que queria observar Bernard para tentar ver em que estado de espírito ele estava. Ou — tentou ser honesto consigo mesmo — será que estava apenas curioso e achando aquilo divertido, porque durante um curto tempo podia observar alguém que só conhecia superficialmente, alguém em crise que não sabia sobre a sua presença? Bernard seguiu na direção de uma sala da frente no mesmo andar.

Depois de algum tempo, Tom subiu atrás de Bernard o terceiro e último lance de escada. Mais painéis de vidro. (Na sala do clavicórdio estava indicado o canto onde ficava o berço de Mozart, mas não havia berço. Uma pena não terem posto pelo menos uma réplica ali.) A escada tinha corrimões finos de ferro. Havia janelas posicionadas de forma oblíqua em alguns cantos, e Tom, como sempre assombrado por Mozart, perguntou-se qual teria sido a vista que a família Mozart tinha para fora. Com certeza não a cornija de outro prédio a menos de um metro e meio de distância. As maquetes dos cenários — *Idomeneo ad infinitum*, *Così fan tutte* — eram bobas e de montagem um tanto desastrada, mas mesmo assim Bernard passeou entre elas e as examinou.

Inesperadamente, Bernard virou a cabeça na sua direção... e Tom se imobilizou num vão de porta. Eles se encararam. Tom então recuou um passo e se moveu para a direita, o que o posicionou atrás do vão da porta e dentro de outra sala, na frente da casa. Ele começou a respirar outra vez. Tinha sido um instante engraçado, porque a expressão de Bernard...

Ele não se atreveu a ficar pensando mais, e se encaminhou na mesma hora para a escada a fim de descer. Só se sentiu à vontade, e mesmo assim não muito, quando chegou à movimentada Getreidegasse, ao ar livre. Pegou a ruazinha curta em direção ao rio. Será que Bernard tentaria segui-lo? Tom abaixou a cabeça e apressou o passo.

A expressão de Bernard tinha sido de incredulidade e, após uma fração de segundo, medo, como se ele tivesse visto um fantasma.

Tom se deu conta de que era exatamente isso que Bernard pensara ver: um fantasma. O fantasma de Tom Ripley, o homem que ele havia matado.

Tom se virou de repente e começou a voltar em direção à Mozarthaus, pois lhe ocorrera que Bernard talvez quisesse sair da cidade, e Tom não queria que isso acontecesse sem ele saber para onde Bernard estava indo. Será que deveria chamá-lo agora caso o visse numa calçada? Aguardou alguns minutos do outro lado da rua em frente ao Museu Mozart, e quando Bernard não apareceu, começou a andar em direção à pensão em que estava hospedado. Não viu Bernard no caminho, e então, ao se aproximar da pensão, viu-o caminhando um tanto depressa do outro lado da Linzergasse, o lado em que ficava a pensão. Bernard entrou no hotel-pensão. Tom passou quase meia hora esperando, então chegou à conclusão de que Bernard não iria sair por algum tempo. Ou talvez estivesse disposto a correr o risco de que ele saísse; o próprio Tom não sabia. Ele queria muito um café. Entrou num hotel em cujo interior havia um café. Tomou também uma decisão e, ao sair do hotel, voltou direto para a pensão de Bernard com a intenção de pedir à recepção que avisasse Herr Tufts que Tom Ripley estava lá embaixo e gostaria de falar com ele.

Mas Tom não conseguiu passar da entrada modesta e frugal. Estava com um pé na porta, e então voltou para a calçada, sentindo uma tontura passageira. *É indecisão*, disse ele a si mesmo. *Só isso*. Mas Tom voltou para o hotel em que estava hospedado, do outro lado do rio. Entrou no confortável saguão do Goldener Hirsch, onde o porteiro uniformizado de cinza e verde lhe entregou na mesma hora a chave. Pegou o elevador sem ascensorista até o terceiro andar e entrou no quarto. Tirou a capa de chuva feia e esvaziou os bolsos: cigarros, fósforos, moedas austríacas e francesas misturadas. Separou as moedas e jogou as francesas dentro de um bolso superior da mala. Então tirou a roupa e caiu na cama. Não tinha se dado conta do quanto estava cansado.

Quando acordou eram mais de duas da tarde, e o sol brilhava forte. Saiu para caminhar. Não procurou Bernard, mas ficou zanzando pela cidade como qualquer turista, ou melhor, não como um turista, pois não tinha objetivo algum. O que Bernard estava fazendo ali? Quanto tempo iria ficar? Tom agora estava se sentindo totalmente desperto, mas não sabia o que deveria fazer. Abordar Bernard e tentar lhe dizer que Cynthia queria vê-lo? Será que deveria falar com ele e tentar convencê-lo… de quê?

Entre as quatro e as cinco da tarde, Tom ficou deprimido. Tinha tomado um café e um Steinhäger em algum lugar. Estava bem para lá de Hohensalzburg (segundo o fluxo do rio, correnteza acima), mas ainda no cais do lado antigo da cidade. Estava pensando nas mudanças em Jeff, em Ed, e agora em Bernard, desde a falsificação dos Derwatts. E Cynthia tinha ficado infeliz, o curso de sua vida fora modificado por causa da Derwatt Ltda., e isso parecia a Tom mais importante do que a vida dos três homens envolvidos. Cynthia a essa altura estaria casada com Bernard e poderia ter tido um ou dois filhos, mas, como Bernard também estaria igualmente envolvido, era impossível para Tom dizer por que ele pensava que a alteração da vida de Cynthia era mais importante do que a da vida de Bernard. Somente Jeff e Ed tinham as faces rosadas e as contas bancárias opulentas, a vida de ambos modificada externamente para melhor. Bernard parecia exausto aos 33 ou 34 anos.

Tom pretendia jantar no restaurante do seu hotel, considerado também o melhor restaurante de Salzburgo, mas constatou que não estava com disposição para uma comida e um ambiente tão refinados, de modo que subiu a Getreidegasse, passou pela Bürgerspitalplatz (viu o nome numa placa de rua) e atravessou o Gstättentor, um antigo portão que comportava apenas uma faixa de tráfego, um dos portões originais da cidade no sopé do Mönchsberg, que se erguia escuro logo atrás. A rua à frente era quase tão estreita e um tanto escura. Devia haver um pequeno restaurante em algum lugar, pensou Tom. Viu dois estabelecimentos com cardápios quase idênticos do lado de fora: 26 xelins por uma sopa do dia, *Wiener schnitzel* com batatas, salada, sobremesa. Entrou no segundo, que tinha um pequeno letreiro em formato de lanterna na frente, o café Eigler, ou algo do gênero.

Duas garçonetes negras de uniforme vermelho estavam sentadas em volta de uma mesa com clientes homens. Um *jukebox* tocava e a iluminação estava fraca. Será que aquilo era um prostíbulo, um bar de paquera, ou apenas um restaurante barato? Tom só tinha dado um passo para dentro do salão quando viu Bernard a uma mesa reservada sentado sozinho, curvado acima da sua tigela de sopa. Hesitou.

Bernard ergueu os olhos para ele.

Tom agora estava com a própria aparência, paletó de tweed com o cachecol em volta do pescoço para se proteger do frio, o cachecol sujo de sangue que Heloise tinha lavado no hotel de Paris. Estava a ponto de chegar mais perto, de estender a mão e sorrir, quando Bernard meio que se levantou com uma expressão aterrorizada no rosto.

As duas garçonetes negras rechonchudas olharam primeiro para Bernard, em seguida para Tom. Tom viu uma delas se levantar com o que parecia a lentidão da África, com a evidente intenção de ir até Bernard perguntar, por fim, se havia algum problema, pois Bernard parecia ter engolido algo que ia matá-lo.

Bernard agitou a mão rapidamente numa negativa; teria sido para a garçonete ou para ele?, perguntou-se Tom.

Virou-se, atravessou a porta interna (o estabelecimento tinha uma porta externa) e então saiu para a calçada. Enfiou as mãos nos bolsos e baixou a cabeça, de modo bem parecido com Bernard, enquanto atravessava de volta o Gstättentor em direção à parte mais iluminada da cidade. Teria agido errado?, perguntou a si mesmo. Será que deveria ter apenas… avançado? Mas Tom tinha percebido que Bernard daria um grito.

Passou pelo hotel em que estava hospedado e foi até a esquina seguinte, onde virou à direita. O Tomaselli ficava poucos metros mais adiante. Se Bernard o estivesse seguindo — Tom tinha certeza de que Bernard sairia do restaurante —, se quisesse se juntar a ele ali, muito bem. Mas Tom sabia que era outra coisa. Na verdade, Bernard pensava estar tendo uma alucinação. De modo que ficou sentado a uma mesa do meio, bem à vista, pediu um sanduíche e uma jarra de vinho branco e leu um ou dois jornais.

Bernard não apareceu.

A porta grande e emoldurada em madeira tinha um pau de cortina de latão em forma de arco que sustentava uma cortina verde, e toda vez que a cortina se movia Tom erguia os olhos, mas a pessoa que estava entrando nunca era Bernard.

Se Bernard de fato entrasse e fosse até ele, seria por querer se certificar de que ele era de verdade. Isso era lógico. (O problema era que Bernard provavelmente não estava fazendo nada lógico.) Tom diria: "Sente-se e tome um pouco de vinho comigo. Eu não sou um fantasma, está vendo? Falei com Cynthia. Ela gostaria de rever você." *Tirar Bernard dessa depressão.*

Mas Tom duvidava que fosse conseguir.

23

No dia seguinte, terça-feira, Tom tomou outra decisão: falar com Bernard custasse o que custasse, mesmo que precisasse abordá-lo à força. Tentaria também fazer Bernard voltar para Londres. Bernard devia ter alguns amigos lá além de Jeff e Ed, que decerto iria evitar. A mãe de Bernard não morava lá ainda? Tom não sabia ao certo. Mas sentia que precisava fazer alguma coisa, porque a cara de infeliz de Bernard era digna de pena. Cada vez que olhava para Bernard, Tom sentia uma dor estranha: era como se ele estivesse vendo alguém já nos espasmos da morte, e no entanto ainda andando por aí.

Assim, às onze da manhã, ele foi até o Blaue alguma coisa e falou com uma mulher de cabelos escuros e cerca de 50 anos na recepção do térreo.

— Com licença, tem um homem chamado Bernard Tufts hospedado aqui, *ein Englischer*? — perguntou em alemão.

Os olhos da mulher se arregalaram.

— Sim, mas ele acabou de fazer o check-out. Há mais ou menos uma hora.

— Ele disse para onde estava indo?

Bernard não tinha dito. Tom lhe agradeceu e sentiu os olhos dela acompanhando-o quando saiu do hotel, fitando-o como se ele fosse tão esquisito quanto Bernard pelo simples fato de conhecê-lo.

Tom pegou um táxi até a estação de trem. Provavelmente saíam poucos voos do aeroporto de Salzburgo, que era pequeno. E trens eram mais baratos do que aviões. Tom não viu Bernard na estação. Olhou nas plataformas e no restaurante. Então tornou a andar na direção do rio e do centro da cidade, atento para ver se via Bernard, um homem de capa de chuva bege surrada carregando uma bolsa de lona. Por volta das duas da tarde, Tom pegou um táxi para o aeroporto, para o caso de Bernard estar indo de avião para Frankfurt. Também não teve sorte ali.

Eram pouco mais de três da tarde quando Tom o viu. Bernard estava numa ponte acima do rio, uma das pontes menores que tinham amurada e tráfego em sentido único. Bernard olhava para baixo apoiado nos antebraços. Sua bolsa de lona estava a seus pés. Tom ainda não começara a atravessar a ponte. Tinha visto Bernard de uma distância um tanto grande. Será que ele estava pensando em pular no rio? O vento fazia os cabelos de Bernard se levantarem e caírem por cima da sua testa. Ele ia se matar, percebeu Tom. Talvez não naquele instante. Talvez fosse dar uma volta e retornar dali a uma ou duas horas. Talvez fosse naquela noite. Duas mulheres passaram por Bernard e olharam para ele com uma curiosidade passageira. Depois de elas passarem, Tom avançou na direção de Bernard, nem depressa nem devagar. Embaixo, o rio espumava veloz por sobre as pedras da margem. Que se lembrasse, Tom nunca tinha visto um barco naquele rio. Talvez o Salzach fosse bastante raso. A uma distância de pouco mais de um metro, Tom estava prestes a dizer o nome de Bernard quando ele virou a cabeça para a esquerda e o viu.

Bernard endireitou as costas de repente, e Tom teve a sensação de que a sua expressão de olhar fixo não mudou ao vê-lo, mas Bernard pegou sua bolsa de lona.

— Bernard! — disse Tom, bem na hora em que uma motocicleta barulhenta rebocando um trailer passou por eles, e teve medo de Bernard não ter escutado. — *Bernard!*

Bernard saiu correndo.

— *Bernard!* — Tom colidiu com uma mulher, e a teria derrubado no chão se ela não tivesse batido na amurada. — Ah! Eu sinto muitíssimo! — falou. Repetiu a frase em alemão e recolheu um embrulho que a mulher tinha deixado cair.

Ela lhe respondeu alguma coisa, algo sobre ele parecer um "jogador de futebol americano".

Tom saiu correndo outra vez. Bernard ainda estava no campo de visão. Tom franziu o cenho, constrangido e zangado. Sentiu um ódio repentino por Bernard. Isso o deixou tenso por alguns instantes, então a emoção passou. Bernard caminhava depressa e sem olhar para trás. Havia certa loucura no modo como caminhava, com passos nervosos, porém regulares, que Tom sentia ser possível continuar andando por horas, até simplesmente desabar. Ou será que algum dia Bernard iria simplesmente desabar? Era curioso, pensou, ele sentir que Bernard era um fantasma tanto quanto Bernard, pelo visto, achava isso dele.

Bernard começou a ziguezaguear a esmo pelas ruas, mas se manteve bastante perto do rio. Eles andaram por meia hora e já tinham deixado para trás a cidade em si. As ruas agora eram mais vazias, com um ocasional florista, matas, jardins, uma residência, uma minúscula *Konditorei* com um terraço agora vazio e vista para o rio. Bernard, por fim, entrou numa delas.

Tom diminuiu o passo. Não estava cansado nem ofegante depois de toda aquela caminhada acelerada. Sentia-se estranho. Apenas o frescor agradável do vento em sua testa lhe recordava que ele ainda estava vivo.

O pequeno café quadrado tinha paredes de vidro, e Tom pôde ver que Bernard estava sentado diante de uma mesa com uma taça de vinho tinto na sua frente. O lugar estava vazio, com exceção de uma garçonete muito magra e de idade um tanto avançada de uniforme preto com avental branco. Tom sorriu aliviado, e sem pensar ou ponderar nada, abriu a porta e entrou. Bernard então olhou para ele como se estivesse um pouco surpreso, sem entender (tinha o cenho franzido), mas não era o mesmo terror.

Tom sorriu um pouco e meneou a cabeça. Não soube por que tinha feito isso. Seria um cumprimento? Uma afirmação? Caso sim, uma afirmação de quê? Imaginou-se puxando uma cadeira, sentando-se com Bernard e dizendo: "Bernard, eu não sou um fantasma. Não havia muita terra em cima de mim e eu cavei e saí. Engraçado, não é? Acabei de chegar de Londres, estive com Cynthia, e ela falou..." E imaginou-se também erguendo uma taça de vinho e dando um tapinha em Bernard, na manga de sua capa de chuva, e Bernard saberia que Tom era real. Mas isso não iria acontecer. A expressão de Bernard mudou para desconfiada e, pensou Tom, hostil. Tom tornou a sentir uma leve pontada de raiva. Endireitou mais as costas, abriu a porta atrás de si e saiu de modo fluido e gracioso, embora tenha saído de costas.

Tinha sido um ato um tanto deliberado da sua parte, percebeu.

A garçonete de uniforme preto não havia olhado para ele, pois decerto não o tinha visto. Estava ocupada com algo no balcão à direita de Tom.

Tom atravessou a rua para longe do café onde Bernard estava, e para mais longe ainda de Salzburgo. O café ficava na rua do lado oposto ao do rio, de modo que ele agora estava bastante perto do rio e da sua margem. Junto ao meio-fio havia uma cabine telefônica cheia de painéis de vidro, e Tom se refugiou atrás dela. Acendeu um cigarro francês.

Bernard saiu do café e Tom deu a volta na cabine devagar, mantendo-a entre si e Bernard. Bernard o estava procurando, mas seus olhares pareciam apenas nervosos, como se ele na verdade não esperasse ver Tom. Seja como for, Bernard não o viu e continuou andando com bastante rapidez na direção oposta à da cidade de Salzburgo e do lado da rua em relação ao rio. Depois de algum tempo, Tom foi atrás.

As montanhas se erguiam mais à frente cortadas pelo Salzach cada vez mais estreito, montanhas cobertas de árvores verde-escuras, em sua maioria pinheiros. Eles ainda caminhavam por uma calçada, mas Tom podia ver onde ela acabava logo à frente, e a rua se transformava numa estrada rural de duas pistas. Será que Bernard iria subir direto alguma montanha com aquela sua energia doida? Como ele olhou para trás uma ou duas vezes, Tom ficou escondido, pelo menos escondido de algum olhar, e pôde ver pelo comportamento de Bernard que ele não o tinha visto.

Eles deviam estar a oito quilômetros de Salzburgo, pensou Tom, e parou para enxugar a testa e afrouxar a gravata por baixo do cachecol. Bernard sumiu de vista numa curva da estrada, e Tom seguiu em frente. Na verdade correu, pensando, como havia pensado em Salzburgo, que Bernard fosse virar à direita ou à esquerda e desaparecer em algum lugar onde ele não pudesse encontrá-lo.

Tom o viu. Nesse instante Bernard olhou para trás, e Tom parou e abriu os braços para os lados, de modo a se fazer mais visível. Mas Bernard virou as costas com a mesma rapidez com que tinha feito isso várias vezes antes, e Tom ficou com uma sensação de dúvida: será que Bernard o tinha visto? Será que nem sequer isso tinha importância? Seguiu em frente. Bernard havia desaparecido outra vez depois de uma curva, e mais uma vez Tom apressou o passo. Quando chegou ao trecho reto de estrada seguinte, Bernard não estava à vista, então parou e apurou os ouvidos para caso ele tivesse entrado na mata. Tudo o que escutou foi o chilrear de alguns pássaros e, ao longe, os sinos de uma igreja.

Então, à sua esquerda, Tom ouviu um leve crepitar de galhos que logo cessou. Deu alguns passos para dentro da floresta e escutou com atenção.

— *Bernard!* — gritou, com a voz rouca.

Com certeza isso Bernard escutou.

O silêncio parecia ser completo. Será que Bernard estava hesitando?

E então ouviu um baque distante. Ou teria sido a imaginação de Tom?

Ele entrou mais na mata. Uns vinte metros mais adiante, um declive dava no rio, e depois dele havia um penhasco de rocha cinza--claro que parecia ter uns dez ou doze metros de altura, talvez mais. No alto do penhasco estava a bolsa de lona de Bernard, e Tom entendeu na hora o que tinha acontecido. Chegou mais perto e ficou à escuta, mas até os pássaros agora pareciam silenciosos. Na beira do penhasco, olhou para baixo. A queda não era abrupta, e Bernard teria tido de caminhar ou começar a cair por uma encosta pedregosa antes de pular ou simplesmente despencar lá embaixo.

— *Bernard?*

Tom se deslocou mais para a esquerda, de onde era mais seguro olhar para baixo. Apoiando-se numa pequena árvore, e com outra árvore à vista para caso escorregasse e fosse obrigado a se segurar em alguma coisa, olhou para baixo e viu uma forma cinza e alongada nas pedras no pé do penhasco, com um dos braços estendido. A queda era parecida com uma altura de quatro andares, e em cima de pedras. Bernard não estava se mexendo. Tom voltou para um terreno mais seguro.

Pegou a bolsa de lona, um peso deploravelmente leve.

Alguns instantes se passaram antes de ele conseguir pensar qualquer coisa. Continuava segurando a bolsa de lona.

Será que alguém encontraria Bernard? Do rio, será que alguém conseguia vê-lo? Mas quem passava por aquele rio? Não era provável alguém que estivesse fazendo uma caminhada vê-lo ou topar com ele, pelo menos não no curto prazo. Tom não foi capaz de enfrentar o fato de chegar perto de Bernard agora, de olhar para ele. Sabia que ele estava morto.

Tinha sido um assassinato curioso.

Tom tornou a descer a estrada em aclive em direção a Salzburgo sem cruzar com ninguém. Em algum lugar, já embaixo e perto da cidade, viu um ônibus e fez sinal. Não fazia muita ideia de onde estava, mas o ônibus parecia estar seguindo na direção de Salzburgo.

O motorista lhe perguntou se ele estava indo para determinado lugar, um nome que Tom não conhecia.

— Mais perto de Salzburgo — disse Tom.

O motorista lhe cobrou alguns xelins.

Tom saltou assim que reconheceu alguma coisa. E continuou a pé. Por fim, aproximou-se já cansado da Residenzplatz e então entrou na Getreidegasse carregando a bolsa de Bernard.

Entrou no Goldener Hirsch e inspirou de repente o odor agradável de cera de móveis, um aroma de conforto e tranquilidade.

— Boa noite, senhor — disse o porteiro, e lhe entregou a chave.

24

Tom despertou de um sonho de frustração no qual cerca de oito pessoas em alguma casa (apenas uma delas reconhecível, Jeff Constant) zombavam dele e riam porque nada dava certo, ele se atrasava para alguma coisa, tinha dificuldade para pagar uma conta que estava devendo, estava de short quando deveria estar de calça, tinha esquecido um compromisso importante. A tristeza causada pelo sonho perdurou vários minutos após se sentar na cama. Ele estendeu a mão e tocou a madeira grossa e encerada da sua mesa de cabeceira.

Então pediu um *Kaffee Komplett.*

Os primeiros goles de café ajudaram. Ele vinha hesitando em fazer alguma coisa em relação a Bernard — o quê? — e depois ligar para Jeff e Ed e lhes contar o que havia acontecido. Jeff talvez fosse mais articulado, mas Tom duvidava que ele ou Ed fossem ter alguma ideia quanto ao movimento seguinte que ele deveria realizar. Sentia-se ansioso, o tipo de ansiedade que não o levava a lugar nenhum. O motivo pelo qual precisava falar com Jeff e Ed era apenas por estar se sentindo assustado e sozinho.

Em vez de esperar numa agência dos correios barulhenta e lotada, Tom tirou o fone do gancho do aparelho em seu quarto e deu o número de Jeff em Londres. A meia hora seguinte ou algo assim, enquanto aguardava a ligação, foi um limbo curioso, mas não desagradável.

Tom começou a perceber que tinha torcido pelo suicídio de Bernard, que o tinha desejado, enquanto ao mesmo tempo, como sabia que Bernard iria se matar, não podia de fato acusar a si mesmo de tê-lo forçado a cometer suicídio. Pelo contrário, Tom havia se mostrado muito claramente vivo, várias vezes, a menos que Bernard tivesse preferido ver um fantasma. O suicídio de Bernard também não tinha muita coisa, e talvez nada, a ver com a crença de Tom de tê-lo matado. Ele já não tinha se enforcado na forma de um manequim na sua adega dias antes de atacá-lo na mata?

Tom também se deu conta de que queria o cadáver de Bernard e de que esse pensamento estava no fundo da sua mente. Se ele usasse o cadáver como se fosse o de Derwatt, isso ainda deixaria a pergunta do que tinha acontecido com Bernard Tufts. *Resolver esse problema mais tarde*, pensou Tom.

O telefone tocou e ele pulou para atender. Quem falou foi Jeff.

— Sou eu, Tom. Estou em Salzburgo. Está me ouvindo?

A conexão estava excelente.

— Bernard... Bernard morreu. Num penhasco. Ele pulou.

— Não está falando sério. Ele se matou?

— Sim. Eu vi. O que está acontecendo em Londres?

— Eles... a polícia está procurando Derwatt. Não sabem se ele está aqui em Londres ou... ou em algum outro lugar — respondeu Jeff, gaguejando.

— Nós precisamos dar um fim em Derwatt e esta é uma boa oportunidade para fazer isso — disse Tom. — Não comente com a polícia sobre a morte de Bernard.

Jeff não entendeu.

As frases seguintes foram estranhas, pois Tom não podia dizer a Jeff o que pretendia fazer. Comunicou que iria dar um jeito de tirar os restos mortais de Bernard da Áustria e possivelmente levá-los para a França.

— Está querendo dizer... Onde ele está? Continua lá caído?

— Ninguém o viu. Vou ter de fazer isso e pronto — disse Tom com uma paciência custosa e dolorosa, tentando responder às perguntas toscas ou parcialmente formuladas de Jeff. — Como se ele tivesse se incinerado ou quisesse ser incinerado. Não tem outro jeito, não é? — Não se ele tentasse mais uma vez ajudar a Derwatt Ltda.

— Não. — Jeff, útil como sempre.

— Em breve vou notificar a polícia francesa e Webster, se ele ainda estiver lá — disse Tom com mais firmeza.

— Ah, Webster já voltou. Eles estão procurando Derwatt aqui e um dos agentes, um agente à paisana, sugeriu ontem que Derwatt poderia ter sido representado por alguém.

— Eles estão desconfiados de mim? — perguntou Tom, ansioso, mas sentindo-se tomado por um sentimento de desafio.

— *Não*, Tom, não estão. Eu acho que não. Mas alguém, não tenho certeza se foi Webster, disse estar pensando onde você estaria em Paris. Acho que eles verificaram os hotéis de Paris — acrescentou Jeff.

— No presente momento você, naturalmente, não sabe onde *eu* estou — disse Tom. — E precisa dizer que Derwatt parecia deprimido. Você não faz ideia de para onde ele pode ter ido.

Segundos depois, eles já tinham desligado. Se a polícia investigasse em alguma data posterior o que Tom tinha feito em Salzburgo e encontrasse aquela ligação na sua conta, Tom diria que tinha ligado por causa de Derwatt. Teria que inventar uma história dizendo que tinha seguido Derwatt até Salzburgo, por algum motivo. Bernard também teria de fazer parte da história. Se, por exemplo, Derwatt...

Derwatt, deprimido e perturbado pelo desaparecimento e possível morte de Murchison, poderia ter ligado para Tom Ripley em Belle Ombre. Poderia também ter ficado sabendo, por meio de Jeff e Ed, que Bernard tinha visitado Belle Ombre. Derwatt poderia ter proposto que os dois se encontrassem em Salzburgo, para onde Derwatt queria ir. (Ou Tom poderia atribuir a Bernard essa sugestão de Salzburgo.) Ele diria ter encontrado Derwatt pelo menos duas ou três vezes em Salzburgo, provavelmente com Bernard. Derwatt estava deprimido. Por quê, exatamente? Bem, Derwatt não tinha contado tudo a Tom. Tinha falado pouco sobre o México, mas tinha perguntado sobre Murchison e dito que sua ida a Londres fora um erro. Em Salzburgo, Derwatt tinha insistido para ir a lugares afastados tomar café, uma tigela de *Gulyasuppe* ou uma garrafa de Grinzing. Fiel ao seu temperamento, não tinha dito a Tom onde estava hospedado em Salzburgo, e todas as vezes havia voltado a pé sozinho depois de se despedirem. Tom imaginara que ele estivesse hospedado em algum lugar usando outro nome.

Tom diria que não quis contar nem para Heloise que estava indo a Salzburgo encontrar Derwatt.

A história, boa ou ruim, estava começando a se encaixar.

Tom abriu a janela com vista para a Sigmundsplatz, agora cheia de carrinhos vendendo imensos nabos brancos, laranjas e maçãs reluzentes. Pessoas em pé mergulhavam linguiças compridas em mostarda sobre pratos de papel.

Talvez agora ele pudesse encarar a bolsa de lona de Bernard. Tom se ajoelhou no chão e abriu o zíper. Por cima havia uma camisa suja. Por baixo, um short e uma camiseta sem manga. Tom jogou as peças no chão. Então girou a chave na porta, embora, ao contrário dos funcionários de muitos hotéis, as camareiras ali não fossem entrando direto sem bater. Continuou. Um *Salzburger Nachrichten* de dois dias antes, um *Times* de Londres do mesmo dia. Escova de dentes, navalha, uma escova de cabelos muito gasta, uma calça de sarja bege enrolada e, no fundo, o caderno marrom surrado que Bernard havia sacado para ler em Belle Ombre. Por baixo disso havia um bloco de desenho com lombada em espiral e na capa a assinatura de Derwatt, que era a marca registrada da empresa de materiais artísticos. Tom o abriu. Igrejas e torres barrocas de Salzburgo, algumas um tanto inclinadas, embelezadas por arabescos suplementares. Aves semelhantes a morcegos sobrevoavam algumas delas. Sombras tinham sido obtidas aqui e ali com um polegar molhado passado sobre o papel. Um esboço fora rabiscado com força e descartado. Num canto da bolsa de lona havia um vidro de nanquim com a parte superior da rolha quebrada, mas mesmo assim a rolha ainda resistia, e um feixe de canetas de desenho e alguns pincéis unidos por um elástico. Tom se atreveu a abrir o caderno marrom para ver se havia algum registro recente. Nada desde 5 de outubro daquele ano, mas ele não podia ler aquilo agora. Detestava ler cartas ou documentos pessoais alheios. Reconheceu, porém, o papel de anotação dobrado de Belle Ombre, duas folhas. Era o que Bernard tinha escrito na primeira noite passada na sua casa, e bastou uma olhada para Tom ver que era uma descrição das falsificações feitas por ele, iniciadas seis anos antes. Tom não queria ler aquilo, e rasgou as páginas em pedacinhos que jogou no cesto de lixo. Tornou a pôr as coisas dentro da bolsa, fechou o zíper e a guardou no armário.

Como comprar gasolina, combustível para queimar o cadáver?

Podia dizer que seu carro estava a seco. Tudo não poderia ser feito naquele dia, certamente, pois o único avião saía às duas e quarenta com destino a Paris. Sua passagem era de ida e volta. É claro que ele poderia pegar um trem, mas será que a inspeção de bagagens seria mais rígida? Não queria que um inspetor da alfândega abrisse sua mala e encontrasse um embrulho de cinzas.

Será que um cadáver queimaria o suficiente a céu aberto para virar cinzas? Isso não necessitava de algum tipo de forno? Para aumentar o calor?

Tom deixou o hotel pouco antes do meio-dia. Do outro lado do rio, comprou uma mala de couro de porco não muito grande numa loja na Schwarzstrasse e também vários jornais, que pôs dentro da mala. O dia estava fresco e ventava, embora tivesse sol. Tom pegou um ônibus que subia o rio pelo lado antigo da cidade, em direção a Mariaplain e Bergheim, duas cidades no caminho que ele havia pesquisado. Saltou no que pensava ser a região correta e começou a procurar um posto de gasolina. Levou vinte minutos para encontrar um. Deixou a mala nova na mata antes de chegar perto dele.

O funcionário foi cortês e se ofereceu para levá-lo dirigindo até seu carro, mas Tom respondeu que o carro não estava longe, e será que ele poderia comprar também o recipiente, já que não queria voltar? Comprou dez litros. Não olhou para trás ao subir a estrada. Pegou sua mala. Pelo menos estava na estrada certa, mas o caminho era longo, e por duas vezes ele adentrou partes da mata que não eram as certas.

Por fim, encontrou o lugar. Viu as pedras cinzentas mais à frente. Largou a mala e desceu com a gasolina fazendo alguns desvios. O sangue havia escorrido em pequenos veios espalhados à direita e à esquerda abaixo de Bernard. Tom olhou em volta. Precisava de uma caverna, de uma reentrância, de algum tipo de cobertura para aumentar o calor. Aquilo iria exigir muita madeira. Lembrou-se das fotos de cadáveres indianos ardendo em *ghats* altos. Aquilo aparentemente necessitava de muita madeira. Encontrou um lugar propício abaixo do penhasco, uma espécie de cavidade entre as pedras. O mais fácil seria rolar o corpo até lá.

Primeiro tirou o único anel que Bernard usava, um anel de ouro que se assemelhava a um brasão gasto. Ia lançá-lo para dentro da mata, mas pensou que havia sempre o risco de ele ser encontrado em algum momento, então guardou o anel no bolso com a ideia de atirá-lo no Salzach de alguma ponte. Em seguida os bolsos. Nada além de algumas moedas austríacas na capa de chuva, cigarros num dos bolsos do paletó, que Tom deixou, carteira num dos bolsos da calça, da qual extraiu e amassou o conteúdo — dinheiro e documentos — e os guardou no próprio bolso para jogá-los na fogueira depois. Ergueu o corpo pegajoso e o rolou. O corpo sacolejou pelas pedras até lá embaixo. Tom desceu e o puxou em direção à reentrância que havia encontrado.

Então, grato por virar as costas para a coisa, começou com grande energia a juntar madeira. Fez pelo menos seis viagens até a pequena cripta clara que havia encontrado. Evitou olhar para o rosto e a cabeça de Bernard, que agora tinham uma cor escura indefinida. Por fim, catou punhados de folhas e gravetos secos, todos os que conseguiu encontrar, e enfiou entre eles os documentos e o dinheiro da carteira de Bernard. Arrastou o corpo para cima da pilha de madeira, prendendo a respiração ao empurrar as pernas e forçar com o pé um dos braços a ficar no lugar. O corpo estava rígido, com um dos braços estendido. Tom pegou a gasolina e despejou metade na capa de chuva até encharcá-la. Decidiu catar mais madeira para pôr por cima antes de acender tudo.

Acendeu um fósforo e de longe o lançou.

As chamas subiram na mesma hora, amarelas e brancas. Com os olhos semicerrados, Tom encontrou um local afastado da fumaça. Houve muitos estalos. Ele não olhou.

Não se via nada vivo, nem sequer um pássaro voando.

Juntou mais madeira. Não poderia ser demais, pensou. A fumaça era clara, mas abundante.

Um carro passou na estrada, um caminhão, a julgar pelo ruído áspero do motor. Tom não conseguiu ver por causa das árvores. O barulho pareceu diminuir, e Tom torceu para ninguém ter parado a fim investigar. Mas nada aconteceu por três ou quatro minutos, e Tom supôs que o motorista tivesse seguido em frente. Sem olhar para os restos de Bernard, arrastou galhos para mais perto das chamas. Estava usando um graveto comprido. Sentiu que estava fazendo as coisas de modo desastrado, que o fogo não estava quente o bastante… nem perto do calor intenso necessário para cremar adequadamente um corpo. A única coisa que podia fazer, portanto, era alimentá-lo o máximo possível. Eram agora duas e dezessete da tarde. O fogo irradiava um calor razoável por causa da cobertura, e Tom por fim precisou lançar os galhos. Fez isso sem parar por vários minutos. Quando as chamas baixaram um pouco, pôde chegar perto, pegar os galhos semicarbonizados e tornar a jogá-los na fogueira. Ainda restava a outra metade do galão de gasolina.

Respeitando um certo método, Tom catou mais lenha ainda, a uma distância ainda maior, para um último esforço. Após formar uma pilha de madeira, lançou o latão de gasolina por cima do corpo, que continuava de modo desanimador a exibir um formato semelhante a um corpo. A capa de chuva e a calça tinham queimado, mas os sapatos não, e a carne, a parte que conseguia ver, estava preta, mas não carbonizada, obviamente só defumada. O latão de gasolina produziu uma batida parecida com a de um tambor, não uma explosão. Tom não parava de prestar atenção para ver se ouvia passos ou gravetos estalando na mata. Era possível aparecer alguém por causa da fumaça. Por fim, ele recuou alguns metros, tirou a capa de chuva e a segurou no braço enquanto se sentava no chão, de costas para a fogueira. *Vou deixar passar uns bons vinte minutos*, pensou. Sabia que os ossos não iriam queimar, não iriam se desfazer. Isso significaria outra cova. Ele teria de arrumar uma pá em algum lugar. Comprar? O mais sensato seria roubar uma.

Quando Tom tornou a encarar a pira, ela estava negra, rodeada de brasas vermelhas. Ele as colocou de volta. O corpo permanecia um corpo. Como cremação, Tom sabia que aquilo tinha sido um fracasso. Ponderou se deveria terminar o serviço nesse mesmo dia ou voltar no dia seguinte, e decidiu terminar no mesmo dia, se restasse luz suficiente para ele ver o que estava fazendo. O que precisava era de algo com o que cavar. Cutucou o corpo com o mesmo galho comprido e constatou que ele tinha a mesma consistência de gelatina. Pôs a mala no chão, entre um pequeno grupo de árvores.

Então quase subiu correndo o aclive em direção à estrada. O cheiro da fumaça era um horror, e na verdade fazia vários minutos que ele não estava respirando direito. Podia dedicar uma hora à busca pela pá, pensou, se é que levaria tanto tempo. Gostava de ter algum tipo de plano, pois naquele exato instante estava se sentindo um tanto perdido e ineficaz. Foi andando pela estrada sem a mala, com as mãos vazias. Vários minutos depois, chegou ao trecho com casas esparsas, não muito longe do café onde Bernard tinha tomado sua taça de vinho tinto. Havia alguns jardins bem cuidados, estufas cercadas de vidro, mas nenhuma pá encostada de modo conveniente em alguma parede de tijolos.

— *Grüss' Gott!* — disse um homem que cavoucava seu jardim com o tipo de pá estreita e afiada que Tom poderia usar.

Tom retribuiu o cumprimento de modo casual.

Então viu um ponto de ônibus no qual não havia reparado na véspera, e uma moça — ou uma mulher — estava andando nessa direção, na direção de Tom. Um ônibus devia estar chegando. Tom quis pegá-lo quando ele chegasse, esquecer o cadáver, esquecer a mala. Passou pela moça sem olhar para ela, torcendo para ela não se lembrar dele. Então viu um carrinho de mão de metal cheio de folhas junto ao meio-fio e nele estava pousada uma pá. Não acreditou naquilo. Um pequeno presente de Deus... a não ser pelo fato de que a pá era ajuntadeira. Tom diminuiu o passo, olhou na direção da mata e pensou que o trabalhador a quem aquelas coisas pertenciam talvez tivesse desaparecido por alguns instantes.

O ônibus chegou. A moça embarcou e o ônibus seguiu viagem.

Tom pegou a pá e voltou caminhando com o mesmo passo casual com que havia chegado, segurando a pá de modo tão natural quanto poderia estar segurando um guarda-chuva, tirando o fato de precisar carregá-la na horizontal.

De volta ao local, Tom largou a pá no chão e saiu à procura de mais madeira. O tempo estava passando, e, enquanto ainda estava claro o suficiente para enxergar bem, ele se aventurou mais para dentro da mata a fim de buscar o restante do combustível. Seria obrigado a destruir o crânio, sabia, e acima de tudo se livrar dos dentes, e não queria voltar no dia seguinte. Atiçou o fogo mais uma vez, pegou a pá e começou a cavar num ponto de folhas úmidas. Não era tão fácil quanto com um ancinho. Por outro lado, os restos de Bernard não iriam interessar a nenhum animal que passasse, de modo que a cova não precisava ser funda. Quando se cansou, ele tornou a se virar para o fogo e, sem fazer qualquer pausa, desferiu a pá no crânio. Viu que não ia funcionar. Mas outras duas pancadas removeram o osso da mandíbula, e Tom o puxou para fora da fogueira com a pá. Empurrou mais lenha para perto do crânio.

Então foi até a mala e cobriu o interior com os jornais. Teria de pegar alguma coisa do cadáver. A ideia de um pé ou de uma mão lhe causava repulsa. Um pedaço de carne do corpo, talvez. Carne era carne, aquilo era humano e não poderia ser confundido com a carne de uma vaca, por exemplo, supôs. Por alguns instantes ficou enjoado e se agachou, apoiado numa árvore. Então foi direto até a fogueira com a pá e retirou um pouco de carne da cintura de Bernard. A substância era escura e um pouco úmida. Tom a carregou na pá até a mala e largou-a em seu interior. Deixou a mala aberta. E então se deitou no chão, exausto.

Uma hora se passou, talvez. Tom não dormiu. Teve consciência do crepúsculo se estabelecendo à sua volta e se deu conta de que não tinha lanterna. Levantou-se. Uma nova tentativa com a pá na cabeça não deu resultado. Tampouco seu pé daria, caso ele pisasse em cima, Tom sabia. Teria de ser uma pedra. Tom encontrou uma e a rolou até a fogueira. Então a levantou com uma energia recém-encontrada, e talvez breve, e a largou em cima do crânio. A pedra ficou ali parada. O crânio debaixo dela estava esmigalhado. Tom empurrou a pedra para o lado com a pá, dando rapidamente um passo para trás de modo a evitar o calor do fogo vermelho-rosado. Cutucou e trouxe com a pá uma estranha mistura de ossos e do que deveria ter sido a arcada superior.

Essa atividade causou alívio, e Tom então começou a arrumar a fogueira. Otimista, sentia que a forma alongada não tinha qualquer semelhança sequer com algo humano. Recomeçou a cavar. O buraco era estreito e logo ficou com quase um metro de profundidade. Tom usou a pá e rolou a forma fumegante em direção à cova que tinha cavado. De vez em quando apagava pequenas chamas no chão com a pá. Antes de enterrar o esqueleto, verificou se havia pegado a arcada dentária superior e constatou que sim. Enterrou os restos e cobriu com terra. Alguns filetes de fumaça se ergueram através das folhas que ele espalhou em cima, por último. Ele rasgou um pouco do jornal que forrava a mala, embrulhou o pedaço de osso que continha a arcada superior, pegou também a mandíbula inferior e a guardou junto.

Juntou a fogueira e se certificou da melhor forma possível de que as brasas não iriam se espalhar e dar início a um fogo entre as árvores. Arrastou folhas para longe do fogo para que isso não acontecesse. Mas não podia se dar ao luxo de passar mais tempo ali, por causa da escuridão cada vez maior. Dobrou os jornais dentro da mala ao redor do pequeno embrulho e tornou a subir o aclive levando a mala e a pá.

Quando chegou ao ponto de ônibus, o carrinho de mão não estava no mesmo lugar de antes. Mesmo assim, Tom deixou a pá no meio-fio.

No ponto de ônibus seguinte, a uma boa distância, ele aguardou. Uma mulher se juntou a ele na espera. Tom não olhou para ela.

Enquanto o ônibus avançava e sacolejava como uma mola, deixando passageiros saltarem e embarcarem com um chiado da porta, Tom tentou pensar, e como sempre seu pensamento ocorreu em saltos erráticos. Como teria sido para todos eles, Bernard, Derwatt e ele, se encontrar ali em Salzburgo e conversar várias vezes? Derwatt tinha falado em suicídio. Tinha dito querer ser cremado, não num crematório, mas a céu aberto. Tinha pedido a Bernard e Tom para fazerem isso. Tom havia tentado convencer os dois homens a sair da depressão, mas Bernard estava deprimido por causa de Cynthia (Jeff e Ed poderiam confirmar isso) e Derwatt...

Tom desceu do ônibus sem ligar para onde estava, pois queria pensar enquanto caminhava.

— Posso pegar sua mala, senhor? — Era o carregador do Goldener Hirsch.

— Ah, está bem leve — disse Tom. — Obrigado. — Ele subiu para o quarto.

Lavou as mãos e o rosto, em seguida tirou as roupas e tomou um banho de banheira. Estava imaginando conversas com Bernard e Derwatt em diversos *Bier* e *Weinstübl* de Salzburgo. Teria sido a primeira vez que Bernard via Derwatt desde que Derwatt se mudara para a Grécia, cinco anos antes ou mais, porque Bernard tinha evitado vê-lo quando Derwatt estivera em Londres e não estava em Londres durante sua segunda visita breve. Bernard já conhecia Salzburgo. Ele havia falado sobre Salzburgo com Tom em Belle Ombre (verdade), e quando Derwatt tinha telefonado para Heloise em Belle Ombre, ela havia lhe dito que Tom fora a Salzburgo encontrar Bernard, ou tentar encontrá-lo, e portanto Derwatt também tinha ido para lá. Com que nome Derwatt havia entrado? Bem, isso teria de permanecer um mistério. Quem poderia saber, por exemplo, que nome Derwatt estava usando no México? Restava a Tom dizer a Heloise (mas apenas se e quando alguém lhe perguntasse) que Derwatt tinha telefonado para Belle Ombre.

Talvez não estivesse ainda tudo perfeito e alinhado, mas era um começo.

Pela segunda vez Tom encarou a bolsa de lona de Bernard, e então procurou bilhetes recentes escritos por ele. O de 5 de outubro dizia: "Às vezes sinto que já estou morto. Curiosamente há o suficiente de mim para perceber que a minha identidade, o meu eu, se desintegrou e de algum modo desapareceu. Eu nunca fui Derwatt. Mas agora será que sou mesmo Bernard Tufts?"

Como Tom não podia deixar aquelas duas últimas frases ali, rasgou a página inteira.

Alguns dos desenhos tinham anotações. Algumas sobre cores, sobre os verdes dos prédios de Salzburgo. "O barulhento santuário público de Mozart — nenhum único retrato dele que se possa achar bom." Depois: "Muitas vezes fico olhando o rio. É um rio veloz e isso é bom. Talvez esse seja o melhor modo de ir embora, pular de uma ponte numa noite em que, com sorte, não haja ninguém por perto para gritar 'Salvem-no!'."

Era disso que Tom precisava, e ele fechou rapidamente o bloco de desenho e tornou a largá-lo dentro da bolsa.

Será que havia algum registro sobre ele? Tornou a folhear o bloco em busca do seu nome ou das suas iniciais. Então abriu o caderno marrom. A maior parte contida nele eram os trechos copiados dos diários de Derwatt, e os últimos poucos registros no final, feitos por Bernard, estavam todos datados e eram do período que havia passado em Londres. Nada sobre Tom Ripley.

Tom desceu para o restaurante do hotel. Estava tarde, mas ele ainda podia pedir alguma coisa. Após algumas garfadas de comida, começou a se sentir melhor. O vinho branco fresco e leve era inspirador. Ele podia se permitir ir embora no avião da tarde do dia seguinte. Se o seu telefonema da véspera para Jeff fosse questionado, diria que tinha ligado por iniciativa própria para lhe dizer que Derwatt estava em Salzburgo e Tom estava preocupado com ele. Também precisaria dizer ter pedido a Jeff que não dissesse a ninguém onde ele estava, muito menos para "o público". E Bernard? Tom poderia ter comentado com Jeff que Bernard também estava em Salzburgo, por que não? A polícia não estava procurando Bernard Tufts. O desaparecimento de Bernard, com certeza um suicídio e provavelmente no rio Salzach, devia ter ocorrido na noite do dia em que Tom e Bernard haviam cremado o corpo de Derwatt. Melhor dizer que Bernard o havia ajudado com isso.

Tom previu que seria censurado por ter ajudado num suicídio. O que se fazia com quem cometia esse ato? Derwatt havia insistido para tomar uma dose cavalar de comprimidos para dormir, diria Tom. Os três tinham passado a manhã caminhando pela mata. Derwatt tinha tomado alguns comprimidos antes de eles se encontrarem. Fora impossível eles impedirem que ele tomasse o resto, e Tom teria de confessar que não quisera interferir num desejo tão forte de Derwatt. Bernard também não.

Ele voltou para o quarto, abriu a janela e em seguida a mala de couro de porco. Retirou o embrulho menor envolto em jornal e acrescentou mais jornal. Mesmo assim o embrulho não era muito maior do que uma toranja. Então fechou a mala para o caso de alguma camareira entrar (embora o quarto já tivesse sido arrumado), deixou a janela um pouco aberta e desceu com seu pequeno embrulho. Dobrou à direita na ponte, a ponte com a amurada na qual tinha visto Bernard debruçado na véspera. Debruçou-se na amurada da mesma forma. E, num momento em que não havia ninguém passando, abriu as mãos e deixou cair o embrulho, que caiu sem fazer barulho e em pouco tempo se perdeu na escuridão. Tom havia trazido o anel de Bernard, que deixou cair da mesma forma.

Na manhã seguinte, ele reservou seu voo e então saiu para comprar umas coisas, a maior parte para Heloise. Comprou para ela um colete verde e uma Wolljanker azul-clara, da cor de um maço de cigarros Gauloise, uma blusa branca de babados e, para si, um colete de um verde mais escuro e dois facões de caça.

Dessa vez o pequeno avião se chamava *Ludwig van Beethoven.*

Orly às oito da noite. Tom mostrou o próprio passaporte. Uma olhada para ele e para sua foto e nenhum carimbo. Ele pegou um táxi até Villeperce. Estava com medo de Heloise estar com visita, e tinha razão, constatou ao ver o Citroën vermelho-escuro parado em frente à casa. O carro dos Grais.

Eles estavam terminando de jantar. Na lareira estava aceso um pequeno fogo confortável.

— Por que não telefonou? — reclamou Heloise, mas ficou feliz em vê-lo.

— Não quero interromper vocês — disse Tom.

— Mas nós já acabamos! — disse Agnès Grais.

Era verdade. Eles estavam a ponto de ir tomar o café na sala.

— O senhor já jantou, Monsieur Tome? — perguntou Madame Annette.

Tom respondeu que sim, mas que gostaria de um café. De modo um tanto normal, segundo pensou, contou aos Grais que tinha ido a Paris encontrar um amigo que estava passando por algumas dificuldades pessoais. Os Grais não se mostraram inclinados a querer saber mais. Tom perguntou o que Antoine, o arquiteto atarefado, estava fazendo em casa em Villeperce numa quinta-feira à noite.

— Aproveitando — respondeu Antoine. — O tempo está bom, eu digo a mim mesmo que estou tomando notas para um prédio novo e, mais importante, estou desenhando uma lareira para o nosso quarto de hóspedes. — Ele riu.

Somente Heloise reparou que ele não estava exatamente como de costume, pensou Tom.

— Como foi a festa de Noëlle na terça? — perguntou ele.

— Muito divertida! — respondeu Agnès. — Sentimos a sua falta.

— E o misterioso Mur-*chee*-son? — quis saber Antoine. — Quais as últimas?

— Bem... Eles ainda não conseguiram encontrá-lo. A Sra. Murchison veio aqui falar comigo... como Heloise talvez tenha contado a vocês.

— Não, ela não contou — disse Agnès.

— Não pude ajudá-la muito — disse Tom. — O quadro do marido dela, uma obra de Derwatt, foi roubado em Orly também. — Não havia mal algum em contar isso, pensou Tom, pois era verdade e tinha saído nos jornais.

Depois do café, Tom pediu licença e disse que queria desfazer a mala e voltaria dali a pouco. Para sua irritação, Madame Annette havia carregado suas malas até o andar de cima, e seu pedido casual para que ela as deixasse no térreo não fora atendido. Em cima, Tom constatou aliviado que Madame Annette não havia aberto nenhuma das duas malas, decerto por ter coisas suficientes a fazer lá embaixo. Tom guardou a mala nova de couro de porco num armário e abriu a outra, recheada com suas compras novas. E desceu.

Os Grais acordavam com as galinhas e foram embora antes das onze.

— Webster tornou a ligar? — perguntou Tom a Heloise.

— Não. — Ela então falou baixinho em inglês. — Tudo bem Madame Annette saber que você estava em Salzburgo?

Tom sorriu, um sorriso de alívio pela eficiência de Heloise.

— Sim. Na verdade você deve dizer que eu estive lá. — Tom quis explicar, mas não podia contar a Heloise sobre os restos mortais de Bernard nessa noite, ou talvez em noite alguma. As cinzas de Derwatt-Bernard. — Mais tarde eu explico. Mas agora preciso ligar para Londres. — Tom pegou o telefone e solicitou uma ligação para o estúdio de Jeff.

— O que aconteceu em Salzburgo? Você encontrou o *fou*? — quis saber Heloise, mais preocupada com Tom do que irritada com Bernard.

Tom olhou de relance na direção da cozinha, mas Madame Annette tinha dado boa-noite e fechado a porta.

— O *fou* morreu. Suicídio.

— *Vraiment!* Não está brincando, Tome?

Mas Heloise sabia que ele não estava brincando.

— O mais importante a dizer para qualquer um é que eu fui a Salzburgo. — Tom se ajoelhou no chão junto à sua cadeira, encostou o rosto no seu colo por um segundo, então se levantou e a beijou nas duas bochechas. — Querida, preciso dizer que Derwatt também morreu, também em Salzburgo. E... se alguém lhe perguntar, Derwatt ligou de Londres para Belle Ombre e perguntou se podia me encontrar. Então você disse a ele: "Tom foi para Salzburgo." Está bem? É fácil de lembrar porque é a verdade.

Heloise o encarou de viés, com certa travessura no olhar.

— O que é verdade e o que não é?

Sua voz soou estranhamente filosófica. Era de fato uma pergunta para filósofos, e por que ele e Heloise deveriam se preocupar com isso?

— Suba comigo e vou provar que estive em Salzburgo. — Ele puxou Heloise para fazê-la se levantar da cadeira.

Os dois subiram até o quarto de Tom e examinaram as coisas dentro da sua mala. Heloise experimentou o colete verde. Abraçou a jaqueta azul-clara. Experimentou, e a peça serviu.

— E você comprou uma mala nova! — disse ela ao ver a mala marrom de couro de porco dentro do seu armário.

— É bem comum — disse Tom em francês bem na hora em que o telefone tocou.

Fez um gesto para ela se afastar da mala. Foi informado de que ninguém atendia ao telefone de Jeff e pediu à telefonista que continuasse tentando. Era quase meia-noite.

Tom tomou um banho enquanto Heloise conversava com ele.

— Bernard *morreu*? — perguntou ela.

Tom estava enxaguando o sabonete, aliviado por estar em casa, por sentir sob os pés uma banheira que conhecia. Vestiu um pijama de seda. Não sabia por onde começar a explicar. O telefone tocou.

— Se você escutar, vai entender — disse Tom.

— Alô — disse a voz de Jeff.

Tom se empertigou, tenso, e sua voz saiu séria.

— Alô. Sou eu, Tom. Estou ligando para dizer que Derwatt morreu... Ele morreu em Salzburgo...

Jeff gaguejou, como se o seu telefone estivesse grampeado, e Tom prosseguiu como um cidadão honesto comum:

— Ainda não contei à polícia em lugar nenhum. A morte... ocorreu em circunstâncias que não gostaria de descrever pelo telefone.

— Você... você v-virá a Londres?

— Não, não vou. Mas você poderia falar com Webster e dizer a ele que eu lhe telefonei, que fui a Salzburgo encontrar Bernard... Bem, pouco importa Bernard agora, a não ser por uma coisa importante. Você poderia ir ao estúdio dele e destruir qualquer sinal de Derwatt?

Jeff entendeu. Ele e Ed conheciam o zelador. Poderiam conseguir as chaves com ele. Poderiam dizer que Bernard estava precisando de alguma coisa. E isso, torcia Tom, explicaria os esboços, ou possivelmente as telas inacabadas que eles talvez precisassem tirar de lá.

— Faça um serviço completo — disse Tom. — Continuando, Derwatt supostamente ligou para minha esposa alguns dias atrás. Minha esposa disse a ele que eu tinha ido a Salzburgo.

— Sim, mas por que ele…

Por que Derwatt queria ir a Salzburgo, Tom imaginou que Jeff fosse perguntar.

— Acho que o importante é que estou pronto para encontrar Webster aqui. Na verdade, eu quero vê-lo. Tenho novidades.

Tom desligou e se virou para Heloise. Sorriu, mal se atrevendo a sorrir. No entanto, não teria sucesso?

— Como assim? — perguntou Heloise em inglês. — Derwatt morreu em Salzburgo, quando você me disse que ele tinha morrido anos atrás na Grécia?

— É preciso provar que ele morreu. Sabe, querida, eu fiz tudo isso para preservar a… a honra de Philip Derwatt.

— Como é possível matar um homem que já está morto?

— Pode deixar isso por minha conta? Eu tenho… — Tom olhou para o relógio de pulso em cima da mesa de cabeceira. — Tenho meia hora de trabalho a fazer hoje e, depois disso, adoraria ir me juntar a você no…

— Trabalho?

— Coisinhas a fazer. — Meu Deus do céu, se uma mulher não conseguia entender coisinhas a fazer, quem conseguiria? — Pequenos afazeres.

— Eles não podem esperar até de manhã?

— *Pode ser* que o investigador Webster venha amanhã. De manhã, até. E assim que você tiver tirado a roupa eu estarei com você, ou quase. — Ele a levantou. Como ela o fez de bom grado, ele soube que ela estava de bom humor. — Você teve alguma notícia do Papa?

Heloise começou a falar francês e disse algo como:

— Ah, Papa que vá para o inferno em uma noite como esta! Dois homens mortos em Salzburgo! Você deve estar querendo dizer um, *chéri*. Ou será que quer dizer nenhum?

Tom riu, encantado com a atitude irreverente de Heloise, pois ela se assemelhava à sua própria. O decoro dela era apenas um verniz, ele sabia muito bem, ou com certeza ela jamais teria se casado com ele.

Depois de Heloise atravessar o corredor, Tom foi até sua mala e pegou o caderno marrom de Bernard e o bloco de anotações, que dispôs cuidadosamente sobre sua escrivaninha. Havia jogado fora a calça de sarja e a camisa de Bernard numa lata de lixo numa rua de Salzburgo e a bolsa de lona em outra. A história de Tom seria que Bernard lhe pedira que ficasse com sua mala enquanto ele saía à procura de outro hotel. Bernard nunca havia voltado, e Tom tinha conservado apenas aquilo que era de valor. Então, da sua caixa de abotoaduras, Tom tirou seu anel mexicano que havia usado em Londres na primeira vez que se fizera passar por Derwatt. Desceu com ele, silencioso e descalço. Pôs o anel no meio do que restava das brasas. A peça talvez derretesse e virasse um punhado de metal mole, imaginou, pois a prata mexicana era pura e maleável. Alguma coisa iria sobrar, e ele acrescentaria isso às cinzas de Derwatt, ou melhor, de Bernard. Precisava acordar cedo no dia seguinte, antes de Madame Annette limpar as cinzas da lareira.

Heloise estava na cama fumando um cigarro. Ele não gostava de fumar seus cigarros de tabaco claro, mas gostava do cheiro da fumaça quando ela os fumava. Quando os dois apagaram a luz, ele a abraçou com mais força. Uma pena não ter jogado o passaporte de Robert Mackay na lareira também. Será que algum dia haveria um instante de paz?

25

Tom se desvencilhou de Heloise ainda adormecida puxando um braço de baixo do seu pescoço, atrevendo-se a virá-la de costas e beijar um dos seus seios antes de se levantar da cama. Ela não tinha acordado direito e provavelmente pensaria que ele tinha ido ao banheiro. Tom foi descalço até seu quarto e pegou o passaporte de Mackay num bolso do paletó.

Desceu a escada. Faltavam quinze para as sete, segundo o relógio próximo ao telefone. O fogo parecia uma pilha de cinzas brancas, mas sem dúvida ainda devia estar quente. Tom pegou um graveto e revirou as cinzas em busca do anel de prata, preparado também para esconder o passaporte verde na mão, que havia dobrado ao meio, caso Madame Annette entrasse. Encontrou o anel, enegrecido e um pouco deformado, mas não o metal destruído que imaginava encontrar. Pousou-o para esfriar na borda da lareira, revirou as brasas e rasgou o passaporte em pedaços. Usou um fósforo para apressar a queima do passaporte e ficou olhando até ele se consumir. Então subiu com o anel e o guardou junto com a indescritível massa negra e vermelha dentro da mala de couro de porco de Salzburgo.

O telefone tocou e Tom atendeu na hora.

— Ah, investigador Webster, olá! Não tem problema nenhum, eu já estava acordado.

— Se bem entendi o Sr. Constant… Derwatt *morreu*?

Tom hesitou um instante, e Webster acrescentou que o Sr. Constant tinha ligado para o seu escritório na noite anterior, bem tarde, e deixado um recado.

— Ele se matou em Salzburgo — disse Tom. — Acabei de voltar de lá.

— Eu gostaria de vê-lo, Sr. Ripley, e o motivo pelo qual estou lhe telefonando tão cedo é porque descobri que posso pegar um avião às nove. Posso ir vê-lo hoje de manhã por volta das onze?

Tom concordou na hora.

Então voltou para o quarto de Heloise. Dali a uma hora eles seriam acordados, isso se Tom dormisse, por Madame Annette com sua bandeja de chá para Heloise e de café para ele. Madame Annette estava acostumada a encontrá-los no quarto um do outro. Tom não dormiu, mas o repouso que obteve junto com Heloise foi igualmente restaurador.

Madame Annette apareceu por volta das oito e meia, e Tom sinalizou que iria tomar seu café, mas que Heloise preferia dormir mais um pouco. Bebericou seu café e pensou no que precisava fazer, em como precisava se comportar. Sinceridade acima de tudo, pensou, e repassou a história em sua mente. Derwatt telefonando por estar preocupado com o sumiço de Murchison (excessivamente preocupado, o que era estranho, justo o tipo de elemento ilógico que soaria verdadeiro, uma reação inesperada que soaria real) e perguntando se podia ir até lá falar com Tom. E Heloise lhe dizendo que Tom tinha ido a Salzburgo procurar Bernard Tufts. Sim, melhor Heloise mencionar Bernard para Webster. Para Derwatt, Bernard Tufts era um velho amigo a cujo nome ele teria reagido na hora. Em Salzburgo, ele e Derwatt tinham ficado mais preocupados com Bernard do que com Murchison.

Quando Heloise se mexeu, Tom saiu da cama e desceu para pedir a Madame Annette que preparasse outro chá. Eram por volta das nove e meia da manhã.

Tom saiu para olhar a velha cova de Murchison. Tinha chovido um pouco desde que ele a vira pela última vez. Deixou os poucos galhos que a cobriam como estavam, pois eles pareciam naturais e não como se alguém houvesse tentado esconder o local, e Tom não tinha motivo algum para esconder o fato de a polícia ter cavado ali.

Por volta das dez, Madame Annette saiu para fazer as compras.

Tom disse a Heloise que o investigador Webster iria chegar e que ele, Tom, gostaria que ela estivesse presente.

— Você pode dizer muito sinceramente que eu fui a Salzburgo tentar encontrar Bernard.

— Monsieur Webster vai acusar você de alguma coisa?

— Como poderia? — respondeu Tom, sorrindo.

Webster chegou às quinze para as onze. Entrou trazendo sua pasta preta, com o mesmo ar eficiente de um médico.

— Minha esposa... que o senhor já conhece — disse Tom. Pegou o casaco de Webster e lhe disse para se sentar.

O investigador se sentou no sofá. Primeiro repassou a cronologia dos fatos e tomou notas. Quando Tom tinha tido notícias de Derwatt? No dia 3 de novembro, um domingo, pensou Tom.

— Minha esposa falou com ele quando ele ligou — disse Tom. — Eu estava em Salzburgo.

— A senhora falou com Derwatt? — perguntou Webster para Heloise.

— Ah, sim. Ele queria falar com Tome, mas eu disse que Tome estava em Salzburgo... procurando Bernard.

— Hum-mm. Em que hotel o senhor ficou hospedado? — perguntou Webster a Tom. Ele exibia seu sorriso habitual, e pela sua expressão alegre parecia até nem haver qualquer morte envolvida.

— No Goldener Hirsch — respondeu Tom. — Primeiro fui a Paris seguindo uma intuição para tentar encontrar Bernard Tufts, depois fui a Salzburgo... porque Bernard tinha mencionado Salzburgo. Não tinha dito que iria para lá, mas disse que gostaria de revisitar a cidade. É uma cidade pequena, e não é difícil encontrar alguém que se esteja procurando. Seja como for, encontrei Bernard no segundo dia.

— Quem o senhor viu primeiro, Bernard ou Derwatt?

— Ah, Bernard, porque eu estava procurando por ele. Não sabia que Derwatt estava em Salzburgo.

— E... continue — disse Webster.

Tom se inclinou para a frente na cadeira.

— Bem... Acho que falei com Bernard sozinho uma vez ou duas. Com Derwatt a mesma coisa. Depois nos encontramos os três algumas vezes. Os dois eram velhos amigos. Achei que o mais deprimido dos dois fosse Bernard. Sua amiga Cynthia, de Londres, não quer mais voltar a vê-lo. Derwatt não... — Tom hesitou. — Derwatt parecia mais preocupado com Bernard do que consigo mesmo. Tenho comigo, aliás, alguns cadernos de Bernard que acho que deveria lhe mostrar. — Tom se levantou, mas Webster disse:

— Vou só anotar alguns fatos primeiro. Como Bernard se matou?

— Ele desapareceu. Isso foi logo depois da morte de Derwatt. Pelo que escreveu no seu caderno, acho que ele talvez tenha se afogado no rio em Salzburgo. Mas eu não tinha certeza suficiente para dar parte disso à polícia de lá. Queria falar primeiro com o senhor.

Webster exibia um ar um pouco intrigado, ou atordoado, o que não surpreendeu Tom.

— Estou muito interessado em ver os cadernos de Bernard, mas Derwatt... O que aconteceu lá?

Tom olhou para Heloise.

— Bem, na terça-feira nós três tínhamos um encontro marcado por volta das dez da manhã. Derwatt disse que tinha tomado sedativos. Ele já tinha falado em se matar e disse que queria ser cremado... por nós, Bernard e eu. Eu pelo menos não tinha levado isso muito a sério até ele aparecer grogue na terça-feira e começar a meio que... fazer brincadeiras. Ele tomou mais comprimidos durante a nossa caminhada. Estávamos na mata, para onde Derwatt quis ir. — Tom se dirigiu a Heloise. — Querida, se não quiser escutar é melhor você subir. Preciso contar tudo como aconteceu.

— Eu vou escutar. — Heloise levou as mãos no rosto por um instante, então baixou as mãos e se levantou. — Vou pedir um chá para Madame Annette. Está bem, Tome?

— Boa ideia — disse Tom. Ele recomeçou a falar com Webster. — Derwatt pulou de um penhasco em cima de umas pedras. Seria possível dizer que ele se matou três vezes, com os remédios, ao pular... e ao ser queimado, mas ele certamente estava morto quando nós o queimamos. A queda o matou. Bernard e eu voltamos lá... no dia seguinte. Queimamos o que conseguimos. Enterramos o resto.

Heloise voltou.

Enquanto escrevia "No dia seguinte. Quarta-feira, dia 6 de novembro", Webster perguntou:

— Onde Bernard estava hospedado?

Tom foi capaz de responder Der Blaue alguma coisa, na Linzergasse. Mas depois de quarta-feira ele não tinha mais certeza. Onde e quando eles haviam comprado a gasolina? Tom foi vago em relação ao local, mas fora na quarta-feira ao meio-dia. Onde Derwatt estava hospedado? Tom respondeu que nunca havia tentado descobrir.

— Bernard e eu tínhamos combinado de nos encontrar por volta das nove e meia da manhã de quinta-feira no Alter Markt. Na quarta-feira à noite, Bernard deixou sua bolsa de viagem comigo e me pediu que a guardasse enquanto tentava encontrar outro hotel naquela noite. Convidei-o para ficar no meu, mas ele não quis. Então... na quinta, ele não compareceu ao nosso encontro. Esperei uma hora ou algo assim. Nunca mais o vi. Ele não tinha deixado nenhum recado no hotel em que estava hospedado. Senti que Bernard não queria manter esse compromisso, que provavelmente tinha posto fim à própria vida... provavelmente se afogando no rio. Voltei para casa.

Webster acendeu um cigarro, mais devagar do que de costume.

— O senhor deveria ficar com a mala dele durante a noite de terça para quarta?

— Não necessariamente. Bernard sabia onde eu estava, e eu esperava mesmo que ele fosse buscar a mala mais tarde naquela noite. Falei: "Se eu não vir você hoje à noite, nos encontramos amanhã de manhã."

— Perguntou por ele em hotéis ontem de manhã?

— Não, não perguntei. Acho que havia perdido toda a esperança. Estava abalado e desanimado.

Madame Annette serviu o chá e trocou um "*bonjour*" com o investigador Webster.

Tom falou:

— Bernard pendurou um manequim na nossa adega, no subsolo, alguns dias atrás. A ideia era representar ele próprio. Minha esposa o encontrou e tomou um baita susto. A calça e o paletó de Bernard pendurados no teto por um cinto com um bilhete preso neles. — Tom olhou para ela. — Desculpe, Heloise.

Heloise mordeu o lábio e deu de ombros. Sua reação foi indiscutivelmente genuína. O que Tom tinha dito que acontecera tinha mesmo acontecido, e ela não gostava de recordar.

— O senhor tem o bilhete que ele escreveu? — indagou Webster.

— Sim. Ainda deve estar no bolso do meu roupão. Devo pegá-lo?

— Daqui a pouco. — Webster quase voltou a sorrir, mas não chegou a fazê-lo. — Posso perguntar por que exatamente o senhor foi a Salzburgo?

— Estava preocupado com Bernard. Ele tinha mencionado querer ir a Salzburgo. Senti que Bernard talvez fosse se matar. E pensei... por que ele tinha me procurado, no fim das contas? Sabia que eu tinha dois quadros de Derwatt, é verdade, mas não me conhecia. Mesmo assim falou muito livremente na sua primeira visita aqui. Pensei que talvez pudesse ajudar. Então o que acabou acontecendo foi que tanto Derwatt quanto Bernard se mataram, Derwatt primeiro. Por algum motivo não dá vontade de se meter... pelo menos no caso de um homem como Derwatt. Tem-se a sensação de estar fazendo a coisa errada. Não é exatamente *isso* que eu quero dizer, mas, enfim, pedir a alguém que não se mate quando se sabe que isso não vai ser aceito pela outra pessoa que está decidida a se matar. É isso que eu quero dizer. É errado e inútil, e por que alguém deveria ser repreendido por *não* dizer alguma coisa quando sabe que falar não adianta? — Tom fez uma pausa.

Webster escutava com atenção.

— Bernard foi embora, provavelmente para Paris, depois de se enforcar simbolicamente aqui. Depois ele voltou. Foi quando Heloise o conheceu.

Webster quis saber a data em que Bernard Tufts tinha voltado a Belle Ombre. Tom fez o melhor que pôde. Dia 25 de outubro, achava ele.

— Tentei ajudar Bernard dizendo a ele que a namorada, Cynthia, talvez aceitasse revê-lo. O que eu acho que não era verdade, não pelo que pude entender de Bernard. Estava apenas tentando tirá-lo da depressão. Acho que Derwatt tentou mais ainda. Estou certo de que os dois se encontraram sozinhos em Salzburgo algumas vezes. Derwatt gostava de Bernard. — Tom se dirigiu a Heloise. — Está entendendo, querida?

Heloise fez que sim com a cabeça.

Provavelmente era verdade que ela estava entendendo tudo.

— Por que Derwatt estava tão deprimido?

Tom pensou por alguns instantes.

— Ele estava deprimido com o mundo como um todo. Com a vida. Não sei se tinha alguma coisa pessoal no México que estava contribuindo. Ele mencionou uma moça mexicana que tinha se casado e ido embora. Não sei quanto isso foi importante. Parecia perturbado por ter voltado a Londres. Disse que tinha sido um erro.

Webster, enfim, parou de tomar notas.

— Vamos subir?

Tom levou o investigador até o seu quarto e foi até o armário pegar a mala.

— Não quero que a minha mulher veja isto — disse Tom, abrindo a mala, e ele e Webster se curvaram acima dela.

Os pequenos restos mortais estavam envoltos em jornais austríacos e alemães que Tom havia comprado. Tom reparou que Webster examinou as datas dos jornais antes de pegar o embrulho e o pousar sobre o tapete. Pôs mais jornal embaixo, mas Tom sabia que não estava úmido. Webster abriu.

— Humm. Puxa vida. O que Derwatt queria que o senhor fizesse com isso?

Tom hesitou, com o cenho franzido.

— Nada. — Ele foi até a janela e abriu uma fresta. — Não sei por que eu trouxe isso. Fiquei abalado. Bernard também. Se Bernard falou que deveríamos levar uma parte para a Inglaterra eu não me lembro. Mas eu peguei. Imaginávamos que fossem ser cinzas. Mas não eram.

Webster estava cutucando os restos com a ponta da caneta esferográfica. Encontrou o anel e o pescou com a caneta.

— Um anel de prata.

— Eu peguei de propósito. — Tom sabia que as duas cobras do anel ainda estavam visíveis.

— Vou levar isto aqui de volta para Londres — disse Webster, levantando-se. — Se o senhor tiver talvez uma caixa…

— Sim, claro — disse Tom, e se virou para a porta.

— O senhor mencionou os cadernos de anotações de Tufts.

— Sim. — Tom se virou de volta e apontou para o caderno e o bloco de desenho no canto da sua escrivaninha. — Estão ali. E o bilhete que ele escreveu… — Tom foi até seu banheiro, onde seu roupão estava pendurado num gancho. O bilhete continuava dentro do bolso. *Enforco-me simbolicamente…* Tom o entregou para Webster e desceu até o térreo.

Madame Annette guardava caixas, e havia sempre de diversos tamanhos.

— Para que é? — perguntou ela, tentando ajudá-lo.

— Esta aqui vai servir muito bem — disse Tom. As caixas estavam em cima do armário de roupas de Madame Annette, e Tom puxou uma para baixo. Dentro havia alguns resquícios de lã para tricotar enrolada num novelo bem-feito, que ele entregou a Madame Annette com um sorriso. — Obrigado, meu tesouro.

Webster estava no andar de baixo conversando ao telefone em inglês. Heloise talvez tivesse subido para o quarto. Tom levou a caixa até o andar de cima, pôs dentro o pequeno embrulho e amassou um pouco de jornal para preencher o restante do espaço. Pegou barbante no seu ateliê e a amarrou. Era uma caixa de sapatos. Tom a levou para baixo.

Webster continuava ao telefone.

Tom foi até o bar, serviu-se um uísque puro e decidiu esperar para ver se Webster queria um Dubonnet.

— ... o pessoal da Galeria Buckmaster? Consegue esperar eu chegar?

Tom mudou de ideia e foi à cozinha pegar gelo para o Dubonnet de Webster. Pegou o gelo e, ao ver Madame Annette, pediu a ela que terminasse de preparar o drinque e não esquecesse a raspa de limão.

Webster estava dizendo:

— Ligo para você outra vez daqui a uma hora mais ou menos, então não saia para almoçar... Não, nenhuma palavra com ninguém por enquanto... Ainda não sei.

Tom estava ansioso. Viu Heloise no gramado e foi falar com ela, embora tivesse preferido ficar na sala.

— Acho que devemos oferecer almoço ou sanduíches ao investigador, alguma coisa assim. Tudo bem, querida?

— Você deu as cinzas para ele?

Tom piscou os olhos.

— Uma coisinha de nada. Numa caixa — disse, sem jeito. — Está embrulhado. Não pense nisso. — Tom a conduziu pela mão de volta até a casa. — É adequado Bernard ceder seus restos mortais para serem considerados os de Derwatt.

Talvez ela entendesse. Entendia o que havia acontecido, mas Tom não esperava que entendesse a adoração de Bernard por Derwatt. Tom perguntou a Madame Annette se ela poderia preparar uns sanduíches com lagosta em lata e coisas do tipo. Heloise foi ajudá-la e Tom foi reencontrar o investigador.

— Só por formalidade, Sr. Ripley, será que eu poderia dar uma olhada no seu passaporte? — pediu Webster.

— Certamente. — Tom subiu ao primeiro andar e desceu na mesma hora com o passaporte.

Webster agora estava tomando seu Dubonnet. Examinou lentamente o passaporte, parecendo tão interessado em datas de meses anteriores quanto nas recentes.

— Áustria. Sim. Humm.

Com uma sensação de segurança, Tom se lembrou de que não fora a Londres como ele mesmo, Tom Ripley, quando Derwatt tinha feito sua segunda aparição. Sentou-se, cansado, numa das cadeiras de espaldar reto. Supostamente deveria estar um tanto cansado e deprimido devido ao ocorrido na véspera.

— Que fim levaram as coisas de Derwatt?

— Coisas?

— A mala dele, por exemplo.

— Eu nunca soube onde ele estava hospedado — disse Tom. — Nem Bernard, porque eu perguntei a ele... depois de nós... depois de Derwatt morrer.

— Acha que ele simplesmente abandonou suas coisas num hotel?

— Não. — Tom balançou a cabeça. — Não Derwatt. Bernard disse achar que ele decerto havia destruído qualquer vestígio de si mesmo, feito o check-out no hotel e... Bem, como é que alguém se livra de uma mala? Largando o conteúdo em diversas latas de lixo ou... quem sabe jogando a mala inteira no rio. Isso é bem fácil em Salzburgo. Principalmente se Derwatt tivesse agido na noite anterior, no escuro.

Webster fez uma reflexão:

— Ocorreu-lhe que Bernard poderia ter voltado ao mesmo lugar na mata e se jogado do mesmo penhasco?

— Sim — respondeu Tom, pois de algum jeito esquisito essa ideia tinha lhe passado pela cabeça. — Mas não consegui me forçar a voltar lá ontem de manhã. Talvez devesse ter voltado. Talvez devesse ter procurado mais por Bernard nas ruas. Mas senti que ele estava morto... de alguma forma, em algum lugar, e que eu nunca iria encontrá-lo.

— Mas pelo que entendo Bernard Tufts ainda pode estar vivo.

— Isso é perfeitamente verdade.

— Ele tinha dinheiro suficiente?

— Duvido. Me ofereci para lhe emprestar um pouco... três dias atrás. Mas ele recusou.

— O que Derwatt lhe disse sobre o desaparecimento de Murchison?

Tom pensou por alguns instantes.

— Isso o deixava deprimido. Já o que ele disse... algo sobre o fardo de ser famoso. Ser famoso lhe desagradava. Ele achava que isso havia causado a morte de um homem... Murchison.

— Derwatt foi simpático com o senhor?

— Sim. Pelo menos eu nunca reparei em nenhuma antipatia. Minhas conversas sozinho com Derwatt foram breves. Houve apenas uma ou duas, creio eu.

— Ele sabia sobre a sua relação com Richard Greenleaf?

Um tremor que Tom torceu para ser invisível percorreu seu corpo. Tom deu de ombros.

— Se sabia, nunca comentou nada.

— Nem Bernard? Ele também não comentou nada?

— Não — disse Tom.

— É estranho, o senhor entende, três homens desaparecerem ou morrerem à sua volta: Murchison, Derwatt e Bernard Tufts. Richard Greenleaf também desapareceu... seu corpo nunca foi encontrado, acho eu. E qual era o nome do amigo dele? Fred? Freddie não sei de quê?

— Miles, eu acho — complementou Tom. — Mas eu não posso dizer que Murchison fosse muito próximo. Eu mal conhecia Murchison. Nem Freddie Miles, aliás. — Pelo menos Webster ainda não estava pensando na possibilidade de ele ter se feito passar por Derwatt, pensou Tom.

Heloise e Madame Annette entraram, Madame Annette empurrando o carrinho que continha uma travessa com sanduíches e uma garrafa de vinho dentro de um balde de gelo.

— Ah, comes e bebes! — disse Tom. — Não lhe perguntei se o senhor tinha compromisso para o almoço, investigador, mas este pequeno...

— Tenho, sim, com a polícia de Melun — disse Webster com um sorriso rápido. — Preciso ligar para eles daqui a pouco. A propósito, vou compensá-lo por todos esses telefonemas.

Tom protestou com um aceno da mão.

— Obrigado, *madame* — disse ele para Madame Annette.

Heloise ofereceu ao investigador Webster um prato e um guardanapo, em seguida lhe apresentou os sanduíches.

— Lagosta e caranguejo. Os de lagosta são estes — falou, apontando.

— Como resistir? — disse o investigador, aceitando um de cada. Mas Webster não havia abandonado o assunto. — Preciso alertar a polícia de Salzburgo... via Londres, porque não falo alemão. Dizer para procurarem Bernard Tufts. E talvez amanhã possamos combinar um encontro em Salzburgo. Estará livre amanhã, Sr. Ripley?

— Sim... eu poderia me liberar, claro.

— Preciso que o senhor nos conduza a esse tal lugar na mata. Precisamos desenterrar o... o senhor sabe. Derwatt era cidadão britânico. Ou será que era mesmo? — Webster sorriu com a boca cheia. — Mas com certeza ele não teria virado cidadão mexicano.

— É algo que eu nunca perguntei a ele — disse Tom.

— Vai ser interessante encontrar o vilarejo dele no México — comentou Webster. — Esse tal vilarejo afastado e sem nome. Fica perto de que cidade, o senhor sabe?

Tom sorriu.

— Derwatt nunca deu nenhuma pista.

— Fico pensando se a casa dele estará abandonada... ou se ele tem um zelador ou advogado com autoridade para tocar as coisas por lá quando constatar-se que ele morreu. — Webster fez uma pausa.

Tom não falou nada. Será que Webster estava atirando a esmo na esperança de Tom lhe dar alguma informação? Em Londres, como Derwatt, Tom tinha dito a Webster que Derwatt possuía um passaporte mexicano e vivia no México com outro nome.

Webster falou:

— O senhor acha que Derwatt entrou na Inglaterra e viajou pelo país com um nome falso? Um passaporte britânico, possivelmente, mas com um nome falso?

Tom respondeu com calma:

— Foi o que sempre supus.

— Então ele provavelmente vivia no México com um nome falso também.

— É provável. Eu não tinha pensado nisso.

— E despachava suas telas do México com o mesmo nome falso.

Tom demorou a responder, como se não estivesse muito interessado.

— A Galeria Buckmaster deve saber.

Heloise tornou a oferecer os sanduíches, mas o investigador recusou.

— Tenho certeza de que eles não diriam — falou Webster. — E talvez nem saibam o nome, se Derwatt mandava seus quadros com o nome Derwatt, por exemplo. Mas ele deve ter entrado na Inglaterra com o nome falso, pois não temos registro de suas idas e vindas. Posso ligar para a polícia de Melun agora?

— Mas claro — disse Tom. — Gostaria de usar meu telefone lá de cima?

Webster respondeu que o telefone de baixo estava bom. Consultou seu bloco de anotações, em seguida falou com a telefonista em seu francês aceitável. Pediu para falar com o *commissaire*.

Tom serviu vinho branco nas duas taças sobre a bandeja. Heloise bebeu seu vinho.

Webster estava perguntando ao *commissaire* de Melun se eles tinham alguma notícia sobre Thomas Murchison. Tom imaginava que não. Webster disse que a Sra. Murchison estava em Londres hospedada no Connaught Hotel durante os próximos dias, aflita por qualquer informação que a polícia de Melun pudesse transmitir ao escritório de Webster. Webster também perguntou sobre o quadro sumido, *L'Horloge*. Nada.

Quando ele desligou, Tom quis perguntar o que estava acontecendo na busca por Murchison, mas não queria demonstrar que tinha escutado a conversa de Webster ao telefone.

Webster insistiu para deixar uma nota de 50 francos pelos seus telefonemas. Não, agradeceu a Tom, não queria outro Dubonnet, mas provou o vinho.

Tom pôde ver Webster especulando, enquanto estava parado ali na sala, quanto Tom Ripley estaria escondendo, *onde* ele seria culpado, como seria culpado, e onde e como Tom Ripley ganharia alguma coisa com aquilo. Mas era evidente, pensou Tom, que ninguém teria assassinado duas pessoas, ou mesmo três — Murchison, Derwatt e Bernard Tufts —, para proteger o valor dos dois quadros de Derwatt pendurados na sua parede. E se Webster chegasse a ponto de investigar a empresa de materiais artísticos Derwatt, por meio de cujo banco Tom recebia uma renda mensal, renda essa enviada sem nome para uma conta na Suíça.

Mas restava ainda a Áustria no dia seguinte, e Tom precisaria acompanhar a polícia.

— Posso lhe pedir que chame um táxi, Sr. Ripley? O senhor sabe o número melhor do que eu.

Tom foi até o telefone e ligou para um serviço de táxi em Villeperce. Eles chegariam sem demora, disseram.

— Darei notícias ainda hoje à noite sobre Salzburgo amanhã — disse Webster a Tom. — É um lugar difícil de se chegar?

Tom explicou a troca de aeronaves em Frankfurt e disse ter ouvido dizer que pegar um ônibus de Munique até Salzburgo, caso se pousasse em Munique, era mais rápido do que esperar o avião para a Áustria em Frankfurt. Mas isso teria de ser coordenado por telefone depois que Webster descobrisse o horário do voo de Londres até Munique. Ele viajaria junto com um colega.

O investigador Webster então agradeceu a Heloise, e Heloise e Tom o acompanharam até a porta na mesma hora em que o táxi estava chegando. Webster viu a caixa de sapatos em cima da mesa do hall antes de Tom poder pegá-la, e ele mesmo a pegou.

— Estou com o bilhete e os dois cadernos de Bernard na minha pasta — disse ele a Tom.

Tom e Heloise ficaram nos degraus em frente à casa enquanto o táxi se afastava, com Webster sorrindo através da janela seu sorriso de coelho. Então voltaram para dentro de casa.

Reinava um silêncio de paz. Não de paz, sabia Tom, mas pelo menos era silêncio.

— Hoje à noite será que nós podemos simplesmente não fazer nada? Assistir à televisão? — À tarde Tom queria trabalhar no jardim. Isso sempre o acalmava.

Então ele trabalhou no jardim. E à noite os dois se deitaram de pijama na cama de Heloise e ficaram assistindo à televisão e tomando chá. O telefone tocou logo antes das dez da noite, e Tom atendeu no seu quarto. Estava preparado para Webster e com uma caneta na mão, pronto para anotar a agenda para o dia seguinte, mas era Chris Greenleaf de Paris. Ele tinha voltado da Renânia e estava pensando se poderia ir visitá-lo junto com seu amigo Gerald.

Ao terminar de falar com Chris, Tom voltou para o quarto de Heloise e disse:

— Era Chris, primo de Dickie Greenleaf. Ele quer vir nos visitar na segunda-feira e trazer seu amigo Gerald Hayman. Eu falei que sim. Espero que não tenha problema, querida. Eles provavelmente vão ficar só um dia. Vai ser uma mudança agradável... um pouco de turismo, bons almoços. Não é? Tranquilo.

— Quando você volta de Salzburgo?

— Ah, devo estar de volta no domingo. Não vejo por que essa história deveria levar mais de um dia... amanhã e parte de domingo. Eles só querem que eu mostre o lugar na mata. E o hotel de Bernard.

— Humm. *Très bien* — murmurou Heloise, recostada em seus travesseiros. — Eles chegam na segunda.

— Vão ligar de novo. Vou pedir para virem na segunda à noite.

Tom se deitou de novo na cama. Sabia que Heloise estava curiosa em relação a Chris. Rapazes como Chris e seu amigo iriam diverti-la, por um tempo. Tom ficou satisfeito com a combinação. Encarou o filme francês antigo que se desenrolava diante deles na tela da televisão. Louis Jouvet, vestido como um guarda suíço do Vaticano, ameaçava alguém com uma alabarda. Decidiu que precisava ser solene e direto no dia seguinte em Salzburgo. A polícia austríaca teria um carro, claro, e ele os conduziria diretamente ao lugar na mata enquanto ainda estivesse claro e no dia seguinte, à noite, direto até o Der Blaue alguma coisa, na Linzergasse. A mulher de cabelos escuros atrás do balcão da recepção se lembraria de Bernard Tufts e de que Tom uma vez havia perguntado por ele ali. Tom se sentiu seguro. Quando estava começando a acompanhar o diálogo soporífero na tela, o telefone tocou.

— Deve ser Webster — falou, e tornou a sair da cama.

A mão de Tom se deteve no gesto de pegar o telefone, apenas por um segundo, mas nesse exato segundo ele antecipou a derrota e pareceu sofrê-la. A exposição. A vergonha. *Faça como antes*, pensou. O espetáculo ainda não tinha terminado. *Coragem!* Ele pegou o telefone.

1ª edição	MARÇO DE 2025
impressão	IMPRENSA DA FÉ
papel de miolo	IVORY BULK 65G/M²
papel de capa	CARTÃO SUPREMO ALTA ALVURA 250G/M²
tipografia	ADOBE GARAMOND PRO